Edward de Vere,
der Siebzehnte Graf von Oxford.
Porträt von Marcus Gheeraedts

Andrew Field

Die geheimen Aufzeichnungen des Edward de Vere

Großkämmerer, Siebzehnter Earl of Oxford, Dichter und Stückeschreiber, genannt Shakespeare

Roman

Aus dem Englischen
übersetzt von Hans J. Schütz

Klett-Cotta

»Farre fly thy fame,
Most, most of me beloved! whose silent name
One letter bounds.«

John Marston, *The Scourge of Villanie*, 1599

Dieses Buch widme ich Meg, meiner ersten Leserin, die nicht leichtgläubig ist, aber die an Edward de Vere glaubt.

Anmerkung des Herausgebers

Das hier als *Die geheimen Aufzeichnungen des Edward de Vere* veröffentlichte Manuskript wurde im April 1990 durch Zufall in Shipton-under-Wychwood in Oxford entdeckt. Es fand sich in einem Geheimfach eines Tisches, der wegen schweren Befalls durch Holzwürmer behandelt werden sollte. Wenngleich seine Authentizität noch nicht gesichert ist, deutet alles darauf hin, daß es sich um die Autobiographie von Edward de Vere, dem Siebzehnten Earl of Oxford, handelt und auf das frühe siebzehnte Jahrhundert zu datieren ist.

1

Bin ich denn ein solcher Narr, zweimal mir selber Lebewohl zu sagen? Es könnt' so scheinen. Hier nun laß ich Einsicht und Überzeugung hinter mir und laviere mich mit unbeholfner Hand durch Prosa, die meinen Sonetten ebenbürtig ist. Lange weiß ich um die schimpfliche Unbeständigkeit meines Gemütes, das, einer Wetterfahne gleich, jeder Windeslaune folgt. Stolz machte mich schweigen, jetzt heißt er mich sprechen.

Ich habe einen Herrscher, der ein Dichter und ein König ist und der mir freundlich zulächelt, doch das tut auch der Tod. Elizabeth, die verblichne, kann nicht mehr Anstoß nehmen. Die Einbalsamierer, sagt man, scheuten sich, Ihren Leib zu durchbohren. Sie wandten ihr Geschick nur an Ihre Wangen, und so war Sie ein jungfräulicher Leichnam, prall und unversehrt. Der geschminkte Tod ist schrecklich anzuschaun. Das gräßliche Bersten Ihres dickeichenen Sarges in der mondlosen Nacht vor Ihrem Begräbnis trieb wie ein Peitschenhieb vom Himmel alle Ihre Hofdamen in Gebet oder Ohnmacht. Man hatte Sie einen Monat aufgebahrt gelassen. Das war ein Fehler. Ein zweiter Sarg, einer Königin würdig, war sogleich zur Hand. Im Speicher des Zeremonienmeisters hielt man, wie ich mich erinnere, einige bereit. Doch der Blust weißer Straußenfedern, der Ihre mit schwarzem Samt ausgeschlagene Bahre säumte, war von Kot halb verdorben, und in kurzer Frist waren in England keine neuen zu beschaffen.

Shakspeare, die Miene ganz Bescheidenheit, der auf unsere Kostüme achtgab, die Pferde anschirrte und die Rollen ohne Worte spielte, witzigster Kopf in unserer ganzen Truppe, bevor er das Globe in Gang zu bringen und zu betreiben half, wird's nicht viel kümmern, wenn am Ende der wirkliche Name de Vere nach seinem Tode gebraucht wird. Man hat ihm mehr gezahlt als allen Schauspielern, und jetzt ist er Teilhaber. Ihm ist die Schlange gänzlich fremd, die Ruhmbegierde heißt. Zudem ließ ich mein Werk niemals völlig unsigniert und schmuggelte sogar, als man mich dazu trieb, in seinen Namen mein geheimes E. Jetzt mag ich keine Rätsel mehr. Unverblümt werd' ich sprechen und wie's der Sache dient. Doch wieviel Zeit besitz ich noch? Mein Kopf ist heiß wie geschmolznes Blei. Manchmal sind meine Tränen heißer.

Hier liegt die Gefahr. Schütz ich meinen Namen besser durch einen freimütigen Bericht als durch verstocktes Schweigen gegen die üblen Nachreden meiner Feinde, die, ich räum es ein, zuweilen ja nicht des Grunds entbehren? Nein, fürcht' ich, obwohl ihre Worte auf die wahren Makel neue häuften. Einst wollte ich, daß mein Name mit meinem Leib begraben werde. Jetzt muß der Name sich ganz allein verteidigen. Die Obrigkeit ist nicht darauf erpicht, die Opfer der Pest zu verscharren, und hat schwere Not, Männer zu finden, nur um die Gruben zu füllen. Fahrendes Volk macht diese Arbeit und bleibt, wie es scheint, am Leben. Schweigen? Nein. Mein Leid soll nicht vermummt sich zeigen. Unverhüllt soll's durch die rauhe Nacht einer künftigen Zeit streifen.

Möge denn mein Gebrechen, wenn es denn mehr ist als *pestilentia minor*, so lange sich gedulden, bis diese Geschichte erzählt ist. Und wenn ich sie nicht zu Ende bringe? Meine Poesie zur Hälfte und mein Leben zur Gänze sind unfertige Gebäude. Das Kaminfeuer kann jederzeit, selbst in einem englischen Mai, entzündet werden, um, falls nötig, dieses Pergament zu verbrennen.

Vom Hofe werde ich sprechen, von einer Königin, die mich in meiner Jugend mit knarrenden Schuhen und verdrossenem Herzen auf Ihren blank polierten Fliesen für alle jene künftigen Fürsten Europas tanzen ließ, die vergeblich kamen, um König zu werden, während ich mich nach den Ländern sehnte, aus denen sie gereist kamen. Sie nannte mich »Mein Türke«, anfangs wegen der Erlesenheit meiner Kleidung und Manieren, später des Interesses wegen, das ich an diesem Lande nahm. Als ich reiste und sechsundzwanzig Jahre zählte, gab Sie mir Amt und Würden, wenngleich immer mit Maßen, wie es Ihre Art war. Ich war zu lange bei Hofe.

Das waren die geschäftigen Jahre. Mit John Lyly mir zur Seite setzte ich die Historien und die Schauspiele ins Werk. Nach meiner Anweisung zog er Geschichten aus Chroniken und ausländischen Sagen. Das Unternehmen gedieh wie der kräftige, aber bescheidene englische Maulbeerbaum, dessen reiche Frucht freilich oft fleckig ist und nicht von feinem Geschmack. Ich stellte eine Truppe von Schauspielern zusammen. Sie nannten sich Oxford's Boys, meine Burschen, obgleich sie größtenteils im Mannesalter waren. Wir mieteten Blackfriars. John und ich begannen in jenen Jahren, die Stücke über die Plantagenets zusammenzuzimmern, und mit der Zeit saßen andere nahe am Feuer um den langen Eßtisch mit den geschweiften angesengten Beinen, als wir die ganze stürmische Geschichte der Insel noch einmal aufrollten. Da war Anthony Munday, der die Zuschauer zu gewinnen wußte, Thomas Kyd, der Meister der Wortgefechte und Gebärden. Da waren Rob Greene und Thom Nashe, beide Männer nach meinem Herzen, wenngleich gefährlich heißblütig, und Peale und Thom Dekker, der mehr war als ein Schreiberling. Da war der satirische Marston und George Chapman, der englisch und italienisch schreiben konnte, und der mein Freund war, ungeachtet des Hochmuts seines Trachtens und seiner Leidenschaft für keinen anderen Dichter denn Homer. Ich weiß nicht mehr, wie viele da waren. Ja, Marlowe, an der Tafel ein großes Talent, und welch ein Verlust, als er in jenem Wirtshausstreit zugrunde ging, wenn auch viel Bosheit in ihm war. Zu Anfang klaubten wir unsere schütteren Einfälle in Shoreditch zusammen, damals der Brunnen, aus dem alle Theater Londons schöpften, doch bald stellten sie sich von allen Seiten ein. Dieser ganzen wechselnden Gesellschaft stand mein geduldiger alter Thomas Churchyard vor. Er hatte bereits vor vielen Jahren in meinen Diensten gestanden, ging, nachdem wir uns zerstritten, zu Leicester über, kehrte aber dann zurück. Ich seh ihn jetzt mit seinem langen stählernen Stichel fuchtelnd die Tafel der Schreiber umkreisen und alle die verstreuten Stückchen zusammenheften, daß man die Naht nicht mehr sehen kann.

Ich war ihr Gönner mit meinem Talent und Gold, und dem Geld der Königin dazu. Ich war mehr als willig, ich war fast berauscht von dem Geschäft. Doch der Preis war die schwere Auszehrung jener Oxford'schen Länderein, die mir Leicester und mein Vormund, Schwiegervater und Lord Schatzkanzler noch nicht gestohlen hatten. Ich spreche von dem hochmögenden Lord Burghley, Pondus, Polonius, in *Troilus und Cressida* auch Pandarus – alle verkörpert in der einen würdigen Gestalt.

Meine Einkünfte standen und stehen nach Recht und Gesetz noch immer bei mehr als eintausend Pfund im Jahr. Das sei, meinen Sie, für alle Untertanen der Königin, wenige ausgenommen, eine stattliche Summe? Doch den größten Teil meines eigenen Besitzes hatte mein vormaliger Vormund so unlösbar in sein feingesponnenes Netz geknüpft, daß nicht genügend Mittel zur Verfügung standen, einen Earl of Oxford zu unterhalten. Alles verzieh ich ihm bis auf die scheinheiligen Freundlichkeiten, mit denen er mich umgarnte, die mein jugendliches und allzu vertrauensseliges Gemüt verwirrten und geneigt machten. Obgleich ich jung war, mag ich mir nicht verzeihen, daß ich mich so leicht zu läppischer Ehrerbietung verleiten ließ. Zuletzt erkannt' ich immerhin, daß der Name und die Güter der de Vere zur Gänze auf seine gehorsame Tochter Anne, meine ungeliebte Gattin, und ihre Töchter übergehen sollten. Hätt' ich vorhergesehen, wie früh sie sterben würde . . . Hätt' ich vorhergesehen, welch kurze Frist Pondus selbst zugemessen war . . . Gleichwohl sah ich, daß diese drei mit Annes eignem Blut genährten Töchter wenig de Vere, aber viel Cecil in sich trugen und daß von ihnen, aufgezogen unter der Anleitung des guten William, der hitzigen Mildred und Mildreds eigner, schier unverwüstlichen Mutter, der kalten Elizabeth mit dem Schlangenblick, Lady Russell, schwerlich Kindespflicht oder Zärtlichkeit zu erhoffen war. Ebensogut könnt' man dem Efeu befehlen, sich von seiner Mauer zu reißen; mag es vielleicht rascheln, als setzt' es zum Fluge an, so wird es sich doch nicht vom Flecke rühren.

Diese Abschweifung hat mich aus dem Tritt gebracht. Ich werde ein wenig Essigsäure trinken gegen die Pest und ausruhen und morgen fortfahren. Fasse Dich denn in Geduld, ungeborner Leser.

2

Ich bin besänftigt, wenn nicht gar neu belebt. Schlafend bin ich wieder ein König, wachend ein Mann, dem Tode nah. Damals nannte ich fast achtzig Länderein mein eigen. Ich ließ sie versickern wie Rinnsale, die dazu dienen mußten, einen mächtigen Schuldenstrom zu speisen. Wer hätte wissen können, daß es keinen großen Unterschied macht, ob man gewaltige Schlösser baut oder kleine Theater betreibt? Übersetzungen wurden gefördert, Stücke wurden bearbeitet, Schauspieler wurden ausgebildet, Kostüme wurden genäht, Gastspiele gegeben. Das Nachspiel hieß Bankrott.

Ich war ein Poet, dessen Verse man auswendig kannte und die in der ganzen Welt gepriesen wurden. Doch mitten in unserem rastlosen Bemühn geschah etwas: der Gönner wurde ein Stückeschreiber und hin und wieder sogar ein Schauspieler. Ich entdeckte, daß ich ein Kapital an Worten auszugeben hatte. Lyly erkannte den Weg, den wir einschlagen mußten, und versammelte eine Schule gleichgesinnter Poeten. Das waren die Euphuisten, auf Sanftmut eingeschworen, doch bald wurde ich gewahr, daß ich sowohl den Lehrer führen und unterweisen als auch das Lehrhaus unterhalten mußte. Alle waren sie meine Freunde, doch über ihren Umgang mit den Worten konnte ich bloß lächeln. Trotzdem, sie bliesen als erste zum Aufstand gegen die puritanischen Glaubenssätze in unserem Lande. Damals nannte man uns Schwindler, welsch verkleidet. Wir trugen diese Tracht mit Freuden.

Lyly und ich arbeiteten gemeinsam an seinen Stücken. *Sappho und Phao* war recht gut. Und dann, nach und nach, hörte er auf, für sich selber zu schreiben, und fing an, meinen Ideen zu folgen.

Die Stücke über die Plantagenets, wenn ich sie fern der Bühne und mit Abstand sehe, erscheinen mir jetzt wie ein grobes Gewebe aus Kunstverstand und Geschwätz, aufgeputzt mit vielfarbenem Zeug. Hier und da gibt's strahlende Verse, die von Dichtkunst und Historie künden. Doch sind sie Wortgeklingel statt Musik, und sie wälzen sich fort und fort, als hätten wir im Sinn gehabt, einen Gobelin zu spannen, von Dover nach Calais. Ein Teil davon ist billiger Tand. Es gab fast ein Dutzend Stücke: die *Richards* und die endlosen *Henrys* und den einen *Johann*. Den einzigen Henry indes, den Siebenten, der meine Sippe an den Bettelstab brachte, wollte ich nicht haben. Er bekam die volle Verachtung meines Schweigens zu schmecken. Das einzige andre Schweigen war die Magna Charta, die ich aus *König Johann* wegließ. Das geschah der Königin zuliebe.

Die *Rosenkriege* wiederum schmeicheln dem gemeinen Volk wie dem Hof in einem flüchtigen Auf und Ab königlicher Macht. Mehr als ein halbes Jahrhundert und Könige, so himmelweit verschieden wie Adler, Frosch und Katz und Roß, warn zu bewältigen. Außerdem gingen wir später bei den Alten in die Lehre, schöpften aus römischer Zeit und Castigliones *Hofmann*, dem ich vor Machiavellis Buch immer den Vorzug gab. Doch will ich es noch einmal sagen. Diese Stücke sind bloß endlose, pompöse Salbaderein über unsere Nation, mit bezaubernden Blüten echter Poesie durchwirkt. Mahnung an eine Königin, Gepränge für Ihr Volk. Ich war ein blutjunger Mann und ein junger Dichter. Durch die frühen Stücke lernte ich allmählich, dem Handwerk des Stückeschreibens, von allen Künsten die niedrigste, die rechte Gewandung und Manier beizugesellen. Das Maß der Verse meines Dramas wurde verwickelter. Mit den Jahren kannte Sie keine größere Leidenschaft als Ihre Stücke. Wenn es in Sidneys Augen Verachtung verdient, auf der Bühne zu stehen, dachte ich, dann wird der Dichter sich verkleiden und eine Zeitlang das Gewand des Stückeschreibers tragen.

Die Königin verfuhr mit dem Theater ganz wie die Tochter König Henrys. Allein Sie bediente sich meiner klug und bedacht und fügte den höfischen Schaugeprängen, die Ihr Vater aufführen ließ, Schauspiele hinzu. Hatten nicht die Oxfords seit 1492 ihre Schauspieltruppen unterhalten? Die Reisen Ihres Hofes und unsre Stücke überzogen schließlich in verschiedenen Richtungen das Land. Die gleichen Stücke wurden auf verschiedene Manier, ja beinahe in verschiedenen Sprachen in Blackfriars und dem Globe, in den Gebäuden der Advokateninnungen und am Königlichen Hof in Whitehall und Greenwich aufgeführt. Jede Stadt und jeder große Weiler sah sie. Sie flochten des grünen Englands Rot und Weiß, sein Hoch und Niedrig mit biegsamen goldenen Drähten zusammen. Über den Königlichen Anteil an den Kosten, tausend Pfund im Jahr, verfügte ich ganz allein und war niemandem Rechenschaft schuldig als der Königin selbst am Tag vor den Turnieren zur Feier der Thronbesteigung. Niemals brachte Sie Einwände vor, und Sie hatte auch keinen Anlaß dazu. Da ich Augen und Ohren offenhielt, blieb mir nicht verborgen, daß Walsinghams Spione meinen Leuten folgten, selbst wenn sie Leinwand kauften, und darum machte ich, wenngleich ich großzügig von der Rechnungslegung befreit war, kaum von diesem Recht Gebrauch. Ich pflegte mich zu beklagen, was Sie gebe, reiche nicht aus für das, was Sie wünsche. Sie lächelte. Wiewohl nicht genug, wandte Sie ein, sei es doch Ihr höchst großzügiges Geschenk und alles, was Sie geben könne. Dieser Gleichmut war nichts als Ihres Großvaters eingefleischte Knauserigkeit, die immer noch unter Ihren Handkrausen und Kragen hervorlugte.

So lebte und schrieb ich mehr als zehn Jahre lang und tauchte manch einen Spiegel in Silber, um all die Masken des Lebens zu zeigen. Ich wurde immer ärmer und reicher. Meine Reichtümer? Gelegentlich das Gepränge eines Fasans, der, schwer und schlaff wie französischer Samt, sich aus dem Feld aufschwingt. Von Zeit zu Zeit bloß ein vollkommener Vers – *die mit Purpur gefärbten unermeßlichen Gewässer* –, der den plumpen Vögeln des Seneca und Tacitus neues Leben und Schwung und Poesie und Kraft verlieh. Es ist kein Geheimnis, daß alle wahre Poesie nicht neu Geschaffenes, sondern Übermittlung ist, von außen oder innen.

Ich habe zu lange gelebt. Die Blätter meines Lebensbuches sind gelb geworden. Liebe, Ehre und Schauspieltruppen sollten das Alter begleiten. Nichts davon besitz ich. Täglich wächst der Durst mit dem Fieber. Wie wird es enden? Ich habe nur das vollkommene Wort, die Worte, die nackten Worte. Kalt und quecksilbrig sind sie wie Perlen, und darum müssen sie mein Fieber kühlen.

3

Gemach, gemach, was folgt, ist Prosa. Die Flut läuft auf, weicht und kehrt zurück. Hab ich am Ende wirklich dieses rauhe Gestade erreicht? Mit jedem Dichter nimmt's vielleicht diesen Lauf. Ich fürchte diese Reife. Ein Hauch des Todes geht von Prosa aus. Doch wäre ich dazu befähigt, könnte ich das Ruder drehen und vielleicht den Kurs Montaignes einschlagen. Schließlich ist mein Leben ein Rohstoff wie jeder andre, Kunst daraus zu machen, und seine offenkundigen Mängel lassen sich vielleicht zu gutem Ende wenden, wie der Franzose seine Gallensteine zu nutzen verstand. So sitzt denn mein Leben hier am Ufer, kratzt sich wie ein grämlicher Bär, der den Hunden entronn und vom Fieber zur Strecke gebracht ist. Sei's drum – ich hoffe zumindest, daß Wahrheiten sich mir entdecken wie die Flöhe, die im feuchten Pelz sich verbergen. Wozu zweihundert Sonette nötig wären, dachte ich, kann in Prosa ohne Mühe auf einer oder zwei Rollen Pergament Platz finden. Es ist umgekehrt. Weder gibt es Zeit noch Pergament genug, die Arbeit angemessen auszuführen. Wie alles das beschreiben, was in allen diesen Jahren geschah, alles, was gedacht wurde? Wie oft legte ich einer Figur auf der Bühne hohe Ideale in den Mund, an die sie nicht glaubte, doch diese Gedanken, nichts als Papier, gewannen Tiefe, trieben dunkle Flammen hervor und verzehrten die Figur. Hier und jetzt darf es keinen solchen Abstand geben zwischen dem Gedanken und dem Wort, keine einlullenden Verse, keine Bühnenfiguren, bloß die Wahrheit selbst. Ich merke wohl, daß ich zu jedem Vorwand greife, um Zeit zu gewinnen.

Welcher Mann würde nicht mit Freuden eine schöne Frau nackt erblicken? Welcher Dichter würde sich selbst mit Freuden so nackt zeigen? Jetzt werde ich den Vorhang beiseite ziehen und Dich, Leser, mein Bild sehen lassen. Wer magst Du sein? Nicht meine Gattin, hoff' ich. Die geheime Lade dieses Tisches wird mir helfen, vor dieser Generation verborgen zu bleiben. Edward und Henry, Söhne und Brüder, einander unbekannt, stehen in den Niederlanden im Felde und leben vielleicht nicht lange genug, meine Leser zu sein oder wären darauf erpicht. Wenn Francis und Horace zurückkehren, werde ich ihnen diesen Tisch übergeben, mit der Anweisung, daß er in hundert Jahren zu öffnen sei. Sie werden wissen, wie das zu machen ist.

So muß ich mir denn selber ein Bild vom Leser machen: ein unbotmäßiger Dichter, in ferner Zeit, an fernem Ort und nicht gut angeschrieben in Deinem Kloster in Mexiko oder auf den Bermudas oder, ja, das trifft's am besten, im alten Andorra, dem kleinen Lande ohne Geschichte. Wiewohl von guter Herkunft, sehn sie Deine Arbeit vielleicht als niedrig an, weil Du nur, sagen wir, alte Manuskripte ordnest. Du badest in Papier und Schweigen, und was sollte Dich, nicht froh Deines Geschicks, abhalten, in Deiner Phantasie zu einer fernen Küste aufzubrechen, die Dein verlornes Land ist und mein Schicksal? Willkommen denn, Bruder Leser. Du hättest die Mühe nicht auf Dich genommen, diese Reise zu machen, gäb's hier nicht etwas für Dich. Dein Englisch, mit Verlaub, ist recht gut. Du bist mir günstig gesinnt, doch entrückt. Wenn Du ein Zuschauer von niederer Abkunft bist, werde ich darüber hinwegsehen und Dich bitten, die Augenblicke meiner Schwäche mit Milde zu betrachten. Ich hoffe, ein paar ältere Familienmitglieder haben sich zumindest einmal das Vergnügen gemacht, einem Turnier beizuwohnen, und Dir davon erzählt, als Du ein Knabe warst. Genug, um ein klein wenig von unsrem englischen Blut zu wissen, oder, was andernfalls auch genügen mag, von unsrem Geist. Wir wollen uns so verständigen: ich werde annehmen, daß Du viel weißt und verstehst, doch trotzdem Hilfe wünschst, und ich werde danach trachten, nicht zu vergessen, sie Dir zuteil werden zu lassen. Wenn Du bloß die Hälfte dessen, was ich sage, begreifst, wirst Du gleichwohl eine hinreichend traurige und lehrreiche Geschichte hören. Ich trödle; es wird Zeit, diese saumselige Erzählung in Gang zu setzen.

Was ist das Allerschlimmste, das sie mir vorwerfen? Er hat sein väterliches Erbteil verschleudert, sagen sie. Nein, sagen wir lieber, daß mein ganzes Erbteil mein Vater war, John, der sechzehnte Earl. Einen Mann wie ihn wird's so bald nicht wieder geben, weder in England noch anderswo. Der Tod nahm ihn mir früh, und darum lebt er allezeit in meiner strahlenden kindlichen Erinnerung. Warum sollte er sich ändern?

Henry verhängte über meines Vaters Onkel, seinen ergebensten Edelmann, die schwerste Strafe, die ein Adelsgeschlecht je erlitt, ausgenommen die Verluste durch Krieg und Exil. Das zerstörte aus nichtigem Grund sein Leben und unser Haus. Das war im Jahr 1498, bevor der Titel auf die Linie meines Vaters überging. Worin bestand das Vergehen jenes Earls? Daß er sich zweitausend Gefolgsleute dingte, in bunter Tracht ihren König längs der Straße zu empfangen. Eine gute Gelegenheit, Seine Edelleute von der Gewohnheit, sich private Heere zu halten, abzubringen, und wärs nicht besser gewesen, diese Botschaft mit Windeseile im Königreiche zu verbreiten, als Deinen aufrichtigsten Freund und Deine treuste Stütze so zurechtzuweisen?

Mein Vater erzählte mir vom Besuch jenes Henry, als er im Jahr 1562 die Vorbereitungen für den Empfang der jungen Königin auf Schloß Hedingham traf. Rings um uns waren seine Männer und Frauen und ihre Kinder an der Grenzlinie aufgestellt, gekleidet in römische Trachten und Gewänder, durch welche die Sonne Essex' schien, so daß der Zwölfjährige, während sein Vater sprach, in seiner Phantasie hinter diesen Kleidern die noch helleren Färbungen und Gewebe jenes anderen Flitters erspähen konnte, den Tausende aus Liebe zum König trugen. Man hätte meinen können, daß dieser verhängnisvolle ferne Tag in unserer Familiengeschichte der allergewöhnlichste war. Ich entsinne mich nicht eines bitteren Worts. Er sagte dazu lediglich »Wenn's unsrer Majestät gefällt, menschlichen Besitz als Pfand zu nehmen, müssen wir's erdulden«, und genau diese Worte kamen mir wie von selber auf die Zunge, als ich fast vierzig Jahre später erfuhr, die Königin sei gestorben. Meine Mutter, die einzige Frau in Essex, die meinen Vater nicht liebte, grollte, wenn er von diesem Henry ohne Bitterkeit sprach. Aber so und nicht anders war mein Vater. Ich bin nicht wie er. Diese ungerechte Verarmung befeuert meinen flammenden Zorn am meisten. Obgleich er sich gemäßigt hat, lodern die alten Flammen wieder auf, da ich in Schande sterbe, meinen Mitteln nach fast ein Bürgerlicher.

Er begegnete seinen Mitmenschen mit schrankenloser Liebe und Wärme, ausgenommen den einen dunklen Punkt in der Mitte, seine Frau. Ich erlebte lange Passagen der Liebe zwischen poetischen Angern und dunklen Nächten des Dämons. Vielleicht waren wir doch nicht so verschieden. Drei Jahre bevor ich geboren wurde, rief er einen heimlichen Skandal hervor, der durch das Königreich ging, weil er seine Schauspieler im Februar in Southwark eine Farce spielen ließ, just als aus allen weit geöffneten Kirchentüren Englands die Seelenmesse für Henry VIII. erschallte. Das war einer jener Einfälle, wie er sie immer hatte, wenn er tadeln wollte. *Es war mein Versehen*, sagte er und lächelte wie ein Kornfeld zur Sommersonnenwende. In einem Juni, als ich noch sehr klein war, begleitete ich ihn in der Kutsche, als er die Herberge in Plymouth besuchte, um die Vorbereitung eines Stückes zu überwachen. Das Verfahren war das gleiche. Während des Sommers spielten sie gegen Honorar in den Höfen von Herbergen, und dann stellten sie sich im Winter, ein wenig besser eingespielt, im Schloß vor. In der Theorie deckten die Honorare aus Dover, Ipswich und Barnstaple die jährlichen Kosten der Truppe. In der Praxis kam das natürlich niemals vor. Als vor zwei Jahren die Königin starb, geriet auch ich in einen Wirbel von Schreiben und Proben, so daß sich der Großkämmerer zu seinem Leidwesen nicht in der Lage sah, an der Trauerprozession teilzunehmen. Es war mein Vorrecht.

Meines Lebens Fahrt bestimmten zwei Annes und zwei Elizabeths. Meines Vaters Leben kannte zwei Dorothys und eine Margery. Seine erste Frau starb früh, schenkte mir eine Katherine, eine Halbschwester, und ein paar Geschichten. Die andere Dorothy war bloß die Kinderfrau meiner Halbschwester, obgleich sie sich nicht wie eine Kinderfrau betrug. Ich kannte sie gut. Sie war die Liebe seines Lebens. Sie war, man möge mich recht verstehen, keine gemeine Dirne, wenngleich man von ihr sagte, daß sie sich im Handumdrehn verwandeln konnte, zuerst kalt und unnahbar wie eine Statue, dann ihren Leib darbietend in zügelloser Lust, während die Diener noch aufwarteten. Die Nevilles waren über ihre niedrige Stellung empört und beklagten sich bei Hof, daß mein Vater mit Absicht ihre tote Tochter entehre. Die Nevilles beliebten zu vergessen, wie man vermuten darf, daß sie, wenngleich sie über Westmorland und Buckingham aus vornehmen Häusern stammten, gleichwohl an eine Grenze gestoßen waren, als sie zu den de Veres hinaufgelangten. Es scheint, daß sie noch über das Grab hinaus gesellschaftlich weiter aufzusteigen wünschten. Der Earl, mein Vater, der zu Pferd und mit dem Degen tapfer zu streiten wußte, verstand sich nicht auf Wortgefechte und schreckte zurück vor dem Tadel des Hofes, der schmeichelnd tötete. Es gab keine Heirat, obwohl ich nicht weiß, wie die Geschichte endete. Ich weiß bloß, daß meine Mutter jedesmal gekränkt war, wenn von irgendeiner Dorothy die Rede war, und daß sie wenig Zeit verlor, den Schimpf zu vergelten, als er am Ende des Sommers starb: sie vermählte sich erneut, bevor der Weihnachtspudding aufgetragen wurde.

Seine zweite Frau, diese Margery, heiratete meinen Vater in Essex. Sie war die Tochter von John Golding of Belchamp St. Paul, und die Hochzeit fand im August 1548 statt. Die Heirat kam zustande, nachdem Lord Wentworth meinem Vater die Hand seiner Tochter, die er ihm zu Anfang gern versprochen hatte, wegen begründeter Zweifel am Vermögen der de Veres wieder entzogen hatte. Die Goldings waren bei Hofe gewesen, wenngleich in einem bescheidenen Winkel, und sie hatten es zu einigem Wohlstand gebracht, indem sie die Ernten der de Vere und anderer Landgüter nach Rußland verkauften. Margery hatte ihre Familie überflügelt und war Hofdame von Königin Mary geworden. Die vornehmen Nevilles sahen auf diese Weise die Ehre ihrer toten Tochter wiederhergestellt, freilich nur für den Augenblick. Wenn ich in den Spiegel blicke, sehe ich ein außerordentlich schmales Kinn, ziemlich dünne Lippen und Augen, die nicht so weit auseinanderstehen wie die meines Vaters. Das habe ich von den Goldings. Doch das Blut, das in meinen Adern fließt, kann der Spiegel nicht wiedergeben, und das wird vom kräftigen Strom der de Vere getrieben. Meiner Mutter bedeutendste Mitgift für mich bestand in ihrem Bruder Arthur, der nicht nur Getreidehändler war, sondern der größte Gelehrte des Lateinischen, über den England verfügte, und der mein ständiger Tutor war. Ich konnte Ovids Liebesgedichte auswendig, als ich noch ein Knabe war, und Onkel hatte mir erlaubt, in meinen Übersetzungen allerlei Schlüpfrigkeiten unter seinem Namen und zum Mißvergnügen seiner Schwester zu veröffentlichen. Ovid ist für immer meine erste Liebe gewesen.

In den meisten Dingen hatte ich den prächtigsten Lehrer in meinem Vater, dem Earl. Den Falken handhaben, ein Pferd beherrschen, einen Pfeil schnellen lassen, der wie eine flinke Schwalbe sein Ziel findet, den Fuchs mit überlegner Schläue verfolgen, alles das lehrte er mich. Und vor allen Dingen, das besondere Ritual der de Vere, den blauen Eber zu jagen, seinem Angriff gelassen entgegenzutreten, den Eberspieß stoßbereit. Er tat es, ich tat es, so wie alle meine Vorväter, von denen einer sogar tödlich durchbohrt wurde. Der kämpferische Geist der de Vere wurde gestählt durch diesen Zeitvertreib. Der blaue Eber ziert unser Wappen.

Die Sonne strahlte am englischen Himmel, als ich meinem Eber ins Auge sah. Die Jagdgesellschaft floh furchtsam ins Unterholz, während ich ohne Regung den Sieg oder den Tod erwartete. Nie war der Himmel so blau gewesen, das Blut so rot noch der Tod so nah und auf der Zunge zu schmecken. Die Felder lagen damals heiter und voll Jubel, und ich war nur betrübt, daß er nicht mehr miterleben konnte, wie ich diese Tat vollbrachte.

In Gedichten und Stücken habe ich versucht, diese frühen ungetrübten Tage mit meinem Vater auf dem Lande einzufangen, doch nie gelang es mir zu meiner Zufriedenheit. Was kann ich jetzt von fiebriger Prosa erhoffen? Er pflegte mich Hap zu nennen, und ich war damals glücklich. Ich kann sein Pferd sehen und das blaue Halstuch und seinen schwarzen lederumspannten Rücken und den Wind, der das Gras auf den Wiesen kämmt, als wir der Meute über den Hügel folgten. Doch es ist gleich, wie kostbar ich dieses Bild auch ausschmücke, es ist ein Gemälde in meinem geheimsten Bildersaal, weder von Wert noch von öffentlichem Nutzen.

War mein Vater damals ebenfalls ein Opfer der Pest? Das fragte ich mich nicht, doch heute denke ich darüber nach. Wenngleich damals unzeitgemäß, war die Pest in jenen Jahren gelegentlich ein prophetischer Besucher. Plötzlich wurden mir alle Schloßtüren, die zu seinen Räumen führten, von Dienern versperrt. Ich beschimpfte sie im Treppenhaus, doch sie gaben mir nicht nach. In ihren Augen und verschlossenen Mienen ahnte ich, wie ernst es ihnen war. Wenn ich rasend wurde, ungebärdig und zornig, riefen sie Sir Thomas Smith. Wenn er auch später Elizabeths Privatsekretär wurde, war er damals mein Hauptlehrer mit einem Blick, durchdringend wie eine Degenspitze und einem Bart, brettern wie ein Regimentsbanner. Er forderte mich auf, zurückzugehen, und ich ging, gefügig durch seinen jahrelangen Sarkasmus und aus Furcht vor nachteiligen Berichten an meinen Vater: *Sagt mir nun Eure Übung auf, mein junger Lord.* FALLS *Ihr Euch die Mühe gemacht habt, sie zu lernen.* Dieses Mal war es seine Freundlichkeit, die mich entwaffnete: *Man wird Euch rufen*, war alles, was er mit sonderbar weicher Stimme sagte. Meine Mutter war nirgends zu sehen.

Noch ganz ein eigensinniger Knabe, entwarf ich meinen Plan mit unbesorgter List. Eine Rolle Hanfseil wurde vom

Speicher im Hauptturm des Schlosses auf die Brüstung der Westmauer geschleppt, und dort gab es ein leicht zugängliches Schanzwerk, von dem ich mich zu seinem Fenster abseilen konnte. Ich konnte weder sicher sein, daß die Fensterläden offen standen, noch daß das Seil bis zum Erdboden reichen würde, falls sie geschlossen waren. Ruckweise glitt ich an der Mauer hinab und schürfte mir die Hände ab, denn ich hatte zwar an geeignetes Schuhwerk, nicht aber an Handschuhe gedacht. Die Läden waren geöffnet, und ich fand einen Halt auf dem Sims des Kammerfensters. Mein Vater lag in seinem großen Bett, dessen Vorhänge man hochgerafft und wie einen Bausch farbiger Wolken auf dem Betthimmel aufgetürmt hatte. Sonderbar war nur, daß ich niemanden aus der kleinen Gruppe kannte, die sich um das Bettgestell versammelt hatte.

Vater erblickte mich sogleich und stützte sich auf einen Arm. Seine Nase und seine Wangen überzog ein Gehängsel, das mir aus Blutegeln zu bestehen schien. Also waren die Männer Ärzte. Wo waren sie bloß alle hergekommen? Vater lächelte nicht und streckte keine Hand aus. Entsetzt wie ich war, konnte ich nicht erkennen, ob er zitterte oder bloß die Achseln zuckte. *Die Ehre ist perdu*, sagte er und sah zu, wie die geschäftigen kleinen Männer alle miteinander zum Fenster rannten und mir die Läden vor der Nase zuschlugen. Dic Narren hatten vergessen, wo sie waren, und gedacht, sie wären in ihren Behandlungszimmern, wo jeder Tölpel den Kopf durch das Fenster stecken konnte. Wäre das Seil um meine Hüften nicht gewesen, hätten sie den Knaben in den sicheren Tod gestoßen. Durch einen glücklichen Zufall so bemessen, daß noch eine Daumenbreite Raum blieb, ließ das Seil mich kräftig genug auf dem Kies aufschlagen, um mein Fleisch, aber nicht meine Kleider aufzureißen. Als ich mich aufrappelte, fühlte ich den Schmerz in meinem Herzen. Mein Lehrer hatte recht. Ich hätte meinen Vater nicht so sehen sollen.

Mein Leben lang hatte es keinen Monat gegeben, in dem ich diesen Traum nicht geträumt hätte. Halb träumend, halb fühlend komme ich zum Ende meines Seils und falle dann durch den Boden, während mein Vater am Fenster seiner Kammer des Schlosses steht, das immer über mir schwebt, und ich falle und falle. Ein bodenloser Fall, bis ich erwache. Mein Vater zuckt die Achseln und findet nichts Sonderbares daran, seinen Sohn ins Bodenlose stürzen zu sehen, während Blutegel wie blattgroße, glänzende schwarze Schneeflocken vom Himmel rieseln. Sie schwingen immerzu hin und her, zu langsam, um mich zu erreichen. Und es ist, wie ich hinzufügen muß, immer Sommer in diesem Traum. Der Traum hat die Wirklichkeit weggewischt, so daß in dem vertrauten alten Entsetzen am Ende sich beinahe ein Trost verbirgt. Ich weiß schließlich, wie der Traum endet; ich bleibe immer unversehrt. Der Boden hat immer Erbarmen und tut mir kein Leid an. Das Seil beginnt sich zu drehen und in einen Strudel zu verwandeln, der nach Weinessig und Gewürznelken riecht, und dann wache ich auf. Der Traum ist bloß die Vorbereitung für einen Tag. In allen anderen Nächten träume ich von ihm, wie er wirklich war, und bin beim Erwachen ein wenig verdrossen, daß es ein fader Traum war.

Es war da ein Glücksgefühl, das an Wahnsinn grenzte. Ich bewahr' es besser auf im Schweigen der Vergangenheit.

Die Diener teilten mir mit, daß die Frau meines Vaters in der Nacht zuvor fortgegangen war. War sie eine Gefangene oder ein Gast auf Schloß Hedingham, daß sie so rasch verschwand? Gute Lady Margery, sie ging wirklich! Aus welchem Grund auch immer, es mangelte ihr an Liebe für ihren Gatten und ihren Sohn, dessen sei versichert, lieber Leser.

4

An jenem Tag wurde aus dem Knaben ein Jüngling, und den größten Teil der Woche war ich in der Tat Herr des Schlosses. Es war geringe Mühe, zwölfmal zwanzig schöne Pferde zusammenzubringen. Ich ließ nur solche mit gut ausgebildeter Brust gelten, nicht zu breit oder zu hoch und mit einer Luftröhre, die vollständig und locker dem Hals anlag. Der Hufbehang mußte groß sein, die Fesseln kräftig, der Rumpf niedrig und schwer. Ich hätte noch mehr Pferde aufbieten können, doch reichte die Zeit nicht, sie auszustaffieren, und es war um keinen Preis möglich, genügend Schneider aufzutreiben. Man hätte nicht gedacht, wie viele Schattierungen von Schwarz es gab, doch das stellte sich rasch als ein Vorteil heraus, denn die verschiedenen getönten schwarzen Stoffe wurden so zusammengefügt, daß Hauben und Schabracken entstanden, die unterschiedlich gefärbt schienen und doch schwarz waren. Der Anger war übersät von Pferden und Schneidern, die sie für das Begräbnis ausstatteten.

Aus London kamen Abgesandte, sich über den Todesfall Gewißheit zu verschaffen, und sie waren überrascht, daß das Begräbnis nicht in Essex stattfinden sollte und der Trauerzug vielmehr kurz davor stand, zur Königin zu kommen. Ich hatte besorgt, die Königin werde es für unschicklich halten, nach Colchester zu kommen, und vielleicht spürte ich, daß Schloß Hedingham für ihn kein heiliger Fleck sein würde. Was mich angeht, so kehrte ich, nachdem ich das Schloß verlassen hatte, niemals zurück, und von allen Oxford'schen Besitztümern, die ich je verkaufte, war es dasjenige, von dem ich mich am leichtesten trennte.

Da waren zweimal zwanzig altenglische Schwarze, und davon die sechs besten zogen den Leichenwagen, der ganz mit schwarzem Tuch drapiert war und ohne Kutscher fuhr.

Ich ritt auf Vaters Pferd nebenher und lenkte die Pferde. Die Schwarzen waren drei Ellen groß und so wuchtig wie klug. Niemand brauchte sie im Zaum zu halten. Lediglich ein Dutzend Pagen hatte ihnen zu folgen. Ihnen folgte eine geringere Zahl schottischer Clydesdales, auch sie waren wuchtig, doch ein wenig kleiner und nicht alle von schwarzer Farbe. Ich hatte auf Braune aus Yorkshire und Cleveland zurückgreifen müssen, darunter einige Kastanienbraune, doch die meisen hatten entweder schwarze Beine oder schwarze Köpfe. Kein Pferd war kleiner als dreieinhalb Ellen.

Der Leichenwagen war mit großen Büscheln dunkelroter Kirschen geschmückt, die wie Trauben auf große purpurne Blätter genäht waren, denn mein Vater hatte mir einmal im Scherz gesagt, so geschmückt wünsche er sich seinen Leichenwagen. Während wir langsam nach London zogen, blickte ich jedem scharf ins Gesicht, ob es jemand wagte, über die Kirschen zu lachen, doch, obgleich einige mit dem Finger deuteten, begegnete man dem Zug mit Höflichkeit und Ehrerbietung, selbst als er Ludgate und Cheapside durchquerte. Ich erinnere mich, daß ich als Junge, kaum in der Lage, aus dem Kutschenfenster zu blicken, dort durchfuhr und die Dirnen am Bordstein standen und ihre Röcke über ihre Köpfe zurückschlugen, um ihre Ware und ihre gutmütige Verachtung zur Schau zu stellen. Die Nachricht von unserem Kommen eilte uns voraus, denn als wir Whitechapel erreichten, schien der Hof draußen auf den Treppen zu kampieren, und bald trat die Königin selbst auf den obersten Treppenabsatz, was nicht alltäglich war. Ich kniete vor Ihr auf der Treppe. *Herrscherin, zu Eurer Anteilnahme habe ich meinen Vater hergebracht*, sagte ich.

O, kleiner Lord Oxford, es wäre viel besser gewesen, damit zu warten, sagte Sie und beugte sich nieder, um mich zu küssen. Ich errötete vor Zorn, und Sie küßte mich abermals. Selbst in meinem Kummer schmerzte es mich, in meiner Jugend so gedemütigt zu werden. Bis ich das Glitzern in Ihren Augen sah und selber weinte. Sie sprach wieder wie eine Königin. *Wir werden geruhen, Euch und*

Euren teuren Vater in Unsere Obhut zu nehmen. Doch zuerst möchten Wir Eure Pferde in Augenschein nehmen.

Obwohl Sie als Königin in Kutschen reisen mußte, folgte Sie Ihrem Vater in der Liebe zum Reiten, und niemand, der dabei war, wird so bald die Anmut vergessen, mit der Sie im Damensattel nach St. Paul's ritt. Wir sprachen bis tief in den Nachmittag über die Tugenden und Besonderheiten der altenglischen Schwarzen oder Kriegsrosse, wie Sie sie nannte. *Jetzt pflügen sie geruhsam die Felder*, sagte Sie, *aber sie warten schon wieder geduldig auf den Schall der Trompeten. Wir sind froh, sie zu haben, doch laßt sie noch eine Weile bei ihrer Arbeit. Man hat Räume für Euch gerichtet. Wir hoffen, Euch bei Hofe zur Gesellschaft zu haben. Betrügen sich alle meine Earls wie Ihr, wäre England ein Königreich, das noch schwieriger ist als das jetzige.*

5

Ich werde gewahr, daß ich meine Aufgabe nicht meistere, gewaltsam meinen Lebensbaum zurechtzustutzen, der zu viele Seitenäste treibt. Also halt ich inne und trinke die altbewährte Arznei aus Rose und Haselnuß. Mag sie rohe Säfte und giftige Blähungen austreiben. Mein liebendes Weib, Beth, sorgt für alles, doch von fern, aus einer Ferne, die ich mir erkauft habe. Bitterkalt ist's in meinem Herzen, das wie ein versenkter Anker an meiner Feder zerrt. Wenn's mir wohler ist, werd' ich aufs neue in den Wurmlöchern längst entschwundener Tage stochern. Ich habe schon zuviel gesagt, wenn es auch vieles gibt, das ich noch verberge. Worte schwirren empor, Gedanken bleiben in der Tiefe. Rot ist anfangs die Rose, sie entblättert sich, wird purpurn und färbt sich schließlich schwarz. Wann wird das letzte Blütenblatt erscheinen? Das ist jetzt kein Rätsel mehr, das schwer zu knacken ist.

Ich war erst drei Monate am Hof, und es behagte mir. Mein rustikaler Schliff war fein genug, mich den Schönen unter den Hofdamen begehrenswert zu machen, die bemerkten, welchen Gefallen die Königin an meinem Witz und meinem Tanzen nahm. Es gab frische Becher, Liebesworte und schließlich weiche Betten. Nach ein paar Wochen war ich der Bettgenosse zweier hübscher, junger Hofdamen, von denen jede glaubte, mich zu verführen und zu unterweisen. Obgleich ich nur ein Liebchen in Earl's Colne gehabt hatte, einmal nur und erst vor kurzem, schien es sie aus der Fassung zu bringen, daß jemand so jung und doch nicht unschuldig war, und mehr noch, als die erste entdeckte, daß noch eine zweite sich um meine Erziehung kümmerte. Beide hatten lange Beine und pralle Brüste. Die eine badete nicht allzu oft; die andre, die mir besser gefiel, war immer reinlich und lieblich parfümiert und bei ihren

Vergnügungen weniger berechnend. Jetzt ist sie eine Große Dame des Königreichs und verdient, meine ich, ihren guten Ruf sehr wohl. Des Nachts gabs Flüstern und Bockspringen, am Tage gespielten Gleichmut, wenn man sich begegnete. Auf diese Weise wurde ich rasch ein gelackter und wendiger Höfling.

Mein Tutor wurde an den Hof gebracht, doch schenkte er mir weniger Aufmerksamkeit als der Königin. Seine Schüler wußten über viele Dinge weniger als ich, mit Ausnahme des Italieners Guido, mit dem ich mich jeden Tag mehrere Stunden unterhielt und dabei viel lernte. Das Italienisch der Königin war seit Ihrer Jugend fast perfekt, und gegen das Ende zu pflegte Sie Randbemerkungen an mich zu richten, in Gegenwart derer, welche der Sprache nicht mächtig waren, den eignen Hofnarren spielend.

Am 1. November teilte man mir mit, meine Mutter werde wieder heiraten. Ich nahm es als gelungenen Scherz, ahnte jedoch, daß es keiner war. Die Bitte um Erlaubnis lag noch nicht einmal bei Hofe vor. Ihr Bräutigam war Charles Tyrell, ein Angehöriger der Königlichen Ehrenwache, nicht mehr, denn er war der letzte von vielen Söhnen des Sir Thomas Tyrell, unseres Nachbarn in Essex. Dieser Charles war in der Grafschaft wohlbekannt wegen seiner schimpflichen Heirat mit Agnes Odell, einer ungestalten Frau, wie ich mich gut erinnere, breithändig, das Gesicht von rötlichem Puder überladen, mit wuchtigen Beinen und Hüften, die einem knochigen Leib unnötige Stütze gaben, und einem schmalen Kopf, der für die kleinen Augen und die Nase kaum genügend Raum ließ. Die arme Frau hatte nicht einen angenehmen Zug und trug doch immer ein verkniffenes Lächeln zur Schau, selbstgewiß und voll unechter Überlegenheit, dessen Grund und Zweck man sich kaum erklären konnte. Sie sind ein dunkles Rätsel, diese eitlen Hohlköpfe. Tyrell war in mancher Hinsicht angenehmer, doch er hatte sich ihr Lächeln zu eigen gemacht. Man erzählte sich, einer der beiden habe den anderen, mit einem Messer bewaffnet, um das Herrenhaus gejagt, wenngleich es offen bleibt, welcher von beiden das Messer hielt.

Gleichviel, bald verging ihm das Lächeln, und ihre Ehe wurde vom Hohen Gerichtshof für nichtig erklärt. König Henry führte die morgenländische Ehescheidung in England ein und machte zum Ausgleich der Winzerei ein Ende, indem er die Klöster zerschlug. Tyrell zog Nutzen aus beiden Umständen, weil er sich bemühte, durch das Bestellen von Weingärten die heilige Lücke zu füllen. Sein Vorhaben war nicht sehr vielversprechend, weil die rechte Art des Kelterns und die besten Rebstöcke zugrunde gegangen waren, doch der junge, süße Wein, den man geradewegs in die Oxhoftfässer der Bauern leitete, ließ sich, kupfermünzenweise, in Gold verwandeln, und vielleicht hatte meine Mutter, als sie die Verbindung einging, Hoffnungen darauf gesetzt. Indessen war ihnen eine hechelnde, ziellose Hast zu eigen, denn binnen weniger Jahre hetzten sie einander ins Grab. Einst war unser Rotwein ebenso edel wie jeder französische oder italienische, doch heute muß in England ein guter Wein aus einer enghalsigen Flasche fließen, die von anderen Gestaden kommt. Unsre englischen Zwiebelflaschen sind nicht mehr gut genug.

In jenem November erfuhr ich eine weitere Ermutigung. Die Königin, mit meiner Lage anscheinend ebenso vertraut wie ich selber, sagte mir, es sei der Wunsch meines Vaters gewesen, daß ich im Falle seines Todes bei seinem guten Freunde, Sir William Cecil, wohnen solle. Das bewies, daß die Entzweiung meiner Eltern lang zurücklag und nicht aus einer Laune hervorgegangen und daß ich meines Vaters Sohn war. Als ich ein Knabe war, hatte mir Cecil nie gefallen, wenn ich auch nie einen Grund dafür finden konnte. Anfangs hatte mich seine übertriebene Herzlichkeit abgestoßen, und am Ende machte sie mich frösteln. Wenn er nach Schloß Hedingham kam, suchte ich Zuflucht im Bergfried, meinem Königreich. Mit seinen Gewändern und Pelzen, die er sogar im Sommer trug, kam er einem kleinen Jungen wie ein Frachtschiff vor, das allein dazu taugte, aus der Entfernung betrachtet zu werden. Erst viele Jahre später wurde offenbar, daß er, inzwischen Lord Burghley, fast wie ein Mitregent auch über England herrschte.

Solange er lebte, war er Ihr Mann, der die Geschäfte führte. Es ließ sich nicht leugnen, daß Ihr Vorschlag vernünftig war und überdies bei meinem Vater anknüpfte, der, nicht anders als ich, in der Wahl seiner Freunde nie ganz glücklich war. Welch ein Meister der Weitschweifigkeit war dieser Cecil! Obwohl das Vorbild zahlreicher lebendiger Denkmäler in den Stücken, war er das einzige Muster, das je ich hatte, das der Kraft meiner Erinnerung widerstand. War das wirklich Englisch, was er sprach, oder Ungarisch? Ich glaube, am besten traf ich ihn als Pandarus, just so wie er einmal in meiner Gegenwart seine Tochter schalt: *Na, na! Was denn, hast du denn gar kein Urteil? Hast du keine Augen? Weißt du, was ein Mann ist? Ist nicht Geburt, Schönheit, Wohlgestalt, Rednergabe, Mannheit, Bildung,* Hokuspokus – es wird mir später einfallen – *und Jugend das Gewürz und das Salz, das einem Mann Geschmack verleiht?* Man versteht jedes Wort und erkennt, worauf er zielt, und doch flog in seinem faden Wortschwall alles wie Unkrautsamen davon. Ich erinnere mich nicht sehr deutlich, wie er anfangs auf mich wirkte, als ich schließlich in seinen verschiedenen Häusern wohnte. Zweifellos wie ein wohlmeinender Mann mit einem geheimen Gebrechen.

Cecil war klüger, als seine Worte offenbarten, und machte eine glänzende Karriere, weil sich bei ihm Verschlagenheit und Ergebenheit merkwürdig mischten. Die Wurzel seines Lebensbaums war das Stift, das er unterhielt, um die vornehmsten Waisen der Nation und jene zu beschirmen, die im Tower zur Vorsicht umgetauft worden waren. Der Hüter der Mündel. Seine vornehmste Schülerin war natürlich die Königin selbst, die aus dem Tower nach Hatfield House in seine vorübergehende Obhut entlassen wurde. Sie erzählte mir, Sie habe, als Sie dort gewesen sei, alle Ihre Briefe immer noch mit »Elizabeth, Gefangene« unterzeichnet und habe dennoch in seiner Obhut Frieden und Trost empfunden. Es gab Gerüchte, er habe Kämpfe ausfechten müssen, um Sie zu bekommen, obwohl das nicht mehr als angemessen war, denn auch Edward VI. war, während Er auf Seine Thronbesteigung wartete, dort gewesen.

Sie merkte an, wie geschickt Cecil seine Gegenwart mit seiner Zukunft zu verknüpfen gewußt habe. Er sei der erste gewesen, sagte Sie, der Sie als seine Königin behandelt habe, während er dennoch, trotz seiner zur Schau getragnen Abneigung gegen die Aufgabe, jeden Ihrer Schritte überwachen und durch Späher hinter Vorhängen jedes Ihrer Worte belauschen ließ. Diese Verschlagenheit, die Ihr damals gefiel, machte mich später rasend. Hier stand Ihr ein Hofmann zu Gebote, der zwei Herren zu dienen und gegen keinen von beiden treulos zu sein vermochte. Ein Wunder der Natur: *Wir erkannten, daß, lernten Wir, ihn zu ertragen, ihn beherrschen und zugleich, wenn's Uns gefiel, ohne Sorge für Uns herrschen lassen konnten, was für jeden Herrscher eine seltne Wohltat ist.*

In meinen Augen ist er heute ein verdammungswürdiger, doppelzüngiger Schurke, der mit sanfter Nötigung die Ehrbarkeit ins Lotterbett trieb. Er und seine Lakaien wetteiferten mit dem Wind hinter den Vorhängen. In beiden Herrenhäusern waren überall hinter den Vorhängen kurzbeinige Bänke aufgestellt, um, wie es hieß, Luft durchströmen zu lassen und Schimmel und Fäulnis entgegenzuwirken. In Wahrheit geschah es, um die Schuhe seiner Spione, die unter den Säumen hervorgelugt hätten, zu verbergen.

So viele meiner frühen Jahre spielten sich zwischen Vorhängen ab, daß ich meine Stücke damit ausstaffierte. Nicht bloß Polonius, sondern Meuchelmörder und der dreiste Falstaff auch, sie alle standen vor oder hinter dem Wandbehang. Auch mich ertappte man hinter Bettvorhängen, doch davon später. Soll ich jetzt von Walsingham sprechen? Nein, zuviel wär's für die Bretter jeder Bühne, wenn sie zur selben Zeit darauf erschienen mit Silberschalen voll verblümter Lügen und nützlicher Sentenzen. Ich komm alsbald auf sie zu sprechen. Ich will einräumen, daß England gut vierzig Jahre lang den Bürgerkrieg vermied, doch ist's ein Frieden gewesen, der durch einen Krieg von Spionen und Kriechern bewirkt wurde. Heil euch, Lord Burghley und Staatssekretär Walsingham. Die scheinbar schmerzlosen Nadelstiche ihres Spotts konnten jedem

Mann die Ehre stückweise vom Leibe reißen. War eine lebendige Seele auch hinter zwanzig Riegeln fest verschlossen, so sprengten ihre Lauscher und Mauschler sie am Ende doch und packten sie. Von hinten schleicht die Verleumdung sich an, aus blankem Haß oder schäbigen Lohnes wegen, und kein Sterblicher kann ihr entfliehen. Gibts Schärpenband genug, um alle lästerlichen Zungen Englands in Zaum zu legen? Diese neuen Männer sind die Ritter mit den großen Mägen in diesem Zeitalter der Völlerei. Eben solche Männer werden Englands Schicksal bestimmen, sein Gedeihen wie sein Verderben.

6

Ich habe gesprochen, wie ich es heute verstehe. Um ehrlich zu sein, versuchte ich zu Anfang, Cecil zu lieben, und als das mißlang, versuchte ich es gar ein zweites Mal. Mein Grundfehler ist, daß sich Triebkräfte in mir ballen, die voneinander nichts wissen. Teilt einen Mann in tausend Stücke, dann habt ihr mich. Während ich spreche, sind sieben andre Stimmen mit Soufflierbüchern zur Stelle, die mich bitten, es anders zu sagen, und mich in einem Atemzug einen Einfaltspinsel und einen Schurken nennen.

Cecil sparte nicht, meine Zuneigung zu erkaufen, denn in jenen Jahren war er noch großzügig. Ständig stellten die besten Schneider Londons sich ein, um Maß zu nehmen und mich mit Gewändern und Wäsche aus Italien und Frankreich auszustatten. Wahrlich, mein Vater war nicht besser gekleidet. Erst mit der Zeit ging mir auf, wie die Bezahlung bewerkstelligt wurde. Die Ausgaben für mich, Kleidung eingeschlossen, und jeder Bissen, den ich aß, nie weniger als hundert, zuweilen volle tausend Pfund im Jahr, wurden von meinem Vormund gegen Grundbesitz aufgerechnet. Nicht gerade, daß er das Geld stahl, doch man konnte ein Stück Land unter seinem wahren Wert verpfänden, verbunden mit anderen Verkäufen Cecils auf eigne Rechnung und mehr zu seinem Vorteil. Auf diese Weise kam es dazu, daß den de Veres zum zweitenmal Länderein entglitten, die vor allem Leicester in die Hände fielen.

Alles übrige erforderte kein Geld, sondern es genügte ein simples Pfandrecht gegen Land oder Dorf, von meinem Vormund und in seinem Namen ausgeübt. Hier lag die Hinterlist darin, daß ich seiner Tochter eine Mitgift zutragen würde, falls er mich in die Falle lockte, was er auch wirklich tat. Als nämlich die Heirat mit Anne vereinbart wurde, versprach Cecil eine größere Mitgift, als er gab, und zog darauf die beträchtlichen Kosten meiner Knabenmützen und Stiefel von dieser bescheidenen Summe ab. Ich glaube, daß er mich wegen meiner Persönlichkeit und seiner Tochter wegen gern mochte, was er aber wirklich wollte, war ein vornehmer Name von hoher Geburt für seine Familie. Obwohl er reich war und eine Stütze des Throns, konnt' er, wenn er zurückblickte, bestenfalls einen Vater erkennen, der es im Parlament zu Wohlstand gebracht hatte, und einen Großvater, der Landvogt gewesen war. Und dahinter sah's finster aus. Er wünschte sich für seine Tochter einen Ehemann von hoher Geburt, war indes so schlau, sich zu bemühn, den freiheitlichen Sinn einzuschränken, der mit solcher Stellung verbunden war. Ich sollte weniger geheiratet, denn annektiert werden, noch dazu um einen geringen Preis.

Diese Knauserigkeit war ein starkes Band zwischen der Königin und Ihrem Lord Schatzkanzler. Es heißt, daß er, als er Lord Burghley und Powlets Nachfolger im Kanzleramt wurde, in Geldsachen ein noch größerer Krämer geworden sei und am Ende seinen Ruf, ein nachsichtiger, besonnener Mann zu sein, ganz und gar eingebüßt habe. Doch ich war von Anfang an dabei und kann bezeugen: er hat sich nie geändert – die Wahrheit wurde schlechterdings deutlicher erkennbar und konnte durch absichtsvolle Verschwendung nicht mehr bemäntelt werden.

Später sagte die Königin im Scherz – ich lachte nicht –, Sie und ich seien zwei ungewöhnliche Absolventen der beiden besten Universitäten Englands, Hatfield House und Tower. Es war ein zweifelhafter Scherz, denn in beiden Fällen war Sie es gewesen, die mich dorthin geschickt hatte. Sie erinnerte mich daran, daß Sie es vorgezogen habe, wieder im Tower zu hausen, während Sie auf die Krone wartete.

Trotzdem waren wir Gefangene von verschiedener Art. Ihr wart der Prometheus mit der Fackel, ich ruhte oben auf der Klippe. Mein Motto war video et taceo. *Als ich dort war, sagte ich nicht alles, was ich dachte, obgleich ich nie etwas sagte, was ich nicht dachte. Am meisten lernte ich von Cecil selbst. Ich begriff, daß diese gut katholische Stütze von Königin Mary für Königin Elizabeth ein standfester Protestant sein würde. Worum ich Euch beneide, ist Euer Latein, denn Ihr hattet damals Golding, während ich es von Anfang an besser beherrschte als mein armer Lehrer, Ascham, und darum fürchte ich jetzt, falsches Latein zu sprechen und von den Gelehrten belächelt zu werden. Es verdrießt mich, daß ich mich mit Caesar und Livius begnügen mußte.* In dieser Weise gedachte Sie unser beider Kindheit, und die Erinnerung daran, sagte Sie, erfülle Sie mit Schwermut. In Wahrheit war es Ihr Französisch, das herzlich schlecht war, denn es war Ihr schließlich von einem Engländer beigebracht worden, weshalb Sie es mit einem lächerlichen schleppenden Tonfall sprach: *Paah Dieu, paah maah foi.*

Wie das Geld für Prinzessin Elizabeths Aufenthalt in Hatfield House zusammengebracht wurde, war eine merkwürdige Sache. Natürlich konnte man es nicht so machen wie in meinem Fall. Cecil löste sein Problem, indem er Leicester großmütig erlaubte, Ihr viele Geschenke zu machen. Was diese beiden angeht, Cecil und Dudley, bin ich ihrem gemeinsamen Interesse nie auf den Grund gekommen. Ich weiß, daß Cecil den Verwalter der Königlichen Liegenschaften häufig anwies, Leicester für die Arbeiten an seinen vielen Herrenhäusern unentgeltlich mit Steinen und Holz zu versorgen, doch ich durchschaue nicht recht, wer in diesem Spiel die Maus und wer die Katze war.

Der Earl of Leicester war in seiner geheimsten Natur der verabscheuungswürdigste aller Männer, denen die Königin Ihre Gunst schenkte. Er war es, der die niederträchtge Kunst des Giftmordes nach England brachte. Alle, die Königin eingeschlossen, kamen schließlich dahin, ihn aus guten Gründen der entsetzlichsten Verbrechen zu verdächtigen, die er jedoch lange mit hochtrabenden Ansprüchen auf Pflichttreue zu bemänteln trachtete. Ich habe ihn mehr als einmal in meinen Stücken verwendet. Später, als Sie sein wahres Gesicht kannte, hänselte und tadelte ich Sie seinetwegen, und Sie sagte zu seiner Verteidigung: *Wir haben ihm lediglich Unsere Gunst geschenkt, weil er gut zu*

Uns war, als Wir in Not waren. Vergeßt nicht, daß er sogar seine Besitzungen verkaufte, um Uns mit Geldmitteln zu versorgen.

Es war ein guter Handel, sagte ich, und Sie runzelte mißbilligend die Stirn. Am Ende war ich Ihr ein Vertrauter, der Sie zornig machte, wie er Sie einstmals zum Lachen gebracht hatte.

Aber Leicester gehörte, ungeachtet all seiner andren Sünden, nicht zur Kumpanei derer, die halfen, die Heirat von Edward de Vere und Anne Cecil in Szene zu setzen. Es gibt ein Lager, in dem man glaubt, mein Vetter Charles Howard habe ein wenig den Pfad geebnet, das Paar zusammenzuführen, zum Teil aus einer seiner verqueren Launen, zum Teil aus der klugen Überlegung, diese Heirat werde das beste Mittel sein, die Gunst, die ich genoß, einzuschränken. Ich kann nicht wissen, ob und wie Howard an der Sache beteiligt war. Ich weiß bloß, daß das ganze Pack der Howards die schwierigste Verwandtschaft war, die man sich denken kann, manchmal zu liebenswert, mit ihnen zu brechen, aber zu boshaft, sich mit ihnen zu verbinden, denn sie waren die treulosesten Vettern, die Blut jemals mit uns verband. Charles Howard war ein Lump. Möglich, daß er seine Hand im Spiele hatte. Es gibt viele Mittel und Gründe für Menschen, ihren Feinden und ihren Freunden Schaden zuzufügen.

Nein, die Hauptschuldigen waren ich selbst und Cecil, die wir gegeneinander, doch in vollkommener Übereinstimmung dasselbe Ziel anstrebten. Er ließ durchblicken, daß er mit einer anderen Heirat liebäugle, mit Sidney, als dieser fünfzehn und sie dreizehn war, und das genügte, Anne ganz in den Mittelpunkt meiner Aufmerksamkeit zu rücken. Was er nur zu gut wußte. Sie lief vor mir davon, doch heut möcht' ich wetten, daß sie auch darin einer klugen Anweisung folgte, falls sie dieser überhaupt bedurfte. Der kleine Vogel sucht so zu singen, wie's ihm die Eltern vorgepfiffen. Die einzig wahre, wenngleich unbekannte Verbündete zu meinem persönlichsten Vorteil war die giftige Mutter Mildred, die mich immer mit wahrer Leidenschaft haßte, weil ich nicht den Schützling spielen wollte. Zum Schein der Heirat sich widersetzend, besänftigte Cecil seine Frau und führte dennoch seinen Plan aus. Nichts wünschte ich sehnlicher, als den Handel und Wandel Europas kennenzulernen, und eben daran hinderte man mich. Hier war eine Möglichkeit, mit väterlicher Erlaubnis ins Ausland zu reisen. Mein jugendlicher Geist war quicklebendig, aber unstet und allzu berechnend. Lassen wir Cecil und Howard und selbst Anne aus dem Spiel, am Ende fällt die Schuld allein auf mich.

7

Zweimal stellten sie mir eine Falle zwischen Bettvorhängen. Die Szene war jedesmal eines großen Schauspiels würdig, doch alles in allem so schmerzlich für mich, daß ich sie niemals in einem Stück benutzte, wenngleich ich mehrere Male mit dem Gedanken spielte, ein Bett auf die Bühne zu bringen, und es nicht tat.

Das Präludium war unser erstes Stelldichein, spät in der Nacht in einem Schlafgemach im Gästeflügel von Theobalds, als ihre Eltern in Surrey weilten. Wir hatten jeder auf unsrem Weg zum Treffpunkt vertrauenswürdige Pagen und Zofen als Wachen. Sie war bereits auf dem Bett, doch nicht zwischen den Laken, als ich den Vorhang beiseite zog. Sie hatte die Knie seitlich untergeschlagen und ähnelte mit ihrem lang herabhängenden Haar ein wenig einer Nymphe. Ein Auftakt, der viel versprach. Doch plötzlich ging mir auf, daß sie alle diese langen Hallen durchwandert hatte, nichts am Leibe als ihr Nachtgewand, und das ließ mich unvermutet zögern, statt meine Leidenschaft anzufachen, denn es war, als sei sie wie ein Kind verwirrt geworden und auf dem Weg zum Nachtgebet an der falschen Ecke abgebogen.

Du bist gekommen, allergroßmütigste Maus, sagte ich, denn »Maus« war ihr Kosename, und ich schob meine Hand in ihr Gewand.

Ich habe noch nicht gesagt, daß sie hübsch war. Das läßt sich nicht bestreiten, und eine Zeitlang trieb mich der Gedanke an sie zur Raserei. Später war ich verblüfft über die kurze Dauer dieser Blüte, wiewohl sie lange genug währte, um die Königin eifersüchtig zu machen und bedauern zu lassen, daß Sie diese Heirat gestattet hatte. Anne hatte den Reiz der Jugend und eine innre Gewißheit, die zurückscheute, um Ausflüchte zu finden. Ihr Lächeln war oft unschicklich, doch von so strahlender Dreistigkeit, daß es sich selber rechtfertigte. Sie war leidenschaftlich verliebt in die Liebe, und das Spiel mit der Gefahr sorgte für genügend Nahrung. Ich bin abermals ungerecht. Die Liebe war echt, bis man sie zu Bett legte. Das schlimmste, was ich sagen werde, ist, daß sie sehr jung war, am Anfang und am Ende, und es ihr nie gelang, aus dem Nest zu flüchten.

Hört, was geschah. Ohne ein Wort bog sie sich mir entgegen und drängte ihre Brust in meine wartende Hand. Sie war in kaltem Schweiß, sogar für eine Jungfrau sehr erregt. Ich konnte mir nicht ausmalen, wie dieses Abenteuer enden würde, doch ich brauchte keinen Augenblick länger zu warten. Der Vorhang flog zurück, und da stand Cecil, hinter ihm drei Diener mit großen Kandelabern. O nein, er war nicht in Surrey. Für diesen Augenblick geriet die Zeit aus der Bahn, und flackernde Feen umtanzten verschreckt das stumme Bett. Ich hielt ihre kleine Zitze immer noch in der einen Hand, während die andre auf einem mageren, entblößten, wachsbleichen Schenkel ruhte. Und da war ich, in einer Mausefalle.

Während seines Abganges, von den Kerzenträgern gefolgt, begann Cecil unverzüglich mit der Urteilsverkündung, während die Tugendmaus, bekleidet zwar, doch zerrauft, uns nachlief.

Seine Tochter sei jung, klug und schön. Wenn ich auch darauf poche, daß sie keinen langen Stammbaum aufzuweisen habe, sagte er, so sei das für keinen gescheiten jungen Mann ein Maßstab für Tugend, und ohnehin werde sie bald meine Ahnentafel zieren. Er sagte noch viel in dieser Art, doch ohne eine einzige Silbe des Vorwurfs. Ihm ging nur die Heirat im Kopfe herum, und ob die Königin wohl Ihre Zustimmung geben werde. Da sprang Ännchen-Mäuschen plötzlich vor, zweifellos über mein Schweigen erbost, um wie ein Krämer auf dem Mittwochsmarkt der Stadt herauszuposaunen: *Und wollt Ihr's oder nicht, Ihr werdet mein! Werdet mein! Werdet mein!* schrie sie schließlich. Sie zeigte sich in allem als Sklavin ihres Vaters und fürchtete doch die Schwäche ihres Lehrmeisters, dem Worte Tat zu geben, so daß sie ihn in ihres Zornes Hitze übertraf. Alles das in der

Gegenwart der Diener, die mitsamt den Kerzen dort waren, um Zeugnis abzulegen.

Durch diesen Ausbruch angespornt, begann er mir zu drohen, als hätte ich mich nicht zu meiner Pflicht und Ehre bekannt, obwohl ich noch kein einziges Wort gesagt hatte. Wahrlich, die Szene war fesselnd, und ein Teil meiner selbst zog sich zur Sicherheit zurück, um sie als Zuschauer zu betrachten. Gelang es mir nicht, meine Verachtung zu unterdrücken, würde ich für immer seine Protektion verlieren. Ich mußte heiraten, denn andernfalls würde ich Rache ernten und Haß sich ohne einen Funken Mitleid über mich ergießen. Ich gestehe, daß ich diese düstren Aussichten wohl erwog.

Sprich! deine Antwort!

Ich werde ihre Hand nehmen (bei diesen Worten sprang Ännchen-Mäuschen vor) ... *in aller Form und zu gehöriger Zeit.* Rasch löste ich meine Hand aus ihrem Griff und lief, von Entsetzen gepackt, davon, auf dem Weg zu meinem Bett durch die Halle von den Schattenfurien verfolgt, die an den Wänden entlanghüpften. Da wäre noch eine Kleinigkeit, doch davon später.

Die Hochzeit fand 1571 in der Woche vor Weihnachten in Hatfield House statt. Ich war einundzwanzig, meine kindliche Braut fünfzehn Jahre alt. Die Königin war anwesend, doch mit dem Lächeln war Sie sparsam. Ihre zwei Brüder waren da, die frischgebackenen Earls von Salisbury und Exeter, um zuzuschauen, wie ihre Schwester sich den jungen und uralten Earl angelte. Sidney schmollte. Über Mutter Mildred brauch' ich nichts zu schreiben. Lord Burghley war erleichtert, daß seine Arbeit getan war. Die Howards waren fröhlich, Gott weiß, warum. Anne lachte und weinte den ganzen Tag. Ich nahm mein Schicksal hin. Was sollt' ich machen? Davonlaufen in die Heckenlabyrinthe der Hatfield-Gärten, wo Anne und ich vor drei Jahren in aller Unschuld Verstecken gespielt hatten? Es war eine schöne Hochzeit, und ich war immer noch und aufs neue Edward, der Gefangene.

Insgesamt bin ich neun Jahre in seiner Obhut gewesen. Vielleicht war das die beste Schule, doch könnte sich das als magres Lob erweisen, wenn man von all den andren allzu freundlich denkt. Sir Thomas befehligte seine vornehmen Waisen wie Soldaten in einem Heerlager. In der Dunkelheit hieß es aufstehen, ein kaltes Bad nehmen, worauf Tanzunterricht folgte bis halb acht auf der Nürnberger Uhr. Erst dann gab es Frühstück, ebenfalls kalt und oft dunkler Herkunft. Von acht bis zehn war Französisch und Latein, und dann Rhetorik und Zeichnen bis zur Andacht, gefolgt von einem besseren zweiten Frühstück, obwohl dort immer noch bloß Zeit zum Kauen und nicht zum Schwatzen blieb. Von eins bis zwei studierten wir Kosmographie, ein paar Jahre bei dem berühmten Dr. Dee, wo ich lernte, mehr auf mich selbst als auf die Sterne zu bauen, obwohl ich am Ende auch Nutzen aus diesen Stunden zog, in denen nie Zeit blieb, seinen scharfsinnigen Ausführungen mit Geringschätzung zu begegnen. Dann folgten zwei weitere Stunden Sprachunterricht, dieses Mal zuerst Latein und dann Französisch. Zum Glück beherrschte ich das Französische und gewann so die Zeit, mich gegen die strengen Anforderungen meines Onkels ans Latein zu wappnen. Ich entwarf ein einfaches System von Spickzetteln auf meiner Tunika, die dem stotternden Rutland mit vielen Verben und Deklinationen aus der Patsche halfen. Mit der Zeit eignete ich mir die Kenntnis der meisten Dichter und Geschichtsschreiber an. Darauf folgte Kalligraphie, bis es Zeit war, sich für das Abendessen um halb sechs umzukleiden, das lediglich eine weitere anstrengende Lehrstunde in Konversation und Betragen war. Vier Stunden blieben zur Vorbereitung auf die Lektionen des nächsten Tages, und vor Mitternacht gings zu Bett, während der Page alle Manuskripte, Bücher und Tanzvorlagen für des nächsten Tages Sternenkammer bereitlegte.

Die schönsten Wochentage waren die letzten, der Sonnabend und der Sonntag, wenn wir auf die Jagd gingen und – allzu unzulänglich, wie ich später erkannte – fechten lernten. Eine Zeitlang hielt Sir Thomas am Sonntagvormittag den Griechischunterricht ab, doch er kam damit der Jagd in die Quere, so daß keiner von uns mehr als eine oberflächliche Kenntnis des Griechischen erwarb. Zu den Zeiten von Prinzessin Elizabeth war es um die Beherrschung des Griechischen besser bestellt. Auch um die sonntäglichen Musikstunden, die unmittelbar an den Kirchgang anschlossen, stand es nicht zum besten. Unser Musiklehrer hatte einen Hang zum triumphalen Anschlag, ein tiefsitzender Fehler, der sich noch bemerkbar machte, wenn die Königin in späteren Jahren Spinett spielte. Sie vermochte die Tasten kundig anzuschlagen, doch tat Sie's so wuchtig, als wollte Sie alle Hämmer köpfen.

Ich liege im Sterben und halte ein, um das Spinettspiel der toten Königin zu bekritteln. Meine rechte Gesichtshälfte wird von innen durch Beulen zusammengeschnürt, mein Kopf und mein Leib glühen, während meine Füße eiskalt sind. Ansonsten habe ich manchen Kummer, aber keine Klagen. Das Eisell scheint den Verlauf der Pest nicht beeinflussen zu können, doch ich trinke es weiter, weil's mir an Besserem mangelt. Ich übe mich darin, den Blick nicht auf die Schwären meines Körpers zu richten. Mein Blut ist Tinte. Ich werde diese Papiere wegschließen und mir Ruhe gönnen, in der Hoffnung, morgen mit vermehrten Kräften wieder ans Werk gehen zu können.

8

Mit einem Wort: so verbrachte ich neun Jahre. Obwohl ich in allen anderen Punkten an dem Mann herumnörgle, halte ich ihm eins zugute: er verschaffte mir eine musterhafte Ausbildung, wie sie sich sein Freund, mein Vater, gewünscht hätte. Die Häuser wechselten häufig – Hatfield, Theobalds, Cecil, Audley End in Saffron Walden –, doch die einzigen wirklichen Unterbrechungen des Ablaufs waren die jährlichen Hausreinigungen in Hatfield House und Theobalds, in enger Nachbarschaft eine bequeme Tagesreise von London entfernt gelegen, die jedes Jahr für mehrere Tage von Menschen und Bettzeug geräumt und ausgeräuchert werden mußten, um das Ungeziefer und die wilden Ratten auszutreiben, so wie wir es auch auf Schloß Hedingham zu halten pflegten. Diese Ausräucherungen waren Ferien vom Alltag. Meistens fanden sie nicht zu bestimmten Jahreszeiten, sondern vor Besuchen der Königin statt.

Ich suchte den Hof auf, doch öfter kam der Hof zu uns. Während ich sein Schützling war, weilte die Königin zu ausgedehnten Besuchen als Cecils Gast jedes Jahr, eines ausgenommen, auf Theobalds in Waltham. Die Königlichen Reisen dauerten im Durchschnitt drei bis sechs Wochen, und es läßt sich präzise sagen, was sie kosteten, weil Cecil umherlief und, schier außer sich, über die Kosten jammerte.

Dieser Besuch, sagte er, *wird mich zweitausend, wenn nicht gar dreitausend Pfund kosten, aber meine Liebe zu meiner Monarchin und meine Freude, Sie und Ihr Gefolge zu beherbergen, sind so groß, daß weder Mühen, Sorgen noch Kosten zählen, wenn nur alles aufs beste zu Ihrer Erholung und Zufriedenheit ausgeführt wird. Es ist gewiß von minderer Bedeutung, wenn diese aus freien Stücken übernommenen Pflichten mich aller Mittel entblößen.* Und mehr von diesem Gewäsch blies er, ohne Hemmungen und in aller Breite, jedermann ins Ohr, vom Kutscher bis zum Geheimen Staatsrat. Er machte seine Sache gut, fürwahr so gut, daß die Königin Gelegenheit nahm, Botschafter und ausländische Gesandtschaften in Theobalds zu empfangen. In mancher Hinsicht übertrafen Lord Burghleys Lustbarkeiten die des Hofes, was zum größten Teil den Ausmaßen der schönen Gärten zu verdanken war, die ein Dutzend Spielflächen für Maskeraden, Vorführungen, Spektakel, Schauspiele und Turniere aufzuweisen hatten. Es kam vor, daß eine Lustbarkeit insgeheim geplant und vorbereitet wurde, so daß die Königin von den Schauspielern oder Musikanten überrascht wurde, die bereit standen, sobald die Königin einen vorherbestimmten Punkt Ihres Spazierwegs erreicht hatte, in Aktion zu treten. *Der alte Narr*, sagte Sie zu mir, *ich durchschaute seinen Plan jedesmal, wenn er einen Ruhetag ankündigte und mich dann zu einem Spaziergang einlud, um eine italienische Statue oder ein frisch gepflanztes Gewächs aus Afrika anzuschaun. Aber ich stellte mich so, als sei ich überrascht, und in Wahrheit war ich fast immer entzückt.*

Sie erkannte, wie gefährlich die Schauspielkunst für Ihr Reich war, und versuchte Ihr Herz dagegen zu wappnen, doch am Ende mußte Sie mit Ihrer Leidenschaft Frieden schließen. Wenn die Schauspiele im Gange waren, hielt mich nichts in der Schulstube.

Cecil kannte Ihre Gemütsart und trug Sorge, daß bestimmte Grenzen gewahrt blieben. Was Sie am meisten verabscheute, war plumpe Schmeichelei, oder besser gesagt, Sie wünschte sie wie jede Frau, doch geistreich versteckt. Ich war bei jenem geschmacklosen Maskenspiel an Ihrer Seite, das Essex für Sie in Szene setzte. Als es zur Hälfte vorüber war, fuhr Ihre Hand mit einer raschen Bewegung in die Höhe, und auf dieses Zeichen verließ Sie mit Ihrem gesamten Gefolge die Vorstellung, laut murmelnd: *Hätten Wir gewußt, daß darin soviel von Uns die Rede sein würde, wären Wir nicht hier gewesen.* Nie zuvor und nie seither, glaube ich, hat ein ganzes Publikum ein

Theater in dieser Form verlassen. Die Schauspieler machten lange Gesichter und wurden zu Statuen, während der arme Essex so heftig die Lippen zusammenpreßte, daß er oberhalb seines Bartes nur noch einen Kniff zu haben schien. Blicke ich zurück, frage ich mich, ob Essex' Niedergang wohl mit diesem schäbigen Maskenspiel seinen Anfang nahm.

Eliza machte nicht viele Worte, doch Sie hatte keine Furcht, Ihrer Macht Ausdruck zu geben. Zweimal hörte ich, wie Sie den Schauspielern Einhalt gebot, als diese schrien und ihre Arme wie Windmühlenflügel kreisen ließen. Denselben Kampf focht ich viele Jahre bei den Proben aus und siegte selten. Und einmal erhob Sie sogar in St. Paul's Ihre Stimme, als die Predigt sich Gegenständen zu nähern schien, welche Ihre Art der Regierung betrafen: *Kein Wort davon! Zu Eurem Thema, Herr Dekan! Zu Eurem Thema! Nichts sonst!*

Zu meinem eigenen Thema. Ich schweife immer noch von den wichtigen Dingen ab, obwohl es absonderlich ist, daß die Erinnerung an die Umkreise meines vergangnen Lebens lebendiger ist als die an dessen Mitte. Was ich darbieten muß, ist Leinwand, die gewalkt ist und rissig und staubig. Auf der andren Seite fühl ich, daß mir Kühle in die Wangen fährt und meine Hand sich kräftigt, wenn ich an Dinge denke, die in der Vergangenheit am Rande lagen. Mit der dunkleren Geschichte, die sich auftürmt, hat's bis morgen Zeit. Man weiß nie, welche nichtssagenden Erinnerungen sich einnisten und ins Riesenhafte wachsen werden, entsinnt man sich ihrer, obwohl sie jetzt noch winzig sind. Mein Schreiben kommt mich so bitter an wie meine Medizin.

Ich liebte die Königin am meisten, als ich noch ein junger Fant war, der in Theobalds vor Ihr und sogar mit Ihr tanzte. Damals ähnelte Ihr Haupt einem Wappen mit dem Helmbusch roten Haars über zwei diamantenen Emblemen und einem Mund, geschwungen wie ein Dolch, wenn die Drehungen Sie erheiterten und Sie laut auflachte. Ich erinnere mich gut an das Gefühl des Verlangens, das sich in mir regte, als wir zum erstenmal tanzten. Ich erinnere mich an die bezwingende Kraft Ihres Blicks.

Tanzen war damals die größte meiner Fertigkeiten, und es bedurfte keiner großen Mühe, den ganzen Hof auszustechen. Das ist kein Grund, sich zu brüsten, denn Cecil hatte Arbeau, Europas berühmtesten Tanzmeister, für fast ein Jahr nach Theobalds geholt. Ein Abend begann stets mit einem feierlichen, gemessenen Umzug, ausgeführt zum Generalbaß, der in fröhlichere und dann in lebhaftere Tänze überging. Der heitere Wohlklang und der Rhythmus der Musik wurden zunehmend bewegter, bis schließlich die besten Tänzer vortraten, um die Bravourstücke mit Schwertern vorzuführen. Darauf folgte nicht immer, aber gelegentlich die Volta, welche die älteren Höflinge nicht goutierten, denn das plötzliche Anschmiegen und die Sprünge, behaupteten sie, seien eine Gefahr für die Ehre und Gesundheit einer sittsamen Frau, obgleich sogar die Königin zuweilen darüber hinwegsah und selber die Volta tanzte. Sie war ein wenig außer Atem, wenn ich meinen letzten gezirkelten Kniefall vor Ihr machte und der dünne und scharfe Ton der letzten Oboe hallend verklang.

Sie kokettierte mit vielen, und ich war nur einer davon. Leichten Herzens hatte Sie die Zustimmung zu meiner Heirat gegeben, doch Sie bereute sie bald. Anne, die nie im Tower gesessen hatte, war in Ihren Augen zu sehr das Hätschelkind. Sie war ein Mädchen, und die Königin hatte erst vor kurzem die ersten flüchtigen Anzeichen des Älterwerdens verspürt. Sie warf der Tochter Ihres Schatzkanzlers rasche, düstere Blicke zu, wenn das Mädchen sprach, ganz wie ihr Vater immerfort die Moral auf der allzu flinken und geschwätzigen Zunge. Als ich zum erstenmal bei Hofe erschien, strich die Königin über meinen dünnen Bart und nannte mich Pfirsichflaum, und das verriet Zuneigung. Als ich verheiratet war, strich Sie über meinen Bart und ließ Ihre langen weißen Finger auf meiner Wange ruhen, was mehr verriet als Zuneigung.

9

Das war eine Zeit, da ich zwei Geliebte hatte, deren Titel umstritten waren, die ich weder liebte noch berührte, von denen aber jede große Macht über mich hatte. War ich Elizas Liebhaber? Nein, ich war's nicht. Sie gab mir zu verstehen, ich könne in allem bis auf den Namen Ihr König sein, wäre ich nicht so widerspenstig. Wir saßen in Ihren Privatgemächern und sprachen über Ovid. Dann empfahl Sie sich und blieb überaus lange verschwunden. Als ich verwirrt aufstand und die Tür zum innersten Kabinett öffnete, sah ich mich in einem kleinen Raum, der nichts enthielt als ein großes Bett und eine Königin, die auf der Bettkante saß.

Ihr seid sehr schwerfällig, Mein Türke, sagte Sie. *Ich habe lange auf Euch gewartet.* Sie zog mich mit ausgestreckten Armen an sich und küßte mich heftig.

Kennt ein de Vere denn Furcht? Auch ich bin ein Weib. Laßt Euch von Euren Bedenken nicht erschüttern.

Doch Sie war unsicher in Ihrer Leidenschaft, denn als ich nach kurzem Zögern die Hand ausstreckte, um Ihren Gürtel zu lösen, überlief Sie ein heftiger Schauer, als führe man eine Stute aus ihrem warmen Stall in die Winternacht. Ich zog meine Hand zurück, doch darauf küßte Sie mich abermals leidenschaftlich. Sie entbreitete Ihren prächtigen weichen Harnisch und zog mich auf sich, und dann spürte ich, wie Sie in heftigem Gleichmaß und mit großer Leidenschaft ein paar Minuten lang zuckend das Liebeswerk betrieb, bis Sie nach Atem rang und mich heftig von sich stieß. Dann entfuhr Ihr mit einem komischen Geräusch ein kleiner Wind, den ich folgsam zu überhören hatte.

Tut's Euch jetzt nicht leid, was Ihr getan habt? fragte Sie. Unter den gegebenen Umständen war das eine sonderbare Frage für eine Königin. Die Rolle, in der ich Sie gesehen, hatte Sie mit Ihrem Kopf und Leib gespielt, mit mir hatte sie wenig zu tun. Rasch gewann Sie Ihre Fassung wieder, Sie ordnete Ihre Kleider, schritt ins Nebenzimmer und bedeutete mir, indem Sie Ihre Finger wie einen Fächer spreizte, ich solle neben Ihr am Kaminfeuer Platz nehmen. Keine Frau sprach je so kunstvoll oder unaufhörlich mit ihren Fingern. Sie fuhr fort, Ovids Verse zu rezitieren, als sei nichts geschehen, was in gewisser Hinsicht die reine Wahrheit war. Als wir schieden, sagte Sie: *Gratia mea sufficit* und *Verliert nicht den Kopf darüber, Mein Türke.*

Essex verlor den seinen mit vierunddreißig. Niemand hatte bessere Aussichten als er, Ihr richtiger Liebhaber zu werden. Er war der Sohn eines Ihrer vertrautesten Gefolgsmänner und der Enkelsohn eines Ihrer treusten Freunde. Blut verband sie. Gleichviel. Auch sein Kopf rollte, obwohl man sagen muß, daß die Königin den Becher Ihres Zorns überfließen ließ, ehe Sie's tat. Vielleicht hatte Sie ein Jahrzehnt mit ihm gespielt wie mit mir jenes eine Mal. Vielleicht starb Sie wirklich als Königin der Jungfrauen, wenngleich ganz sicher nicht als die der Feen. Ich kann's nicht wissen. Essex starb, weil das Kleid, das seine Machtgier verhüllte, in Fetzen gerissen wurde. Es half nicht viel, daß er, der königlichen Spiele übersatt, Sidneys Witwe genommen hatte. Das versetzte Sie in Zorn! Doch Sie mußte sich selber die Schuld geben. Sie traf, was ich immer noch glaube, eine höchst vernünftige Wahl, doch mit den verfließenden Jahren schlug der Preis, den Sie gezahlt hatte, Ihr Wunden. Es war klug von der Tochter des alten Königs Heinrich VIII. über die Heirat, zu der Ihre Minister Sie stürmisch drängten, zu sagen: *Ich wünsche nicht, daß mein Grab gegraben wird, während ich noch lebe.* Noch besser war, daß Sie sich selber, wie Sie gelassen bekannte, dazu bestimmt sah, allein zu bleiben, war doch Ihre Mutter von Ihrem Vater enthauptet worden, der anschließend der Lustseuche erlag. Warum nahm Sie sich dann keinen verschwiegenen, willfährigen Geliebten, wie es seit sechs Jahrhunderten jeder englische Monarch und Edelmann zu halten pflegte? Die Willfährigkeit hätt' es Ihr leicht gemacht, sagte Sie. Sie tat durch Ihren Kult der Jungfräulichkeit sich selber Gewalt an. Welch ein Stoff für ein Schauspiel! In meiner dramatischen Darstellung der Dinge war Sie Elizabeth nur als Säugling im Harnisch in *König Heinrich VIII.*, obwohl überall versteckte Hinweise auf Sie umherflatterten wie Chrysippusfalter im Frühling.

Trotzdem, ich schrieb nie eine Zeile, die Sie unverhüllt pries, weder als Sie lebte noch nach Ihrem Tode, obwohl Sie und die brennenden Fragen unsrer Zeit allem, was ich schrieb, nie lange fern blieben. Das war die unsichtbare Messerklinge, auf der ich balancierte und ungeritzt am Leben blieb, und das war der Grund, warum ich auf Lord Burghleys Befehl der schlichte Shakespeare wurde. Was Poesie war, wenn's von Shakespeare stammte, war auf der Stelle Aufruhr, kam's von de Vere. Statt dessen trieb ich's so weit, daß der Hof den Atem anhielt und selbst Sie manchmal wie ein Schwan den Kopf zurückwarf. Das war's, was Sie von mir erwartete und was ich mehr als alle Männer Englands Ihr geben konnte: gelassne Kunst, Kühnheit und Unbekümmertheit.

Zweimal ging ich fast zu weit. Lange nachdem wir uns wohlbekleidet gebalgt hatten, wagte ich's, den Vorfall in einem Gedicht für Henry Wriothesley in Versen zu gestalten, die ebenso schlüpfrig wie makellos waren. Venus verfolgt den zaudernden Adonis und verkündet:

»O, du mein Liebling«, spricht sie lächelnd, »seh'
Ich endlich dich in diesem schnee'gen Hag!
Ich will dein Park sein, so sei du mein Reh!
Geh' nach Gelüst hier deiner Weide nach!
  Fang' auf den Lippen an! wenn *die* versiegen,
  Dann tiefer, wo die lust'gen Quellen liegen!«

Das verletzte Sie, wie ich glaube, weniger als die vorhergehenden Zeilen:

»Wie er sich sträuben mag, umschlingt sie ihn.
  Und will er fort, der weiberscheue Ringer,
  Verschränkt sie heftig ihre Lilienfinger.«

Beim zweiten Mal war es eine offene Herausforderung, als ich Sidney vor den Augen der Königin auf dem Tennisplatz die Stirne bot und es wagte, ihn als »Hündchen« zu schmähen. So nannte Sie ihn im Schlafgemach, hatte Sie mir erzählt. Das war ein kritischer Augenblick, doch da der Vorfall, wie ich voraussah, zu hohe Wellen geschlagen hätte, schluckte der Teich den Stein, ohne sich zu kräuseln. Kraft meiner Stellung hatte ich Anspruch auf den Tennisplatz. Seine Wangen waren röter als der leuchtendste italienische Vorhang. Heute bedaure ich diesen theatralischen Auftritt, weil er dem klaren Glas des Vertrauens, das die Königin in mich setzte, einen Sprung zufügte. Wir wurden nie wieder ganz dieselben Freunde. Doch ich war des Hofs so satt, so übersatt.

10

Sie war eine meiner zwei verhängnisvollen Jungfrauen. Die andre war meine Gemahlin Anne. Hier liegt der Hase im Pfeffer. Dies eine Mal in seinem Leben hatte es der vorsichtige Cecil zu eilig gehabt. Ich hab' sie mit meiner Rute nicht gestreichelt. Ich war nicht ihr Liebhaber und wies ihre kindlichen Schenkel selbst dann noch zurück, als wir nach einem Plan verkuppelt wurden, der nicht der meine war. Ihr Vater, der wußte, daß die Ehe nicht vollzogen wurde, ging mit frischer Kraft ans Werk. Dieselbe Mausefalle fing mich diesmal rasch. Man hatte mich dabei beobachtet, daß ich einer drallen Dirne aus Yorkshire nachstieg, welche die Blumenbeete wässerte. Dreist schürzte sie ihre Röcke bis zu den Hüften, um sich vor spritzendem Schmutz zu schützen, und entblößte ohne Scham ihre schönen, kräftigen Beine. Zweimal traf mich ein Guß aus ihrem Wassereimer, als ich zu nahe kam, doch beim dritten Mal scherzte sie fröhlich über unseren Treffpunkt:

Gewiß, Mylord, wollt Ihr mich nicht hier in den Blumenbeeten nehmen. Die Veilchen werden uns verraten. Gebt Euch Mühe, für Euer Vergnügen, Mylord, einen Platz zu finden, der schattiger und trockener ist.

Ich wählte das nämliche verlassne Bett und wurde gewahr, daß ich statt ihrer einer verkleideten Maus anheimgefallen war. Als ich später protestierte, das Kind sei meine Tochter nicht, erhielt ich die Antwort, so lamentiere jeder Höfling. Doch es geschah nur einmal und war nicht eigens inszeniert, das Kind, das folgte, hervorzubringen. Es war eine Intrige. Nie rückt ein Weib einem Gatten leidenschaftlicher auf den Leib, als just nachdem es ihm untreu gewesen ist.

So begann meine Zeit der Plagen. Ich wollte ohne die Erlaubnis der Königin aus England fliehn und wurde zurückgehalten. Ich versuchte es ein zweites Mal mit mehr Erfolg, hielt mich jedoch zu lange an einem Ort auf. Seit vielen Jahren schon hinderte man mich am Reisen. Als ich endlich die Erlaubnis der Königin für eine Auslandsreise hatte, fand sich ein Anlaß, mich wieder einmal rufen zu lassen. Ich bin sicher, daß der Auftrag dieses Mal eher von Leicester als von der Königin oder Burghley stammte. Beim dritten Versuch wurde ich mit königlicher Billigung durch eine Botschaft zurückgerufen, die ich nicht erwartete. Ein fetter kleiner Hanswurst in einem sonderbaren Anzug, mit einem kleinen Kugelbauch und prallen Lippen trat auf mich zu und lispelte: *Mein Name ist Nym, und Thidney liebt Euer Weib*. Er war eine Kränkung für meine Augen und Ohren.

Bei jeglicher Verleumdung kommt immer die Erbfolge ins Spiel. Ich ließ den Burschen keinen Ärger spüren und schickte ihn, der mit andrer Leute Lügen und Leben hausieren ging, mit ein paar Münzen fort. Dennoch nagte die Nachricht an mir, und ich brach meine Reise ab und kehrte nach Frankreich zurück. Ich brauchte nur vier Tage, um Frankreich zu durchqueren, und einen weiteren, um nach England zu gelangen. Zorn war mein Sporn. Pondus und die Maus erwarteten mich feierlich am Pier. Ich eilte finster an ihnen vorbei, und ihre Scham war groß genug, mit gesenkten Häuptern zurückzubleiben. Weder war's Zeit für Scherze auf der Bärenhatz, noch wollt' ich mich mit einem Mann, der mich zum Hahnrei gemacht, und seiner doppelzüngigen Tochter auf müßiges Geschwätz einlassen. Ich begab mich stracks nach Hampton Court, um mich den einstudierten Seufzern und Stichelein des Hofs zu stellen. Einzig meine Gegenwart und eine verächtliche Miene, das wußte ich, würden sie in die Schranken weisen.

Die Königin machte gute Miene zu dieser Wendung der Dinge und erwies mir auf jede Weise Ihre besondere Gunst. Sie zeigte keine Spur von Verärgerung über meine Flucht nach Frankreich oder diese wurde, wenn's sie denn gab, von den Geschenken ausgelöscht, die ich Ihr brachte und die von vielen andren, die man mir gestohlen hatte, übriggeblieben waren. Selbst in jener Zeit war's strenger Brauch, der Königin mehr Edelsteine zum Geschenk zu machen, als Ihre Pferde tragen konnten. Alles geschah zwar aus freiem Willen, doch trotzdem war's eine listige Art der Besteuerung. Ich hatte einen Brief, den mir meine Schwester voll Verärgerung geschrieben hatte, die der Königin ein goldnes Halsgeschmeide mit zwölf Gliedern und vielen kunstvoll eingesetzten Rubinen und Perlen zum Geschenk gemacht hatte. Es wurde von juwelenbesetzten Knöpfen, Sätzen von Armbändern und einem lächerlichen, mit Opalen, Diamanten, Rubinen und Perlen besetzten Kranich in den Schatten gestellt.

In jenem Jahr hatten meine Geschenke keinen solchen Wert und lösten doch ein unbändiges, fast kindliches Entzücken aus, das die Freude über Ihre großartigen Geschenke bei weitem überstieg, die zum größten Teil dazu bestimmt waren, einmal getragen und dann fortgegeben zu werden, um die Schatzkammer zu mästen. Ich hatte Ihr Handschuhe von einer Machart gebracht, wie ich sie noch nie gesehen hatte. Sie waren nicht aus Stoff, sondern aus der Haut ungeborner Kälber geschnitten, rosafarben, wohlriechend und weicher als das Blütenblatt einer Rose, versehen mit winzigen Nähten und raffinierten Schlitzen, um Ihre Finger vorteilhaft zur Geltung zu bringen. Die Fingerspitzen wurden von Stoffknospen geziert. Sie war erstaunt über ihren perfekten Sitz. Ich hatte sechs Paar kaufen müssen, um sicher zu sein, daß ich die richtigen hatte, und mir Gewißheit verschafft, indem ich eine junge Frau bezahlte, welche sie mit gepuderten und gesalbten Händen anprobiert hatte. Da waren zwei Säckchen orientalischer Bonbons, fast durchsichtig und kräftig nach wundersamen Beerenessenzen duftend, an denen Sie großen Gefallen fand, und ein Bouquet von Rosen, die mit kunstreichster Geschicklichkeit aus Seide gefertigt waren. Als ich das Bouquet aus einem Seidentuch wickelte und Ihr überreichte, trat Sie auf mich zu und küßte mich wie ein liebreizendes Eichhörnchen auf den Mund, den ihren noch voll von zarter Süße. Meine Wertschätzung bei Hofe stieg so rasch, daß alle Gedanken an Verleumdung zunichte wurden.

Es war der Königin zur Kenntnis gelangt, ich sei im Begriff, zu den Spaniern überzugehen, was eine überaus lächerliche Behauptung war, die von einem Schwindler stammte, der mich einem spanischen Spion vorstellte und dann verbreitete, ich sei mit diesem Mann bekannt. Es war nur allzu wahr, daß Norfolks Hinrichtung wegen Verschwörung zugunsten von Maria Stuart mich in Verzweiflung versetzt hatte. Er war mein Freund. Er intrigierte. Er hätte nicht geköpft zu werden brauchen, wo doch jedermann in London sich die Gefälligkeit und Gesellschaft der Spanier und Franzosen gefallen ließ. Ich hätte freilich wissen müssen, das geb' ich zu, daß meine Nähe zu Norfolk und meine natürlichen Neigungen zum Katholizismus im geringsten Falle eine kurze Unterredung mit Walsingham in der Sternenkammer nach sich ziehen würden. England ist ein besonderes Land, nicht wahr? So braucht es denn *natürlich* seine eigne *chambre ardente*, sein eignes Inquisitionsgericht. Das machte mir Beine, doch war es nicht der Grund für meine Flucht. Alles das kann ich heute ohne Furcht unter dem Szepter von Marias Sohn, König James, zu Papier bringen. Die aufgeblasenen Spanier, die ich in London kannte, konnten mich nie verführen, obgleich sie dauernd meine Gesellschaft suchten, weil ich für sie ein Edelmann war, der dem rechten Glauben zugetan schien. Philipps Anspruch auf den englischen Thron war ganz und gar lächerlich. Hätte die Armada gesiegt und er in London Einzug gehalten, wäre das bloß der Anfang seiner Schwierigkeiten gewesen. Zu den ränkeschmiedenden Franzosen sagte ich immer nein. Im offenen Krieg schlugen sich die de Veres auf die Seite der Roten Rose und haben dafür bezahlt und daraus Nutzen gezogen. Wir haben das bittre Brot der Verbannung gegessen. Doch kein de Vere hat je sich auf eine schmutzige Verschwörung eingelassen, die ausländischen Interessen diente.

Die Königin und ich haben leiden müssen, daß man uns vorwarf, unehelich geboren zu sein, wobei Sie mehr erlitt als ich, denn ich hatte nur den Spott des Pöbels zu ertragen, wogegen Sie in Ihrer Jugend vom Parlament und von der

Kanzel von St. Paul's für illegitim erklärt worden war. Der spanische König und seine Gesandten sprachen von Ihr nie anders als von Jezabel, der Tochter Davids. So mag's uns denn nicht wundern, daß es Sie anekelte, sich übermäßig an dem Streitfall zu erfreuen, wer wohl der Vater von Annes Kind sei. Später weigerte Sie sich, mein Ansuchen zu unterstützen, das Kind für unehelich erklären zu lassen. Da half es auch nicht weiter, daß Cecil dem Kind nach dessen Geburt den Namen Elizabeth gab. Doch im Abflauen ehelicher Zuneigung erblickte Sie damals manche Vorteile und vermehrte sie durch das unerwartete Geschenk der Erlaubnis, mit Ihren Avisbriefen wieder ins Ausland, an die Höfe Europas zu reisen, Erfüllung meines immerwährenden Traums, der seit dem Beginn meiner ersten und fast totgeborenen Reise übermächtig geworden war.

Es ist offensichtlich, daß der Tod naht, wenn auch nicht, wie ich fürchte, mit der nächsten Post. Vielmehr trödeln seine gemieteten Postpferde am Straßenrand. In diesen Jahren sind sie allzu gut gefüttert worden, um sich jedesmal zu beeilen. Sollte die Zeit sich ein wenig Zeit lassen, werde ich hier innehalten und wieder anfangen. Was ich bis jetzt zu Papier gebracht habe, ist nicht ohne Makel, aber ich habe das Rennen aufgenommen und kann meine Gangart jetzt besser bemessen. Einige Dinge werd' ich auslassen, andre einfügen. Ich werde wie eine Klette an meinem Vorsatz kleben, sorgsam aus *Troilus und Cressida* entliehen, auch weiterhin nichts zu schreiben als

Eine Geschichte im Harnisch, doch nicht vertrauend
Des Autors Feder; was ich erzähl, ist einzig so gekleidet,
Daß es der Lebensbahn entspricht.
Drum sei gewarnt, lieber Leser, daß meine Ordnung
Die Prahlerein und Staatsaktionen überspringt,
Anfängt im Mittelpunkt; von dort enteilt,
Und drum verdaut muß werden ungeteilt.
So halte Lob und Tadel nicht zurück;
Bald gut, bald schlimm, im Umweg liegt mein Glück.

Der Zeit Ordnung gilt nicht in unsren Ohren. Geschichten sind nichts als Schalen; die Zeit sorgt für den Löffel. Ich werde meine Schale und meinen Löffel von jedermann nehmen. Mich kümmert darin bloß die flüssige Perle und die Träne.

11

Die erste Anne und die erste Elizabeth sind nun beschrieben. Es stehn noch aus die zwei, die viel mehr bedeuteten. Ich verschwende zuviel Tinte an Burghley, aber er war mein wahrer falscher Vater und verdient meine Gegenrede. Wie er vor der Königin greinte, wenn ich mich über ihn beklagte. Der Stachel sitzt immer noch in mir! Ich weiß, was ich zu tun habe. Ich werde es noch einmal mit Schloß Hedingham versuchen, das noch nicht ganz zerstört ist. Meine Feinde beschuldigen mich, es niedergebrannt zu haben, um Anne zu kränken, was nicht zutraf. Da ist mein Vater auf der Eberhatz in Frankreich, lange bevor ich geboren wurde, doch so strahlend wie der Tag, da er mir davon erzählte, und hinter ihm die Aubreys, Ralphs, Williams und Johns, zurückreichend bis zu Aubrey de Vere, Baron zur Zeit der Eroberung, der im Jahre 1066 mit den Länderein Wulfwines belohnt wurde. Die lange und schmerzhafte Tändelei mit der dunklen Anne, der ich kein Ende zu setzen vermochte – ich muß ihr offen ins Auge sehen. Die Zeit im Tower. Die glückliche Ehe mit Elizabeth, von der ich nicht zu viel sagen darf, weil ich sie schon genug hintergangen habe und es nicht noch einmal tun will. Meine Söhne. Meine Töchter, weniger wichtig. Wie ich mitten in der Nacht aus England floh, und die Stationen meiner *Grand Tour* im folgenden Jahr, 1575. Meine militärischen Unternehmungen. Meine Feldzüge gegen die Earls des Nordens und in den Tieflanden. Ruhm im Kampf gegen die Spanier auf der *Edward Bonaventure.* Das öffentliche Theater in Shoreditch und Umgebung und das private in Hackney. Meine Schriftstellerei und meine Männer und meine Burschen. Meine wechselhafte Treue und die Intrigen gegen den Thron. Der Verkauf von Land und die Gelder, die ich in Grönland und Cathay anlegte. Wie die Gunst mir unmerklich entzogen wurde und eines schönen Tages die Tür sich schloß. Es gäbe genug zu erzählen, sollte ich noch ein Jahr leben, was nicht der Fall sein wird. Ich darf nicht vergessen, ein Wort über die Niedertracht der Diener einzuflechten.

Nein. Wieder einmal habe ich meine Aufzählung zu meinem Vorteil zurechtgestutzt. Ich muß beim Schreiben Vorsorge treffen, solche Ausflüchte zu kappen. Ich werde auch das allerkleinste erloschne Fünkchen von Verleumdung zur Sprache bringen. Daß meine Burschen Straßenräuber gewesen seien. Des gräßlichen Arundels falsche Beschuldigung wegen Knabenschänderei, und warum ich jenen Jungen wirklich mit meinem Degen fällte. Wie die geschrumpften Mittel dann den Boden völlig mir entzogen, so daß ich jene, die so treulich zu mir gestanden hatten, nicht mehr unterhalten konnte, bis ich hier anlangte, fast ohne Diener und aus der Entfernung von einem liebenden Weib beäugt, das in der Gesellschaft meines besten Freundes von fern das traurige Schauspiel betrachtet.

Fast alles werd' ich erzählen. Keine Falschheit soll die Ahnentafel besudeln. Meine Ehre und meine Not werf' ich zusammen, damit jede Farbe deutlich hervortrete, unabhängig von Geschick und Zeit. Meine Tränen werden trocken, die Tinte fließt immer noch. Will's das Glück, werde ich durchhalten und es den Schurken heimzahlen. Will's das Glück, werde ich verblichen sein, ehe diese traurige Geschichte zu Ende erzählt ist, und dann ist es vollends ohne Belang.

Ich denke an ein einfaches Zimmermädchen, das ich sah, als ich in Sizilien war. Ich hatte lange geschlafen, schwelgend in meiner wiederhergestellten Gesundheit, und war noch dabei, meine Toilette zu vollenden, als sie kam, um das Zimmer aufzuräumen. Ein reizender Blumenstrauß in einem Krug, purpurn, blau und weiß, war im Laufe der Nacht jämmerlich verwelkt. Sie legte die Blumen auf die Schieferkacheln wie Soldaten in Reih und Glied und zupfte alle versehrten und verwelkten Blütenblätter ab. Dann nahm sie die Blumen zusammen, hielt sie mit den Köpfen nach unten aus dem Fenster und übergoß sie mit Wasser. Es war Eis in ihrem Eimer, das Schloß hatte also offensichtlich einen Eiskeller. Sie erneuerte das Wasser im Krug und fügte ihm ein wenig Honig aus einer Phiole hinzu. Sie zog ein kleines Messer aus einem Futteral an ihrer Hüfte und schnitt von jedem Stengel ein Stück ab. Sie nahm einen Schluck aus dem Eimer, hielt die Blumen abermals aus dem Fenster und spie einen feinen Wassernebel über sie, so daß Blätter und Blüten wie in zaubrische Perlen gefaßt schienen, als die Morgensonne auf dem Strauß und auf ihrer jungen glatten Haut glitzerte. Und schließlich wickelte sie ein Taschentuch auf, in dem ein sorgsam abgelöstes Spinnennetz flach ausgebreitet lag. Das streifte meine Königin aus Milch und Blut mit einer zarten, aber sicher-behenden Bewegung ihrer Finger über den Strauß, als legte sie einen Schal um ihre schmalen Schultern, und die Köpfchen standen, unsichtbar gehalten, wieder aufrecht.

Ich erstaunte über die Schnelligkeit und Geschicklichkeit, mit der sie hantierte. Ich kannte diese Blumen nicht. Waren es seltene Gebirgsblumen, die solche Mühe lohnten? Ich hätte sie fortgeworfen, doch ihre angewelkte, aufs neue eingefangne Schönheit übertraf den schlichten Reiz, den sie als frische Blumen offenbarten. War's das Vergnügen, neu zu beleben, welches das Mädchen genoß?

Bei meiner Arbeit verhält sich's ebenso. Ich erinnere mich an den klaren Ton eines Kornetts, der den fahlen sizilianischen Morgenhimmel zerschnitt. Wie sehr wünschte ich, jetzt dort zu sein, noch einmal jung und noch einmal in ihren Armen. Ich hätte vorsichtiger sein müssen, doch ich war's nicht, und darüber bin ich froh.

12

Beginnen wir mit der Knabenschänderei.

Im Jahre Unseres Herrn 1567, einige Monate nachdem ich am 22. April mein siebzehntes Lebensjahr begonnen hatte, widerfuhren mir drei bemerkenswerte Dinge, die alle miteinander verknüpft waren. Die elfjährige Anne, bis zum Übermaß verzärtelt von ihrem Vater, der nicht wenig Mühe hatte, sein Geld auszugeben, und darum seiner kleinen Tochter einen Schweif katzbuckelnder Diener beigegeben hatte, wurde von einer grimmigen Verehrung für mich erfaßt. Ich behandelte sie wie ein hübsches, aber lästiges kleines Haustier, ich ging mit ihr um wie mit einer Schwester, ich flehte ihre Schwester an, sie auf andre Gedanken zu bringen, doch je größer mein Kaltsinn, desto stärker klammerte sie sich an mich. Das war meine erste und noch immer nachdrücklichste Lektion über das Gebaren aller Frauen dieses Alters, ausgenommen mein Weib Elizabeth.

Kaum fing Anne an, mich anzuhimmeln, heftete man mir die ersten Spione an die Fersen, denn Pondus hatte anfangs andere Pläne. Vielleicht war es bloß mein Zorn über seine Wichte und Kobolde hinter den Vorhängen, der mich schließlich seinem spindelbeinigen Liebling in die Arme trieb. Nein, es verbarg sich mehr als das dahinter. Ich war eine Waise in seinen wohlbestückten Palästen und sehr einsam. In jenen Jahren kannte ich keine Familie außer meiner Freundin Maus.

Auf die Anhimmelung und die Bespitzelung folgte der unvermeidliche Mord. Sein Name war Thom Bricknell, und er war ein Küchengehilfe, dem man die Zubereitung der Blutwürste und des Zuckerwerks übertragen hatte, deren Gerüche ihm anhafteten. Ich witterte ihn in der reglosen Juliluft und schickte Maus aus dem Zimmer. Ein altes schmiedeeisernes Rapier hing über dem Kaminsims.

Ich nahm es herunter und zog es wie einen Degen durch die Luft. Es gab ein sonderbares Schwirren, und der Vorhang begann sich unruhig zu bewegen. Ich streifte ihn mit dem Rapier beiseite und erblickte Thom. Er war mit einem Küchenmesser bewaffnet, und in seiner Miene kämpfte nackte Angst mit abgrundtiefer Feigheit. Aber dann machte er den verhängnisvollen Fehler, mir allzu dreist entgegenzuhalten, er könne mir mit guten Nachrichten dienen. Wenn ich ihn verschone, wolle er mir Kenntnisse aus höchst privaten Papieren aus Hatfield über meinen Vater und meine Mutter mitteilen. Kaum waren die ersten Worte über seine lästerlichen Lippen gekommen, als ihm die folgenden im Halse steckenblieben. Ich sprang vor und durchbohrte ihn ungesäumt und rasch und tödlich. Der Zorn schoß in mir wie eine gewaltige Woge empor.

Die Anschuldigungen, die Leicester und Arundel später gegen mich in die Welt setzten, zeugten von nichts anderem als von ihrer gemeinsamen Leidenschaft: kleinen Jungen. Wie es scheint, wetteiferten sie darin, der schlimmste Wüstling im Dienste von Königin Mary zu sein, wenn es auch noch fünfzehn Jahre währte, ehe Walsingham alle Einzelheiten ihrer Taten kannte. Arundels größte Heldentat war ein Büchlein gegen seinen schurkischen Kumpan, das unter dem Titel *La Vie Abominable du Comte de Leycester* zuerst in Frankreich erschien und darauf, schneller als eine Venustaube den Kanal überquerte, als *Abschrift eines Briefes eines Magisters der freien Künste zu Cambridge* in englischer Sprache veröffentlicht wurde. Das könnte ein plumper Versuch gewesen sein, mich als Verfasser anzuschwärzen, denn der erste Titel lautete *Magister der freien Künste zu Oxford*, doch wurde das vorzeitig ruchbar und der Titel geändert. Die Episode bewies mir, daß bei Hof der Weg frei war, die Wahrheit über Leicester zu sagen, und er gab schließlich in der Tat im *Hamlet* einen höchst trefflichen Claudius ab. Als er bei der ersten Aufführung des Stücks am Hof zu reden anhob, konnte man wissendes Zischeln hören, das durch die oberste Galerie lief: *Es ist Leicester, es ist Leicester!*

Mochte der Ehrgeiz sie auch einen, so herrschte doch Ungleichheit zwischen Leicester und Arundel. Natürlich waren beide, Robert und Charles, von Adel, doch Leicester war ein Earl und Charles nicht mehr als ein jüngerer Sohn ohne Titel und mit beschränkten Mitteln; Leicester war stattlich, obwohl seine tückischen Augen Frauen verschreckten, Arundel dagegen war ebenso strohdumm wie häßlich.

Den Brauch, Chorknaben auszubilden, hat es in England seit wenigstens drei Jahrhunderten gegeben, doch erst in unserer Zeit geriet er in den Ruch moralischer Verworfenheit. Seit langem wählte man aus dem gemeinen Volk in den Dörfern hübsche, sanftmütige Knaben aus und ließ sie von älteren Kirchenmusikern darin unterrichten, die schönen alten Kirchenlieder zu singen. Diese Knaben galten als Hauptstützen des Gottesdienstes und lebten oft in guter Freundschaft und Sorglosigkeit miteinander, liebevoll von schlichten Mönchen umsorgt, die sie lehrten, Instrumente zu spielen, zu singen und fließend lateinisch zu lesen und zu schreiben. Die Knaben begannen ihre Laufbahn in der Regel als Neunjährige in den Klöstern, doch dauerte diese selten länger als bis zum Stimmbruch. Von dort wechselten sie gewöhnlich in ehrbare Gilden und Berufe oder wurden Mönche, Musiker oder Lehrer.

Seit den Zeiten meines Vaters John trat eine weitere Zwischenstation hinzu, denn viele der Knaben kamen jetzt zu Theatertruppen in die Lehre, wodurch sich ihnen die Möglichkeit eröffnete, zum erstenmal auf der Bühne Frauenrollen zu spielen. Denn die besten dieser Wechselbälger konnten jede echte Frau auf ihrem angestammten Terrain ausstechen, wie wir bei mehr als einer Gelegenheit bewiesen, indem wir einen dieser Knaben an einer vornehmen Tafel plazierten, wo er unweigerlich von Frauen wie von Männern als Frau betrachtet wurde. Wie das aufgeweckteste Hofhündchen gaben diese Knaben auf das geringste Wimpernzucken acht und gingen darauf ein. Wenn auch von Zeit zu Zeit, als Scherz obendrein, eine Frau bei uns spielte, so habe ich doch niemals eine Frau so trefflich agieren sehen wie die besten dieser Knaben, ehe ich die außerordentlichen und wohlausgebildeten Schauspielerinnen Venedigs zu Gesicht bekam.

In meinen Jünglingsjahren war der schöne Bühnenknabe nur allzuoft zur bloßen Handelsware geworden. Ein Adliger, der sich mit einem Knaben zu vergnügen wünschte, übergab diesen als Lehrling einem Schauspieler und befriedigte damit mehrere Bedürfnisse: der Schauspieler hatte einen Diener, das Stück hatte eine Frau und der Edelmann, unter dem Vorwand, der Knabe werde fürs Theater ausgebildet, sein Vergnügen. Leicester entwickelte dieses Verfahren zur höchsten Vollendung und verbreitete, wenn sich die Knaben später als Schulmeister und Chorleiter in alle Winde verstreuten, das Laster der Knabenschänderei im ganzen Lande.

Ich lasse in der Liebe keine Hemmungen gelten, aber ich weiß auch, daß lieben mehr bedeutet als sich vereinigen und daß es unheilvoll ist, einen unreifen Jüngling ins Garn zu locken. So wurde Leicester ein krötengift'ger Bube und zu allem fähig, und so wurden viele junge Leben mutwillig zerbrochen. Es war nichts weniger als natürlich, daß Leicester und Arundel in ihren üblen Reden und Verleumdungen ihre kaltsinnige und unnatürliche Lüsternheit auf mich übertrugen.

Die Untersuchung wurde durchgeführt von drei prächtigen guten Nachbarn, allesamt den Cecils verpflichtet, die wie gewünscht zu dem Schluß kamen, der Koch habe sich selber in mein Rapier gestürzt, als ich ihn bei einer unsittlichen Handlung ertappte. Sie riefen mich nicht als Zeugen auf, obwohl ich just in Gray's Inn meine juristischen Studien begonnen hatte und darauf brannte, zu Wort zu kommen. Burghley saß während der Verhandlung in einer Ecke neben mir und zerrte und zupfte mich jedesmal am Ärmel, wenn ich den Mund auftun wollte. Es war schwer, der Maskerade, die sie aufführten, Glauben zu schenken. Zwei falsche Zeugen sagten aus, sie seien im Zimmer gewesen und hätten gesehen, wie Thom mich mit seinem Rapier bedrohte – man stelle sich vor: der bekleckerte Thom aus der Küche mit seinem Rapier! –, er habe sich dann auf mich gestürzt und versucht, mir meine Waffe zu entreißen. Eine unglaubwürdigere Geschichte hab ich nie gehört. Wenn ich mich auch um das Gesetz nicht scherte, hatte ich ein Interesse an der Sache, weil ein Schuldspruch wegen Mordes mich von Gray's Inn und seinen Schauspielen verbannt und der Staat sich am Ende genötigt gesehen hätte, mich mit einer Strafe zu belegen. Burghley hatte ebenfalls ein Interesse, obwohl ich das damals nicht wußte. Ein Urteil gegen mich hätte den Hof durchaus dazu veranlassen können, seinen Umgang mit den elternlosen Erben unter die Lupe zu nehmen, was für mich, ungeachtet einer möglichen Strafe, von Vorteil gewesen wäre. Hätte ich eine Aussage gemacht, wäre der Vorfall möglicherweise Burghley angelastet worden. Aber ich durchschaute alle diese Möglichkeiten nicht und war nicht beherzt.

Bricknell griff nach seinem Messer und muß sich dabei sein Hemd aufgeschlitzt haben, denn eines der Bilder, an die ich mich überdeutlich erinnre, zeigt sein entsetztes, zur Sichel aufgebognes Grinsen über seinem mächtigen, wehrlosen Bauch. Er ähnelte einem jungen Hund, der sich, in der Speisekammer in die Ecke getrieben und ohne Möglichkeit zur Flucht, auf den Rücken wirft und auf Gnade hofft. *Eine Ratte! Eine Ratte!* rief ich und sprang vor. Es war eine alte schwere Waffe, die vor langer Zeit zum letztenmal benutzt worden sein mußte, denn ihre Spitze war ein wenig verbogen, und die Ränder ihrer abgeflachten Klinge waren stumpf. Ob es daran lag oder an einem schlecht plazierten Stoß, es kam mir jedenfalls nicht so vor, als sei meine Klinge tief eingedrungen. Ich zog sie heraus und versenkte sie ein zweites Mal in seinem Leib, und auch dieser Stoß muß mir mißlungen sein. Ich konnte mich nicht erinnern, wie oft ich auf ihn eingestochen hatte, bis ich das beruhigende Scheppern des bleigefaßten Fensters hinter ihm hörte. Er hatte mit aller Kraft versucht, sich an den Vorhang zu klammern. Burghley erzählte mir später, ich hätte die Klinge achtmal in seinen Leib gestoßen, was mich bei einer echten Verhandlung jeder Möglichkeit zur Rechtfertigung beraubt hätte. Über die acht Stiche kann ich nichts sagen, doch ich entsinne mich, daß sich sein widerwärtiger Leib allmählich rot färbte und an verschiedenen Stellen kleine Blutstöße hervorspritzten, während er dort hing. Weder weiß ich, ob der Körper zu Boden fiel oder schließlich abgeschnitten wurde, noch weiß ich, ob er einen Laut von sich gab, obwohl ich seinen Mund noch vor mir sehe, der sich wie ein Fischmaul in regelmäßigen Abständen öffnete und schloß. Ich kniete nieder und weinte, nicht über den Burschen, den ich getötet hatte und der ein geborener Unhold war, sondern darüber, wohin mich mein Leben gebracht hatte. *Wozu war ich geboren?* fragte ich mich damals und nicht zum letzten Mal, wohl wissend, daß ich mehr war, als ich zu sein schien, aber dazu bestimmt, viel weniger zu sein als das, wozu ich geboren war.

13

Meinem Vater gelang es, zumindest die Gunst, wenn auch nicht den Wohlstand von Harry zurückzugewinnen, die in der Zeit Henrys verlustig gegangen waren. Nachdem er den Titel eines Earls angenommen und aufgehört hatte, John Bulbeck zu sein, diente er Heinrich VIII. bei der Niederschlagung der ersten Rebellion im Norden im Jahr 1536. Er diente ihm so trefflich und tapfer, daß er zum Liebling des Königs und seiner Männer wurde. Sein doppeltes Talent bescherte ihm das knifflige Amt eines Lord Lieutenant beim Kronrat. Als ich ein Knabe war, fand ich in der Bibliothek von Hatfield einen Brief von Sir Thomas an Cecil, in welchem der sechzehnte Earl anläßlich seiner Berufung gepriesen wurde, und von dem ich eine Abschrift anfertigte:

Ich versichere Euch meiner Überzeugung, daß kein Mann in England, weder zu Königin Marys Zeit noch zu einer anderen, sich Bedrohung, Kerker und Folter so großherzig und bereitwillig unterwerfen könnte wie mein Lord hier der Liebe, welche ihm die Vornehmen und das ganze Land entgegenbringen. Habe das nun seine Gründe im Alter seiner Vorfahren, in seiner eigenen Güte, in der Rechtschaffenheit seiner Umgebung oder in allen diesen Umständen zusammen, mich dünkt, Ihr könntet es Euch nicht besser eingerichtet wünschen.

Ich hüte diesen Brief als Zeugnis dessen, das niemandem in Colchester oder am Hof je zu Ohren zu kommen brauchte. Oft sagt man von einem Manne *Antonio ist ein guter Mann*, und das ist immer eine Warnung. Das soll nicht heißen, daß gute Männer nicht existierten und nicht zuweilen sogar in Erscheinung treten. In seiner kurzen Lebensfrist zog man stets den Kerker der Folter vor. Es gab verschiedenartige Bekenntnisse, doch immer waren sie klar und ehrlich. Das Reich war geschützt; Vernunft regierte. Das Gemeinwohl wurde stets beachtet, und das war eine der wenigen und nachdrücklichsten Lehren, die mein Vater mir mitgab: *Dein König muß für das Gemeinwohl einstehen, und wenn dieses Gemeinwohl zur privaten Sache wird, zieh dich mit Würde zurück und warte auf einen anderen König.* Mein Vater zog sich, sobald es die Etikette erlaubte, nach ein paar Monaten zurück und diente seiner Grafschaft Essex viele Jahre, indem er ihre Verteidigungsanlagen längs der Küste verstärkte. Als er mit seiner Arbeit begann, war Essex Englands schwache Stelle, als er fertig war, sein festes Bollwerk. Jedoch die Sternenkammer war offensichtlich darüber verärgert, daß er ihr den Rücken gekehrt hatte, erzählte er mir. Sie befahl ihm, in Essex mehr Ketzer für den Scheiterhaufen zusammenzutreiben. Wie es scheint, fanden sich im glaubenstreuen Essex weniger Ketzer als anderswo in England, worauf die Sternenkammer eigene Ketzerjäger entsandte, die im Nu viertausend Menschen exkommunizierten und ihm den Befehl der Sternenkammer übermittelten, der Verbrennung der siebzehn Ketzer von hoher Geburt in Essex beizuwohnen. Diese regelmäßigen Auftritte als Zeuge betrachtete er als die einzige Plage und Kümmernis, die sein Earl-Titel ihm eintrug.

Mein Vater blieb ein treuer Untertan und war einer der zwölf vornehmsten Trauergäste beim Begräbnis Heinrichs VIII. Der Krönung von Edward VI. blieb er dagegen fern, weil ihm, wie er sagte, dieser neue Hof mit seinem Rat der Reichsverweser, der über den jungen Edward herrschte, übel aufstieß. Er unternahm nichts, das Amt des Großkämmerers auszuüben, ließ jedoch wissen, er sei damit zufrieden, dessen geringste Aufgabe auszuführen und dem König vor und nach dem Krönungsmahl das Wasser zu reichen. Doch er benannte mich nach Edward, was ihm in diesem Punkte Schwierigkeiten ersparte. Ich bin der erste de Vere, der diesen Namen trägt. Er handelte auf seine Weise. Wenn mein Vater es auch nie aussprach, will es mir unter meinen jetzigen Umständen scheinen, daß er auch zu dem Schluß gekommen sein könnte, es sei an der Zeit, Sparsamkeit zu üben und der üblen finanziellen Lage ein Ende zu setzen, in welche die grausame Laune Heinrichs VII. unser Haus gebracht hatte.

Alle Streitigkeiten späterer Jahre, dünkt mich, haben ihre Keime in der Regierungszeit Edwards. Die Reichsverweser wollten die Reformation vorantreiben, doch die schändliche Freidenkerei weiß immer ihren geheimen Winkel zu finden. Sie führten das Gebetbuch der anglikanischen Kirche ein und riefen eine katholische Rebellion hervor. Sie sagten, sie wollten der Selbstherrlichkeit der Zeit Henrys ein Ende setzen, und doch ging die Zerstörung der Reliquien und der Kapellen, die Seelenmessen verkauften, ungesäumt weiter. Die Schotten wurden besiegt, doch man erlaubte ihnen, ihr Bündnis mit Frankreich aufrechtzuerhalten, ja noch zu festigen. Somerset stürzte, und Dudley wurde Amtierender Protektor, was bedeutete, daß man einen weniger fähigen Kopf und noch größeren Schaden hatte. Man verstieß die Katholiken aus dem Parlament und schloß einen schmählichen Vertrag mit Frankreich. Der Protestantismus war das höchste Gut, und doch schien die Thronbesteigung der katholischen Mary unvermeidlich.

In England dämmerte die Zeit der Königinnen herauf. Im Juni 1553 war mein Vater einer der sechsundzwanzig Peers, die die Patentbriefe unterzeichneten, die Lady Jane die Krone zuerkannten, doch einen Monat später wurde ihm ihre Geistesschwäche klar, er wechselte das Lager und war einer der ersten, die sich öffentlich für Königin Mary aussprachen. Er amtierte als Großkämmerer, war an Marys Seite, als Sie durch London zog, um die Krone zu empfangen, und er war es, der sie Ihr aufs Haupt setzte. Desungeachtet mußte er es sich gefallen lassen, wiederum dem Kronrat anzugehören, obwohl es ihm wenigstens gelang, sich weiterer Dienste für die Sternenkammer zu entziehen. In Marys Kronrat sah sich mein Vater als Protestant keinem geringen Argwohn ausgesetzt, als Dudley abermals zu intrigieren anfing. Doch seine Leiden hörten nicht auf, als

Elizabeth auf den Thron kam. Es war nicht einmal meines Vaters Glauben, der Dudley beunruhigte, sondern die Neigung, welche die junge Königin zu ihm faßte. Die Religion war nur ein Vorwand. Bei mir war's ebenso. An Elizabeths Hof argwöhnte man, in Glaubensdingen drehe ich mein Fähnchen stets nach dem Wind, sei aber in der Stille meines Herzens ein Katholik, was ich war und bin, was mein Vater war und was, so mein starker Verdacht, auch für die Königin galt. Mein Vater stellte sich früh an Elizabeths Seite, doch das geschah nicht aus selbstsüchtiger Berechnung oder dogmatischer Grundsätze wegen. Er erkannte, daß Sie Zeug vom Himmel hatte, Sie, die Tochter von Vorfahren, die wußten, sich ihrem Königreich würdig zu erweisen.

Die Männer der alten Ordnung glaubten, meinen Vater nach ihrem Willen gezähmt zu haben, als sie ihn unmittelbar nach Elizabeths Thronbesteigung zum Vorsitzenden des Prozesses beriefen, der Lord Wentworth wegen der Übergabe von Calais gemacht wurde, denn es war Wentworth, der meinem Vater die Hand seiner Tochter verweigert hatte. Doch er änderte seine gerechte und freimütige Haltung nicht. Wentworth bekam einen Freispruch, wurde meines Vaters Freund und einer meiner treuhänderischen Vormunde, doch er bewies leider bei dieser Aufgabe ebensowenig eine glückliche Hand wie damals in Calais.

Der Earl, mein Vater, erlebte seine größte Stunde, als er im Jahr 1544 viertausend Mann über den Kanal führte und, in vorderster Reihe fechtend, vor Boulogne den Sieg errang. Obgleich er in dieser Schlacht nicht den Oberbefehl hatte, waren sich alle einig, daß er auf diesem Schlachtfelde königliche Ehre eingeheimst habe. Nachdem Frieden geschlossen war, wurde er bei Hof, der im Sommer in Paris weilte, wohlwollend empfangen und reiste zehn Monate lang durch das französische Reich. Er erzählte mir, die erste Liebe seines Lebens gelte immer England, doch er könne nie vergessen, daß er in jenem Jahr in Frankreich am glücklichsten gewesen sei. Er reiste in den Süden bis nach Roussillon, wo er den Wein bewunderte und die freie

Geistesart des Volkes, genährt und geprägt von Frankreich, Spanien und dem alten Maurenreich. So rasch wie sich ein Windrädchen drehte, wechselten dort die Sprachen, und mehr als eine war ein Kauderwelsch, das keiner je gehört hatte. Bald verstand er sich darauf, beim Trinken mit jedermann in dessen eigner Sprache anzustoßen und erfuhr von den Leuten viele interessante Dinge über die römisch-katholische Religion, die südländische Lebensart, die es vermochte, Paris behutsam in Schach zu halten. Es kam ihm vor, als ginge es dort zu wie in der fröhlichen kleinen Stadt Sedburgh in Yorkshire an den Grenzen Westmorlands. Mein Vater hatte oft versprochen, mich dorthin mitzunehmen, doch sein Tod verhinderte diese Reise. Dort wohnten gewöhnliche Bürger, friedfertige und betriebsame Leute, die ein gutes Glas zu schätzen wußten und kein Verlangen danach verspürten, fortwährend Höfe zu unterhalten. Mein Vater liebte solche Städte, Grafschaften und Gesinnungen.

Er verbrachte zwei Monate, wie ein Mönch lebend und Eierpflaumen pflückend, in einem Kloster in der Dordogne, einem Landstrich, der nach seinen Worten von Engländern wimmelte, von Klerikern, die vor Henrys Plünderern geflohen waren. Von einem solchen England *en miniature* in der Verbannung hatte er nie ein Wort gehört. Das gelblich getünchte Kloster war ein flacher, grabenumzogener Gutshof und verfügte gleichwohl über Türmchen wie eine Burg, obwohl diese nicht einmal einer Belagerung von Katzen hätte widerstehen können. Nach dem Morgengebet pflückte er mit den Mönchen Pflaumen, bis sie am späten Nachmittag mit ihrer munteren Meute kleiner weißer Hunde in den Wald zogen, um nach schwarzen Trüffeln zu graben, in Frankreich hochgeschätzt, obwohl sie den Ruf von Keuschheitsknollen haben. Für ihre Arbeit war Dämmerung nötig, damit man ihre besten Fundstellen nicht entdeckte. Darauf folgte ein behagliches Mahl mit reichlich Pflaumenwein, Pflaumenschnaps, Pflaumensauce und, jedesmal, Pflaumenkompott. Am Abend wurde hitzig über Philosophie, Religion und das verlorene England disputiert. Ein solch freundliches Königreich, meinte mein Vater, solle in unser aller Leben ein unverrückbares Markzeichen sein, auf daß wir, selbst wenn es uns das Schicksal nicht vergönne, darin zu leben, dennoch zuweilen einen Seitenblick darauf werfen und unser Leben an ihm messen können. Und jetzt bin am Ende auch ich im friedvollen Hackney, wenngleich von der Pest befallen und nicht versöhnt.

14

Was folgt, ist die strahlendste Erinnerung meiner Kindheit. Es ist bloß eine Geschichte, die mir mein Vater oft erzählte, doch ich forderte sie ihm so häufig ab, daß ich sie mit hinlänglicher Genauigkeit niederschreiben kann, was nichts weniger heißt, als öffentlich sich über etwas lustig zu machen, was eine öffentliche Belustigung war, obwohl der Geschichte, erzählt man sie heut', das lachende Gesicht meines Vaters fehlt. Es war sein letzter Auftritt vor seiner Rückkehr. Der Hof war in die Wälder hinter Le Havre gekommen, wie man es damals jedes Jahr hielt, um den Eber zu jagen, und mein Vater war eingeladen. Es bedurfte nicht viel, seinen Eifer zu wecken, doch er erkannte sogleich, daß es Hindernisse geben würde. Wir Engländer jagen in grobem Tuch und Leder, während die Franzosen sich dazu Federhüte und goldbesetzte Jacken anziehen und ihre Frauen dabei zuschauen lassen. Heimliche Späher haben am Tag zuvor die Eber ausfindig gemacht und Zäune auf allen Pfaden aufgestellt, ausgenommen einen am Morgen der Jagd, so daß den Tieren, wenn sie aufgescheucht werden, nur ein Fluchtweg bleibt. Dann wird zur Jagd geblasen.

Man läßt die Hunde los, nicht um den Eber aufzuspüren, sondern bloß, um ihn toll zu machen und über den verhängnisvollen Pfad zu jagen, ein Wirbelsturm aus Staub und krachenden Zweigen, der das Gebell der Hunde unter sich begräbt und die sonderbaren Schreie der erschreckten Vögel, die den Tod prophezeien. Der französische Eber ist kleiner als sein englischer Vetter, doch dafür sind seine gekrümmten gelben Hauer länger und schärfer. Die feuchte Schnauze fegt wie ein schnell geschleuderter Ball über den Boden, dein Verhängnis rast wie eine Mauer auf dich zu. Doch die gallische Art zu jagen ist nicht ganz ehrlich.

Seitlich des Pfades kauern Knechte und stoßen messerscharf zugespitzte Pflöcke in den Weg des dahinbrausenden Erdbebens, so daß der Eber öfter strauchelt und sich die Vorderläufe blutig reißt. Im entscheidenden Augenblick schießen drei lange Pfähle quer über den Pfad und werden auf der anderen Seite von kräftigen Händen gepackt, so daß dem Jäger zu Pferde eine Spanne völliger Sicherheit bleibt, sein Werk auszuführen. Eine lange, scharfe und wuchtige Klinge, zwischen die Schultern getrieben, setzt dem Leben des rasenden und verwirrten Tieres ein Ende, während es seinen Kopf schnaubend gegen die drei Pfähle rammt. Während das Tier erlegt wird, führt ein Dutzend vornehmer Damen, die in der Nähe auf einer erhöhten Bühne auf Faltstühlen sitzen, ein eigenes Drama auf, wenn sie mit gedämpften Seufzern und leidenschaftlich geflöteten Trillern ohnmächtig hinsinken. Sie werden in kunstvollen Posen von aufwartenden Pagen aufgefangen.

Mein Vater beobachtete all das mit lebhaftem Interesse. Das war keine Jagd, sondern ein theatralisches Spektakel, das eine Jagd nachahmte. Er erwartete, der Jäger werde ein Lied singen oder sich verbeugen, doch die Wirklichkeit übertraf die Erwartung. Der Jäger nahm jedes der ohnmächtigen Dämchen in seine Arme und säuselte sie mit süßen Floskeln ins Leben zurück. Dieser Vorgang der Wiederbelebung währte fast eine halbe Stunde, länger als die Jagd selbst, und dann kehrten von anderen Kampfplätzen vier Jäger mit ihren Ebern, Knechten und Zuschauern zu einem festlichen Mahl zurück, das auf kostbaren Teppichen im Gras angerichtet war. In einem gestreiften Zelt legten die Jäger ihre staubigen Gewänder ab und erschienen in seidenen Jacken und gestärkten Spitzenkragen, auf denen statt echten Blutes ein Band von künstlichem Rot prangte.

Am folgenden Morgen sollte meines Vaters Eber vor dem des Herzogs der Normandie an die Reihe kommen. Mein Vater reiste ohne Jagdausrüstung und war im übrigen nicht geneigt, sich auf ihr zuckersüßes Spiel einzulassen. Und so kam es, daß er an diesem fahlgrauen Morgen wie fürs

Schlafgemach gekleidet zur Jagd erschien, angetan mit einem sehr schönen Schlafrock, doch unverkennbar nichts als diesen Schlafrock am Leibe, eine gezipfelte Nachtmütze aus weicher Wolle auf dem Kopf und an den Füßen Lederpantoffeln mit kleinen Eberborsten an den Spitzen. Mehr noch: er schritt ohne sein Pferd zum Kampfplatz. Die Männer und Frauen waren verblüfft. Allein der Herzog begegnete meinem Vater mit seinem üblichen hintersinnigen Lächeln. *Er hätte sich nicht weniger überrascht gezeigt, wenn mir Vogelkot übers Gesicht geflossen wäre.* Hauptgegenstand der Heiterkeit war indessen nicht meines Vaters Schlafrock, sondern seine Waffe, ein dünnes Tanzrapier, dessen Klinge wie eine Ringelnatter in der Hand schwänzelte. In Wahrheit war es eine scharfgeschliffene, für einen Mord während des Tanzes bestimmte Waffe, die mein Vater in Paris gekauft hatte, um sie bei Hofe zu zeigen.

Mein Vater nahm seinen Platz dort ein, wo der Pfad, auf dem der Eber erscheinen würde, aus dem Wald trat. Er winkte den Männern zu, ihre langen Stangen niederzulegen, doch bei den furchtsamen Franzosen gab es eine rasche Tuschelei, denn sie hatten nicht den Wunsch, mitanzusehen, wie sich ein tapferer Engländer, der ihr Gast war, hinmetzeln ließ. Der Herzog selbst kam von der Plattform herab und bedeutete den Stangenträgern, auf ihren Plätzen zu bleiben. Er hatte kaum Zeit, zu sagen *Lieber Earl, wir können nicht merkwürdiger Grillen wegen feste Regeln ändern*, als ihn seine Pagen auf überaus tatkräftige Weise zurück auf die Plattform nötigten.

Sie hatten den Eber in Fahrt gebracht. Selbst aus der Entfernung ließ sich erkennen, daß es sich um ein todbringendes Tier handelte. Plötzlich erhob sich überall Geschrei. Der Eber war seitwärts ins Unterholz ausgebrochen, um einen der Jungen aufzuspießen, dessen Pflock ihm als erster den Vorderlauf aufgeschlitzt hatte. Alle verließen ihre Posten, und die ersten kamen kreischend aus dem Wald. *Exeunt, von einem Eber verfolgt*, sagte mein Vater. Worauf die Damen hinter meinem Vater im Nu, aus Angst ums eigne Leben, in echter Seelenpein zu schreien begannen und von den Pagen und vornehmen Herrn auf der Plattform nicht zu besänftigen waren. Sie eilten die Stufen hinauf, besannen sich anders und ballten sich zu einem schluchzenden Knäul, unter dem die Plattform zu ächzen und schwanken anfing.

Währenddessen stand mein Vater in seinem Schlafrock wartend da, sein Tanzrapier stoßbereit, eine Vogelscheuche auf dem Acker Gottes. Als das Tier erschien, war es riesig, selbst für die Verhältnisse Englands, dem Land der Eber, und trug Hauer wie Sicheln. Meinem Vater blieb bloß noch Zeit für einen Blick auf sein gesträubtes, schweißbeperltes Fell, auf den dunklen Fleck, in den das Rapier sich bohren mußte, wollte er überleben. Der Stoß wurde sauber und rasch ausgeführt. Der Eber glitt, einem gestrandeten Walfisch sehr ähnlich, in die Ewigkeit, doch die Wucht des letzten Aufpralls schleuderte meinen Vater zurück. *Es stand auf Messers Schneide. Der Untergrund war sehr trocken. Im entscheidenden Augenblick war ich vom Staub fast blind.*

Anstelle von Bewunderung für seine Heldentat ward meinem Vater erst einmal Kälte zuteil. Die Zuschauer lagen kreuz und quer auf dem Boden, denn sie waren wie Äpfel aus einer Schale von der umgestürzten Plattform gepurzelt. Die Männer fühlten sich unbehaglich, ausgenommen der Herzog, und selbst er war sehr verärgert. Die meisten Damen hatten sich in Säuglinge zurückverwandelt und greinten jämmerlich. Die Szene erregte das Staunen der anderen zurückkehrenden Jäger, die zuerst die Verheerungen unter den Körpern erblickten und ein blutiges Gemetzel befürchteten, ehe sie den noch immer mit einem Schlafrock bekleideten Phantasten und den größten Eber sahen, der ihnen je untergekommen war. Mein Vater teilte ihnen mit, er habe ein Schwein getötet, in seiner Heimat eine alltägliche Fähigkeit, über die jeder Schuljunge verfüge. *An diesem Morgen vernahmen die Ohren der Damen keine süßen Nichtigkeiten, doch die Nachricht flog ohne Säumen nach Paris und traf noch vor mir in London ein.* Den Eber schaffte man zum König.

Ich hatte einmal einen Vater namens John und würde eher eine Hand opfern, als das Recht verlieren, mich an ein

Königreich zu erinnern, das wir kurze Zeit gemeinsam hatten.

Ich erinnere mich schwach, daß ich trotz vieler Versuche kein einziges Geheimnis aus meines Vaters Kindheit ausfindig machen konnte. Von meinem Großvater stammen neben meinem Vater seine Enkelsöhne Francis und Horace ab, allgemein als die beiden tapfersten Soldaten unsrer Zeit angesehen. Dazu im Gegensatz hörte ich als Junge von den fünf anderen Jahrhunderten der de Veres genug, um Hollenshed auf Monate in Atem zu halten. Ich werde nur einige meiner Vorfahren flüchtig skizzieren, denen ich in knabenhafter Unreife den Vorzug gab. Kein Ahne vermochte in meinen Augen an abenteuerlichem Glanz den 13. Earl zu übertreffen, einen aufs Meer Verbannten, der mehr als ein Jahrzehnt lang wie eine Plage über jeden Yorkistenhafen herfiel, nachdem der sicher geglaubte Sieg der Lancastrianer im nebligen Barnet zu einer vernichtenden Niederlage geworden war. Und dann die letzte siegreiche Schlacht und Rückkehr bei Bosworth Fields, als Oxford die Krone Richmond brachte, unserem nämlichen Henry VII. seligen Angedenkens. Dieser Vorfahr war der Pate von Prinz Hal in der Pfarrkirche zu Greenwich. Der 9. Earl wurde 1392 von einem Eber getötet, und John, der 12. Earl, und sein Sohn wurden vom nörglerischen und argwöhnischen Edward IV. geköpft, Schicksale, einen Knaben erschauern zu lassen und zu erregen. Vom 7. Earl, der an der Seite des Prinzen von Wales in der Gascogne focht, bezog ich meinen Lieblingsspruch: *England wird mein Lösegeld niemals bezahlen. Also werde ich siegen oder fallen.* Die Franzosen wichen vor ihm zurück, in Schrecken versetzt durch die mit Widerhaken bestückten Pfeile der englischen Bogenschützen.

Die de Veres waren immer in der Kirche oder in der Schlacht, und in beiden Fällen hörten sie auf zu trinken. Unter dem fetten Eroberer übernahm der erste Aubrey die Aufgabe, die neuen normannischen Weingärten anzulegen. Er bestückte sie mit Reben, importiert aus dem Tal von Gaillon, bereits mit der Fäule der Steuern belegt, in Hedingham, in Kensington, einen riesigen Weingarten in

Belchamp Walter in Essex und in Lavenham in Suffolk. Der Weingarten von Hedingham lag westlich vom Schloß. Als ich ein Knabe war, wuchsen dort wilde Reben, die noch immer rote Trauben trugen. Ich arbeitete mit meinem Freund Geoffrey, dem Sohn eines Ersten Haushofmeisters, in unserer eignen Scheuer, die wir so nannten, weil sie verfallen und ganz uns überlassen war. Mit glatten, runden Wikinger-Mörserkugeln zermahlten wir die Trauben, ließen sie gären und preßten den Saft in jedem Sommer durch ein Tuch in ein paar schlanke, dunkelgrüne Flaschen aus der Glashütte von Wealden, die wir aus der Küche entliehen hatten. Ihre Korken verschnürten wir mit kräftigen Bindfäden und ließen die Flaschen bis zum nächsten Herbst ruhen. Wir machten die Erfahrung, daß die Trauben, wenngleich ein wenig sauer, einen *vin potable* hervorbrachten, vorausgesetzt indes, daß der gesamte Inhalt der geöffneten Flasche auf der Stelle getrunken wurde. Über Nacht verwandelte sich der Wein in eine Essigbrühe.

Einmal im Jahr, im September, tranken zwei berauschte Knaben den Wein, den William schlürfte, und spielten die Rollen der tapferen Sieger. Geoffrey sagte immer, es stehe ihm nicht zu, den König zu spielen, doch ich hielt unerschütterlich an Aubrey fest, ohne den die Eroberung nicht geglückt wäre und der die edle Beatrice heiratete, eine Frau von seltener Schönheit, die nur einen einzigen Makel hatte, einen riesigen, mißgestalteten Fuß. Doch er erklärte, wie mein Vater erzählte, die Liebe zu ihr, heiße *die Hand, den Fuß, die Lippe, das Auge, die Stirn zu lieben.*

Was mich betraf, so dienten mir die treuen und streitbaren de Veres bloß als ein Muster für die innere Größe, zu der ich mich aufschwingen sollte, die mir aber nicht wie ein Zehnter aus der Vergangenheit in den Schoß fallen würde. Man lehrte mich außerdem, daß unsere Vorfahren lange vor der Überquerung des Kanals in einer Mühle im Contentin arbeiteten und kein Land besaßen. Ihre Rechtschaffenheit und ein gütiges Geschick hoben die de Veres in den Stand des Adels, und das Land, auf dem sie sich früher geplagt hatten, erhielt ihren Namen. Mein Vater spottete darüber, daß die Familie den Anspruch erhob, ihre Linie lasse sich bis zu Karl dem Großen und Caesar zurückverfolgen. Die Veres, sagte er, hätten acht Jahrhunderte den Pfad des Adels beschritten, das sei genug, und niemals dürften sie davon abweichen, obwohl man ihnen ihr Land mehr als einmal weggenommen habe. Als Aubrey im Jahr 1066 kam, entdeckte er de Veres von einfacher Herkunft, die bereits seit mehr als hundert Jahren unter den Sachsen ansässig waren, und nahm sie mit Freuden in den Bund der Familie auf. Wie steht es jetzt um dieses stolze Geschlecht? Ist dies der Augenblick, den das Schicksal ausersehen hat, es blühen oder vergehen zu lassen? Ich kann nicht sagen, daß ich gestoßen wurde, noch daß ich selber fiel. Ich weiß nur, daß es geschah. Schlimmstenfalls wird alles zu Ende gehen oder sich für die Kinder meiner Kindeskinder zur alten Größe erheben. Das ist der Lauf der Welt. Unseres Geschlechts Geschichte scheint zu sein, daß wir zu hochgeboren sind, um lange reich zu sein. Ich werde sterben ohne Testament. Wären Worte Gold . . . doch sie sind's nicht.

Heute, in meiner flüchtigen Weisheit, erkenne ich mich selbst im Geist des 9. Earl, wo ich vorher nichts sah als die Glorie seines Todes auf der Jagd. Wegen seiner Tapferkeit und Erfolge in Schottland wurde er zum Herzog von Irland ernannt und trug mehr Auszeichnungen und Titel, als sie je ein andrer Edelmann in England eingeheimst hatte. Doch er verlor das Maß und verstieß seine Gattin, Philippa, die ihren Onkel, den Herzog von Gloucester, mit fünftausend Mann gegen ihn ins Feld schickte. Dort, wo Isis und Themse sich vereinigen, wurde er geschlagen. Gezwungen, vor Gloucester und Bolingbroke zu fliehen, warf er Schwert und Rüstung von sich, um die Themse zu durchschwimmen. Seine Tragik war, daß er in einem Lederbeutel Briefe des Königs in seinem Kriegswagen zurückließ, wodurch die kampflustigen Herzöge genaue Kenntnis von den Plänen des Königs erhielten, die darauf hinausliefen, mit Oxford zu fliehen und dem französischen König die letzten englischen Stützpunkte an der französischen Küste auszuliefern, um die Franzosen dafür zu gewinnen, bei der Niederwerfung seiner aufrührerischen Lords mitzuwirken. Er war einer der vielen vom Verdienstlosen Parlament Verurteilten, das einzuberufen die Lords den König gezwungen hatten. Das Urteil lautete Verbannung und Verlust aller seiner Länder, jene ausgenommen, versteht sich, die verpfändet waren. Frage: wie kam ein so elender Bettler auf die Jagd? Wurde er umgebracht oder suchte er den Tod? Ich bin zu schwach, und es ist zuviel für einen verblödeten Narren, in den Wald zu ziehen, ohne Gefolge, ohne Schwert und nicht einmal mit einem schicklichen Schlafrock.

15

Mein Vater hörte auf, wie ein Einsiedler zu leben, als Elizabeth den Thron bestieg. Keinem anderen Earl wurde größere Gunst zuteil als ihm. Die prachtvolle Priorei in Candlewick, die Ihr Vater Henry meines Vaters Vater geschenkt hatte, erstrahlte nach Jahren mürrischer Düsterkeit wieder im Glanz von Kerzen. Am allermeisten liebte ich die jährlichen feierlichen Umzüge von Schloß Hedingham nach Oxford House. Meinem Vater voran ritten immer achtzig livrierte Standesherren der Grafschaft Essex, die goldene Halsketten trugen. Hinter ihm ritten hundert Pächter, an der linken Schulter das Zeichen des blauen Ebers eingestickt. Als ich sehr jung war, mußte ich mit den Frauen und dem Troß reiten, doch als ich sieben war, hatte ich meinen eigenen Sattel und ein kleines Reitpferd, Scoggins, und ritt stolz hinter meinem Vater. In meinen frühen Jahren stand ich unter sorgsamer Obhut, und man brachte mir ständig neue Fertigkeiten bei, die ich mir so gründlich zu eigen machte, daß ich bereits als Neunjähriger nach St. John's in Cambridge geschickt wurde, der jüngste Student, der jemals zur Universität zugelassen wurde. St. John's war die auserwählte Stiftung zur Ausbildung männlicher Tugenden von seiten Cecils, dem engen Freunde meines Vaters. Cecil verschwendete dort viel Geld und Zeit und wandelte im Prachtgewand mit den Magistern auf und ab, die seine Witzeleien und Tiefsinnigkeiten pflichtschuldigst belächelten. Sein Plan war, seiner kleinen Akademie raschen Aufschwung zu verleihen und sie zum besten College in Cambridge zu machen, wovon sie, als er ans Werk ging, weit entfernt war.

Der Adel schickte seine Söhne in erster Linie nach St. John's, damit sie dort Tischmanieren und Tennisspielen lernten. Die Bedeutung, welche die just gekrönte Königin

Bildung und Anstand beimaß, hatte viele unserer vornehmen Familien ganz unerwartet getroffen. Ich fand in St. John's alles recht befremdlich und nicht sonderlich ergötzlich oder gar nutzbringend, obgleich ich zugebe, daß dieser Umstand zum Teil in der Tatsache gründete, daß ich damals meinen Kommilitonen bloß bis zu den Schultern reichte. Obwohl ich alle meine Fertigkeiten meinen privaten Übungen auf dem Großen Hof von Schloß Hedingham verdankte, ließ ich mich während der drei Jahre, die ich in St. John's verbrachte, nicht ein einziges Mal auf dem Tennisplatz blicken, denn die Kürze meiner Arme und Beine hätte selbst weniger geschickten Gegnern zu leichten Siegen verholfen.

Andere Schwierigkeiten gab's mit den Tutoren von St. John's. Häufig machten sie selber kindische Fehler und hatten Unterweisung nötig. Ich bat meinen Vater, mich auf ein besseres College überwechseln zu lassen, worauf es Cecil so einrichtete, daß ich in St. John's blieb, jedoch wieder von Thomas Smith beaufsichtigt wurde, der zurückgezogen am Queen's College lehrte, bevor er abermals wechselte, um mein privater Tutor zu werden. Nach dem Wiederaufstieg des Protestantismus nahm er zunächst seinen Platz bei Hof ein und wurde dann als Rektor nach Cambridge geschickt. Was ich in Cambridge gewann, verdanke ich ihm, und hätte man ihn bei mir gelassen, hätte ich Cambridge überhaupt nicht gebraucht. Wie mein Vater Frankreich liebte, so liebte Smith Italien.

Was ich in Cambridge vermißte, war jene herzliche Wärme, mit der dort viele der klugen Köpfe aus der Stadt untereinander verkehrten, mit denen ich später die Stücke machte. Mein Alter und meine Bedürfnisse klafften zu weit auseinander für eine College-Freundschaft. Dort begegnete ich zum ersten Mal Gabriel Harvey, der mir Herzlichkeit allzu herablassend bezeigte. Schließlich mußte ich ihn in die Schranken weisen: *Höre, älterer Bruder, was du behauptest, ist gar zu kindisch.* Ich hockte da, ein kleiner Junge auf der Universität, und studierte drei Jahre lang die vielen Bücher und Kassetten mit Urkunden, die zu lesen die anderen Studenten und ihre Tutoren zu beschäftigt waren. Untrüglicher Beweis für diese Tatsache war die Zahl der Bücher, insbesondere aus Frankreich, deren Rücken, wie ich feststellte, nicht einen einzigen Sprung aufwiesen, und die Zahl der Kassetten, die betrüblicherweise immer noch die Siegel trugen, unter denen sie der Universität geschickt worden waren. Ungeachtet dieses erbärmlichen Zustands der Mißachtung erlaubte mir der Bibliothekar, der Besucher ungern sah und wie eine Glucke auf seinen Schätzen hocken wollte, nicht, die Bücher auf meine Stube oder gar in den Ferien mit nach Hause zu nehmen.

Es war dort nicht leicht für mich, denn ich sprang zwischen der hartnäckigen, wenn auch durch ein Kaminfeuer erwärmten Feuchtigkeit meiner Stube und der kalten Staubluft des Lesezimmers hin und her. Zumindest der Weinkeller von St. John's war vorzüglich. Bei den Speisen waren Zweifel angebracht. An gewöhnlichen Abenden setzte man uns häufig Gebratenes vor, dem wir bereits einmal begegnet waren und dessen Würze den Übergang des Kadavers in die Unterwelt übertünchen sollte. Rätselfleisch nannten wir es im Speisesaal, weil es unmöglich war, genau anzugeben, von welchem Tier es stammte. Jedoch an den Tagen, da Cecil zwischen den Tutoren an der hohen Tafel saß, waren die Speisen knusprig und saftig, und der immer gleiche Auflauf zum Nachtisch war durch Cecils Leibspeise ersetzt, einen köstlichen Brotpudding, reich an Sahne und Ei, von zarter, heller Farbe und fein abgeschmeckt mit Safran und Muskat. Zur Mittagsmahlzeit blieb ich, wenn das Wetter schön war, dem Speisesaal fern und nahm einen raschen Imbiß von Brot und Käse ein, der mir, in ein Batisttuch gewickelt, von Peter, meinem Diener, der zehn Jahre älter war als ich, ans Flußufer gebracht wurde.

Von Kindesbeinen an hatte ich am liebsten Kleider aus schwarzem Satin und Samt getragen, doch Cambridge verlangte nach helleren Farben unter den schwarzen Talaren, von denen manche mit Wollstoff gefüttert waren. Alles in allem eine merkwürdige Stadt, ein wenig an einen Inselhafen erinnernd, denn in der Tat waren früher Boote geringen Tiefgangs in der Lage gewesen, von dort ans Meer zu gelangen, und nun war die Stadt voll von Tutoren und Studenten geringen Tiefgangs, die vorgaben – und oft war es mehr als ein Vorwand –, daß sie Bücher nicht liebten. Ich muß sagen, daß ich recht froh war, von dort wegzukommen, und glücklich dazu, meine Graduierungsurkunde *honoris causa* nach Schloß Hedingham heimbringen zu können, obwohl sich Cecil und mein Vater mehr darüber freuten als ich. Inzwischen ist's nicht mehr Brauch, doch in jenen Tagen empfingen die Söhne adeliger Familien ihre akademischen Grade wie selbstverständlich für bloße Anwesenheit, und auch die Auszeichnung verschaffte keine sonderliche Befriedigung, da sie von Männern zuerkannt wurde, die selber im Ruche standen, Latein, Französisch und Geschichte fehlerhaft zu lehren.

Glaubwürdiger war die Anerkennung, die mir zwei Monate nach meiner Rückkehr zuteil wurde, als der Dekan von Litchfield seine Aufgabe mit den ehrlichen Worten für beendet erklärte, er habe gefunden, daß er mir nur noch wenig habe beibringen müssen. Zu dieser Zeit beschloß man, mich unter der Aufsicht meines Onkels römische Poetik und Staatslehre lesen zu lassen. Ich wechselte die Universität, um in Oxford den Grad eines Magisters der freien Künste zu erwerben, doch dieses Mal war es nicht erforderlich, in der Universität zu wohnen. Es ist eine Kuriosität unserer Familiengeschichte, daß wir, die wir über den Osten, Westen und Süden Englands verstreut Liegenschaften besaßen, niemals Land in Oxfordshire unser eigen nannten, und es findet sich auch in der Familienchronik kein Hinweis auf eine Verbindung mit der Gründung der Universität durch die Kongregation junger Scholaren, die in das Kloster der Stadt und später, nach dem zwölften Jahrhundert, zum Balliol College kamen.

Als die Zeit kam, da mir mein Grad verliehen werden sollte, beschloß Cecil, sich selber mit einem Grad ehrenhalber auszuzeichnen und dieses Ereignis mit der ganzen Pracht eines Königlichen Besuches zu schmücken. Ich logierte mit meinem Freund Rutland für mehrere Wochen in

Oxford, während man die Vorbereitungen für die Festlichkeiten traf. Man plante, die Zeremonie von Cambridge, der Sie vor zwei Jahren beigewohnt hatte, in abgewandelter Form zu wiederholen. Ich war dazu ausersehen, die Rezitationen zu übernehmen, wenngleich ich lieber im Theaterstück mitgewirkt hätte. Ich rezitierte aus den *Fünfzehn Büchern* des Ovidius Naso, deren Lektüre mit meinem Onkel Arthur ich vor kurzem beendet hatte. Es war in der Tat eine Metamorphose des großen Dichters, denn ich blies den Staub von Chaucers Englisch und ließ Ovid in meiner Phantasie durch unsere Marschen und Felder streifen; am Ende, ich gesteh's, geriet es mehr nach mir als nach Ovid oder Chaucer, doch trotz allem war es stellenweise so übel nicht.

Die Königin nannte mich den englischen Ovid. Ein solches Lob zu ernten, war haargenau mein Ehrgeiz gewesen, doch, sonderbar genug, Sie hatte es kaum ausgesprochen, als dieser Ehrgeiz aus meinem vierzehnjährigen Kopfe floh. Zudem hatten Feierlichkeit und Hochstimmung des Geschehens zu dieser Zeit Einbuße durch die Begleitumstände des Stücks erlitten, das von einer Katastrophe unterbrochen wurde. Das Stück war eine szenische Darstellung von Chaucers *Erzählung des Ritters*, doch der akademische Dramatiker, Richard Edwards, hatte altbekannte Gerüchte über Palamon-Herkules und Arcita eingefügt, so daß Herkules nicht bloß Emilie liebte, sondern überdies ein mehr törichtes denn männliches Gelüste nach seinen Männern Hylas, Iolaus und Eurystheus bezeigte. Die Ausschweifungen Palamons und seine Raserei fesselten mich und hatten, als man durch die Proben davon erfuhr, die ganze Stadt in Aufregung versetzt. Die Menge, die nach einer vorausgegangenen Übereinkunft freien Eintritt hatte, strömte nach den Trompetenstößen so rasch ins Theater, daß man hätte denken können, die Schauspieler hätten es voller List unternommen, ohne Zuschauer anzufangen. Die jüngeren Besucher drängten sich auf der engen, alten Wendeltreppe, die zur Galerie hinaufführte. Unter ihrem Gewicht, heißt es, habe die Treppe angefangen, heftig zu schwanken und scharfe, krachende Geräusche von sich zu geben. In der Königlichen Loge hörten wir es erst, als eine Art Erdrutsch die Schreie unter sich begrub, und dann sahen wir eine Ziegelmauer sich ausbauchen, bis sie barst, die jungen Leute durcheinanderwirbelten und Holz zerspellte.

Später, bei der Untersuchung, stellte sich heraus, daß man bei den Vorbereitungen der Festlichkeiten zu übereilt vorgegangen war, daß die Treppe uralt, in schlechtem Stand gehalten und der Mörtel in der Wand im Übermaß mit Stroh vermischt war. Es kam hinzu, daß jemand aus eigenem Entschluß in der Stadt Eintrittskarten verkauft hatte. Deswegen kamen sechs Männer ins Gefängnis, und deswegen wurden ein Student und zwei Kaufleute wie reife Kirschen in einer Presse zu Tode gequetscht.

Die Königin schickte Ihren Leibarzt, doch selbst danach standen in der Stadt bloß drei Ärzte zur Verfügung, sich um vierzig Verwundete zu kümmern; zahlreiche Gliedmaßen mußten geschient, fünf abgenommen werden.

Wir begaben uns zunächst alle in das Große Studienhaus, um Ingwerbier zu trinken. Meine Überraschung war groß, als man mir mitteilte, daß meine Rezitation von Dienstag auf den heutigen Tag vorverlegt sei und in einer Stunde beginnen solle. Als ich anfing, die Übersetzung zu lesen, räumten Arbeiter noch den Schutt beiseite, und es bedurfte einer erheblichen Anstrengung, die Zuhörer aus ihrer natürlichen Zurückhaltung aufs neue in den Bann zu ziehen. Ich sollte hinzufügen, daß die meisten Augen nicht auf mich, sondern auf das stählerne Kinn der Königin gerichtet waren, die mit Ihrer ganzen Erscheinung ausdrückte, daß es keine Unterbrechung der Feierlichkeiten geben werde; es gab nur eine einzige, als die Studenten in unerwartetes und echtes Weinen ausbrachen, als bei der Fortsetzung der Aufführung am folgenden Tag ihr Kommilitone Clark als Arcita auf der Bühne starb.

Burghleys Einfluß, der zu Lebzeiten meines Vaters erheblich war, wurde nach dessen Tod natürlich übermächtig, was zur Folge hatte, daß ich wenige Monate nach der Zeremonie in Oxford in Gray's Inn das Studium der Rechte aufnahm. Ich empfand wenig Begeisterung für dieses Unternehmen, doch mein Vormund sagte, das Studium der Rechte werde meiner Stellung bei Hof Glanz verleihen. In Gray's Inn hatte ich eine Reihe der dortigen Spektakel gesehen.

16

Drei Tage lang habe ich keinen Eintrag in diese Aufzeichnungen gemacht. Jane, die Frau des Landfahrers, sagt mir, ich sei so schlaftrunken gewesen, daß man mich nicht ins Leben habe zurückrufen können; der Arzt, der Bischof von Hackney, meine Frau und Henry hätten mir letzte Besuche gemacht, um mich zu betrachten, und danach hätte ich mich einfach aufgesetzt und, als sei nichts geschehen, nach Essen verlangt. Es ist gut, daß ich Sorge getragen habe, jedes verräterische Blatt, sobald es vollgeschrieben war, wegzuschließen, sonst hätte mein Vorhaben vielleicht meinem Leben einen letzten Skandal hinzugefügt. Ich werde fortfahren, die Trommel dieses meines Lebens zu schlagen, das ich gelebt habe, um dumpfen Schlaf zu Tode zu erschrecken. Es ist wahr, daß in meinen Eingeweiden Fieber und Schmerz wieder zu wüten beginnen. Es ist bloß die Furcht, ich könnte nicht noch einmal so leicht wieder zu mir kommen, die mich wach hält. Ich fürchte nicht, zu sterben. Ich will leben.

17

Bei meinem Eintritt in Gray's Inn erlebte ich viele Überraschungen. Als Earl hatte ich es nicht nötig, den üblichen Weg zu beschreiten von einer Lateinschule oder Universität zu einer Innung der Kanzleianwälte wie Barnards oder Staples, ehemals die Innungen der Rechtsgelehrten, doch niemand hatte mich darüber aufgeklärt, daß jeder, der die Pforte durchschritten hat, alle Titel und Würden ablegte, mit Ausnahme der zwanzig ältesten Mitglieder der Innung, die sich von ihrer Arbeit als Rechtsanwälte Zeit abzwacken müssen, um Jurisprudenz zu lehren und die Kollegiaten zu einer gewissen Zucht zu zwingen. Jedoch hatte diese schöne, auferlegte Freiheit innerhalb der Innungen ihre eigenen gefährlichen Gesetze gegen die feinen Sitten. Die Regeln für ihre Festlichkeiten nannten sie »völlig verquer«, und der Meister ihrer jährlichen Spektakel, der ich in den Jahren 1568 und 1569 war, galt als Anführer der Spaßmacher. Hier fand ich mein erstes wohlausgerüstetes Theater, und zur Erinnerung an diese schönen Zeiten wurde erst vor wenigen Jahren mein heiterstes Stück, die *Zwölfte Nacht*, bei einem buntgemischten Spektakel im Saal von Middle Temple aufgeführt.

Die Innungen, größer und blühender als jede Universität in der Provinz, sind, um es genau zu sagen, eine heimliche Stadt in der Stadt. Die Studenten, Kollegiaten, Rechtsgelehrten, Anwälte und Richter sammeln sich in etwa vierzehn Vereinigungen, die nur zwei Ziele gemeinsam haben: heimliche Ausschweifung und allzeit eine reiche Ernte vom immerreifen Publikum. Während es mir kaum zu Gesicht gestanden hätte, mich auf die sichere Seite des Rechts zu schlagen und mich, angetan mit einer Perücke, vor einer Berufungskommission einzufinden, machte ich mir willig genügend juristisches Vokabular zu eigen, um mir wenigstens die Anwaltshonorare zu ersparen, die anfallen, wenn man über Jahre Schulden anhäuft und Länderein verliert. Als Siebzehnjähriger konnte ich mich oft erfolgreich in Rede und Gegenrede behaupten, verlor jedoch nach einiger Zeit die Freude daran.

Mit Freude und Tatkraft widmete ich mich dem anderen Lehrfach von Gray's Inn, der dramatischen Gastfreiheit. Obgleich man von jeder der vier Innungen annahm, daß sie in keiner Weise den Vorrang vor einer anderen beanspruchte oder ihr diesen gewährte, gab es natürlich gewisse Unterschiede. Inner Temple und Gray's Inn standen sich in ihrer Vorliebe für farbenfrohes Gepränge und prächtige Spektakel besonders nahe, und Gray's Inn erfreute sich bei Hof besonderer Gunst, denn wir wurden häufig eingeladen, unsere Aufführungen am Hof zu wiederholen. Während meines Aufenthalts in Gray's Inn besuchte uns die Königin dreimal. Das waren meine einzigen wirklichen Lehrjahre und die Pflanzschulen aller meiner späteren Bemühungen. Die Bibliothek von Gray's Inn war von allen, die ich je benutzte, die am besten bestückte. Obgleich es sich bei allzu vielen der Bücher um gestelzte theologische Traktate handelte, gab es dort insgesamt achttausend Bände über jeden erdenklichen Gegenstand, alle sorgsam numeriert, die, wann immer es nötig war, neu gebunden und geleimt wurden. Zu Anfang war ich entschlossen, alle zu lesen, doch beim vierzigsten wurde klar, daß ich auf diesem Weg Kenntnisse erwerben würde, die nichts anderes waren als eine Anhäufung gelehrter Brosamen ohne rechte Ordnung, und darum verlegte ich mich darauf, Gegenständen, die mir bereits bekannt waren, bis in die feinsten Verästelungen nachzuspüren. Als ich Gray's Inn verließ, hatte ich mehr als siebenhundert seiner Bücher gelesen, und es gab kaum etwas, was ich als Stückeschreiber wissen mußte, das ich in Gray's Inn nicht entdecken konnte. Was die Rechtsgelehrten selbst angeht, scheinen sie der Liebe zum Wort Grenzen gesetzt zu haben und sich mit zweimal zwanzig nützlichen Büchern zu bescheiden.

Die Festessen von Gray's Inn ließen sich mit denen von St. John's nicht vergleichen und, aufgrund Ihrer Knauserigkeit, schon gar nicht mit Hofbanketts. Viermal im Jahr, einmal in jedem Quartal, fand in der Großen Halle ein Feiertagsmahl statt, darüber hinaus gab es jedes Jahr nicht weniger als zwei Spektakel und dazu noch kleinere Essen der Dozenten. Bei den Festtagsmahlen speisten alle obersten Richter der Stadt und vornehme Besucher vom Hof mit den zwanzig älteren Mitgliedern der Innung auf einer Plattform, von der sie auf die Rechtsanwälte und jüngeren Studenten herabblickten. Bei den gewöhnlichen Festessen wurden an den unteren Tischen besondre Speisen und Weine serviert, doch vom Anführer der Spaßmacher wurde erwartet, daß er für alle ein Römisches Gastmahl ausrichtete.

Das erste meiner beiden festlichen Spektakel war das beste. Ich hatte erfahren, daß man das Junge eines Walfisches dem Bauch seiner Mutter entnommen und unversehrt in einem Netz von der Nordsee zurück nach Southend geschafft hatte. Ich schickte Robin Christmas mit einem Brief mit meinem Siegel zu den Docks, um mir das Tier zu sichern. Es war nicht gerade billig. Unglücklicherweise verendete das Tier zwei Tage vor dem Festmahl, was dem Essen keinen Schaden tat, da niemand die Absicht hatte, das Tier zu verspeisen, dem Geruchssinn jedoch um so mehr, weil das Tier, auf Pfähle gelegt, von zehn Dienern im Triumphzug durch die Halle getragen werden sollte. Ich meisterte die schwierige Lage, indem ich die Halle mit wohlriechenden Weihrauchbüchsen füllte, wie unsere Vorväter sie benutzten. Kleine Tiere waren zubereitet und mit großer Sorgfalt wieder in ihre Häute gestopft worden, kandierte Ente und gesalzener Hirsch, gepfefferter Fasan und Ferkel, mit Senf bestrichen, thronten auf dem mit Bändern geschmückten Rücken des kindlichen Ungetüms. In diesem Spektakel kehrte in kleinerem Maßstab der Walfisch des Hochzeitsessens von Karl dem Kühnen und Margaret von York wieder, von dem ich in der Bibliothek in einem Buch gelesen hatte.

Die Königin war anwesend und zeigte sich entzückt. So kam es, daß Sie, als Burghley sich bitter über die Kosten meines Einfalls beklagte, mit Freuden einen Teil der Ausgaben übernahm und für das Spektakel im nächsten Jahr abermals eine größere Beteiligung in Aussicht stellte. Damit begann die umsichtige Unterstützung, die Schaugeprängen und Schauspielen aller Art und Gestalt ein Vierteljahrhundert zuteil wurde. Wenn auch das meiste dessen, was ich ersann, verschwunden und verflogen ist wie Rauch über einem Kamin, wie anmutige Wolken aus Worten, haben meine Feuer England nicht erwärmt und in Wallung versetzt?

18

Im Jahr 1568 traf Maria Stuart Anstalten, den Thron an sich zu reißen. Durch ihr Bestreben, eine Heirat mit meinem Vetter Thomas, dem Herzog von Norfolk, zustande zu bringen, beschwor sie zudem für mich beinahe einen Konflikt mit einer Freundschaft herauf. Es war ein kluger Schachzug, denn mochte auch ein Howard, für sich genommen, kein Mann von großem Gewicht sein, machte doch die Summe ihrer schwachen Glieder diese Familie zu einer der mächtigsten im Land, und er war das Oberhaupt der Sippe. Er war am Anfang töricht, als er sich von Maria umgarnen ließ; er war töricht am Ende, als er sich, nachdem alles entdeckt war, so demütig abführen ließ; und was dazwischen geschah, offenbarte nicht viel Klugheit. Doch ich liebte ihn. Er hatte bereits drei Ehefrauen zu Grabe getragen, und ihn umgab der Schein eines unglücklichen Engels. Vielleicht war Thomas bloß wie trunken, sich als nächste Braut eine katholische Königin von England zu wünschen. Er kannte sich selber nicht, wenn er glaubte, er könne entweder ein König oder in aller Form ein Hofmann neben einer solchen Königin sein.

Die Heirat war seine Idee, obgleich mich dünkt, daß er nicht erkannte, in welchem Maß die freundliche Aufnahme des Antrags sich auf die Vermächtnisse seiner drei wohlhabenden Gattinnen gründete. Das war Grund genug, ihm vieles zu verzeihen, vorübergehend sogar seinen Protestantismus. Kurz nachdem Sie Königin geworden war, hatte Elizabeth Norfolk in den Kampf gegen die Schotten und ihre französischen Verbündeten geschickt, in den zahlreiche seiner Vorfahren, am erfolgreichsten sein Großvater, gezogen waren. Die Königin gab dann später den Anstoß zum Ablauf der verwickelten Ereignisse, als Sie Norfolk zum Oberhaupt der Kommission ernannte, welche die

Beziehungen zwischen der schottischen Königin und Ihren Untertanen erforschen sollte. Irgendwann im Zuge seines Auftrages wurde Norfolk bekehrt, nicht zur Sache oder zum Glauben Marias, sondern zu der Frau selbst. Ich hatte häufig Gelegenheit zu beobachten, welchen Gefallen mein Vetter an honigsüßen Worten fand. Wenige seiner Taten zeugten von Vernunft, und doch mußte man sein argloses Lächeln und seinen lockeren Selbstspott lieben. Ich liebte ihn wegen seiner Heiterkeit. Er war vierzehn Jahre älter als ich, und doch kam ich mir oft vor, als sei ich sein Vater.

Maria stimmte der Heirat zu, nachdem Maitland hatte durchblicken lassen, daß der schottische Adel der Vereinigung gewogen sei. Aber nachdem er erklärt hatte, er werde Sie heiraten, erlahmte Thomas' Mut, und er weigerte sich, die Waffen gegen Elizabeth zu ergreifen, eine Treue, die man ihm mit sofortiger Verhaftung im September, nein, Oktober 1569 vergalt.

Nach Norfolks Einkerkerung wurde unter dem Befehl eines anderen großen Freundes, Thomas Radcliffe, Earl of Sussex, ein militärischer Ausfall ins Werk gesetzt. Maria war in Verkleidung nach Coventry geschafft worden, und viertausend schottische Soldaten überschritten die Grenze, um gegen Sussex' Männer anzutreten. Jedoch aufgrund einer Hofintrige von seiten Leicesters wurde Thomas mit zu wenig Fußtruppen und Kavallerie ins Feld geschickt, um es mit den aufrührerischen Earls aufzunehmen. Lediglich das zeitliche Zusammentreffen glücklicher Umstände verhinderte den Ausbruch einer viel ernsteren Rebellion. Daß Thomas und der Vater meines zukünftigen Schwiegersohns, Stanley, damals Lord Strange, später Earl of Derby, gefangengenommen wurden, was die Earls von Northumberland und Westmorland in Verwirrung stürzte, half der katholischen Sache nicht. Als viel schlimmer erwies sich die Tatsache, daß die erwartete Erhebung des Volks zu unbedeutend und zögerlich war, obgleich Flugschriften, die dazu aufriefen, in jeder Stadt, jedem Marktflecken, jedem Dorf verteilt worden waren. Die Klöster waren schon zu lange geschlossen, und das Leben verlief fast wieder in der gewohnten Bahn wie früher, ohne die übertriebenen Eintreibungen und unwillkommenen familiären Einmischungen der Mönche. Außerdem hatten die Schotten, obzwar man ihnen kaum nachsagen kann, daß sie die Engländer liebten, unsere Königin leibhaftig gesehen und lieben gelernt, wogegen Maria, das Seewasser von Ihrer Überfahrt ins nördliche Exil noch in den Kleidern, sich nicht bemüßigt gefühlt hatte, Ihrem Volk Zeit zu geben, Sie kennen und lieben zu lernen. Geld macht gute Soldaten, doch folgt daraus nicht, daß man mit Geld allein gute Soldaten bekommt. Die Soldaten der aufrührerischen Earls waren ein wankelmütiger Haufen, und als sie die Ängste und Unruhe ihrer Generäle spürten, lösten sich ihre Reihen auf, sobald die Truppen von Sussex in Sicht kamen. Und so geriet, was für Thomas unter Umständen ein verzweifelter Kampf hätte werden können, statt dessen lediglich zu einer Jagd querfeldein auf eine erschreckte Herde.

Zu dieser Zeit wollte es mein Unglück, daß ich mich mitten in einer meiner tiefen Verdüsterungen befand. Sie kamen nicht oft über mich, doch hat es in meinem Leben nur wenige Jahre gegeben, in denen sie ganz ausblieben. Gewöhnlich beginnen sie damit, daß ich früh, zur Stunde des Wolfs, erwache, wenn der Himmel sich gerade so weit erhellt hat, daß er die trügerische Maserung grauen Schiefers zeigt und dennoch nichts sicher darauf hinweist, daß die Sonne jemals aufgehen wird. Dann bedenke ich müßig all meine Vergangenheit und Gegenwart, ohne Vergnügen und auch mit sehr wenig Anteilnahme. Wenn die Sonne aufgeht, nimmt mein Herz keine Notiz von ihren Strahlen, während ich in meiner Einbildung der Grenzlinie entgegenhetze, dem möglichen Wo und Wie meines bevorstehenden Todes. Ich empfinde Ekel vor dem Leben und bin doch zum Glück zu teilnahmslos, die Hand zu heben und es zu beenden. Währte diese Trägheit des Geistes lange Zeit, könnte mein Leib sich verzehren, bis ich bestimmte, gewöhnlich verborgene Knochen sehen und streicheln könnte.

Als der schottische Aufstand Gestalt annahm, befand ich mich in einem solchen Zustand. Rutland, der im Begriff war, unter Sussex ins Feld zu ziehen, machte eigens einen Umweg, um mit mir zu reisen. Als er mich auf den Boden starrend vorfand, wußte er, wie es um mich stand, denn er war wie ein Bruder mit mir aufgewachsen, und er erkannte meine stumpfäugige Schwermut auf den ersten Blick. Seine freundschaftliche Unbekümmertheit brachte mich rascher ins Leben zurück als die ganze falsche Fröhlichkeit und gespielte Verzweiflung, mit der man mich gewöhnlich behandelte. Obgleich ich ihm nicht antwortete, als er mich ansprach, konnte ich deutlich spüren, daß ich aus dem dunklen Wald der Hoffnungslosigkeit heraustrat. Ich riß meine Augen auf, bis ich ihn und alles andere doppelt sah und sich so alles als ein Trugbild erwies. Dann währte es nicht mehr lange, bis meine Seele wieder empfänglich wurde. Ich erwachte wie die Jungfrau in einem Märchen, und bald war ich wieder Herr meiner Worte und Gedanken. Diese ersten Augenblicke der Erweckung lernte ich auszukosten und zu fürchten, denn bei diesen Konjunktionen meiner geistigen Kräfte geschah es, daß ich mich erhoben fühlte, einem Zauberer gleich, der alles zu beherrschen vermochte, und viele meiner törichtesten Unbesonnenheiten in Liebesdingen und in reiferen Jahren meine unglückseligen finanziellen Unternehmungen entsprangen diesen ungewöhnlichen Stimmungen.

Zu dieser militärischen Aufgabe paßte meine Stimmung jedoch recht gut. Man hatte endlich begriffen, daß der Aufstand, wenngleich man ihm rechtzeitig Einhalt geboten hatte, immer noch eine echte Gefahr für das Reich barg. Ich ersuchte Cecil um Erlaubnis, mich Sussex und Rutland anzuschließen, und sie wurde mir gewährt, wenn auch erst nach fünf Monaten, als der Feldzug zur Ausräucherung der letzten den Earls verbliebenen Schlupfwinkel im Gange war. Ich stieß zu Sussex, der Anstalten für einen heimlichen Gewaltmarsch bei Nacht traf, bis der Mond vom Himmel verschwunden war. Wir ließen unsere Truppen fast dreißig Meilen marschieren, alle Wagenräder reichlich geschmiert, unsere Waffen und Geräte mit Tuch umwickelt. Proviantwagen waren vorausgeschickt worden, um Haltepunkte mit Getreide und Wasser zu versorgen.

Die treffliche Kriegslist gelang fehlerlos. Das Schloß lag in tiefem Schlaf, als unsere ersten Bogenschützen sich nahe genug anschleichen konnten, um die ersten Garben flammender Pfeile abzuschießen; der Rauch ließ sogleich darauf schließen, daß einige der Pfeile ihre Ziele gefunden hatten. Die leichten Geschütze richteten ihr Feuer auf alle Zinnen und die Schlitze der Bogenschützen am Turm der Ausfallpforte, um uns an dieser einen Stelle freien Zugang zum Fuß der Mauer zu verschaffen. Die einzige Gefahr für den kleinen Trupp, den ich anführte, waren die Steinbrocken, die als Folge unseres Bombardements auf uns niederregneten, doch wir hatten Schilde und Helme. An der Ecke des Turms wurde, zwei Manneslängen tief, ein Minenschacht ausgehoben und ein großes Faß mit rasch zündendem Schießpulver hineinplaziert. Die furchtbare Explosion brachte die Mauern zum Erbeben, und obwohl sie standhielten, begann der Einsatz unseres einzigen schweren Geschützes in das gelockerte Mauerwerk zackige Öffnungen zu sprengen, durch welche man angsterfüllte Leute umherlaufen sah. Während das schwere Geschütz seine Pflicht am Turm der Ausfallpforte tat, begannen die leichten Geschütze in derselben Weise auf den benachbarten Turm zu feuern. Unter diesen Umständen hätte man nicht einmal zwei ganze Tage gebraucht, um eine Bresche in die Bollwerke des Schlosses zu schlagen. Der Angriff wurde auf vollkommene Weise durchgeführt, und keine der heutigen prunkvollen Festungen, jene ausgenommen, die sich auf Berggipfeln oder Inseln befinden, kann darauf hoffen, solchen Angriffen standzuhalten. Es traf sich, daß Sussex nur für einen einzigen Tag ausreichend Schießpulver mit sich führte, was Lord Hume nicht wußte. Die Überraschung und ein Angriff, der nach nur einem Tag kurz davor stand, die Mauern zu sprengen, bewirkten gemeinsam, daß noch vor Sonnenuntergang von einer Brustwehr ein weißes Tuch geschwenkt wurde.

Bei der darauf folgenden Begegnung auf der Zugbrücke wurde Sussex von Rutland und mir begleitet. Er gewährte Lord Hume ungesäumt freies Geleit von seiner Burg mit all denen, die er mitzunehmen wünsche, unter der einzigen Voraussetzung, daß sie einen heiligen Eid schworen, nicht aufs neue zu den Waffen zu greifen. Der Königin stand nicht der Sinn, und das war Sussex übermittelt worden, nach weiteren Einkerkerungen. Die Möglichkeit weiterer Aufstände wollte Sie endgültig zunichte gemacht wissen, das war Ihr Wunsch, und dieser war erfüllt, als Schloß Hume sich ergab. Der Zufall, daß Hume sich so rasch beugte, erlaubte mir zwar nicht, in den Kampf einzugreifen, doch der Erfolg unseres pulverbestückten Minenschachts verursachte die Übergabe, und die Beulen, welche die Steine mir eingetragen hatten, waren die schönsten Ehrenmedaillen des Gefechts. Während der Verhandlungen ärgerte ich mich über Humes mürrischen vierzehnjährigen Jungen, der gerade aus Frankreich zurückgekehrt war, das er zum Zweck des Studiums regelmäßig aufsuchte, während es mir immer noch untersagt wurde, unsere allzu eingeschränkte Insel zu verlassen. Viele Jahre später fand ich mehr Gefallen an ihm, als er sein Lied »Der Triumph des Herrn« schrieb, das unseren Sieg über die Spanier feierte. Auch ich schrieb damals meine einzige Hymne.

Nach London zurückgekehrt, versäumte Sussex nicht, mich zu loben, was mir, dessen war ich sicher, den Weg ins Ausland ebnen würde, doch ich irrte. Plato, der abscheulichste Philosoph aller Zeiten, warnte vor Poeten und Reisen in fremde Länder, wenn der Staat in sicherer Ruhe verbleiben solle. Meine Königin liebte Poeten, schien es aber für nützlich zu halten, einigen Ihrer getreuesten Untertanen das Reisen ins Ausland vorzuenthalten. Ich bin sicher, das war zum Teil darin begründet, daß Sie selbst nie die Freiheit haben konnte, sich fremder Länder zu erfreuen, über die Sie von Ihren Lehrern Grindal und Ascham so trefflich unterrichtet worden war. Es muß freilich auch gesagt werden, daß ein Lob aus Sussex' Mund zuweilen nichts bewirken konnte, denn am Hof begegnete man ihm immer mit Mißtrauen.

In unsrer Zeit gab es keinen größeren Edelmann als Sussex. Ein wenig jünger als mein Vater, war er doch sein alter Freund. Zusammen mit meinem Vater unterzeichnete er die Patenturkunde, welche die Krone auf Lady Jane übertrug, und wandte dann wie mein Vater seine Gunst Königin Mary zu. Das unzufriedne Irland überwand er fast, und daß ihm dies wie in Schottland nur halb gelang, lag bloß daran, daß Elizabeth und Ihre Räte, den eignen Vorteil nicht im Auge, mit der Unterstützung zu sehr geizten. Er wußte genau, welcher Art die Schwierigkeiten waren und wie man sie lösen konnte, doch der Nachschub tröpfelte so spärlich, daß er schließlich aufgeben und darum ersuchen mußte, heimkehren zu dürfen, was ihm zu Unrecht viel Argwohn eintrug. Er war es, der ganz Irland zum erstenmal Englands Stärke spüren ließ, und wir werden sehen, ob ein Nachfolger in der Lage sein wird, auf dieser Insel in Frieden durch den östlichen Gau zu reiten. Wegen seines teilweisen Triumphes, trotz schwerer Nachteile errungen, mußte Sussex wie ein des Verrats Verdächtiger eine Untersuchung über sich ergehen lassen.

Er war unerschütterlich in seinem Widerstand gegen Elizabeths Verbindung mit Leicester, und obwohl seine Feinde zu Beginn des schottischen Feldzuges gemeinsam gegen ihn Front machten, beseitigten die überraschenden Angriffe, die er mit harter Hand in ganz Dumfries durchführte, jeden Zweifel an seiner Person. Seine Stellung als Lord des Nordens hatte man ihm gegeben, um ihn in die Einöde zu verbannen.

Der Earl of Sussex war gleichermaßen hervorragend als Soldat, Hofmann und Diplomat. Er war ein Förderer der Künste, nicht zuletzt des Schauspiels, und hätte er ein paar Jahre länger gelebt, wären meine Unternehmungen von ihm tatkräftig unterstützt worden. Ich gestehe freimütig, daß ich für diesen Mann familiäre Zuneigung hegte, die zumindest ein wenig durch seine Verbindung mit der Familie Wriothesley gestützt wurde. Doch selbst wenn man davon absieht, wäre es mir gewiß unmöglich gewesen, ihn nicht zu lieben. Zu unseren Lebzeiten haben wir miterlebt, wie England geeint und zu einer Macht auf den Meeren wurde. Doch um wie vieles größer hätten wir sein können, wäre die Königin geneigt gewesen, diesem einzigen klugen Mann am Hof Gehör zu schenken anstatt Burghley, Leicester, Hatton und Essex, die in nichts verliebt waren als in den eignen Ruhm. Ich pries ihn immer als einziger bei Hof, obgleich ich nur zu deutlich sah, daß meine gewichtigen Worte auf der fein geeichten Waage nicht viel zählten, mit der man am Hof Gerechtigkeit und Gewogenheit zumaß.

19

Pest, Pest! Ich werde, nicht ganz zu Unrecht, von einer Pest heimgesucht, die zu langsam voranschreitet, und darum werde ich zudem von meiner Vergangenheit noch ein zweites Mal geplagt. Eine gewöhnliche Pest hätte mich wie ein unsichtbarer Scheiterhaufen schon vor wenigen Wochen verzehrt. Woran also leide ich? An einem stolzen und bitteren Herzen. An einem Herzen, von Gedanken angekränkelt. An Gedanken, verwandelt in Worte, die nichts ändern.

Meine einzige Linderung fließt nicht aus meiner spröden Feder, die versucht, meinen Kummer verständlich zu machen. Meine fünf Sinne sind dieser Aufgabe nicht gewachsen. Meine einzige Wohltat besteht in ausgedrückten Gurken. Zuerst wird die Milch herausgepreßt und diese dann wie ein Destillat verfeinert, um eine Suppe herzustellen. Die Kühle dieses alten englischen Balsams umschmeichelt mein Antlitz, selbst wenn es im schlimmsten Zustand ist. Wie oft sind wir, wenn unser Leiden nicht zu heilen ist, mit einer flüchtigen Erquickung zufrieden. Übriggebliebene Tropfen des Gurkensaftes sind, sehe ich, in mein Tintenfaß und vielleicht auch in meine Prosa geflossen.

20

Auf den Schottischen Feldzug folgte die einzige Zeitspanne, die ich auf dem Lande verbrachte und auf meinen verschiedenen Besitzungen in Essex den Grundherrn spielte. Es verursachte mir Qualen, denn die Zeiten hatten sich geändert, seit mein Vater diese Pflichten erfüllte und sich den Beinamen »Der Gute Earl« verdient hatte. Die Mehrzahl der Streitigkeiten, die mir von den örtlichen Friedensrichtern vorgetragen wurden, betraf entweder Frauen, Rotwild oder kleine Holzbrücken über Bäche zwischen Grundstükken, für die sich niemand von Rechts wegen zuständig und verantwortlich fühlte. Ich fand, daß man die Streitigkeiten aus Leidenschaft in der Regel schlichten konnte, wenn man Geduld und gute Laune zeigte. Bei der Wilderei unter dem Rotwild lagen die Dinge viel deutlicher zu Tage. Entweder kamen die Wilderer mit ihrer Beute unbemerkt davon oder ich hatte, wenn sie von braven und zuverlässigen Männern erkannt worden waren, dafür zu sorgen, daß sie festgenommen und dem Gericht übergeben wurden. Vor einigen dieser Wilddiebe war kein Stück Rotwild sicher, ob Rothirsch, Damhirsch oder gar eine trächtige Hirschkuh. Die Wilderer kamen regelmäßig in die Großen Parks von Schlössern und Herrensitzen, wohl wissend, daß dort das Wild zahm war. Die übliche Strafe lautete auf drei Monate Gefängnis, gefolgt von einer Bürgschaft für tadelloses Verhalten, die für sieben Jahre hinterlegt werden mußte, doch diese Bürgschaft war nicht mehr als der Gewinn einer einzigen Nacht des Mutwillens, und noch Jahre, nachdem ich beschlossen hatte, mich an dieser Posse nicht zu beteiligen, kamen dieselben Männer immer und immer wieder. Mich erreichte das Gerücht, daß die unverschämtesten dieser Männer sich mein Land für ihre besondre Rache ausgesucht hatten, und besonders in Tilbury Park war die

Wilderei schlimm, weil das Land mir gehörte und das Wild dort besonders gutgenährt war. Es war geradezu zum Lachen, daß die Tradition des Wilderns aus Rache sich fortsetzte, lange nachdem mir alle meine Länderein in Essex aus den Händen geglitten waren. Als ich mich Jahre später mit einigen meiner Schauspieler unterhielt, war ich überrascht, als mir von allen Männern versichert wurde, daß in England kaum ein Bursche auf dem Land aufwächst, der nicht mindestens einmal Rotwild gewildert hätte. *Du kannst das gewiß bestreiten*, sagte ich zum schwerfälligen jungen William.

Das allerschlimmste Ärgernis war immer eine Brücke. Als ich ein Junge war, sah ich meinen Vater als Geschworenen an der Verhandlung über die Stansted-Brücke teilnehmen, zusammen mit dem Lord Bischof von London und dem Vorsteher des New College, Oxford. Ford Bridge, Ox Bridge, Dry Bridge, Low Bridge, Angry Bridge, No Man's Bridge, es war fast immer dieselbe alte Geschichte: Rechte der Überquerung und Pflichten zur Instandhaltung. Es gab sogar einen Rechtsstreit zwischen zwei Dörfern, bei dem ich sowohl Schiedsrichter als auch, gegen meinen Willen, Beteiligter war, denn mir gehörte das Land zu beiden Seiten des Baches.

Es gab freilich eine Aufgabe, der ich mich mit großem Ernst widmete. Mit einiger Regelmäßigkeit kamen Gemeindewaisen zu mir, die Rechte auf eine Wiese oder eine Hütte geltend zu machen hatten. Es war so sicher wie das Amen in der Kirche, daß sich Freunde der Familie an ihre Fersen hefteten, um sich zu deren Vormündern bestellen zu lassen. Und es war ebenso sicher, daß die Waisen von den verkappten Teufeln, die wir Beschützer nennen, ausgeraubt wurden. Eine Abmachung, die von einem leichtgläubigen oder bestechlichen Friedensrichter ausgehandelt worden war, während ich im Hochland kämpfte, mußte für ungültig erklärt und völlig neu getroffen werden, als ich zurückkehrte und davon erfuhr. Der Waisenknabe, William Taylefor aus Walthamstow, war gut versorgt gewesen. Drei Grundstücke waren ihm vermacht worden, und durch eine göttliche Fügung waren drei ausgepichte Ehrenmänner der Stadt zu seinen Vormündern bestellt worden: zwei Brüder, die Ziegelbrenner waren, und ein Freund der beiden namens Dickison, seines Zeichens ein Schreiner. Keines der Grundstücke war verpfändet, alle warfen etwas ab, und doch war eines bereits als Pfandgut angeboten, als ich auf der Bildfläche erschien. Ich ließ die Männer nach Blackmoe bestellen, damit sie vor mir und dem Friedensrichter eine Erklärung abgaben. Wir riefen sie einzeln herein, und jeder gab eine andere Version ihrer Absichten zum besten. Einer der Brüder Collard sagte, es gebe ein besseres Haus, Kapital anzulegen, während der andere von dem allgemeinen Nutzen sprach, der daraus zu ziehen sei, hätte man die Mittel, mehr Ziegelbrenner zu beschäftigen, denn die Tage der Fachwerkhäuser seien ohne Zweifel gezählt. Der Mann von heute wolle gediegene Häuser, wie die seiner Herren, sagte der alte Gauner mit prahlerischer Dreistigkeit. Der christliche Schreiner erzählte mir mit schmierigem Lächeln, das Erbe des jungen Will sei so überreichlich ausgefallen, daß die guten Bürger von Walthamstow übereingekommen seien, andere notleidende Kinder der Stadt an seinem zufälligen Glück teilhaben zu lassen. Darauf wurden sie alle aus dem Hinterzimmer wieder herbeigerufen, in das ich sie hatte bringen lassen, nachdem sie ihre Absichten dargelegt hatten, damit sie eine halbe Stunde mit ihren eignen Worten aufeinander eindreschen konnten. Zurückgekehrt, hatten die drei nichts Eiligeres zu tun, als ihren Vorschlag, wie zu verfahren sei, zurückzuziehen, während der Friedensrichter verdrießlich zuhörte, den Kopf wie eine überreife Ähre hängen lassend und nicht weniger unglücklich als die Schurken selbst. Ich gab ihnen zu verstehen, sie hätten Sorge zu tragen, daß ihr Schutzbefohlener in rechter Ordnung aufgezogen und in den Jahren, bevor er sein Erbe antreten könne, in eine nützliche Lehre gegeben werde, zu welchem Zweck ich sie verpflichtete, eine für Männer ihres Standes kräftige Bürgschaft in Höhe von vierzig Pfund zu hinterlegen, um sicherzustellen, daß sie über die Angelegenheiten des Jungen ohne Abstriche

Rechnung legten. Die Bürgschaft entsprach exakt dem Wert der drei Grundstücke. Für sie war ich nicht »Der Gute Earl«.

Das Königreich wacht über das Recht, und unsre schönen Gesetze werden geschmiert und poliert, um den Dingen den Weg zu ebnen, der zum vollständigen Unrecht führt. Ein Lord oder Richter von Verstand und gutem Vorsatz kann in einem Einzelfall und für den Augenblick dem Recht vielleicht Genüge schaffen, doch das ist alles. Nichts macht die aalglatten und undurchsichtigen Machenschaften eines Leicester wieder gut, der auf der einen Seite mit Trauermiene die Vormundschaft für einen echten und notleidenden Verwandten abschlägt, Sir Arthur Bassetts Sohn, während er auf der anderen Seite mit Macht, wenngleich erfolglos, die einträglicheren Kinder des verstorbenen Herzogs von Rutland aus Burghleys Händen zu winden und sich zur Beute zu machen sucht. Es hat ihm gewiß Trost verschafft, daß er die Mächtigen im Zaume halten konnte, während die Mündel in ihren vorübergehenden Wonnen schwelgten. Leicesters wichtigstes Mündel war der kleine König Edward gewesen. Sein einziger Lohn, den er empfing, waren die Verse, die er nicht hören konnte, das Spottlied, mit dem sein Tod in den Straßen und Wirtshäusern gefeiert wurde:

Hier liegt der tapfere Soldat,
Der nie befleckt sein Schwert.
Hier liegt der treue Diplomat,
Des' Schwüre ohne Wert.
Hier liegt des Knabenkönigs Schützer,
Den er ließ zunichte werden.
Hier liegt der gift'ge Earl of Leicester,
Gehaßt im Himmel wie auf Erden.

Schließlich verdroß es mich, gegen meine gemeinen Leute eine Gerechtigkeit walten zu lassen, deren ich mich selbst noch immer nicht erfreuen konnte. Ich blieb noch ein paar Monate auf dem Lande und grübelte und las. Alle Einladungen wurden abgelehnt. Ich korrespondierte ausführlich mit meinem früheren Lehrer, Dr. Dee, der überquoll von neuen Theorien, wie man zu Wohlstand gelangen könne, glaube man nur den Sternen, und obwohl ich seinen wilden Hirngespinsten mit Vorsicht begegnete, war dennoch genug sorglose Entschlossenheit in mir, ihm zu glauben, diese mir eigene törichte Neigung, zu glauben, die mich bewog, mein Geld dem braven Fenton anzuvertrauen, obgleich ich sehr wohl wußte, daß er ein Mann war, der in jedem Lüftchen ein Komplott witterte, das man gegen ihn schmiedete, der aber nirgendwo Gold aufspürte.

Ich hätte vielleicht noch ein wenig länger den ehrbaren Landedelmann gespielt, hätte sich mein Ehrgefühl nicht so sehr über den schändlichen Spott des Pöbels entrüstet, mit dem meine Feinde mich zu umzingeln gedachten. Der schlimmste Dörfler der Gegend war ein Salpeterer aus Dedham namens Thomas Wixsted, der in meinen Marktflecken gekommen war, um mich zu beleidigen, zuerst unmerklich, indem er gelegentlich ohne ein Nicken oder eine Verbeugung nahe an mir vorbeiging, wie zum Spott kläglich herausgeputzt, später mit deutlichen Worten, welche vor das örtliche Gericht gelangten. Ich hinderte es mehrere Jahre lang, einzugreifen, weil ich feststellen wollte, in wessen Diensten der Mann stand. Schließlich kam es heraus: als er in seiner Siedepfanne war, hörten ihn mehrere meiner Männer erklären, der Earl of Oxford sei es nicht wert, seinem Herren, dem Lord of Warwick, die Schuhe zu putzen, und der Earl of Oxford hätte es ebenso verdient, geköpft zu werden, wie der Herzog von Norfolk. Damit war er zu weit gegangen, und ich gab endlich Anweisung, ihn dazu zu verurteilen, am Markttag in Colchester am Pranger zu stehen, sein linkes Ohrläppchen an den Schandpfahl genagelt. Ich ließ es mir nicht nehmen, vorbeizugehen, damit ich nicken und meinen Hut vor ihm lüften konnte.

Wixsted hatte ebenso Grund, den eignen Groll zu pflegen, wie Warwicks Sache zu dienen, denn die de Veres hatten seit meines Vaters Zeit für alle ihre Ländereien und

Herrensitze das Recht beansprucht, von Salpetersuchern frei zu sein, und da der Bedarf an Schießpulver rasch zunahm, war Salpeter in jüngster Zeit sehr knapp geworden. Noch schlimmer als Warwicks Salpeterer waren einige Männer aus Colchester, die vorgaben, in meinen Diensten zu stehen. Sie liefen herum und zerrissen sich vor aller Ohren die Mäuler über Leicester und Warwick, um eine öffentliche Unruhe zu erzeugen und mich in den Verruf zu bringen, ich hielte meine Männer nicht im Zaum. Sie waren gewiß gedungen.

Hier war das Problem. Nach dem Aufstand der Earls des Nordens und dem berühmten Umsturzplan Ridolfis hatten die Leute viele Jahre nichts anderes in den Köpfen und auf den Lippen als Parteien, Geheimbündelei und Aufruhr. Von dem, was ruchbar wurde, verstanden sie weniger als sie dachten, doch ihre unüberlegte Passion für öffentlichen Streit riß sie hin, und alle nahmen sie eifrig für Dinge Partei, die sie soviel angingen wie die Venus am Abendhimmel. Es scheint, daß jeden Landmann, der sonst nichts zu tun hatte, die Leidenschaft, ein Politiker zu sein, gepackt hatte. Die Lords, welche diese ziellosen Leidenschaften mit Freuden anfachen und das Feuer schüren, begreifen nicht, daß eines Tages sie selbst von der wütenden Lohe des Aufruhrs verschlungen werden könnten. *Wir folgen unserm Cade! Wir folgen unserm Cade!* rufen die Leute in *Henry VI.*

21

Damit verglichen, schien den Hof ein Hauch vom Paradiese zu durchwehn, und ich stürzte mich mit allen Fertigkeiten, die ich besaß, in seine Tänze und amüsanten Verwirrspiele. In jenem Jahr, 1571, hatte die Königin nur Augen für mich, und ich war unbefangen genug, anzunehmen, meine Heldentat im Norden und mein Triumph beim letzten Turnier hätten mir jetzt den Weg gebahnt, endlich ausländische Höfe zu besuchen. Ich hatte mich verrechnet und litt bald, selbst nach meiner Heirat mit Anne im Dezember, an einem endlosen brennenden Verlangen, zu entfliehn. Meinem ersten Fluchtversuch wurde ein Ende gesetzt, und mein geglückter Sprung in die Freiheit im Jahr 1574 geriet aus verschiedenen unerfreulichen Gründen, wie Du bereits weißt, kürzer, als ich beabsichtigte, was übrigens auch für die Reise von 1575 und 1576 gilt, für die ich am Ende die allerhöchste Genehmigung erhielt.

Als ich in Calais landete und durch die Normandie ritt, überraschte es mich, wie sehr sie England ähnelte, wenngleich es einige Unterschiede gab, die sogleich ins Auge fielen. Dies war schließlich das Land, aus dem meine Familie gekommen war. Die Kirchen, Schlösser und Herrenhäuser, die Stadthäuser aus Stein und die Bauernhäuser aus Holz und Mörtel, dies alles war mir geschwisterlich vertraut, und doch kannte ich dieses Land nicht. Sogar das Französisch, das man hier sprach, wies einige Laute und Wörter auf, die ich noch nie gehört hatte. Hier verrann die Zeit geruhsamer, die Kühe waren fetter, die Menschen waren fröhlich und sich bewußt, daß ihnen ein besonderes Glück beschieden war.

Unterwegs nach Touques, wo wir den Herzog der Normandie besuchen wollten, rasteten wir in einem kleinen Gasthaus, wo wir zum Abendessen mit Apfelwein und

Kalbfleisch bewirtet wurden. Es regnete, und das Kalb wurde im selben Raum geschlachtet, in welchem die Tafel für das Essen gedeckt war, vor einem steinernen Herd, in dem die Balken einer alten *dépendance* verbrannt wurden. Als das Fleisch zum Rösten über das Feuer gehängt wurde, wischte ein junges Mädchen den rotgefliesten Boden, bis er im Schein des Herdfeuers glänzte. Während wir darauf warteten, daß das Fleisch, das man mit einer Tunke aus Birnen- und Apfelsaft begoß, gar wurde, setzten mir der Wirt und seine Frau meerfrische Austern und Apfelwein vor und plauderten mit mir, als sei ich ihr Nachbar. Ich bewunderte ihren schimmernden *armoire*, der mir für ihr bescheidenes Gasthaus zu prachtvoll erschien, und ließ mich belehren, daß in der Normandie jede Braut einen solchen Schrank als Sinnbild des Wohlstands ihres Landes in die Ehe mitbringe.

Als wir am folgenden Tag in Touques anlangten, bestand der einzige Unterschied in der Tatsache, daß sich die *armoires* im Obergeschoß befanden. Noch immer regnete es heftig, doch war der Regen lau und angenehm. Sie sagen, daß es im Jahr nur zweimal regne, von Weihnachten bis zur Sommersonnenwende und vom Ende des üppigen Sommers bis zum Neujahrstag. Auch hier wurde das Tier in derselben Halle geschlachtet, in der wir speisten. Während wir zusahen, wie das Kalb sich am Bratspieß drehte, labten wir uns an einer weiteren hiesigen Köstlichkeit aus dem Meer, dieses Mal an winzigen grauen Garnelen, keine davon größer als ein Kragenknopf, die lebend in eine heiße Pfanne geworfen und mit der Schale verzehrt werden. Der Herzog und seine Herzogin, ebenso ungeniert wie der Gastwirt, stellten mir Fragen nach unserem Leben in England. Als sie sich nach solch heiklen Dingen wie der wachsenden Zahl der Anhänger des Puritanismus erkundigten, gelangte ich zu der Annahme, daß sie weit mehr von uns wußten, als wir über sie zu erfahren für nötig hielten, obgleich sie niemals den Kanal überquert hatten. Ihre Erklärung lautete, die Normannen hätten den Kanal einmal überquert, wogegen die Engländer seitdem diesen Besuch mehrere Male erwidert hätten und es deshalb für das normannische Volk notwendig sei, England ebenso im Auge zu behalten wie den Himmel.

Sie lebten in einem Herrenhaus nicht weit vom Schloß, in dem es den größten Teil des Jahres zu kalt und feucht war, um mit Freuden darin zu wohnen, aber sie nahmen mich dorthin mit wie zu einer geheiligten Stätte, denn von diesem Schloß aus hatte William seine Truppen für die Überquerung zusammengerufen. Vielleicht war es das schlichtere herzogliche Leben, das sie führten, doch ich gelangte allmählich zu der Ansicht, daß es in diesem blühenden Königreich zwischen den Ärmsten und dem Adel keinen schroffen Übergang gab, und daß die Normandie in der Tat fast einem ländlichen Idyll glich. Ihre Sahne war fester als unsere Butter, und nie habe ich bessere Äpfel gekostet. Obwohl mich diese zwei Jahre durch raffinierte Gastmahle und Spektakel von vier Ländern und einer weiteren Insel führen sollten, verloren doch die schlichten Mahlzeiten und Unterhaltungen der Normandie, die mit der Gemächlichkeit einer Kuh und der Pfiffigkeit eines verschlagenen Fuchses ihren Gang nahmen, daran gemessen, nichts von ihrem Reiz.

Von Touques reisten wir über Land nach Rouen, wo eine Überraschung anderer Art mich erwartete. Als ich die kunstvoll gearbeiteten Tore der Stadt passierte, die einmal als Hauptstadt ausersehen war, erblickte ich zum ersten Male eine große Stadt Europas und wurde von dem Gefühl verwundet, daß mein eignes Land bäurisch war. Das steinerne Maßwerk der Stadt verband Leichtigkeit und Festigkeit. Auf den Straßen spielten sich tausend Dramen ab. Doch ich verweilte dort nicht einmal einen Tag, weil ich wie wild danach war, Paris zu sehen. Ich rief meine Männer und schlug einen Galopp an. Es war dunkel, als wir ankamen, und wir mußten über Nacht auf den Wiesen außerhalb der Stadt kampieren, die mir am nächsten Morgen, verglichen mit Rouen, überraschend glanzlos erschien. Das war nichts als die Koketterie einer Frau, die zu schön ist, um Schminke zu brauchen. Die Stadt, die ich in jenem Juni sah, ähnelte einem endlosen Jahrmarkt, und das war immer noch so, als ich sie während des nächsten feuchten und windigen März wiedersah. Die Fenchelknollen in den Ständen auf der Straße waren geflochten wie das Haar einer Frau. Das Süßholz war zu lebensgroßen Raben zurechtgeschnitzt, von denen man ein köstliches Stück kaufte. Viele der jungen Frauen kleideten sich halb in Kattun, halb in Seide, gleichsam bereit, durch jede Tür, die sich ihnen im Leben öffnete, einzutreten. Immerhin erlag der König gelegentlich und der Adel immerfort der Versuchung, persönlich in diesen Straßen einzukaufen. In Paris macht jedermann ein mächtiges Aufhebens wegen der geringsten Kleinigkeit. Der Hintergarten jedes Hauses versetzt einen augenblicklich wieder mitten ins Land. Wenn Paris auch hier und da genauso widerwärtig stinkt wie London, gleichen sich beide Städte ansonsten in keinem Punkt. Ich sah den nächtlichen Tänzen zu, erst leidenschaftlich, dann sanft und keusch und dachte an unsre tölpeligen Moriskenhüpferein und die ungeschliffnen Tänze und Spielerein, mit denen sich bei uns die Leute über eheliche Treue und verlorne Unschuld lustig machten.

Der Gegensatz trat noch krasser hervor, als ich bei Hof vorgestellt wurde. Im Schloß sah ich erstmals die Aufführung eines Balletts, Tanz von solcher Eleganz und Akkuratesse, daß ich jedesmal vor tiefer Enttäuschung hätte weinen mögen, wenn ich Jahre später beim Anblick von Schauspielern daran dachte, die sich grobschlächtig durch meine Stücke pflügten. Die vorzüglichen Musiker spielten liebliche Musik, die dennoch des Herzens tiefes Leid hervorlockte. Es war eine heilsame Musik, die dennoch dazu taugte, dabei zu sterben, Musik wie schimmerndes Silber und doch ätherische Musik der Sphären.

Dieser Vollkommenheit des französischen Hofes, ob in Paris oder auf dem Lande, denn er zog wie eine Zigeunersippe hin und her, präsidierte die italienische Königinmutter Katharina von Medici. Nicht mehr jung, vielleicht niemals schön, war Katharina dennoch die anmutigste Gastgeberin, die man sich denken kann. Ihre Nase war wulstig, und Ihre Wangen saßen hoch, doch solche geringfügigen Mängel wurden ausgelöscht, wenn Sie, einer Göttin ähnlich, in der Mitte des Amphitheaters wirkte, das Sie durch Lächeln, erhobene Finger und Neigen des Hauptes beherrschte. Es war sonderbar, sich dieser höchst anmutigen Königin, mit der ich mich manch eine Stunde unterhalten hatte, zu erinnern, als uns viele Jahre nach dem Ereignis kund wurde, daß Sie nach Ihrem Sohn, einem läppischen kleinen Mann, als Haupturheberin das Blutbad von St. Bartholomäus angezettelt hatte!

Ich machte die Erfahrung, kurios genug, daß die Speisen, die man in Paris auf der Straße kaufen konnte, oft in kleinen Tontöpfen bereits fertig gekocht und nur noch einer neuerlichen Erwärmung überm Feuer bedürftig, denen überlegen waren, die bei Hofe aufgetragen wurden, wo es zu viele Gänge süßen und salzigen Fleisches gab, das auf dem Wege von den entfernten Küchen kalt wurde und ohnehin eher dazu bestimmt war, das Auge zu sättigen. Hier war der Urquell dessen, was ich in Gray's Inn, aus Büchern angelesen, ins Werk gesetzt hatte. Ein gebratener Falke, wieder in sein Federkleid gestopft, schlug einen Hasen, der ebenfalls wieder sein Fell trug. Eine Bärentatze als Hülle für geröstete Würfel aus Bärenfleisch, die in Honig getaucht waren, umklammerte eine lange, goldene Honigwabe. Jede Art von gebratenem oder gekochtem Fleisch oder Fleischpastete, die man sich denken kann, wurde auf Stangen und Platten, so groß wie Schutzschilde, aufgetragen, bis die Gäste des Festmahls, war ein bestimmter Punkt der Sättigung erreicht, den Handwerkern und Krämern, denen man gestattet hatte, auf Bänken längs der Mauern, dem Fest beizuwohnen, Stücke zuwarfen und diese schließlich wiederum den Dienern Stücke zuwarfen, die zuweilen ihren Freunden in der Stadt Speisereste mitbrachten, um diese am Gaumenkitzel der Königlichen Tafel teilhaben zu lassen. Während meiner Festessen in Paris aß ich so wenig wie möglich von den Delikatessen und labte mich an den Rotweinen, damals wie heute für mich die lieblichsten und der Verklärung würdigsten Weine.

An der Tafel pflegte man Französisch oder Italienisch zu sprechen, und es gab jene, die mit mir ihr Englisch zu erproben wünschten. Die Frauen waren auf ihre Art wundervoll, doch beinahe so gekleidet, als sollten sie aufgebahrt werden. *Les belles pralines*, sagte mein Tischnachbar und meinte Konfekt, das viel zu schön und kunstvoll war, um es zu verspeisen.

Das wirkliche Vergnügen war das Schauspiel, das Ihre Bankette boten. Ich spreche nicht von den verschiedenen beiläufigen Überraschungen wie der riesigen Fleischpastete, aus welcher spielende Musikanten hervorstiegen oder dem Einfall, aus kunstreich gefalteten Damastservietten Sperlinge emporflattern zu lassen, nicht einmal von den Zahnstochern, die an einem Ende so gewürzt und parfümiert waren, daß man sie lieber zerkaut als sich die Zähne damit gereinigt hätte. Diese drolligen Bräuche dienen lediglich dazu, uns an unsere römischen Vorfahren zu erinnern. Das glanzvollste an Königin Katharinas Lustbarkeiten war das, was zwischen den Mauerbänken und den Festtafeln stattfand. Die Sänger, Rezitatoren, die Spielleute und die Tänzer agierten in fabelhafter Vollendung. Oft verfielen die Gäste von allein in Schweigen, um zu schauen und zu lauschen. Kein Monarch hätte sie zu einer solchen Vollendung treiben können. Ihre Kunst war vielmehr zur Vollendung gereift, weil sie über Menschenalter darin unterwiesen worden waren und sich für ihren Beruf aufgeopfert hatten. Bloß ihre Stücke und Schauspieler waren nicht überzeugend. *Es ist ein schweres Stück Arbeit, ein Pariser zu sein*, erzählte mir einer der Musikanten, als ich ihn fragte.

In Paris sah ich, was in London getan werden mußte, aber ich sah auch, daß es unmöglich war, die Glanzstücke der Franzosen zu kopieren. Nach dreißig Jahren Arbeit auf Brettern und mit Lettern sag' ich bloß, daß die Nachfrage nach dem Reichtum Englands mittlerweile ein wenig zugenommen hat. Die Königreiche und Stadtstaaten Europas bitten unsere Schauspieler jetzt, Gastspiele in englischer Sprache zu geben, und es ist, wie ich höre, Mode geworden, unsere Sprache zu lernen, um unsere Schauspieler verstehen zu können. Aber ich weiß auch, daß die Pflugschar nicht tief gepflügt hat und eine eilig und nicht genügend tief gesäte Saat, wenn das Wetter umschlägt, im Nu verweht wird.

Als Stadt zum Verstecken war Paris keine gute Wahl, obwohl ich mich nicht eigentlich versteckte und, offen gestanden, nicht gedacht hatte, daß mir die Königin Ihre Wachen nachschicken würde. Ich hatte mich zu lange am Französischen Hof aufgehalten. Ein Bote aus England mit einem Brief für den König forderte mich zur sofortigen Rückkehr auf. Alles vollzog sich mit höfischer Liebenswürdigkeit, und nichts ließ darauf schließen, daß ich wie ein Höfling in Gewahrsam abreisen sollte, obwohl die vier bewaffneten Reiter, die den Boten begleiteten, keinen Zweifel daran ließen, daß man eine solche Möglichkeit nicht ausschloß, falls ich auf den Gedanken kommen sollte, mich der dringenden Aufforderung zu widersetzen. Mein Verdruß war fast unerträglich, doch ich hatte mir am Hof Freunde gemacht. Von diesen wurde ich besänftigt, und so brach ich mit meinen Männern und Ihren Wachen am folgenden Morgen auf, in meinem Gepäck ein Schreiben des Königs mit Seinen Grüßen und der dringenden Bitte, den reizenden Besucher so bald wie möglich zurückzuschicken. Es stellte sich heraus, daß man die ganze Zeit über meinen Aufenthaltsort Bescheid gewußt, die Unschlüssigkeit, wie man mit mir verfahren sollte, zum Glück jedoch mehrere Wochen angedauert hatte.

Die Königin war sehr zornig, doch ich stellte mich gleichmütig, obwohl auch ich zornig war. Ich sagte Ihr frei heraus, daß ein Königreich, das es Männern nicht erlaube, frei zu reisen, ein Königreich sein müsse, in dem zu bleiben nicht der Wunsch kluger Männer sein werde. Sie entließ mich ungnädig, und ich erinnerte Sie daran, daß wir uns in diesem Punkte einmal einig gewesen seien. Darauf kam, sechs Tage später, Burghley, der um jeden Preis versuchte, seine Tochter zu beschwichtigen, mit der Nachricht, die Königin habe die Sache noch einmal überdacht und mit Freude zur Kenntnis genommen, wie wohlwollend ich auf meiner Auslandsreise aufgenommen worden sei. Sie habe die Absicht, sagte er, mich als Botschafter ohne festes Hofamt und für besondere Aufgaben ins Ausland zu schikken, zusammen mit Edward Seymour, der sich Lord Beauchamp anreden ließ, ungeachtet der Zweifel an seiner legitimen Herkunft. Ihr Interesse an ihm entsprang der Absicht, endlich Ihren außerordentlichen Ärger über die Seymour-Sippe zu besänftigen, welcher von der heimlichen Heirat von Edwards Vater im Jahr 1560 herrührte; dieser, selbst Sohn des Reichsverwesers für König Edward, hatte Lady Catherine Grey, Schwester von Lady Jane, geheiratet und war deshalb zu gründlich mit Fragen von Thronansprüchen vertraut, sofern diese die Königin betrafen. Trotzdem blieb die Verärgerung in gewissem Maße lebendig bis zu Ihrem Tode, denn man erzählte mir, Sie habe, als man Ihr vorschlug, die Krone könne auf meinen Freund Edward übergehen, gerufen: *Ich werde nicht zulassen, daß mein Königreich einem Abkömmling von Schurken zufällt!* In Wirklichkeit begann der Zwist mit den Seymours, wie ich dem entnahm, was Sie mir einmal erzählte, mit Thomas, dem Großvater, der Sie, während er Reichsverweser war, umworben, dann aber Catherine Ashley geheiratet hatte, was zur Folge hatte, daß Sie Thomas heftig verabscheute und Catherine heftig beneidete.

Aber die Seymours waren trotz ihrer Heimsuchungen loyal und harmlos geblieben, und ich habe den Verdacht, daß die Königin schlechterdings nicht geneigt war, zu bewirken, daß Edward für illegitim erklärt wurde.

Nach meinem Urteil war Edward, jünger als ich und ein amüsanter und gelehriger Bursche, ein annehmbarer Reisegefährte. Man teilte mir außerdem den jungen Ralph Hopton zu, den Sohn des Kommandanten des Towers, doch wenn er auch nur ein Junge war, fürchtete ich in ihm einen Spion, ließ ihn sorgfältig überwachen und hielt ihn mir immer vom Leibe. Es wurde eine Audienz anberaumt, bei der die Königin Ihre Absichten erläuterte, die ebenso simpel wie verschlagen schienen. Ich hatte vier versiegelte Schriftrollen in Straßburg, Paris, Budapest und Frankfurt zu übergeben und sollte von Burghley ins Bild gesetzt werden, damit ich über die Angelegenheiten, die sie enthielten, verhandeln konnte, ehe Antworten an Sie geschickt wurden. Danach besprachen wir die Dauer unseres Aufenthaltes und die weiteren Orte, die wir aufsuchen durften. Die Königin untersagte Spanien, Mailand und Rom, aus Furcht, englischen Protestanten drohe dort unter Umständen der Kerker, wenn nicht gar Schlimmeres. Ich bat flehentlich darum, unsere Reise in Konstantinopel enden zu lassen, erhielt jedoch darauf die Antwort, auch die Türkei müsse noch immer als ein gefährliches Reich angesehen werden, wo alles passieren könne, und daß unser Abstecher nach Ungarn uns genau auf einen neutralen Boden führen werde, wo ich nach Herzenslust mit Türken plaudern und eine Ihrer Schriftrollen dem türkischen Statthalter zur Weiterbeförderung an den Sultan aushändigen könne. Es sei Ihr eine Freude, einen Teil der Reisekosten zu übernehmen, worüber uns der Schatzkanzler Näheres sagen werde. Hier warf ich ein, ich sei zwar für die Großherzigkeit der Königin dankbar, doch es verstehe sich, daß ich, um angenehm zu reisen, nur auf meine eigenen Diener zurückzugreifen wünsche.

Wißt Ihr denn, Edward, wer Eure Diener sind? Ich beneide Euch. Ich hatte zahlreiche Diener, von denen ich sicher war, sie seien die meinen. Sie waren's nicht. Bei diesen Worten neigte Sie das Haupt und blickte mich schelmisch an.

Hier nahm sich der junge Edward die Freiheit, zu fragen, zu wem er in katholischen Ländern beten solle.

Zu Gott, Lord Beauchamp, zu Gott! sagte Sie mit einem schiefen Lächeln.

Mein Schwiegervater rechnete damit, daß die Königliche Erlaubnis mich ein wenig besänftigen werde, doch ich quoll über vor Groll gegen ihn und seine Tochter und erteilte ihm ziemlich ruhig den warnenden Bescheid, es könnten in der Öffentlichkeit private Dinge gesagt werden, falls er und Anne es wagen sollten, zur Pier zu kommen. Mein Rat schmeckte ihm gar nicht, doch war er klug genug, ihn anzunehmen. Es war ein windiger Januarmorgen, als wir in

Wivenhoe Segel setzten. Ich trug zwei Umhänge und mehrere Halstücher, die sich wie Flaggen im Wind spannten. Meine tanzende Seele gab sich einer lange erwarteten Freude hin, die desto süßer war, weil sie schon einmal einen Hauch davon verspürt hatte.

22

Nur meine besten Männer hatte ich für diese Reise ausgewählt, und da ihrer nur sechs waren, erwies es sich als notwendig, ihre Zahl zu erhöhen, was ich tat, indem ich Schauspieler und Musikanten vom Savoy verpflichtete. Das diente einem doppelten Zweck, weil ich über ihre Gesellschaft froh war und wünschte, daß sie unterwegs durch Anschauung lernen sollten. Außerdem stellte sich heraus, daß viele der Schauspieler sich besser in die Rolle der Diener fanden als meine Männer. Auf jeden Fall hielt ich meine Begleitung so klein wie möglich. Es war ein weit angenehmerer Aufbruch, am Morgen unter dem flatternden Königlichen Banner in See zu stechen, flankiert von zwei Kriegsschiffen, die uns eine sichere Überfahrt gewährten. Sechs Monate zuvor hatte ich mich um drei Uhr in der Frühe mit einer kleinen Schaluppe auf den Weg gemacht, die nach Fisch stank und alle Laternen gelöscht hatte. Bald nach der Landung stellten wir fest, daß es wahrlich unnötig war, einen Mann vorausgaloppieren zu lassen, der unser Kommen meldete, weil die Nachricht sich von selber verbreitete und in den engen Gassen vieler Dörfer bereits Leute den Weg säumten, um unsere Ankunft zu beobachten. Ich bekenne, daß wir wie Truthähne mit gesträubten Federn durchmarschierten. Selbst der furchtsame Edward hatte angefangen zu lächeln und der Menge zuzuwinken.

Ich machte einen erneuten Besuch in Touques und blieb dann vier Wochen in Rouen, wo ich über eine Stadt staunte, in der jedes Gebäude, wie bescheiden auch immer, entweder einige Würde oder Schönheit aufwies und deren Geschick und Kunstfertigkeit, Möbel herzustellen, gleichermaßen bewunderungswürdig war. Die Kunsthandwerker und Tischler von Rouen verfertigten Lehn- und Klappstühle, die viel leichter und eleganter sind, als wir sie hier in

England kennen, versehen mit breiten Armlehnen zum Schreiben, geschmückt mit Halb-Reliefs, und die Polsterer machen für sie feine Daunenkissen aus scharlachrotem oder blauem Lamé. Ihre klappbaren Armstützen im Flammenstil erfreuen das Auge, und die schlichten, geraden Beine und Querstücke sind sehr graziös. Wenn das Möbelstück fertig ist, verleiht man ihm mit Wachs einen Goldschimmer, der das Geheimnis der Stadt ist. Ich erwarb einen dieser Klappstühle und führte ihn während meiner sechzehn Monate währenden Reise mit mir. Es dauerte nicht lange, bis ich entdeckte, daß der Entwurf dieser Stühle aus Italien stammte, doch ich halte daran fest, daß sie, wie viele meiner Geschichten und ich selbst, durch Reisen besser wurden, denn ich habe in Italien nie bessere zu Gesicht bekommen. Wenn ich mich heute auf dem Klappstuhl niederlasse, habe ich das bloß dem Zufall zu verdanken, daß er mir nicht von Seeräubern weggenommen wurde und mir darum geblieben ist, als das einzige greifbare Stück Hinterlassenschaft von jenen zehntausend Augenblicken der Heiterkeit und Freude meiner Jugendreise. Zwanzig Jahre habe ich diesen Stuhl in Hackney benutzt und darauf geschrieben, so daß ich heute glaube, daß ich ohne ihn nicht schreiben könnte. Er ist der Sitz all meiner künstlerischen Fertigkeit und Selbsterkenntnis. Und bedarf der Reparatur.

In Paris wurde ich abermals von König Heinrich und der Königinmutter Katharina umarmt, als ob ich ein alter Freund sei. Als wären wir uns nie begegnet, wurde ich auf Schloß Madrill, unweit Paris in den Wäldern und Seen des Bois de Boulogne, durch Valentine Dale, unseren Botschafter, beim König eingeführt. Er und der König bezeigten mir Interesse und versahen mich mit Pässen und Geleitbriefen, die ich vielleicht später auf meiner Reise nach Italien würde brauchen können. Rechnete ich die Briefe der Königin dazu, verfügte ich über mehr Dokumente, als ich Zeit hatte, sie zu verwenden. Damals errötete ich insgeheim, wenn ich mich daran erinnerte, wie sehr ich einst in Elizabeth gedrungen hatte, mich einer Rebellion gegen den König von

Frankreich anschließen zu dürfen; sie hatte mich wegen meines Begehrs sanft getadelt und mir gesagt: *Ich kann nicht wünschen, einen so bedeutenden Mann meines Volkes auf der Seite dessen zu finden, der gegen seinen eigenen König kämpft*. Heute glaube ich, daß mein jugendliches Feuer berechtigt war. Erste Eindrücke müssen nicht unbedingt weniger schwer wiegen als sorgsames Bedenken.

Das Blutbad am St. Bartholomäustage, das mich um so mehr aufgebracht hatte, als der elende Burghley, wie es seine Gewohnheit war, wahrheitsgetreue Nachrichten zurückgehalten hatte, jetzt kaum drei Jahre zurückliegend, dieses Gemetzel, das Amsterdam, London und Lübeck so viele treffliche Handwerker beschert und ungezählte, vorher schwankende Protestanten gegen die Macht Roms in Harnisch gebracht hatte, diese Verfolgung, unter Heinrich II. begonnen, wurde jetzt, nach dem Schlag, den Frankreich sich selber zugefügt hatte, merkwürdigerweise von seiner Witwe gemildert. Der junge Heinrich beklagte, daß er seine Seidenindustrie an andere Länder verloren habe, und bemerkte halb im Ernst, er spiele inzwischen mit dem Gedanken, seine Hugenotten zurückzurufen, doch seien sie leider zu weit fortgegangen, sogar nach Afrika. So herrschte denn nach dem Sturm bei Hof eine Stimmung religiöser Toleranz, und die Politik war vor allem darauf gerichtet, die vierzehn Provinzen des Landes in Frieden und Ordnung, woran es nach den Worten des Königs überall im Königreich sehr mangelte, zusammenzuschließen.

Ich war Zeuge, als ein peinlich unbeholfner Tanz vorgeführt wurde, bei dem zwölf Hofdamen, die zu groß und zu schlecht ausgebildet waren, ein Ballett aller in Freundschaft vereinigten Provinzen darboten. Nach allem, was ich hörte, hatte der Wunsch bei der Fabel die Feder geführt, und auch der Tanz war ohne Elan. Ich glaube, wäre ich eine Hofdame gewesen, ich hätt' jedwedes Unwohlsein vorgeschützt, mich mit den gelernten Tänzerinnen nicht messen zu müssen. Diese waren besonders entzückend. Sie waren sehr mager und dennoch quellend vor Liebreiz. Sie waren keine

Knaben und keine reifen Frauen, doch ihre Schönheit stammte von beiden. Sie waren ohne Ausnahme so zierlich wie Elfen. Hinter allem stand die Neigung Heinrichs III., der eine Frau lieben konnte, doch nur wenn sie als Knabe sich präsentierte, und einen Jungen, wenn er sich fehlerfrei als Frau gerieren konnte. So wurde in Frankreich am Hof und im Schlafzimmer ins Leben übertragen, was bei uns bloß auf der Bühne Brauch war. Die Tänzerinnen wohnten in Mansarden nahe der Stadtmitte auf der Isle St. Louis, was dieser unter Witzbolden den Spitznamen Isle des Hermaphrodites eintrug.

Ich tanzte eine flinke Gaillarde im Duett mit der reizendsten der Elfen, was meine Wadenmuskeln vor Anstrengung zittern ließ. Nachdem wir uns mehrmals verbeugt hatten, bedeutete uns König Heinrich zuvorkommend, ein kleines Nebenkabinett stehe uns zur Verfügung, und erst als ich die letzte ihrer Hüllen abgestreift hatte, war ich sicher, daß sie kein Knabe war, denn ihre Stimme und ihr Lachen klangen tiefer als die jedes Mannes. Als sie mich umarmte, stellte ich erfreut fest, daß der Tanz, der mir alles abverlangt hatte, auch sie wenigstens einige Anstrengung gekostet hatte, denn auf Brust und Flanken glitzerte süß duftender Schweiß, wie bei einem Pferd nach dem Rennen. Sie liebte, wie sie tanzte, hingebungsvoll und mit natürlicher Unbefangenheit, als nehme sie in einem abgelegenen Bergsee unbemerkt ein Bad, wenngleich ich argwöhnte, daß ihr ungezwungenes Gebaren, wie alles an ihr, eingeübt war. Vielleicht wurde ich dafür belohnt, daß ich imstande gewesen war, es mit ihr aufzunehmen.

Was die Königinmutter angeht, so nahm Sie die exzentrische Lebensweise des jungen Heinrich mit vornehmer Ruhe hin. *Meine Mutter lehrte mich*, sagte Sie mir unverblümt, *daß es für mich, die ich selber keine Schönheit bin, ausreiche, mich im Leben mit wohltönendem Gesumm zu umgeben und mich damit zu bescheiden, die Bienenkönigin in der Mitte der Blume zu sein.* Sie unternahm die Rundreisen des Hofs mit König Heinrich, kreuz und quer durch Frankreich, eine Armee ohne Kanonen und Speere, die das streng katholische Lothringen ebenso besuchte wie das heimlich immer noch hugenottische Chateaubriant und Feinde dazu zwang, miteinander zu speisen und zu scherzen. Der Königliche Chefkoch, Guillaume Verger, waltete seines Amtes wie ein Poet. Er kommandierte seine *souschefs* wie Generäle auf dem Schlachtfeld, und wenn der Hof unterwegs war, eilten tausend Pferde nach Paris und zurück, um die Vorräte an Lebensmitteln herbeizuschaffen. Katharina hatte die Rundreisen mit ihrem zweiten Sohn, Karl IX., begonnen, als er und ich junge Burschen waren. Gerechterweise muß man sagen, daß die Aufgabe unserer Königin schwerer ist, und ich sah lediglich die Vorbereitungen für eine französische Rundreise und wußte von andren bloß vom Hörensagen, doch es wollte mir scheinen, als hätten die französischen Rundreisen mehr Aussicht auf Erfolg, weil der König nicht als Gast kam, der unterhalten werden mußte, sondern als ein wohltätiger und friedenstiftender Monarch. Was tat's, daß Er ein überaus sonderbarer Geselle war?

König Heinrichs Doppelsinn reichte weit über Knaben und Mädchen hinaus. Auch in der Unterhaltung gab es keinen Gegenstand mit festen Grenzen. Ich machte mir diese Manier rasch zu eigen, sah jedoch weniger Sinn darin als in der schlichteren anmutigen Eloquenz, die dem Euphuismus, unsrem Credo, eigen war. Während dieser durch anspruchsvolle Zartheit, im Verein mit eleganter, ausgefallener Ausdrucksweise nach einer gewissen Erhebung der Seele strebte, war König Heinrichs Mehrdeutigkeit ein Spiel, das bloß dazu diente, der Freiheit freien Lauf zu lassen. Jedes Wort hatte sein verborgenes Paarwort, das seine wahre Bedeutung umschloß, woraus sich logisch folgern ließ, daß am Ende nichts alles oder alles nichts bedeuten konnte. Es war eine andere Sprache, die zwar exakt wie Französisch klang, doch damit überhaupt nichts gemein hatte. Kein Wörterschmied konnte hoffen, mit einem Metall zu arbeiten, das so leicht schmolz.

Um die Speisen war es besser bestellt. Die Königlichen Speisen wurden, bedeckt mit gemusterten Tüchern, aufgetragen und auf ihrem Weg von der Küche von zwei Hofbeamten begleitet, die sowohl einer den anderen als auch die Speisen im Auge hatten. Das war eine nützliche Sache, die ich der Königin heimbrachte. Doch andererseits waren es auch keine Speisen, die anderen vergleichbar waren. Außer den lebensechten Szenen mit Tieren, welche die Banketts am französischen Hof auszeichneten, galt für die Mahlzeiten an der erhöhten Königlichen Tafel eine ganz andere Regel, wonach den Gästen ausschließlich Speisen serviert wurden, die sich als etwas anderes darstellten. Die Süßspeisen waren jedesmal bemerkenswert. Ein Marzipankuchen war so hergerichtet, daß er dem runden Laib eines holländischen Käses glich. Gedämpfte Aprikosen mit glasiertem weißem Zuckerguß waren Spiegeleier, umschlossen von Streifen gekochtem Schinken, bei denen es sich in Wirklichkeit um gepreßte und gesüßte Bohnenpaste handelte, die kunstvoll modelliert und bemalt war. Das einzige wirklich Greifbare waren die zahlreichen Diener, echte Hermaphroditen, denen man wenigstens gestattet hatte, das zu bleiben, wozu eine Laune der Natur sie gemacht hatte. Ungeachtet seiner Verdrehtheit gab es im jungen König Heinrich viele unerforschte Abgründe. War's deshalb nicht mehr als angemessen, daß ich ihn zum Scherz in das Kostüm eines andren steckte?

23

Ich verließ Paris im April nach fast drei strahlenden Monaten (obwohl das Wetter vorwiegend trübe gewesen war) am Hof, in denen ich mich ihnen trefflich präsentiert und viele Dinge gelernt hatte, doch es war Zeit, weiterzureisen und meine Aufträge auszuführen. Wir wandten uns nach Osten, dem Elsaß zu, wo ich eines meiner Pergamente an Johannes Sturmius übergeben sollte, der im Rufe stand, der hervorragendste Kopf in Europa und ein Anführer des protestantischen Widerstandes gegen Rom zu sein.

Wir zogen gemächlich an der Marne entlang, wo wir uns am Flußufer erquickten und einige der Jungen einen großen Korb Fische fingen (fast jeder Wurf der Angel war ein Biß), was uns zustatten kam, als wir in der Nacht nach Nancy gelangten, weil mein Diener, der vorausgeritten war, in so kurzer Frist kein geeignetes Quartier hatte auftreiben können, bis auf Räume in der Universität, wo sowohl die Betten wie die Kost recht kärglich waren. Ich war über das Mißgeschick sogar erfreut, weil ich daraus schließen zu können glaubte, daß wir außer Burghleys Kontrolle waren. Als wir anlangten, konnten wir uns auf dem Herd unsere Fische zubereiten, und der Fang war für alle ausreichend. Scholaren von der Universität kamen, um sich mit uns zu unterhalten, doch ich war müde und überließ diese Aufgabe Edward, der ohnehin höchst begierig war, etwas über die religiösen Streitigkeiten in Deutschland zu erfahren. Nancy ist eine Stadt mit vielen Toren, doch als ich sie besuchte, gab es innerhalb dieser Tore nicht allzuviel Bemerkenswertes. Nancy hätte irgendeine englische Stadt sein können. Am nächsten Tag erwies sich, daß auch Straßburg viele Häuser im englischen Stil hatte, nur daß die Dächer viel steiler waren, um den Schnee abgleiten zu lassen, und man hier für mehr Fenster sorgte; manchmal waren es nicht weniger als acht in jedem Stockwerk.

In einer Hinsicht könnte das Elsaß als Abbild König Heinrichs bezeichnet werden, denn die Bewohner sprechen eine Sprache, die, wie sie mir sagen, eine Mundart des Deutschen ist, und sind doch im Herzen Franzosen. Der Landstrich liegt im Graben des Rheins, zwischen dem Abhang der niedrigen Vogesen und dem Schwarzwald im Osten. Die Ebene von Elsaß und Lothringen ist fruchtbar, und die Provinz ist die natürliche Verbindung zwischen Frankreich und Deutschland, worin auch ihr größtes Problem liegt, denn wie England von Wasser ist das Elsaß von Hader umschlossen.

Ich war über die Reise, die wir gemacht hatten, ein wenig verärgert, weil Sturmius nicht so eindrucksvoll war wie sein Ruf. Da ich kein Deutsch sprach, schlug ich vor, die Unterhaltung auf Französisch zu führen. Er sprach recht gut Französisch, doch er flocht wie eine Perlenkette gewöhnliche deutsche Ausdrücke hinein. Schlimmer noch war, daß er alle seine Verben ans Ende jedes Satzes warf. Sein Englisch bestand aus vielleicht fünfzig Wörtern, die er in höchst überraschenden Kombinationen zusammenwürfelte, am Ende immer mit dem Ausruf schließend: *Vi live in a vild vorld.* Bald wechselten wir mit gegenseitiger Zustimmung ins Lateinische über. Er war es gewohnt, lange Zeit mit ausgebreiteten Armen zu sprechen. Sturmius war jeder Vorwand recht, eine Rede zu halten, die immer damit endete, daß man Rom mit militärischen Mitteln Widerstand leisten müsse. Diese Meinung gehörte zu denen, die ich vertreten und verworfen, vertreten und abermals verworfen hatte, und darum nickte ich einfach, während er redete. An einem Morgen brauchte ich so gut wie gar nichts zu sagen. Ein paar Floskeln, ab und zu hingeworfen, reichten als Hilfe aus, seine Segel mit seinem eignen Wind zu füllen, wenn sein Redefluß zu langsam in Gang kam, und er sprudelte eine weitere Stunde aufs neue. Er hatte kein Gran Humor und schien das zu ahnen. Dieser Mangel wurde durch übermäßig oft wiederholte Anekdoten über seinen Lehrer beseitigt, den Humanisten und Reformator Ulrich von Hutten, von dem ich nie gehört hatte, jedoch dreimal darüber belehrt wurde, er sei ein Schüler des berühmten Luther gewesen. Indem ich sorgsam achtgab, wann der Name von Hutten fiel und dabei sein eulenhaftes Gesicht beobachtete, wußte ich, wann ich, immer wenn es nötig schien, zu lächeln oder zu lachen hatte. Welche Komik sich in den Geschichtchen, als sie noch genießbar waren, verborgen haben mochte, sie war bei der Übertragung ins Lateinische schal geworden.

Zu unsrer geselligen Unterhaltung nahm uns Sturmius mit in das Werk von Straßburgs berühmter Uhr, die wir bereits bei unsrem Eintritt in die Stadt gesehen und gehört hatten. Wir standen auf engen Gerüsten, während er die komplizierte Maschinerie erläuterte, die ein gewaltiges Räderwerk in sich barg, denn die Uhr zeigt neben der Tageszeit auch den Tag selbst und den Untergang des Mondes und aller Planeten an, wobei kleine Figuren sich über eine brettähnliche Plattform bewegen und ein Hahn hervortritt, der kräht. Es war gewiß eine recht geschickte Arbeit, obgleich ich sagen muß, daß ich Langeweile verspürte, nachdem ich dieses Schauspiel zur vollen Stunde zweimal hatte über mich ergehen lassen. Edward wußte sich natürlich vor Fröhlichkeit nicht zu lassen. Unter den Deutschen scheint eine gewisse Vernarrtheit in Uhren und Präzision verbreitet zu sein, die meiner Geistesart vielleicht nicht ganz entspricht. Sie tragen alle ihre eigenen Uhren in Etuis, die an der Kleidung oder sogar am Handgelenk befestigt sind und die sie zu zwingen scheinen, sich ohne Not vorzubeugen und eilig ihren Geschäften nachzugehen. Straßburg kann sich seiner Uhren und der Erfindung der Druckerpresse rühmen.

Für seine Tätigkeit als Ihr Mittelsmann *in partibus Germaniae* hatte unsre Königin Sturmius viele Jahre lang vierzig Pfund jährlich Salär gezahlt. Die Universität, deren Rektor er sei, teilte er mir mehr als einmal mit, habe zweitausend Studenten aus allen Ländern Europas. Nach den klugen Plänen des Sturmius, so hatte die Königin mir gesagt, sollte für die Schulen und Universitäten in England eine neue Ordnung gestaltet werden.

Wenngleich Sturmius mir lästig war, bemerkte ich doch, daß er über meine Aufmerksamkeit erfreut und über mein Latein erstaunt zu sein schien. Er drang in uns, länger zu bleiben, aber ich erklärte, daß die Aufträge der Königin uns zwängen, nach Frankfurt weiterzureisen. Elizabeths Botschaft sicherte ihm die volle Unterstützung der Königin in seinem religiösen Kampf zu, blieb aber im Grunde ganz unverbindlich. Fast ein Jahrzehnt später, im Jahre 1584, suchte Sturmius, der mittlerweile in außerordentlicher Bedrängnis war, Hilfe in England und bat darum, man möge mir den Befehl über eine englische Streitmacht im Rheinland übertragen. Es war ein hübscher Einfall, doch es bestand nie Aussicht auf Verwirklichung, obwohl die Königin über Streitkräfte auf dem Festland verfügte, die man ihm zu Hilfe hätte schicken können. Wenn Sie sich einem schwerwiegenden Problem gegenübersah, entschied Sie sich immer fürs Abwarten, in dieser Lage um so eher, als der Prinz Wilhelm von Oranien kurz zuvor von einem eifernden Katholiken aus nächster Nähe mit einer Muskete ermordet worden war. Es war nicht klar, ob er allein oder im Auftrag gehandelt hatte, so daß ein guter Vorwand, das Freiwilligencorps zurückzuhalten, vorhanden war. Wenn nötig, war Sie um eine geschickte Ausrede nicht verlegen.

Frankfurt war der Ort, wo ich mein drittes Schreiben auszuhändigen hatte. Die Stadt zeigte viele Spuren der Römer. Sie war jetzt ein Ort der Banken und des Handels, und Englands Waren aus vielen Weltgegenden wie Polen, Moskau und Transsylvanien wurden zuerst hier gelagert, bevor wir sie bekamen. Es war der Zweck meiner Mission, kundzutun, daß Art und Ort der Bezahlung sich ändern würden. Es war der Königin und dem Ersten Lord der Schatzkammer daran gelegen, ihre Waren hinfort in London zu empfangen und zu bezahlen, da, wie sie sagten, einige Ladungen, nachdem man sie an den Liegeplätzen des Mains bezahlt habe, verlorengegangen seien. Ein weiterer, nicht genannter Grund war zweifellos, daß es ihnen schlechterdings besser schien, die Zahlungen hinauszuschieben. Die Anwesenheit Ihres Earls von höchstem Range sollte dazu beitragen, bei möglichen Einwänden die Gemüter zu besänftigen. Die Bankiers und Kaufleute trauten mir nicht mehr als einem Hanswurst, doch blieb ihnen wirklich nicht viel zu tun übrig, weil die Stadt eine beträchtliche Einbuße hätte hinnehmen müssen, wäre eine so einträgliche Handelsstraße verlegt worden. Soviel ließ ich, scheinbar zufällig, durchblicken, als sie darauf hinwiesen, daß mit Rücksicht auf die größere Entfernung wohl ein Aufschlag auf die Transportkosten billig sei. Als Ausgleich für ihren Verlust sollten sie einen großen Auftrag über neue Geschütze erhalten.

Während England seine Pennies knauserig zurückhielt, ahnte ich, der ich viele Grundstücke verkauft hatte, um meine Reise zu finanzieren, daß ich weitere würde losschlagen müssen. Im Laden eines Geldverleihers im alten Judenviertel der Stadt fand ich einen Mann, der sich dafür verbürgte, daß ein Brief nach London und die Antwort binnen einer Woche in meine Hände gelangen würden. Mehr als das, so viel Gold, wie ich brauchte, konnte sicher an jeden Ort gesandt werden, an dem ich es entgegenzunehmen wünschte, wobei als Sicherheit des Geldverleihers eignes Gold diente, das mir gegen Vorlage meines Siegels bei einer der Banken der Stadt zur Verfügung stand. Gegen eine bestimmte Gebühr. So wenig ich auch wünschte, wieder mit Burghley in Verbindung zu treten, schrieb ich ihm gleichwohl auf diesem Wege und bat ihn, mir Geld nach Venedig zu schicken, wo ich es kassieren würde, wofür ich ihm als Sicherheit fünf Landgüter anbot. Er ging darauf ein, was mich überraschte, und ich verlor im folgenden Jahr auch diese Besitzungen, was mich nicht überraschte.

Von Frankfurt aus reisten wir nach Wien, wo wir dank der Gefälligkeit von König Heinrich eingeladen wurden, Gäste von Karl und Elisabeth von Österreich zu sein. Österreich sollte die Zwischenstation sein, ehe ich mein letztes Schreiben in Ungarn übergab. Auf dem Wege nach Wien bemerkten wir viele betriebsame und anheimelnde Städte. Die Leute trugen während der Woche grobe Kleider, doch an Sonntagen promenierten sie in vollem Staat über die Hauptstraße, nickten und lächelten einander zu, wenn sie sich zum fünften Mal begegneten. Da sich in unserem gesamten Gefolge nicht eine Person befand, die des Deutschen mächtig war, und wir niemanden trafen, der Französisch, Englisch oder Italienisch sprach, machten wir die Reise nach Wien wie belfernde Taubstumme, es sei denn, wir gerieten durch Zufall an einen Pfarrer oder Priester, der Latein sprach. Ich eignete mir ein paar deutsche Redewendungen an, die gerade dazu taugten, das dortige starke Bier zu bestellen und ein Quartier zu finden. Ich war erfreut, den Widerhall des alten Englisch in der deutschen Sprache immer noch nachklingen zu hören, und mir schien, daß ich nicht lange brauchen würde, gäbe ich mir Mühe, diese Sprache sprechen zu lernen. Doch die harten, knallenden Laute des Deutschen behagten mir wenig. Ehe ich hörte, wie ein junges Mädchen in einem Torweg sein Kätzchen umschmeichelte und zu ihm sprach, war ich nicht einmal sicher, ob diese Sprache überhaupt einen Hauch Wärme besaß.

Wien war eine alte und unabhängige Stadt, doch sein Hof war dem in Paris vollkommen hörig, und das machte seine Etikette zu einer Art Tod im Leben. Die treuherzige junge Königin wußte nicht oft genug zu betonen, alles werde hier so gehalten wie am Hofe Heinrichs. Tatsächlich hatten sie es fast schon zu weit getrieben, denn die meisten Fenster des Großen Festsaales waren mit allegorischen Wandteppichen verhängt, und die Dunkelheit, welche die Folge war, hatte die Feierlichkeit eines Prachtbegräbnisses. Die Höflinge versuchten alle, Französisch zu sprechen, doch es gelang ihnen nicht recht, so daß sie, wenn immer sie sich unbeobachtet glaubten, auf Deutsch miteinander tuschelten. Der Mangel an Licht bei Hof war gefährlich. Oft reichte der Schein der Kerzen nicht aus, rechtzeitig vor den blaßbraunen kleinen Küchenschaben zu warnen, welche kamen, um die Speisen zu prüfen, bevor man selber sie kostete.

24

War die Straße von Frankfurt nach Wien auch noch so ungewohnt gewesen, der Weg nach Buda und Pest war unverkennbar herrenloses Gebiet. Es war noch nicht lange her, daß die Türken beinahe Wien eingenommen hätten, und bewaffnete Patrouillen sprengten umher. Unsere Besorgnis wegen vornehmer und gemeiner Diebe erwies sich als grundlos. Wir reisten eindeutig sicherer als auf der Straße von Paris, wo wir in manchem Gasthaus schmeichlerische Erpressungen erlebt hatten und Männer zu Pferde uns in unzweideutiger Absicht beäugt, jedoch die Harnische und Feuerwaffen, die wir trugen, wohl bemerkt hatten. In Ungarn, wiewohl die Männer dort eher wie wohlgekleidete, fremdländische Wilde mit Krummsäbeln aussahen, gab es nichts dergleichen. Wir führten ein Schreiben in ungarischer Sprache mit, das uns in den drei Herbergen, in denen wir einkehrten, ein warmes Nachtlager zu einem bescheidenen Preis verschaffte und das, wo immer es vorgewiesen wurde, für freundliche Mienen sorgte.

Ungarn ist in drei Teile aufgeteilt. Bevor ich geboren wurde, hatte die Nation eine innere Teilung erfahren, die einen Angriff des türkischen Sultans zur Folge hatte. Ungarns König fiel in der Schlacht, und die Türkei besetzte den fruchtbarsten Teil des Königreiches. Transsylvanien wurde ein unabhängiges Fürstentum, von den Ungarn regiert, wenngleich von den Türken abhängig, und war ebenfalls ein blühendes Land, und das übrige Gebiet fiel unter das Szepter des Fürsten von Habsburg. Diese westlichen und nördlichen Gebiete lagen im Griff einer eisernen Faust und wurden zum Besten Habsburgs grausam ausgepreßt.

Mein Auftrag war, meine Botschaft dem Sultan zu überbringen, der in Buda und Pest residierte, einer Doppelhauptstadt, die von der Donau geteilt wurde. Welcher religiösen Überzeugung sie auch waren, schienen alle weltklugen Männer meiner Zeit, Johannes Sturmius ausgenommen, zu fürchten, der mörderische Hader unter den Christen Europas werde unausweichlich zur Eroberung Europas durch die Türken führen. Mir dagegen erschienen die angeblich so schrecklichen Türken in Ungarn als die leutseligsten und liebenswürdigsten Menschen. Daß es unter ihnen Persönlichkeiten gibt, die ebenso halsstarrig wie willensstark sind, kann ein Mensch von gesundem Verstand, der ihnen begegnete, keinen Augenblick bestreiten. Von dieser unerbittlichen und unbeugsamen Geistesart rührt es her, daß sie das größte und einflußreichste Reich auf Erden besitzen. Doch sind sie auch in hohem Grade kultiviert und scheinen geneigt, an des Weltreichs Reichtümern ihre Untertanen teilhaben zu lassen, denn diese leben, anders als ihre Landsleute unter habsburgischem Szepter, in Wohlstand und Zufriedenheit. Die Türkei hat ihren Ruhmesgipfel unter dem verstorbenen Sultan Suleiman erlangt, und ihre Grenzen reichten, obwohl sie kürzlich am Golf von Korinth durch ein von Spanien angeführtes Bündnis eine schwere Niederlage auf See erlitten hat, in der Zeit, über die ich schreibe, von Persien bis Marokko, das Schwarze Meer war damals ein türkischer See, und ihre Korsaren bedrohten noch immer jedes Schiff, das es wagte, das Mittelmeer zu befahren.

Sultan Abdul von Buda und Pest war ein unscheinbarer, aber höchst welterfahrener Mann, der einige Sprachen beherrschte, von denen ich nie vernommen hatte. Oft unterhielten wir uns bis spät in die Nacht, anfangs auf Englisch und Französisch und zum Schluß nach Mitternacht auf Italienisch, wenn er einen Saft der merkwürdigsten Art schlürfte, der seinen Redefluß ungemein belebte. Ich kostete den Saft, doch sagte er mir nicht zu. In der Zeit vorher trank er Beerensaft und bewirtete mich, entgegen den Gesetzen seines Glaubens, mit schwachen, aber kostspieligen Weinen aus den entlegenen Bergen Georgiens, dem Lande des Goldenen Vlieses, während er leise Geschichten von der

Türkei und ihrem Weltreich erzählte. Er war der festen Überzeugung, daß der neue Sultan und seine Berater, da es in der Vergangenheit manche Schwierigkeiten gegeben habe, gewisse habgierige Generäle und Admiräle im Zaum zu halten, nunmehr die Absicht hätten, das türkische Herrschaftsgebiet auf die Länder der Moslems zu beschränken. Ungarn sei eine Ausnahme, sagte er, weil die Sprachen miteinander verwandt seien und die Ungarn einst in enger Nachbarschaft mit den Türken und Chasaren gelebt und darum viele Gebräuche mit ihnen gemein hätten. Mir war in der Tat aufgefallen, daß die Ungarn und die Türken imstande zu sein schienen, sich untereinander zu verständigen.

Blicke ich zurück aus meinem Klappstuhl in Hackney, wird deutlich, daß ich ein leichtgläubiger Zuhörer war, denn acht Jahre später unternahmen die Türken abermals einen wilden Angriff auf Wien, und es ist kaum daran zu zweifeln, daß die Türken im Falle eines Erfolges ihr Herrschaftsgebiet zu meinen Lebzeiten auf Schottland, Schweden und Finnland ausgedehnt hätten, letzteres ein weiteres Land, für das mein umsichtiger Freund ein warmes, vetterliches Interesse zu hegen schien. Aber ich bin nun einmal ein leichtgläubiger Mensch. Ich weiß um diesen Zug meiner selbst, doch ich kenne dagegen kein Heilmittel. Ich, der ich jedermann in meinem Leben allzu leicht vertraute, warum hätte ich einem höchst wohlwollenden türkischen Sultan nicht trauen sollen, vornehmlich wenn er seinen Beerensaft beiseite stellte und mit Wein und türkischen Versen einen Trinkspruch auf den Frieden und das Glück Englands ausbrachte? Weder er noch ich, unseren Herrschern treu ergeben, erfuhr je, welcher Art die Botschaft für Konstantinopel war, weil sie mit einem Gegensiegel versehen war. Ich mußte lächeln, wenn ich daran dachte, wie nachlässig sie zu ihm befördert worden war, als er mir versicherte, die geheime Botschaft der Königin sei bereits mit fünfhundert seiner vertrauenswürdigsten Soldaten zu seinem Herrscher unterwegs.

Was mich an Budapest am meisten in Erstaunen versetzte, war die nahezu vollkommene Ordnung, mit der die tributpflichtige Provinz verwaltet wurde. Es trifft zu, daß eine kräftige Abgabe gefordert und von jeder Ernte und jedem Handelsgeschäft in voller Höhe beigetrieben wurde, doch war das Land so reich, daß für jedermann genug übrigblieb. Dennoch beklagte sich Sultan Abdul öfter bei mir, er wünschte, es stünde ihm frei, seinen Teil Ungarns weniger zu schröpfen, weil er sehe, wie das freie Transsylvanien immer mehr erblühe und die Mittel habe, Lehranstalten zu errichten und Lehrer und Erfinder aus anderen Ländern an diese zu berufen, was wiederum dazu führe, daß der Reichtum aus Handel sprunghaft anwachse. Sei das, wie es wolle, jeder Einwohner kannte seinen Platz und seine Vorrechte ebenso genau wie die Grenze, an der sie endeten. Feste im Palast finden in verschiedenen Sälen und zur selben Zeit statt, und der Raum, in dem jemand sitzt, entspricht seiner Stellung. Die Frauen können nicht bei den Männern sitzen. In allen Sälen spielen Musikanten auf inneren Balkonen. Einige hatten nur zwei, der Große Saal dagegen ihrer zehn. Da in allen Räumen die gleichen Melodien erklangen, war der ganz Palast ein einziger Gesang. Die Musik war zumeist wohltönend, doch der unseren nicht ähnlich. Sie vereinigte das behendeste Zitherspiel, das ich je hörte, mit langgezogenen Zupftönen sonderbarer Instrumente.

Es herrscht in Ungarn auch Einverständnis darüber, welche Speisen jemandes Stand ihm zu essen erlaubt. Silber und Porzellan sind den besten Tafeln im Palast vorbehalten. Zinn wird vom niederen Adel benutzt, den Mitgliedern der Gilden, Ärzten und Gelehrten. Der Landmann ißt von hölzernen Tellern, oft aufs schönste mit Schnitzereien verziert, und an jedem Festtag, von denen es nicht wenige gibt, hat er das Recht, für sich und seine Familie ein Kalb in Brühe zu kochen.

Überall herrschte Mäßigung. Obgleich die Religion mohammedanisch war, hielten kleine, in gutem Stande gehaltene christliche Kirchen überall auf dem Lande ihre Gottesdienste ab. Obwohl das Trinken nach ihren heiligen Schriften verboten ist, mangelt es nicht an Wirtshäusern für Andersgläubige. Die Juden werden nicht in ein besonderes

Viertel gepfercht, sondern leben friedlich überall, wenngleich mir schien, daß sie sich in der Hauptsache mit Einfuhr- und Ausfuhrgeschäften befaßten. Türkische Frauen tragen Schleier, was sie nicht daran hindert, ihre Schönheit durch ihre Augen sprechen zu lassen, doch ungarische, christliche und jüdische Frauen gehen ohne Schleier. Die Straßen sind die am besten gepflasterten, die ich irgendwo gesehen habe, und sie gehen gleichmäßig, von Pappeln überschattet, wie die Speichen eines Rades von Budapest aus. Abermals erröt' ich, daß ich es jetzt sage, doch ich werde es tun: das Ungarn, das ich damals sah, war, obgleich geteilt und zu großem Teil in fremden Händen, eines Landes Bild, dem wieder ähnlich zu werden ich Britannien von Herzen wünschte. Ich befand, daß dieser Gedanke eines de Vere nicht würdig sei, und schob ihn fort.

Es war das Ende eines ausnehmend warmen Monats Mai, und der Sultan hatte beschlossen, unsere Abreise mit einem Festessen im Freien zu feiern. Es wurde in riesigen Eisentöpfen zubereitet, und sein Mittelstück bestand in einem ganzen Ochsen, gedreht an einem riesigen Spieß, der, einer Belagerungsmaschine sehr ähnlich, dazu bestimmt zu sein schien, eine Burg zu bezwingen. In das Innere des Ochsen wurden der Reihe nach ein Kalb, ein Truthahn, ein Kapaun und ein Hase gestopft, und die ineinander gefüllten Tiere mit Butter, Hafergrütze und Gewürzen verbunden. Es war ein Spektakel, das sich mit einem Festessen in Paris messen konnte, und im übrigen waren die Speisen scharf gewürzt. Beim Blick auf die Menschenmenge, die uns, während wir speisten, umwogte, hatte ich Grund zu wünschen, ich wäre nicht Poet, sondern Maler. Es waren nicht nur Ungarn aus allen Landesteilen darunter, Köpfe und Leiber in grellfarbene Wolldecken gehüllt, sondern auch Serben, Kroaten, Montenegriner und Zigeuner, die stolzesten und würdevollsten Zigeuner, die ich je gesehen hatte.

Unsere Abreise nach Venedig sollte indes nicht wie geplant vonstatten gehen. In der Woche zuvor war der Sultan so freundlich gewesen, mir seinen Harem anzubieten oder, genauer gesagt, er hatte mir freigestellt, unter der Schar der Hürchen zu wählen, welche seinen vier Ehefrauen aufwarteten. Man hat mir erzählt, daß die wilden Robbenjäger in Grönland halb erfrorenen Gästen ihre eigenen Ehefrauen anbieten. Der Sultan hatte mir lediglich geraten, mich vor dem größten der Mädchen zu hüten, was mir nicht gerade leicht fiel, denn dieses Mädchen war auch das schönste, hatte eine nach Moschus duftende Haut, eine Adlernase und Haare, die gleißten wie glatter schwarzer Granit.

Der Harem war der heiterste Ort, an dem ich je weilte. Alle Räume waren gekachelt und ähnelten mit ihren hochgewölbten Decken privaten Kathedralen. Springbrunnen plätscherten, und prunkvolle afrikanische Vögel zwitscherten in eingetopften Bäumen. Ich wurde entkleidet und in einen Raum mit einem flachen Badebecken geführt, wo zwei der Mädchen mich wie einen Säugling mit Seife und Schwamm reinigten. Während der ganzen Zeit blickte mich das große Mädchen mit einem halben Lächeln an. Ich fragte mich, ob es wußte, daß man mich vor ihm gewarnt hatte. Keines der Mädchen hatte Bildung, und darum gab es keine Sprache, in der wir uns unterhalten konnten, doch es verstand sich von selbst, daß eine auffordernde Geste genügte. Ich wollte mich gerade einem untersetzten, aber hübschen Mädchen zuwenden – mit Ausnahme der ältesten Gattin des Sultans gab es in diesem Harem kein reizloses Geschöpf –, als die großgewachsene Dirne wortlos ihr Oberkleid zur Seite zog, um ihre Brüste zu enthüllen, bei welchem Anblick ich ihr auf der Stelle einen Wink gab. Das zweideutige Lächeln wich nicht von ihren Lippen, als der ehrwürdige Eunuch sie bei der Hand nahm und mir zuführte. Diese Leidenschaft schuf mir viele Leiden.

Abdul gab sich mit gequältem Lächeln selber die Schuld, mich nicht nachdrücklicher gewarnt zu haben. Das Mädchen habe mich mit der Lustseuche angesteckt, doch sei es bloß eine leichte Erkrankung, an der er selber leide und die, wie er sagte, rasch kuriert werden könne. Die Reinheit des Harems ist ein Lügenmärchen, wenn der Mann, der ihn unterhält, selber befleckt ist. Jetzt lernte ich ein neues

Gemach des Harem-Badehauses kennen, eine tiefe Schwitzbadewanne genau derselben Art, wie wir sie in England zum selben Zweck brauchen, nur daß diese aus braunem Marmor bestand. Darin sott ich jeden Tag mehrere Stunden, bis ich die Farbe eines gekochten Krebses oder Hummers hatte, während der bekümmerte Sultan, in ein kostbares Badetuch aus Bursa, der alten Hauptstadt der Türkei, gehüllt, am Rande der Schwitzwanne kauerte. Der Dampf wirbelte um seinen haarlosen Körper, als sei er ein Hexenmeister. Zuerst erzählte er Geschichten, wie er es immer tat, doch plötzlich sprach er ganz anders.

Teurer Freund, ich bin schuldig geworden an Euch. Es war Zufall, der uns, fern von unsren geliebten Ländern, zusammenführte, wie es geschehen ist. Es war Zufall, einzig und allein, der mich Euch als Freund enttäuschen ließ, und doch werde ich mir das nicht verzeihen. Doch wenn der Zufall uns in einer zukünftigen Zeit begegnen läßt, wisset, daß ich Euch nicht noch einmal enttäuschen werde. Sollten wir uns in Konstantinopel begegnen, wird Euch eine Aufnahme zuteil werden, die einem Sultan zukommt, und wenn das Schicksal uns in London zusammenführt, wollt Ihr vielleicht ein Sultan sein, und ich werde Euer Bruder sein.

Ich hob meine Hand aus dem brodelnden Wasser und legte ihm den Finger auf die Lippen, um ihn zum Schweigen zu bringen. Ich wußte, wovon er sprach, doch ich mochte nicht fremden Schutz in Anspruch nehmen, um den persönlichen Stürmen meines Lebens zu entrinnen. Das Thema kam nicht mehr zur Sprache, obgleich das Flüstern der Verlockung sich weiterhin vernehmen ließ. Abdul machte sich daran, mich zu heilen, als sei er mein Arzt. Tagelang vernachlässigte er fortwährend seine Pflichten, um neben mir an der Wanne zu sitzen und anschließend mit mir durch Meere von Purpurweizen zu reiten, bis ich in kaltem Schweiß stand und schauerte, worauf als Heilmittel ein weiteres Eintauchen in die Schwitzwanne folgte. Ich hatte das Gefühl, mich im Dampf aufzulösen.

Daß ich von der Lustseuche befallen war, hatte ich erstmals am Tage des Abschiedsfestes gespürt. Jedesmal wenn ich Wasser ließ, verzehrte mich ein sengender Schmerz in der Harnröhre. Ich konnte nichts anderes tun, als in stummer Qual zur Decke blicken. Die sich abwechselnden Bäder und Ritte über Land begannen allmählich Wirkung zu zeitigen. Die einzige Nahrung, die mir der Sultan zehn Tage lang zukommen ließ, bestand in kostbaren Blutorangen, die aus Marokko nach Ungarn gebracht wurden. Sie wurden höchst köstlich aufgetragen, in Schnitze zerteilt und in parfümiertem Blütenwasser schwimmend. Anfangs verzehrte ich sie überaus gern, doch sie wurden mir ohne Unterlaß in riesigen flachen Messingschalen vorgesetzt, und bald wurde mir klar, daß die Orangen weniger als Nahrung, denn als bitter-süße Medizin dienten. Mir wurde von Vashti aufgewartet, meiner plötzlich sehr geläuterten Dirne, die, wie ich der ausweichenden Antwort des Sultans entnahm, nicht mehr im Harem war und nunmehr den Schleier trug. *Ich liebte sie einstmals und habe ihr Unrecht getan, doch sie war bloß eine Perserin*, sagte er. Sie nötigte mich, das Blütenwasser auszutrinken, wozu ich mich nach langem Zögern bereitfand, denn es hatte viele weitere stumme Qualen zur Folge. Wenn ich die Flüssigkeit trank, legte sie ihre Finger auf meinen Arm und blickte mich mit Sorge und Mitgefühl an. Da man mir Handschuhe übergestreift hatte, war es Vashti, die mein Gesicht kratzte, wenn es mich juckte. Wir hatten keine Sprache, in welcher wir hätten ausdrücken können, daß wir einander verziehen, darum taten wir's mit einem Lächeln.

Die letzte in Maßen verschwenderische Erwerbung meines Lebens war ein junger marokkanischer Blutorangenbaum, den ich, nachdem Elizabeth und ich uns nach King's Place zurückgezogen hatten, mittels einer Bestechung bei Andrew bestellte, dem Gärtner der Königin, der lange Zeit erster Gehilfe von Burghleys berühmten John Gerard gewesen war. Wäre es John selbst gewesen, hätte er mir den Baum umsonst gelassen. Aus welchem Grund auch immer, Hackney ist einer der wenigen Orte in England, wo der Orangenbaum üppig gedeiht. Zehn Jahre sind vergangen, und mein Baum wird groß und trägt Früchte, obwohl man sich glücklich schätzen kann, wenn er in einem guten Jahr vier Orangen hervorbringt; unser englisches Klima ist dem Exotischen nicht günstig. Auf diese Weise erhalt' ich mir eine duftende Erinnerung an eine Zeit meines Lebens und an die traurigen Augen und die Liebkosungen der schönen Vashti.

25

Ich war nicht geheilt, als wir nach Venedig aufbrachen, doch zumindest war die sengende Pein einem simplen Schmerz gewichen. Hinter dem eindrucksvollen Balaton-See verwandelten sich die gutgepflasterten Straßen nach und nach in Reitwege, aber diese waren trefflich ausgetreten und verursachten keine Schwierigkeiten. Als wir Ungarn verließen, löste ein Kauderwelsch das andere ab, denn wir gelangten in die südlichen Landstriche des Russischen Reiches, über das der Zar herrschte. Den Leuten gereichte es unleugbar zum Vorteil, daß sie so weit von Moskau entfernt waren, denn sie hatten weder die dunkle und sackartige, schlechtsitzende Kleidung noch die mürrischen Mienen der Russen, welche ein Jahrzehnt später unseren Hof besuchten, als die Königin Zar Iwans Heiratsantrag ablehnte und ihnen statt dessen riet, sich jeden Gedanken an Vereinigung aus dem Kopf zu schlagen und lieber dafür zu sorgen, daß, sollte in einem der beiden Königreiche ein Unglück geschehen, der eine Herrscher im Reich des anderen sichere Zuflucht finden könne. Ihr Provinzfürst stellte nach allem, was wir in Erfahrung bringen konnten, an sie keine großen Ansprüche.

Jedes Haus und Dorf entlang des Weges, wo wir anhielten und um Wasser baten, begrüßte uns mit Gaben köstlichen gesalzenen Brotes, dem man die Form von Tieren gegeben hatte, und einem bekömmlichen starken Branntwein aus gegorenem Roggen und Pflaume. Im Tausch dafür, wie bald offenkundig wurde, wählte sich eine Tochter oder junge Frau freimütig ein Halstuch oder eine Kappe aus, zur Erinnerung an unseren Besuch. Es brauchte einige Zeit, ehe Edward und ich dahin kamen, uns vor solch einem Halt weniger elegant zu kleiden.

Die einzige ansehnliche Stadt, auf die wir trafen, bevor wir nach Italien gelangten, war Laibach oder Ljubljana, eine Stadt mit einem Doppelnamen und einer doppelten, deutschen und russischen, Geschichte. Sie verfügt über ein herrliches Schloß und hätte, wäre mein Gesundheitszustand ein anderer gewesen, eine gute Zwischenstation abgegeben, doch ich fühlte mich, seltsam genug, reitend wohler als rastend, und so trieb ich uns weiter. Edward, der mir ein wenig ärgerlich geworden war, weil er etwas zu ausgiebig für meine Gesundung gebetet hatte, wollte in Laibach verweilen, weil es eine katholische Stadt war, doch ich wies ihn darauf hin, daß Italien, just vor unserer Nase, mehr Kirchen hätte als er Gebete.

Wir erreichten Italien bei Monfalcone am Adriatischen Meer und reisten nach San Dona weiter, bevor wir am nächsten Morgen nach Venedig ritten. Der milchweiße Ausfluß der Wunde, welche die Leidenschaft mir geschlagen, hatte zum Glück aufgehört, wenngleich mir die Schmerzen noch immer ein wenig zu schaffen machten. Ich hatte in Cambridge jedes Buch gelesen, das von Venedig und seiner Geschichte handelte, von der Zeit der ersten Verbannten, die in seinen Sümpfen Zuflucht suchten, bis zur Höhe seiner stolzen Unabhängigkeit. Wir erfuhren, daß alle Holzbrücken Pferde tragen konnten, und so zogen wir die *calli* entlang und über die Schiffsbrücke des Canal Grande, bis wir den Palast erreichten. Ich brauchte von niemandem Auskünfte, denn in mir ward alles, was ich gelesen, lebendig. Da lagen immer noch die Gruppen von Gebäuden, wie von Cassiodor beschrieben, jede auf ihrer kleinen Insel, wie Nester von Seevögeln auf den Wassern schwimmend. Dort, an der Riva degli Schiavoni, wo nun die einstöckigen Häuser standen, auf deren Dächern Wäsche hing, war der Platz, an welchem Petrarcas Haus stand, flankiert von zwei Türmen der Art, wie sie in allen Städten emporschossen, die es seit langem gewohnt sind, nach Seeräubern und Heeren Ausschau zu halten. Da war der prächtige alte Ca'd'Oro im lombardischen Stil, in dessen Balkonen, Fenstern und runden Nischen römisches Licht und byzantinischer Schatten spielten. Unsere Pferde wurden an einen gewaltigen Holunder nahe der Procuratie

Vecchie gebunden und mit Glöckchen ausgestattet, wie es das Gesetz in Venedig verlangt, damit die Leute, wenn sie auf den schmalen *fondamenta* um die Ecken biegen, nicht überrascht und niedergetrampelt werden. Als ich dort weilte, gab es viele, die sich alle Pferde, ausgenommen die des Dogen, aus der Stadt verbannt wünschten. Ich weiß nicht, wie dieser Streitpunkt wieder aus der Welt verschwand. Gewiß taugten einige der schwarzen Gondeln, welche die Kanäle befahren, nach Zahl und Größe durchaus dazu, alle Bedürfnisse der Stadt zu erfüllen, obwohl ich selbst die Meinung hegte, daß die meisten der Gondoliere niederträchtige Burschen von gefährlichem Aussehen waren.

Es kam mir im höchsten Maß ungelegen, so unvermittelt und noch dazu durch eigne Schuld einer Stadt entrissen zu werden, die mir so neu und aus meinen Träumen so vertraut war. Doch nachdem wir empfangen worden waren und unsere Briefe am Hof übergeben hatten, fragte ich den Hofarzt wegen meiner Unpäßlichkeit um Rat. Er schnüffelte an einer Glasschüssel mit meinem Urin und hielt sie ins Licht, ehe er mir den Rat gab: *Verfügt Euch eilends nach Padua, guter Lord. Es gibt dort einen berühmten Arzt, der sonderbare Leiden und böse Ausflüsse zu kurieren weiß.* Ich mußte eine Weile in Venedig bleiben, weil mein Geld nicht rechtzeitig eingetroffen war, doch dann brach ich auf und machte mich zornig auf den Weg nach Padua, mit dem Vorsatz, so rasch wie möglich in die bewunderungswürdigste aller Städte zurückzukehren. Die beiden Städte sind weniger als eine Tagesreise voneinander entfernt. Tatsächlich sollten viele Monate verstreichen, ehe ich Venedig wiedersah, und auch dieser Besuch sollte nur von kurzer Dauer sein. Das war mein Venedig, und das war beinahe der grausamste Scherz meiner Reise.

Padua war einer der Orte gewesen, dessen Besuch ich geplant hatte, und doch regierte auch hier der Gott Zufall, so daß ich von Italiens ältester Stadt nicht mehr als von Venedig zu sehen bekam. Ein Brief meines Pondus gab großer Besorgnis Ausdruck, denn er hatte gehört, in Padua seien zwei englische Edelleute getötet worden. In Wahrheit waren es zwei vornehme Herren aus Polen, die man umgebracht hatte. Die Italiener nennen, aus welchem Grunde auch immer, alle Ausländer *Gentiluomini Inglesi.* Das ist, fürcht' ich, nicht gerade ein Kompliment.

Wir wurden in aller Form von den beiden venezianischen Statthaltern Paduas im Palazzo della Ragione empfangen. Aber Fra Giovanni, der mein Leiden gänzlich kurieren sollte, hatte die Stadt verlassen, um den Statthalter von Verona, das Venedig ebenfalls untertan war, zu behandeln. Es stand uns nicht frei, Padua zu verlassen, denn zuvor mußten wir am folgenden Tag im riesigen und säulenlosen Rathaus gebührend bewirtet werden, mit dem Ergebnis, daß das Salz oder die Würze in der Suppe mich die ganze Nacht in meinem Schlafgemach rasende Tänze aufführen ließen. Wir brauchten nicht lange bis nach Verona, doch auch dort war kein Fra Giovanni. Er hatte sich nach Bologna begeben, um den Statthalter von Verona zu kurieren, der dort erkrankt war. Obgleich Bologna eine Stadt des Papstes geworden war, betrachtete man sie nicht als einen für Engländer gefährlichen Ort. Nachdem ich meinen priesterlichen Arzt gefunden hatte, machte er sich erbötig, mich nach der Beichte zu behandeln. Ich kam seiner Aufforderung sogleich nach. Seine Untersuchung bestand auch darin, daß er anhaltend in meine Augen starrte, während er mir seinen üblen Atem ins Gesicht blies, und seine Rezeptur erwies sich als eine gleichermaßen stinkende Mixtur aus zerstoßenen Kräutern und Wurzeln. Mag's an seiner Arznei oder einfach daran gelegen haben, daß die Krankheit an ihr Ende gelangt war, ich hatte nie wieder Beschwerden dieser Art, wenn ich auch zweifle, ob ich heute, angesichts meines gegenwärtigen Leidens, einer solchen Kränklichkeit überhaupt Beachtung schenken würde.

Ob gereinigt oder geläutert, jetzt konnte ich damit anfangen, das Italien zu genießen, das ich bis jetzt mit wenig Begeisterung betrachtet hatte. Der bresthafte Reisende nimmt einzig ein Grabmal wahr. Bologna machte Eindruck auf uns, wenngleich es ein wenig trübselig ist, verglichen mit Padua und Verona, die ihrerseits einen Hang hatten,

Venedig nachzueifern. Da Bologna eine der Städte des jungen Dante war, las ich während unseres Aufenthaltes das *Purgatorio* und fand es just so ermüdend, wie ich es in Erinnerung hatte, obwohl ich sein Unbehagen über den steten Wechsel der Regierungsarten mitempfand. Wir stießen südlich bis nach Florenz und Siena vor, verbrachten in jeder Stadt ungefähr drei Wochen und nahmen an allen ihren Turnieren und Festlichkeiten teil. Es gibt in ganz Italien keine besseren Städte.

Es versteht sich von selbst, daß die Vergangenheit Sienas interessanter, wenngleich weniger freundlich ist als ihre jetzige Lehnspflicht gegen Florenz und die Herrschaft der Medici, die ihrerseits nur ein Privileg von König Philipp ist. Spanien regiert noch nicht über Italien, aber es beaufsichtigt das Land und ist jederzeit gerüstet, die Herrschaft zu übernehmen. So ist denn Siena stolz auf eine Unabhängigkeit, von der man weiß, daß man sie ausprobiert und sie sich als trügerisch erwiesen hat. Die Stadt ist die Alchimistenküche der Freiheit gewesen, und alle ihre fehlgeschlagnen und teilweise erfolgreichen Ideen leben noch in den Köpfen ihrer hoffnungsvollen Bürger, wenn auch ihr Schmelztiegel ein unechtes Metall enthält. Ihre Tradition, Parteien zu bilden, hat stets für Unbeständigkeit gesorgt, denn die Parteien der Mehrheit, der Mitte und der Minderheit haben sich ohne Ende in einem entschlossnen Kampf um die Vorherrschaft miteinander verbunden und wieder getrennt. An einem Punkte wurde der Adel von der Herrschaft gänzlich ausgeschlossen, erhielt darauf wieder einen Teil davon, der ihm nach dem Tode des Sieneserpapstes im letzten Jahrhundert abermals verlustig ging. Alles, was man sagen kann, ist, daß die Stadt durch Hunderte von Jahren zumeist in den Händen unwissender, unbeugsamer und ungestümer Männer war, wobei es hier und da fruchtbare Zeiten ungeheurer Blüte gab, ehe die Unordnung wieder einsetzte. Gleichwohl steht es mit den Künsten in Siena zum besten, wozu vielleicht beigetragen hat, daß während der Jahrhunderte der Demagogenherrschaft die Bautätigkeit lange ruhte, so daß die Stadt von geschmacklosen

Neuerungen verschont blieb. Die Handwerker fertigen bessere Holzschnitzereien, edlere Kacheln und Geschirr an, als man sie irgendwo anders in ihrem Lande findet. Ihre Wandmalerei mit ihrer großen Lebendigkeit und Farbigkeit gehört zum größten Teil der Vergangenheit an, doch es gibt jetzt viele Poeten, Schriftsteller und Geschichtsschreiber. Die Poeten tun sich schwer, weil sie sich, wie auch die unsren zuweilen, zu sehr an die alten lateinischen Versmaße klammern. Ich fand die Geschichtsschreiber am interessantesten und verwickelte mich häufig bis tief in die Nacht mit ihnen in Dispute. Manchmal hatten wir uns kaum bis in die Zeiten von Pandulpho dem Großen zurückgekämpft, als schon die ersten Strahlen der Morgendämmerung die Wandbilder erleuchteten. In allem, was sie tun, blicken die Sieneser unverwandt in das Zentrum ihres Stadtstaates. Ich war überrascht, festzustellen, daß Siena von Engländern überquoll. Manche kommen, um in Ehrfurcht vor den alten Gebäuden und Kunstwerken zu verharren, andere, jüngere Reisende, um das endlose Experimentieren mit der Regierungsform zu bestaunen, blind gegen die Tatsache, daß alle Versuche schlecht ausgingen. Ich ging diesen Landsleuten, wann immer ich konnte, mit Anstand aus dem Wege. Wieviel Italienisch sie auch können, sie bedienen sich seiner mit einem salbungsvollen, blasierten Lächeln, ohne zu bemerken, daß ihre Zuneigung zu Italien oft nicht erwidert wird, selbst nicht in Siena, der höflichsten unter den italienischen Städten.

Florenz ist nichts weniger als aristokratisch. Hier fühlte ich mich am meisten zu Hause, fand Gefallen am Schnitt und Fall ihrer Kleidung, den geprägten Ledereinbänden ihrer vielen Bücher, der Sorgfalt und Genauigkeit, mit der sie sprechen. Es ist wahr, daß die künstlerischen Zierden der Stadt der Vergangenheit angehören, doch zu dieser Vergangenheit gehören immerhin sowohl Dante und Boccaccio als auch, wie ich einräumen muß, Machiavell, wenngleich es den Anschein hatte, als übe er auf die Stadt seiner Geburt weit geringeren Einfluß aus als auf den Englischen Hof. Während ich mich in Florenz aufhielt, versuchte ich abermals, Dante zu bewundern, doch mein Gewinn war kein größerer. Er mag vielleicht ein großer Dichter sein, doch gibt's ein gewisses Etwas, einen Mangel an Übereinstimmung zwischen unsren Seelen, wofür man keinen von uns beiden tadeln kann. Wann immer das Gespräch auf Dante kam, was häufig geschah, setzte ich mit Nachdruck meine tiefe Begeisterung für Boccaccio dagegen. Meine Gastgeber verwunderten sich des öfteren über die Ausführlichkeit, mit der ich seine Geschichten zu rezitieren wußte, und mich traf unerwartet die kräftige Salve unseres Chaucer, mit der mein Kompliment erwidert wurde. Ein belesener junger Medici erstaunte selbst mich, als er meines teuren Onkel Thomas' »Liedchen über das Bild des Todes« vortrug, das ich später in meinem Stück dem Totengräber als falsches Zitat in den Mund legte. Die Florentiner können sich großen Wohlstands und langer Stammbäume rühmen, doch ist ihre Stadt einmal vor langer Zeit von der Pest verheert worden, und dieses Unglück hat sich als ernste Gemütsverfassung den Nachgeborenen aufgeprägt, obgleich auch sie den edlen römischen Brauch des Zechgelages pflegen.

26

Des Kesselflickers Weib trug mir aus der Stadt eine Geschichte zu, von einem jungen Mann und seiner Verlobten, die von der Pest befallen wurde, just am Vortage ihrer Hochzeit, welche man auf diesen Abend vorverlegte, so daß sie, an seiner Seite stöhnend, in einer leeren Kirche und von einem Priester, der großen Abstand wahrte, vermählt werden konnte. Als die Worte, die das Paar vereinten, gesprochen waren, fiel die Braut tot zu den Füßen ihres Gatten nieder, worauf er vor Kummer und Entsetzen aus der Kirche floh. Ich wollte wissen, welcher selbstmörderische Priester wohl zu einer solchen Hochzeit ermutigt haben könne, wer denn die Trauzeugen bei dieser tragischen Geschichte in der leeren Kirche gespielt habe und welche Kirche es denn genau gewesen sei. Doch natürlich wußte sie's nicht. Solche herzzerreißenden Geschichten und Stücke sind's, welche die Leute wollen. Einst verstand ich mich auf so etwas recht gut, doch jetzt find ich keinen Gefallen daran. Es ist kurios, mit welcher Begeisterung der Vorfall mir berichtet wurde, als wär's eine lustige Anekdote, die mit mir überhaupt nichts zu tun hatte. Es ist allein die Raschheit der Geschichte, die mir wirklich gefällt. Die langsame Gangart wird mich nicht kümmern, sollt' ich mich durch einen raschen Umschwung des Geschicks erholen, doch wenn trotzdem der langsame Leichenkarren kommen sollte, wie ich glaube, werd' ich dem Tode nicht mit Furcht, sondern mit Verachtung entgegentreten.

27

Ich hatte eine Handvoll meiner Schauspieler in Venedig gelassen, damit sie sich mit der dortigen Schauspielkunst vertraut machten, und war froh, daß Florenz für jene, die mit mir gereist waren, gleichermaßen von Nutzen war, weil die hiesigen Schauspieler sehr versiert waren. Edward und ich wohnten am Rande einer schönen Ebene, Valdarno genannt, auf dem Landsitz eines Hofmanns. Von einem nahen Berghang sahen die Gärten Valdarnos wie das verschlungene Muster einer Bettdecke aus. Hier wohnten alle Florentiner von Stande, ausgenommen der Herzog. Unsre Diener waren im Armenviertel der Stadt untergebracht und kamen jeden Morgen zu uns. Zu den ergötzlichen Vorzügen unserer Wohnung gehörte ein winziges Lusthäuschen, das auf den Hängen hinter dem Landsitz erbaut war. Ein komplizierter Irrgarten aus Hecken und Blumenbeeten führte zum Häuschen, dessen Wände mit nackten Frauen und Satyrn bemalt waren. In seinem Inneren gab es nichts außer einem Lederbett, Gläsern und Flaschen toskanischen Weins. Doch ich hatte gerade meine volle Gesundheit wiedererlangt, und darum lächelte ich bedauernd und schüttelte den Kopf.

Es setzte gerade eine herbstliche Abwanderung der Adelsfamilien ein, denn das Wetter wurde rauh. Man erklärte uns, daß jedes Jahr um diese Zeit vornehme Familien und ihre Dienerschaft aus ganz Italien ihre Angelegenheiten ihren Verwaltern überließen und sich nach Sizilien einschifften, um sich dort der ländlichen Muße hinzugeben. Sizilien wird vom König von Neapel regiert, doch es herrscht zwischen allen Stadtstaaten das ungeschriebene Gesetz, daß während dieser Spanne althergebrachter Ruhe zwischen den Staaten oder Familien keinerlei Feindseligkeiten aufkommen dürfen. Ich sollte hinzufügen, daß dieser alte Brauch etwas Komisches an sich hat, denn die Sizilianer selbst pflegen die heilige und grausame Tradition der Familienfehden, die nicht nur zwischen verschiedenen Familien, sondern auch zwischen Zweigen derselben Familie bestehen können, und obwohl die guten Dienste der *parolanti* gelegentlich Todesopfer verhindern konnten, war dieser Ausgang nicht der gewöhnliche. Die erlauchten herbstlichen Besucher jedoch durften von sizilianischen Bräuchen höchstens durch müßige Erzählungen etwas erfahren. Selbst die Seeräuber begriffen, daß es gefährlich war, in der Jahreszeit zwischen September und November ihr Geschäft auszuüben, denn dies war die Zeit, in der alle Schiffahrtswege höchst sorgsam überwacht wurden.

Da ich wieder nach Norden reisen mußte, um meine Leute in Venedig abzuholen, und überdies begierig war, die Städte der Toskana gründlich in Augenschein zu nehmen, was mich gezwungen hätte, beim raschen Durchzug nur ein Mindestmaß an Förmlichkeit zu beachten, kamen wir überein, daß wir drei Wochen nach Norden reisen und dann von einem trefflichen Handelsschiff, das meinem florentinischen Gastgeber gehörte, in Empfang genommen werden sollten, das uns in nur wenigen Tagen geradewegs nach Palermo bringen würde. Wir hatten die Absicht, vier Städte zu besuchen, doch war schon in der ersten die Gastfreundschaft so groß, daß mir am Ende nicht einmal die Zeit blieb, nach Venedig zu gelangen und ich meinen Schauspielern vorab die Nachricht zukommen lassen mußte, sie sollten mich dort in zwei Monaten erwarten.

28

Und so brachen wir auf nach Mantua, dem Schauplatz der ersten einfältigen dramatischen Leidenschaft meiner Jugend, *Romeus und Juliet*, dieser überreifen Liebesgeschichte, die wir viele Jahre später trefflich nutzten, John und ich. Ich kannte diesen Ort seit langem aus den Erzählungen meines Musiklehrers. Die Reise nach Mantua war der Zug eines kleinen Fürsten. Ich hatte nur fünfzehn Männer im Gefolge, doch alle waren sie anstellig und angenehm. In Florenz hatten wir zusätzlich ein paar Lakaien angeworben, aufgeweckter als die Diener vieler reisender Edelleute. Insgesamt waren es, sagen wir, zwei Dutzend Männer und Knaben; die genaue Zahl hab' ich vergessen.

Zum Glück pflegt in Italien ein Edelmann auf Reisen seine Postpferde und Kutschen, wie jeder Engländer aus der Stadt, zu mieten, was uns in Florenz gut zupaß kam, weil viele Kutschen zu haben waren. In Venedig hatte die unliebsame Schwierigkeit darin bestanden, daß sechs Equipagen wartend dastanden und bereits andren Mietern fest zugesagt waren, meistens nach Mailand bestimmt, und es teuer zu stehen kam, wollte man überhaupt eine bekommen. Ich schickte meinen zweitliebsten Diener, Deny, nach Florenz, um Kutschen zu mieten. Er war des Italienischen nicht mächtig, doch sein Französisch war trefflich, und er wurde Deny, der Franzose, genannt. Es hatte uns überrascht, daß man in Italien selbst in der Provinz Französisch verstand.

Man hielt es hier so: eine doppelte Mietgebühr wurde in Genua und Venedig erhoben, doch nach dieser kecken Prellerei war die Rückfahrt kostenlos, und die Hälfte der Kutschen kehrte leer aus Florenz oder Rom zurück. Denn der Engländer, der Franzose und der Spanier entschloß sich unweigerlich, eine weitere Saison in Italien zu verbringen.

Der Verkehr verlief fortwährend nur in einer Richtung. Es bedurfte keiner großen Mühe, die Kutscher mit ein paar Dukaten bestechen zu lassen. Auf diese Weise sicherten wir uns rasch fünf schöne und angemessene Kutschen, so daß sich unsre Abreise angenehmer vollzog als die von Venedig, wo wir nur über einen einzigen schwer überladenen Gepäckwagen verfügten, der uns nachfolgte. Diese Kutschen trafen vor Tagesanbruch bei uns ein, und unser Hab und Gut wurde von unseren Männern hurtig aufgeladen, als wollten sie unsere Reisetaschen um jeden Preis vor Straßenräubern in Sicherheit bringen. Es trat eine kleine Verzögerung ein, weil Denys Angela greinte und Dirneneide von Liebe und Abschiedsschmerzen schwor, doch ich warf ihr eine Münze zu, und noch im selben Augenblick ließ sie Deny mit einem äffischen Grinsen laufen.

Am Tor wies ich meinen Ring vor, und unsere zwanzig Räder und zehn Pferde verließen rasselnd Florenz. Edward, der den anderen Teil unserer Börse bei sich trug, folgte in seiner Kutsche der meinen, dahinter kamen die Diener in zwei Kutschen mit ein paar überschüssigen Truhen, und am Schluß folgte der Gepäckwagen. Die Lederverdecke waren gut geölt, die Sitze weich, und die Straße war gut gepflastert. Ich atmete tief ein und bildete mir ein, ich könne die Passagiere vor mir riechen. Man konnte unsre sanftmütigen italienischen Knechte darüber schwatzen hören, während sie uns kutschierten, wie sie am Ende ihre Verspätung rechtfertigen würden, mit gebrochenen Radachsen oder kranken Pferden. Sie spekulierten auch darüber, wie sie meine Börse am besten schröpfen könnten, als sei ich Luft für sie und gar nicht vorhanden, bis ich mich umwandte und ihnen durch den Schlitz eine einfache Frage zurief: *Che é la citta piu elegante dell' Italia?* Dieser italienische Satz entlarvte auf wundersame Weise ihre Spitzbüberei, und ich muß noch heute lächeln, denke ich daran, wie viele finstere oder sorgenvolle Blicke mich anschließend trafen. Genau dasselbe widerfuhr uns bei der Abreise aus Venedig.

Unser Zug hielt in vier Dörfern, und in jedem erkundigten wir uns nach Handwerkern, doch es gab wenig zu kaufen, ausgenommen blank geschmirgelte Fässer mit Silberreifen, und so eilten wir an den übrigen Orten vorbei, um bis zum Mittagessen Mantua zu erreichen.

Das kleine Mantua zwang mir, sobald ich seine Mauern durchschritten hatte, Ehrfurcht ab. Die Medici hatten mich gedrängt, diese Stadt zu besuchen, und rasch hatte ich sie so liebgewonnen wie jede andre Stadt in Italien. Wir verbrachten dort fast unsre ganze Zeit, bis wir uns nach Genua begeben mußten. Die etruskischen Mauern der Stadt beherbergen dreißigtausend Menschen und sind, glaube ich, nicht so rasch zu überwinden. Die Stadt besteht eigentlich aus zwei verlandeten Inseln, ein wenig über einen Ozean von Sümpfen erhoben, und diese sind durch Brücken miteinander verknüpft. Beim Bau der Mauern hat man den Scharfsinn ein wenig zu weit getrieben. Kann der Feind niemals hinein, ist es auch nicht leicht, auszufallen und ihn von dort zu vertreiben, wo er sich eingenistet hat. Der Geburtsfehler, der diese Stadt quält, ist ihre giftige Feuchtigkeit. Mantua ist eine schöne Stadt, in der das Husten nie ein Ende nimmt. Doch wie die Gelehrten in Cambridge das feuchte Klima dort in Kauf nehmen, verzeihen offensichtlich auch die Mantuaner ihrer Stadt die bösartige Luft.

Als wir einzogen, stand auf jeder Seite ein Bataillon in Paradeuniform. Solchen Empfang hatte ich nicht erwartet. Beim Essen erfuhren wir, daß der Herzog an diesem Tage auch Papst Gregor erwartet, dieser jedoch einen Boten mit der Nachricht geschickt hatte, er habe sich nicht, wie angekündigt, rechtzeitig auf den Weg machen können. Was mich betrifft, war ich zu wenig Katholik, um Seine Heiligkeit zu vermissen, und damit zufrieden, daß statt dessen wir mit gedämpften Fanfarenstößen begrüßt wurden. Die Stadt war voll von Werken des einmaligen italienischen Meisters Giulio Romano. Der Dom erhebt sich auf dem höchsten Fleck und ist eine schlechte Nachahmung romanischer Bauweise, doch sein Innenraum ist Romanos Plänen folgend nach dessen Tod von seinen Schülern ausgestaltet worden. Der alte Herzogspalast, gewiß einer der schönsten Europas, den ich zu Gesicht bekam, birgt ebenfalls neue und wunderbare Räume, geschaffen von Romano und seinen Schülern. Ich dachte an die besten Schlafzimmer und die vornehmsten Häuser meiner Insel und empfand ein wenig Mitleid mit England. Wir haben kostbare Räume, doch sind sie dunkel und erdrückend, ganz verschwenderische Pracht und wenig Licht. In Mantua haben die Herzöge, wenn's um ihr Leben ging, sich Künstlern ebenso anvertraut wie Männern des Krieges. Selbst Romanos eignes kleines Haus in der Via Poma war eines Künstlers Kleinod. Vollends verblüfft war ich später im Palazzo Te, dem Sommersitz des Herzogs, in derselben Stadt. Abermals Romano, Fresken diesmal mit Titanen, die vor niederstürzenden Felsen und den Blitzen Jupiters zurückweichen, dem Auge des Betrachters zu. Dieser Mann kannte keine Grenzen in seiner Kunst, weder Flußufer noch Bilderrahmen. Er war Maler und Baumeister, Bildhauer, Dichter und Wissenschaftler, alles auf einmal und überall. Niemals habe ich Frauen und Cherubim von solcher Sinnenfreude gesehen. Er war Raffaels Meisterschüler und auf dessen Stelle vom großen Castiglione nach Mantua berufen worden; dort erfreute er sich der Gönnerschaft eines Fürsten, der an all seinem Streben und Trachten teilhatte, und so gedieh seine Kunst vorzüglich, bis Papst Clemens über seine ungebührlichen Verse in Zorn geriet. Das ist das Schicksal, das jeden Künstler trifft, früher oder später. Im *Raub der Lukretia* mein' ich seine Hand zu erkennen.

Der Herzog Gian Francesco war so freundlich, mich an seinen Hof zu ziehen. Ich sprach Italienisch mit ihm, er Englisch mit mir, was vielleicht ein wenig albern war, doch ließ ich mir nichts anmerken. In Anwesenheit seiner schlanken Herzogin tischten wir einander den neuesten Klatsch aus der vornehmen Welt auf. Der Wein wurde in winzigen Karaffen serviert, die in gekühltem Wasser schwammen. Auf ihren trüben, fruchtigen Wein sind sie stolz, doch er ist, sieht man von den friaulischen Sorten ab, nicht so gut wie der französische Wein. Die Pagen waren hübsche junge Frauen, in lose fallende Tuniken gekleidet wie römische Soldaten. Die meine reichte mir bei jedem

Gang beinah' auch ihre Brust. Während wir speisten, wie an den meisten italienischen Höfen wiederum mit Gabeln, spielte eine Gruppe von acht Lautenisten Schäfermelodien. Als ehrgeizige Hofleute einer weniger bedeutenden Stadt hatten sich die Mantuaner den Gebrauch der neuen Eßbestecke besser und umfassender zu eigen gemacht, als ich es anderswo gesehen habe.

Unvermittelt wurde ich traurig, weil ich mir vorstellte, Schloß Hedingham wäre der Mittelpunkt einer ebenso schönen Stadt gewesen, was es hätte sein sollen, ja können, und ich hätte für meinen Vater John den Romano gespielt. Törichter Traum. Zeit und Umstände standen dem entgegen. Ich machte meine höfliche Aufwartung bei der Herzogin, deren Brüste und Wangen längst eingetrocknet waren, die aber noch eine eindrucksvolle italienische Löwin war, streng in Seide und Silber gekleidet. Ihre Augen waren so regungslos, daß ich meinte, in der Flüssigkeit inmitten des Kristalls meine Samtkappe und meinen dünnen Schnurrbart zu erkennen. Das Strohgelb ihrer Augen verriet, daß es Herbst war, daß aber immer noch in den Heuschobern auf dem Feld wilde Feuer brannten. Die Dame zu lieben, hatt' ich weder Erlaubnis noch Muße, so spart' ich mir die Worte und lauschte ihrem gedämpften, leidenschaftlichen Loblied auf Romano. Für ihren Gatten war's nur gut, daß Romano schon in seiner tiefen Gruft lag.

Mantua beflügelte meinen Geist, und noch andere Möglichkeiten bedachte ich. Glücklich ein Land oder eine Stadt, wo Kunst sich findet auf jeder Mauer, in jedem Faltenwurf, in jedem Auge und jedem Herzen. Hier lebte einst Vergil, vor kurzem noch Romano, und jetzt gedeiht jede Art von Kunst und Wissenschaft. Im Schloß gibt es sogar ein Archiv für die Geschichte der Stadt.

Huste weiter, glückliches Mantua. Ich werde die Königin davon überzeugen, nahm ich mir damals vor, die Kunst sei, nach Schwertern und tapferen Soldaten, für jede gesittete Nation der billigste Herrscherstab, aus reinem Silber getrieben. Es ist nicht ein demütiger Diener oder vertrauenswürdiger Lehnsmann, sondern der kraftvolle himmlische

Cherub, an dem man ein klug gelenktes Volk erkennt, das, wenn man's aufrüttelt, gefährlich ist. Wer weiß, was von einer Nation zu erwarten ist, deren Kunst zu solcher Größe wachsen kann? Man lasse die Gesandten nur in London einen solchen kraftvollen Hof erblicken, und sie werden ihren Königen zur Vorsicht raten.

Schließlich war's Zeit für Mailand, die spanische Festung Italiens. Die Kisten wurden gepackt, die Männer zusammengerufen, die Pferde gefüttert, und der liebenswert einfältige Edward wurde wieder aus der Kirche geholt, in die er sich zur allerletzten Beichte begeben hatte. Die Seymours, die Englands Kirche schmachten läßt, dürsten nach erhabenen römischen Bräuchen, was vortrefflich ist, doch diese sind nirgendwo zu finden in Italiens Kirche, die fortwährend ihre Ränke schmiedet. Als wir die Stadt verließen, trieben die Morgenwinde schweres Gewölk in den Himmel, und obwohl es Sommerschauer waren, peitschten sie uns sechsmal, als der Regen sich entlud. Zweimal mußten wir anhalten, weil wir die Straße nicht erkennen konnten, und einmal geriet einer der hinteren Wagen aus der Spur und von der Straße, und alle Männer brauchten eine Stunde, um ihn heraufzuziehen und anzuschirren.

Während wir warteten, wurde ich durch Robert Roses fröhliche Erzählung von Thomas' zerstobener Verführung in Mantua erheitert. Dieser Page, unzücht'gem Treiben mehr ergeben als jeder andre meiner Männer, hatte ein Auge auf die hübscheste Dienstmagd einer Hofdame Isabellas geworfen. Die Lady selbst war keine verlockende Schönheit, doch Thomas gab vor, er bringe ihr eine vertrauliche Nachricht von Lord Seymour. Die Dienstmagd machte sich selber zum Außenminister in Angelegenheiten tiefer Leidenschaft und ging bereitwillig darauf ein, sich mit dem schlauen Thomas zu verschwören. Er schenkte seiner auserkorenen Maria einen kleinen Beutel aus Spitze, gefüllt mit Balsam und Kiefernnadeln. Das Säckchen, geformt wie eine lange Erdbeere, sollte seinen Platz in ihrem üppigen Busen finden. Thomas war darin geübt, Halskrausen aufzubinden, und Maria selbst fühlte sich durch ihre Namensschwester nicht gebunden und geriet bei der Aussicht auf ihre verschiedenen wechselseitigen Leidenschaften in Hitze. Als er aber stracks die andre Hand unter ihr Leinenmieder schob, um von unten das duftende Spitzensäckchen in die rechte Lage zu bringen, ward er gewahr, daß er ein Knäuel aus Blättern, Mücken und Spinnweben losgemacht hatte. Die Magd besann sich und griff sich an den Hals. Die Frauen von Mantua, wie Robert erläuterte, geben nämlich ihre Hitze her, um die orientalischen Seidenwürmer zu hegen, von denen die berühmten Seidenstoffe der Stadt stammen.

Thomas war ein zu hitziger Liebhaber, um zuzulassen, daß seine Leidenschaft solcherart zerstob, und so wandte er sich ihrem Unterrock und Hinterteile zu. Sie kämpfte gegen ihn wie eine Tigerin, doch war es nicht ihre Ehre, die sie verteidigte. Als er sein Kleinod entblößt hatte, erblickte er vielmehr Staub dort und Kokons, von denen einer auf dem Boden zerbrach und eine Raupe entschlüpfen ließ. An diesem Tag trug er von Maria nichts als Bißwunden und Kratzer davon. Ich hingegen, für mein Teil, heckte mir aus Roberts fröhlicher Geschichte zwei meiner liebsten Zeilen aus dem *Sommernachtstraum*:

> Zu leuchten meinem Lieb bettaus, bettein,
> Mit ausgerissnen Falterflügeln fein.

Es wurde besser mit der Straße und dem Regen. Die Kutsche schwankte wie eine Wiege. Als Robert mich weckte, waren wir in Mailand.

29

Mailand war fast schon mehr als ein schwerer Fehler. Dorthin zu reisen, widersprach dem Wunsch der Königin, und man konnte schwerlich behaupten, daß ein solcher Besuch, soweit es meine Person betraf, nicht gefährlich war. Edwards erklärte katholischen Neigungen machten seine Familie zu einer der hiesigen. Meine mutmaßlichen Sympathien konnten vielleicht einer Prüfung unterzogen werden. Es gab Spanier, denen es gefallen hätte, Elizabeths höchsten Earl mit Daumenschrauben auf der Folterbank zu sehen. Ewige Feindschaft bewahrt man sich oft besonders für jene auf, die halbe Freunde und Bundesgenossen sind, aus Enttäuschung darüber, daß die wirklichen Feinde außer Reichweite sind, man ihnen aber aus der Ferne Schmerz zufügen kann. Nichtsdestoweniger bestimmte mich meine eigensinnige Natur, wenigstens eine Probe von Spanien in Mailand zu nehmen, wie ich es mit der Türkei in Budapest getan hatte. Aus der Garderobe der Schauspieler in Florenz hatte ich mir eine Mönchskutte verschafft, zahlte den Kutschern einen Dukaten für ihr Schweigen und rollte so als frommer Pater durch die Tore Mailands.

Mailand zeigte sich mir als ein Durcheinander von Geschäftigkeit und Gewühl. Kaum angekommen, gerieten wir sogleich in eine Auseinandersetzung mit einer Kutsche, die verlangt hatte, unser Zug möge ihr ausweichen. Der Kutscher an unsrer Spitze drohte seinem Widerpart mit der Faust und nannte dessen Mutter eine Hure, worauf dieser nicht gerade schlagfertig zu antworten wußte. Eine schlanke Schönheit in schwarzem Gewand, blühend wie eine Lilie mit viel schneeweißer Spitze auf schwarzem Grund, sprang auf die staubige Straße und übernahm den Wortwechsel mit unserem Kutscher. Sie kannten keine Rücksicht auf Rang, Geschlecht oder Alter, während sie sich gegenseitig beschimpften. Unser Kutscher schien standhaft zu bleiben, doch dann zuckte er die Achseln und deutete beinahe um Entschuldigung bittend auf die Reihe von Kutschen hinter uns, worauf die feurige Dame eine lächelnde Grimasse schnitt, sich an den eignen furchtsamen Kutscher wandte und ihm befahl, ihre Kutsche an die Seite zu lenken. Der Sturm hatte sich so rasch verzogen, wie er sich erhoben hatte.

Die Macht des Handels und der Geistlichkeit, seinem Gegenstück, war allenthalben zu verspüren, und doch lagen beide nicht im Widerstreit. Im Gegenteil, es liefen viele Priester mit großen unkirchlichen Dingen aus Silber und Messing herum, und fast alle Händler konnt' man sich endlos bekreuzigen sehn, ehe sie zu feilschen begannen. Die Spanier jeglicher Art stachen einem sofort ins Auge, weil sie ernsthafter und mit feierlichem Gebaren auftraten, die Köpfe oft ein wenig zurückgeworfen. Sogar die Diener wußten, daß sie die Herrscher waren.

Drei Tage lang begleitete ich Edward als dessen guter Klosterbruder, der in der Tarnung eines Schullehrers viele Jahre in England gelebt und sich jetzt einem Schweigegelübde unterworfen hatte, solange in unserem Geburtsland der wahre Glaube unterdrückt wurde. Von Edward erfuhr ich, daß jene Mönche, denen wir begegneten, mich als den Mann nahmen, der ich zu sein schien, obwohl sie dafür hielten, ich sei augenscheinlich überspannt und der Disziplin eines Ordens zu lange entrückt. Ich kam mir vor wie ein wandelndes Ohr, und was ich hörte, gefiel mir nicht so sehr. Die Spanier, in London reizend und verschwörerisch, waren hier, im Mailänder Palast des Herzogs, starrsinnig und kaltäugig. Sie waren die Vorhut des spanischen Italiens, und ihre Tischgespräche, halb Italienisch, halb Spanisch, bestanden meistens darin, daß sie darüber spekulierten, wer von ihnen welche Städte regieren werde, wenn ihre gekauften italienischen Herzöge und Fürsten endlich verjagt seien. Was den Papst in Rom betraf, war er selbstverständlich ihr großer Verbündeter, doch nur weil's zum Vorteil war, denn früher oder später würde man Madrid oder vielleicht Barcelona zum Neuen Rom machen müssen. War die Unterhaltung nicht politisch, dann vielleicht religiös und spekulativ. Jedermann war immer allzu stark auf seinen eignen Vorteil bedacht, um jemals in heiterer Stimmung zu sein.

Ich habe von Natur den Hang, bei Tag mit scharfem Auge in Gesichter und des Nachts beim Kerzenlicht in Bücher zu blicken; als ich von fern einen Leutnant vom Hof erspähte, der sich lebhaft mit einem unsrer Kutscher unterhielt, wußte ich, daß es Zeit war, mit meinem Spiel aufzuhören. Nachdem ich mit Edward gesprochen hatte, nahm ich das beste Pferd und ritt unverzüglich aus der Stadt, ohne behelligt zu werden. Mein wirkliches Aussehen war meine Verkleidung. Edward und ich trafen, wie vorher vereinbart, am folgenden Tag zusammen, und wir fuhren ohne Säumen nach Genua.

Genua, die Prächtige, war bloß eine weitere jener langersehnten Städte, die ich kaum zu Gesicht bekam. Wir ritten durch den Apennin im Rücken der Stadt und eilten geradewegs hinunter zu den Anlegeplätzen, ohne im Palast der Dogen unsere Aufwartung zu machen. Unser Schiff, das uns eigentlich erst am folgenden Tag hätte an Bord nehmen sollen, lag zum Glück bereits am Pier. Obgleich der korsische Kapitän sich weigerte, früher abzulegen, weil er andere Passagiere an Bord zu nehmen hatte, pflegten wir auf dem Schiff einer friedlichen und behaglichen Ruhe, ehe wir am Morgen des übernächsten Tages ausliefen. Genua, silberhell am frühen Morgen, sah, als wir es hinter uns ließen, am Ende vor dem Hintergrund der Berge recht eindrucksvoll aus. Als wir von den Vorbergen herab in die Stadt kamen, war sie uns an einigen Stellen unschön, an anderen armselig vorgekommen.

Das Warten auf die Abfahrt hatte mir müßige Stunden verschafft, um mich auszuruhen und einige Notizen über meine mißgestaltete *Grand Tour* zu Ende zu führen, und jenen Blättern ist es zu verdanken, daß jene Zeit, fälschlicherweise, zum Denkmal meines Ruhmes wurde. Nun ja, es waren fröhliche Tage, ungeachtet ihrer vielfältigen

Schwierigkeiten, und es hat mich in meinem heißen, trocknen Tal, nicht fern dem Tode, aufgerichtet, mich ihrer zu erinnern. Ich bin fast ein ganzes Jahr auf Reisen gewesen, und es war die erste Spanne meines Lebens, in der ich nicht ein einziges Gedicht geschrieben habe.

Ich weiß nicht, was in mich gefahren war, als ich mich ohne besondere Ursache in das gefahrvolle Mailand stürzte, einzig von meiner unstillbaren Tatenlust und Neugier getrieben. Ich zahlte dem fragwürdigen Kutscher ein bißchen weniger als vereinbart und schlug ihm vor, er möge den fehlenden Betrag von seinen Mailänder Herrn einfordern, denen er ebenfalls diene. Er blickte mich aus hämisch verengten Augen an, und dann, nach einer wohl bemessenen Pause, nahm er rasch das Geld und kehrte mir den Rücken zu. Da ich mit dem Erfolg meines Abenteuers wohl zufrieden war, fiel es mir schwer, den Ausflug nach Spanien durch Heimlichkeit herabzusetzen, selbst gegenüber einem stolzen maurischen General. Das einzige, was ich wirklich bedauerte, war, daß ich, um den Klosterbruder spielen zu können, mich hatte kahl scheren lassen müssen und immer noch wie ein stoppeliger Jüngling aussehen würde, wenn wir nach Palermo kamen.

30

Die See war ruhig, der Wind blies stetig. Der schwer erträgliche Teil der Reise bestand in der Notwendigkeit, an Bord bleiben zu müssen, als die *Gentiana* in der Nähe Roms einen Teil ihrer Ladung löschte. Gregor XIII. war weder ein Freund Englands noch der Kunst. Er wollte die Welt bekehren, zu welchem Zweck er umherhetzte und sich ihr wie ein Schauspieler präsentierte. Doch da ihm das mißlang, war er mehr als bereit, Heere das ausführen zu lassen, was er nicht vermochte. Ich erkletterte den Mast, um so zu sehen, ob ich einen Blick auf die Stadt erhaschen konnte, doch ich war nicht einmal sicher, ob ich in weiter Ferne Rauch sah. Ich konnte nur Trost aus dem Faktum schöpfen, daß es in Rom wenige Männer gab, die dessen Geschichte und Dichter kannten wie ich. Ähnlich kurz war der Aufenthalt in Neapel, und dann kehrte das Wetter des zweiten Sommers zurück, den ich in jenem Jahr erlebte.

Als bei unserer Ankunft an einem Pier, der von einer kleinen Landzunge im alten Hafen von Palermo vorragte, die Leinen ausgeworfen wurden, versammelte sich zu unserer Begrüßung eine kleine Gesellschaft, von der wir die meisten kannten. Sogar Othman, der Maure, hatte sich eingefunden, den ich vor weniger als einer Woche in Mailand gesehen hatte. Tatsächlich verkehrten hier die Bewohner feindlicher oder miteinander wetteifernder Städte und Länder fröhlich miteinander. Das war von alters her das Merkmal der Insel. Seit der Zeit der Normannen haben dort Christen aller Bekenntnisse, Muslime und Juden ohne Streit zusammengelebt. Die Besucher standen am Ende des Piers barfuß im Wasser und trugen römischen Togen nachgeahmte Baumwollgewänder. Dieselben Kleider trugen sie auch, Männer wie Frauen, als ich später sah, wie sie langsam bis zum Halse in das Hafenwasser schritten und mit exakt fünfzig ruhigen, geschickten Stößen parallel zum Ufer schwammen, bevor sie dem Wasser entstiegen. Wenngleich ich schwimmen kann, beherrschte ich die geübten Stöße nicht, die meine italienischen Freunde erlernt hatten, und darum lehnte ich ihre Einladung ab, mich zu ihnen zu gesellen. Edward strampelte sich eifrig und fröhlich ab, wie ein junger Hund, den man über Bord geworfen hat, doch als er nachher erschöpft das Wasser verließ, befand er sich unweigerlich an derselben Stelle, an der er hineingestiegen war. Als die Schwimmer aus dem Wasser kamen, erschienen ihre Leiber unter den Gewändern wie Skulpturen. Die Männer schritten wie homerische Helden ans Ufer. Die schöneren der Frauen waren lüstern sich wiegende Nymphen mit langem, aufgelöstem Haar und aufgerichteten Brustwarzen. Beim Sprechen legten sie ihre Hände auf die Hüften, um ihre Gewänder rascher zu trocknen und ihre Brüste zu zeigen. Es war nicht immer leicht, die gleichen zurückhaltenden Frauen aus Siena oder Florenz in ihnen zu erkennen. Die Sittsamkeit, so wollt' es scheinen, hatten sie daheim zurückgelassen.

Anfangs war ich nicht geneigt, mich an ihren Vergnügungen zu beteiligen, doch nach einigen Wochen hatte ich Sommerliebchen. Es schien sie nicht zu kümmern, daß ich verheiratet war. Ein englischer Reisender namens Buck hatte im September die Nachricht nach Florenz gebracht, daß meine Frau im Juli eine Tochter namens Elizabeth zur Welt gebracht hatte. Nichts von dieses Winters zweitem Sommer findet sich im *Wintermärchen*, ausgenommen der ständige Wechsel des Schauplatzes und der Personen, der oft in Sizilien herrschte. Für dieses Stück habe ich einfach den Mythos von Protesilaus und Laodamia umgekehrt, um aufzuzeigen, daß wir nicht selten von einer Sache größer denken, als diese wirklich ist, ein Problem, das mir leider nur allzu vertraut ist. Ein andres meiner Stücke, *Viel Lärm um nichts*, verleiht dem Schaum, Überschaum und Gelärm jenes sizilianischen Sommers bessere Kontur.

Als ich drei Wochen in Sizilien geweilt hatte, fand ein allgemeines Turnier statt, bei dem Höflinge für die Ehre ihrer Fürsten stritten und Prinzen und Herzöge für den Ruhm ihrer Städte oder Könige kämpften. Ich war der einzige Engländer, der anwesend war, und der einzige Earl, obgleich es, neben ein paar Dutzend italienischen Edelleuten, eine Schar von Spaniern, eine Handvoll Franzosen, drei Türken, einen Deutschen und einen Schweden gab. Alle Streiter versammelten sich auf dem alten Platz der Stadt, den Quatro Cantoni, und marschierten am Hafen entlang unter Bannern, die der Fürst von Neapel beschafft hatte, der unter den Fahnen Neapels und Spaniens ging. Eine Menschenmenge säumte unseren Weg. Über Palermo wußte ich kaum etwas, das über die Beschreibung des Thukydides hinausging, wonach die Stadt zuerst im Besitze der Phönizier und dann der Griechen gewesen war, und ich wußte natürlich von der Unterwerfung der herrschenden Sarazenen durch die Normannen in späteren Jahrhunderten, doch auf die Größe der Stadt war ich nicht gefaßt, denn ich hatte erwartet, eine verschlafene Provinzhauptstadt vorzufinden. Keine Stadt, die ich in Italien besuchte, war so groß, mit Ausnahme von Venedig. Der Zug fand schließlich sein Ende am Palazzo Chiaramonte, dem schönsten der Stadt, vor dem die Wettkämpfe abgehalten werden sollten. Palermos Bauwerke sind, getreu seiner Eigenart, eine Mischung aus sarazenischen, römischen und griechischen Stilen, und das Turnier hätte im zwölften Jahrhundert stattfinden können.

Der erste Wettkampf war das Ringen, bei dem ich wegen meiner geringen Größe im Nachteil sein mußte. Doch der Himmel war so blau wie des Firmamentes ureigene Essenz, die glänzenden Rasenflächen und Gärten schienen die Strahlen der Sonne zu erwidern, und ich fühlte mich wie ein Riese und zu jeder Leistung fähig. Die einzigen Wölkchen waren damals die von meinem Atem. Durch rasenden Ungestüm und Wechsel der Schritte behielt ich bei jedem Griff die Oberhand, bis ich meinen Freund, den untersetzten Mauren, zu Boden warf, dessen grimmige Kampfesmiene der Überraschung wich, als er auf dem Rücken lag. Die Wettläufe waren leicht, doch dann verlor ich im Wettkampf mit dem Wurfspeer gegen den Schweden, und Zorn erschütterte meinen himmelhohen Stolz. Mit lauter Stimme benannt' ich in drei Sprachen meinen eignen Wettkampf, der eine Herausforderung war an jeden, der es wagte, gegen mich anzutreten, gleich mit welcher Waffe. Ich focht über drei Stunden lang sieben Zweikämpfe aus und gewann sie alle, hauptsächlich durch stürmischen Angriff, wenngleich nicht ohne Geschick. Der Schwerste war der letzte, ein Gefecht mit Dolchen gegen einen finstren Spanier. Das war kein unbekümmerter Zweikampf, den ein glücklicher Treffer entschied oder ein Schwert oder Schild, die zu Boden fielen. Er war flink, aber leichtsinnig, und darum überließ ich ihm, während wir aufeinander einstachen, allmählich die Rolle des Angreifers und zählte auf meine Geschicklichkeit, schneller auszuweichen, als er zustechen konnte. Es kam, wie ich gehofft hatte, und schnell wie der Blitz ließ ich auf beiden Knien mich neben ihm nieder, drückte ihn mit der linken Hand auf die Erde, während die Spitze des Dolches in meiner Rechten auf ihn gerichtet war. Er murmelte etwas auf Spanisch, das ich nicht verstand, doch das Jubelgeschrei und der Klang der Turmglocke verrieten mir, daß ich gewonnen hatte. Es war just der rechte Zeitpunkt, denn es zeigte sich, daß er öffentliches Vergnügen und private Niederträchtigkeit miteinander verknüpfte. Der Dolch ist ein schmutziges Werkzeug.

Zur Feier meines Triumphs wurde mir ein Lorbeerkranz auf den Kopf gesetzt, und der Fürst zerbrach seinen Stab, Sinnbild seines Amtes, eine dünne schwarze Gerte, mit Silberringen verziert, und überreichte mir die beiden Hälften. Ich hatte Italien erobert.

Jetzt mußte ich die Waffen strecken und wurde als Gast in den erhabenen Landhäusern Dutzender alter Könige von Hand zu Hand gereicht. Sie trugen wunderliche alte und schwer deutbare poetische Namen wie Ziza, La Favara und Mimnerno. Die großartigsten waren von zwei Königen erbaut worden, von Wilhelm dem Guten und Wilhelm dem Bösen. Es ist ein Jammer, daß ich das nie für meine Stücke verwendet habe. Was Edward angeht, er hatte sich in ein Kloster zurückgezogen und verbrachte die meiste Zeit in der Königlichen Kapelle und in San Giovanni degli Eremiti, beides christliche Kirchen in sarazenischem Gewande. Da ich Edward liebzugewinnen anfing und mich soviel Gottesdienst bei einem Jüngling bekümmerte, war ich insgeheim froh, daß unsere Reisen ihn zufällig in einen solchen ökumenischen Schmelztiegel geworfen hatten. Unser glückseliges Inselleben dehnte sich endlos vor uns aus. Zu Weihnachten genossen wir, bei einem Wetter, das Palästinas würdig war, ein Festessen unter hohen Palmen auf dem Rasen des Palazzo, wo eine Krippe aufgebaut war. Üblicherweise hätten die meisten Besucher nach Weihnachten die Heimfahrt in den Norden angetreten, doch da der Frost in diesem Jahr im Norden streng war, zog die Mehrheit es vor, weiterhin das balsamische sizilische Klima zu genießen.

In allen diesen Wochen bewegte ich mich noch immer durch Palermo wie ein furchtloser Krieger, der wußte, daß es nichts gab, was er nicht vollbringen konnte. Doch meine Hochstimmung gelangte an einen völligen Tiefpunkt, als ich auf dem groben Sand und der Asche, heiß und schwarz, des Ätna stand, den die Sarazenen Dschebel nennen, und in seinen feurigen und blasenwerfenden Zornesschlund starrte. Zehn Männer und zwanzig Diener waren quer über die Insel geritten, um Syrakus, Messina und den riesigen Feuerberg zu sehen. In Schwefeldämpfe eingehüllt dastehend, schrumpfte ich plötzlich und wurde kleiner als ein Mensch. Vor mir die schweflige Grube, brennend, siedend, verlockend. Ein übermächtiger Zwang ergriff von mir Besitz und raunte mir ins Ohr, weiter zu gehen und mich vor der Zeit und ein für allemal hineinzuwerfen in die Zähn' der Zeit und des Vergessens Sichel. Von dem, was dann geschah, weiß ich wenig, nur daß ich unsanft zurück zu den Pferden geleitet wurde, die eine Viertelmeile unterhalb am Rande des grünen Hanges hielten. Meine Hände waren auf dem Rücken gefesselt, als mein Pferd herbeigeführt wurde und Edward und die Diener mich umsorgten. Edward erzählte mir später, daß er mich habe murmeln hören: *Ich werde mich in den Ätna stürzen*, und darauf habe ich mein Reitkleid abgeworfen und sei vorwärtsgerannt, doch er habe mich eingeholt und meinen Arm gepackt. Er sagte, ich hätte mich lange gewehrt und mit den Zähnen geknirscht, während ich weggeführt wurde. Ich erinnere mich nur an den giftigen Schwefelgestank in meinen Kleidern und an mein leidenschaftliches Bemühn, mich zu befreien.

Alle stimmten darin überein, daß die schwefligen Dämpfe des Ätna manche Menschen ohne eignes Zutun in die Tollheit treiben könnten, und daß eine vollständige Heilung einfach dadurch zu erreichen sei, daß man zu dem verfluchten Berg nie zurückkehre. Es sei nicht weiter von Bedeutung. Aber ich wußte wohl, daß der Wahnsinnige, der Liebende und der Dichter sonderbaren Anfechtungen ausgesetzt sind. Und ich war voller Scham auf dieser vollkommnen Insel, wo ich gestern der Held gewesen war.

Es lag ein Schiff im Hafen, das Bananen, Datteln, Limonen, Oliven, Feigen und Mandeln lud, die für Venedig bestimmt waren, und ich gelangte zu der Überzeugung, daß es Zeit war, Sizilien den Rücken zu kehren. Der Kapitän jammerte, auf seiner schwimmenden Fruchtschale sei für so viele Männer nicht genügend Platz, doch wehrte er sich nicht allzu lange, denn ich war bereit, ihm mehr zu zahlen, als er für die nicht geladenen Kisten erhalten hätte, und ich glaube auch, daß er um meinen Ruf auf der Insel wußte. Wir segelten ohne Zwischenfälle, doch bei kabbliger See nach Venedig. Die Männer vertrieben sich die Zeit, indem sie Karten spielten oder Früchte aßen. Und wenn ihre Mägen zuviel Obst enthielten, erbrachen sie sich plötzlich über die Reling. Gegen Ende der Reise legten die Männer gutgelaunt die Karten beiseite und schlossen untereinander Wetten ab, wer als nächster an der Reihe sein werde. Die Schwierigkeiten mit unserer ruhmreichen Königin und Ihrem Vater rührten, denke ich, zum Teil daher, daß Sie, wie viele unserer wohlhabensten Landsleute, zum Frühstück immer Rindfleisch verzehrten. Ich glaube, das verdirbt die Eingeweide und den Charakter.

31

Meinem zweiten Besuch in Venedig war es bestimmt, nur ein wenig länger zu dauern als der erste. Angesichts der Nachricht aus Palermo hatte mein Ruhm sich üppig vergrößert, doch ich war mittlerweile nicht darauf erpicht, mich daran zu weiden. Ich verkündete, ich sei krank, und sagte allen meinen Bekannten, ich würde ihnen allerlei zu erzählen haben, wenn meine schwermütige Stimmung vorüber sei. Das Gerücht wollte natürlich sogleich wissen, daß ich in Sizilien ein Leid in der Liebe erfahren hätte, und das trieb junge Frauen an, zu versuchen, meine Seele zu heilen und mich wieder Liebe empfinden zu lassen. Infolgedessen suchte ich in beträchtlichem Maße in Gondeln meine Zuflucht, machte mich mit den Hunderten von Kanälen der Stadt vertraut und hielt häufig an, um Speisen und Flitterwerk zu erhandeln, die ich in Wahrheit weder wollte noch brauchte.

Sir Richard Shelley hatte zum zweitenmal einen seiner Diener zu mir geschickt, um mir ein möbliertes Haus anzubieten, das mich, solange ich in Venedig weilte, nichts kosten sollte. Ich hatte schwerwiegende Gründe, dieses Mal abzulehnen. In erster Linie, weil ich Grund zu dem Verdachte hatte, daß er ein Spion Burghleys sei. Ich hatte meinem Schwiegervater einen Brief geschickt, in dem ich, um mich zu schützen, das Gegenteil von allem, was ich fühlte, zum Ausdruck brachte: daß ich Deutschland verehrte, Italien niemals wiedersehen wolle und in Italien genug von Spanien gesehen hätte, um mir das Schlimmste denken zu können. Es war immer eine Qual, an Pondus zu schreiben. Es gibt Menschen, von denen jedes Bröckchen Wahrheit, das sorglos man ihnen überläßt, benutzt wird, dich in etwas zu verstricken. Da ich seit meiner Kindheit wußte, daß meine Krankheit ihn fröhlich stimmte, weil das hieß, daß ich mich mehr im Zaume hatte, dehnt' ich in meinem Brief die Krankheit aus, die mich doch erst in Venedig gepackt hatte, und nahm sie als Grund, der mich noch in diesen höchst unbefriedigenden Städten zurückhielt. Darauf kam eines Tages am frühen Abend an unsrem Anlegeplatz am Canal Grande Brian zu mir, einer der Schauspieler, die ich in Venedig zurückgelassen hatte, und warnte mich, ein Bote aus England habe mich den ganzen Tag überall in der Stadt gesucht. Er wußte nicht, welche Nachricht der Bote brachte oder gar von wem er geschickt worden war. Es war sonnenklar, daß die Nachricht nur von der Königin oder von Burghley stammen konnte, obwohl es in Wahrheit, wie sich erwies, viel schlimmer war als das.

Ich gab Anweisung, mir umgehend ein Pferd zu bringen und dem reizenden, langmütigen Edward aufzutragen, noch am nämlichen Abend mit allen meinen Männern still und unauffällig ins nahegelegene Ferrara zu kommen. Am folgenden Morgen hatte ich mein Frühstück noch nicht beendet, als der lächelnde Bote mit seinem Bericht erschien, was mir auch den allerstärksten Verdacht einflößte, daß es unter meinen Männern einen Spion geben mußte, denn wie sonst hätte der Bote auf den Gedanken kommen sollen, nach Ferrara zu reisen?

So ging's denn zurück nach Venedig, nicht um zu bleiben, sondern um sich so rasch wie möglich nach Frankreich und dann nach England einzuschiffen. Ich hatte beschlossen, jeden Befehl vom Hof, zurückzukehren, in den Wind zu schlagen, doch dies war niederträcht'ge Verleumdung, der die bekannte Litanei nicht mehr genügte von Bastarden, die ich gezeugt, und Knaben, die ich geschändet haben sollte, und die es nunmehr für nötig hielt, mich zum Hahnrei zu stempeln. Andrerseits konnte es wahr sein. In jedem Falle war es notwendig, zurückzukehren.

Wir segelten nach Marseille, und ich war sogar froh über die lange Seereise, die mir ausreichend Zeit gab, mich ein wenig zu beruhigen. Ich ließ Edward bei den frühchristlichen Ketzern in Südfrankreich, die mein Vater so sehr geliebt hatte, und setzte meine Reise über Land nach Paris und weiter nach Calais fort. Hätte ich alles, was ich unterwegs erworben hatte, bei Edwards Gefolge gelassen, hätte ich's nicht zur Gänze verloren.

Während wir noch in Sichtweite der Küste waren, hielt ein schmutzverkrustetes, flaggenloses Schiff, dreimal so lang wie das unsere, auf uns zu, und die Kerle nahmen uns mühelos an ihre Leinen. Wie sie uns aufbrachten, war eine einzige Farce. Es gab an Bord nicht eine einzige Waffe, ausgenommen mein Degen, den zu ziehen ich mir deshalb gar nicht die Mühe machte, da sie über Musketen verfügten und überdies allesamt, selbst für Seeräuber, ausgemachte Lumpen waren. Beide Schiffe stanken wie Fischerboote. Es war eine Begegnung, die keines Herolds bedurfte. Es paßte dazu wie die Schiffermützen zu den Schädeln dieser Männer, daß diese Seeräuber zu unsren guten Verbündeten gehörten, den Holländern.

Als die Seeräuber merkten, daß wir nicht nur keine Waffen, sondern auch wenig Fracht hatten, waren sie ungemein aufgebracht, bis ihr Sprachkundiger bei der Durchsicht der Papiere meines rotgesichtigen Boten entdeckte, daß sie wenigstens einen englischen Earl gekapert hatten. Wir wurden in den Hafen einer mittelgroßen Stadt geschafft, deren Namen ich nie erfuhr, und ich wurde zehn Tage von den Halunken mit ausgesuchter Ehrerbietung traktiert, während jemand ausgeschickt wurde, das Lösegeld für mich einzuheimsen. Es wurde ihnen jedoch alles auf Heller und Pfennig heimgezahlt, denn eines frühen Morgens segelten drei schwerbestückte holländische Fregatten in den Hafen, und ich wurde von den Seeräubern ebenso mühelos in die Obhut der holländischen Marine gegeben, wie sie mich gefangengenommen hatten. Fünf Stunden später war ich in England.

Dennoch war es den holländischen Seeräubern gelungen, bevor sie in Haft genommen wurden, fast mein gesamtes Hab und Gut zu stehlen, darunter die meisten der für die Königin bestimmten Geschenke. Sie ließen sich vor unserer Abreise nach England nicht mehr auffinden.

Als ich an Land ging, wo mich Pondus und Anne, ihr Haupt gesenkt, erwarteten, empfand ich den nahezu überwältigenden Wunsch, zum zweiten Mal in meinem Leben zu töten. Ich stieß sie nicht, wie's ein innrer Trieb mich hieß, vom Pier, wenngleich ich mich von Stund' an fünf Jahre von Anne fernhielt. Im April machte ich einen Versuch, mich bei Hof blicken zu lassen, und trug bei einer Feierlichkeit die Schleppe der Königin, doch ich war mit dem Herzen nicht dabei, und ich fing an, mehr und mehr Zeit mit den Schauspielern in meinen Gemächern im Savoy und in Blackfriars Convent mit meinen Schreibern zu verbringen.

32

Es ist nun an der Zeit, über jene Frau zu schreiben, meine Dunkle Geliebte, Anne Vavasour. Sie war ein Kind, als wir uns das erste Mal liebten. Sie war ein großgewachsenes Yorkshiremädchen und stammte aus der Nähe von Saxton. Sie ist nicht für alle Männer bestimmt, die Yorkshire-Frau, aber auf manche übt sie eine besondere Gewalt aus, und ich war leider einer davon. Es kehrte etwas in ihr wieder, denke ich, von meinem ersten Liebchen in Earl's Colne, das ebenfalls ein Yorkshiremädchen war. Anne war nicht die Frau, die ich am meisten liebte, doch ich will nicht leugnen, daß sie mir zeitweise Leidenschaften bescherte und die größten Raserein des Herzens, die ich je erlebte. Weil das dazu noch die Zeit war, da ich von der anderen Anne am schlimmsten geplagt wurde, war trotzdem Freiheit in dieser blitzdurchzuckten Liebe.

Ihr Vater war Henry Vavasour, Oberhaupt der Sippe Vavasour aus Yorkshire, berühmt wegen der Kühnheit ihrer Soldaten und der Schönheit ihrer Frauen. Noch berühmter sind die Vavasours natürlich, weil sie die vornehmsten unter den Romtreuen waren, die im ganzen Reich noch übrig waren. König Heinrich, so hörte ich, hatte Affairen mit den schönsten von Annes Tanten, und den Vavasours wurde als einzigen in ganz England gestattet, ihre Pfarrkirche, zwei Priester und einen Kirchendiener zu behalten, als Heinrich den Besitz der Kirche auflöste. Es war diese besondere Lage, die dazu beitrug, die natürliche Stellung am Rande zu verschärfen, jene, die den Vavasours ihre Schwermut und ihre Kraft verlieh.

Denn die Vavasours haben ihren Ursprung natürlich in den *valvassores majores*, was heißen soll, daß sie Hauptlehensbesitzer vieler höherer adliger Familien, selbst jedoch nicht wirklich von Adel waren. Ihre Stellung war unsicher. Unter Heinrich II. überragten sie die meisten Familien des niederen Ritterstandes und schienen kurz davor, Baronets zu werden, doch irgendwann im Laufe der folgenden zwei Jahrhunderte sanken sie so weit herab, daß man mit Fug und Recht behaupten konnte, fünf Vavasours seien nötig, um einen Ritter aufzuwiegen. Sie bewahrten sich ihr Land und ihre große Würde, als sie von unten durch eine wachsende Zahl vermögender unterer und mittlerer Lehensbesitzer bedrängt wurden. Irgendwie hat es sich bei uns so ergeben, daß sich, anders als in anderen Ländern, für die Familien mittleren Ranges nie ein angemessener Platz fand. Sie wußten nicht, wen sie heiraten sollten. Die Mitte hat sich später an uns gerächt, in diesen Tagen.

Henry Vavasour war, wie seine Tochter, hochgewachsen und hatte die gleiche Schwermut und Würde, was in seinem Fall dazu führte, daß er wie ein spanischer Grande aussah. Sie waren ländliche Vettern, wenngleich sehr entfernte, der de Veres und Howards, und so machten sie auf dem Weg zum Hof regelmäßig auf Schloß Hedingham Halt. Wir kannten sie gut.

Annes Mutter war die Tochter von Sir Henry Knyvett aus Norfolk. Die Knyvetts und die Vavasours knüpften am Hof Bande der Freundschaft und dann des Blutes, obwohl die Vavasours sich später ganz der ungestörten Einsamkeit ihrer Kapelle widmeten, während die Sippe Knyvett in und außer Diensten Elizabeths kroch und katzbuckelte. Der bloße Name Knyvett bohrt sich, nach allem, was ich durch sie erlitten habe, wie eine scharfe Klinge in mein verwundetes Herz. Sie haben denselben aufgeblähten Stolz wie die Vavasours, doch außerdem sind sie scharfsinnig und überaus gefühllos. Die Knyvetts setzten das Lügenmärchen von der unschuldigen Anne in die Welt, die ich geschändet und auf ihren jammervollen Pfad gestoßen hätte. Inzwischen will ich zugestehn, daß einige Erläuterung vonnöten ist, will man die reiche Ernte an Liebhabern und Ehemännern sich erklären, die sie hält. Ich schwör's, daß ihre Jungfernehre entschwunden war, ein Jahr bevor ich in jenem Sommer in Hampton Court ein Auge auf sie warf. Sie war dreizehn, doch bereits eine Frau. Anne ist vielleicht schwierig und eigensinnig, doch sie hat sich jetzt gefestigt, wogegen sie sich in den Jahren, da ich sie kannte, zurückentwickelt hat, als ernste junge Schönheit begann und der Unreife entgegenwuchs. Sie erzählte mir später, daß sie während des vergangenen Sommers ihrem Kindermädchen, das aus flachem Bier tiefen Schlaf zu ziehen wußte, häufig entwischt und darum oft, aller Aufsicht ledig, fortgerannt sei und sich mit den älteren Jungen auf der Wiese gewälzt habe. *Das ist bei uns in Yorkshire Brauch*, sagte sie bloß, als sei das jedermann bekannt. *Ich wußte auf Anhieb, was deine Augen sagten, als sie mich anblickten, und darum nahm ich dich beim Arm und ließ mir von dir den Falken zeigen, der sich so hoch hinaufschwingt, daß er dem Blick entschwindet. Und als des Falken Gier gestillt, da war's die unsre auch. Du erinnerst dich doch daran? Oder erinnerst du dich nur an den Augenblick deines Sieges?* So redete sie schon damals, ganz Lüsternheit und mit sonderbar kummervollem Lächeln. Sie erzählte mir, sie habe im vergangenen Sommer nichts als Knaben gehabt. Es sei fade gewesen, und sie habe darauf gerechnet, daß es mit einem richtigen Mann interessanter sein würde. *Außerdem hab ich's noch nie mit einem luchsäugigen Vetter getrieben.* Von mädchenhafter Unschuld fand sich nie eine Spur bei Anne. Doch gleichzeitig zeigte ihre Miene immer eine unwahrscheinliche sanfte Anmut, als grämte sie sich unentwegt über das Leben. Als ich sie fragte, warum sie so traurig sei, stellte sie sich überrascht und sagte, sie sei, im Gegenteil, sehr fröhlich und werde eine alte Dame werden, denn ein leichtes Herz lebe lange. Dann traf sie mich mit ihrem scharfen Witz, den sie so geschickt als meine kindliche Geliebte wie später als bemerkenswerteste der Hofdamen beherrschte. Sie verwirrte den Verstand und war immer rätselhaft. Ihre Augen und ihr Mund verfolgten verschiedene Ziele und tauschten sogar im Handumdrehn die Rollen.

Lange nachdem ihr Name befleckt war und ich mit ihrem Onkel Thomas gekämpft hatte, mußte ich die Beleidigung erdulden, daß ihr Neffe, Thomas, mich herausforderte, bewaffnet mit Schwert und gift'ger Zunge, obgleich noch bartlos. Die schurkischen Knyvetts, wett' ich, standen dahinter, nicht die Vavasours. Es hätt' nicht so weit kommen dürfen, aber das bösartige Gestichel des jungen Burschen verletzte mich, das ist alles, was ich sagen kann, und verletzt mich immer noch, obgleich ich nunmehr schlimmre Wunden zu versorgen habe. Sein verruchter Brief, ich weiß ihn nach zwanzig Jahren noch immer auswendig, hob an:

Wär' Dein Leib so entstellt wie Deine Seele niederträchtig, dann wäre meine Familie noch unbefleckt, und Du bliebest mit all Deiner Gemeinheit unbekannt.

Er forderte mich zum Zweikampf, doch ich konnte nicht ernsthaft daran denken, den Jungen abzustechen, so groß die Versuchung auch war. Schließlich hatte ich einen Ehrenhandel mit dem älteren Thomas Knyvett ausgefochten, und durch eine Tücke des Geschicks lahm' ich seitdem. Ich habe nie von einem Zweikampf vernommen oder gelesen, der wegen einer einzigen Beleidigung, so schändlich sie auch sei, zweimal ausgefochten wurde, schon gar nicht zwischen einem englischen Earl und einem Burschen, der sich selbst ein wenig zu früh zu den Edelleuten rechnete. Thomas' zungenfertiger und aalglatter Großvater, auch er ein Thomas, so wie sie alle Thomas hießen, umschwänzelte meinen Vater, um dessen Gunst zu gewinnen, und pflegte nur Lateinisch zu sprechen, was die Diener kichern und meinen Onkel schnauben machte: *Vir illustrissime, quod pristine, humilitatis et clementie gratia in varius honoru progressibus.* Solches Geschwätz, pflegte mein Onkel zu sagen, beweise, daß das edle Latein in unserer Zeit endlich im Todeskampfe liege, und er hatte recht. Es ist jetzt die Sprache, die bei uns hauptsächlich die neunmalklugen Narren benutzen. Ich habe schon vor langer Zeit meine hölzernen lateinischen Gedichte vernichtet.

Ich schätze, ich war nur allzu bereit, mich von der Liebe einfangen zu lassen in jenem Sommer, in dem es mit der anderen Anne am schlimmsten war. Sie war meine Feindin, die sich emsig und schuldbewußt bereit machte, meine Frau zu sein. In jenem Jahr, 1571, blieb ich meinem Hause fern und verwendete meine Gaben am Hof, wo ich mich hervortat. Beim Turnier im Mai bezwang ich alle bis auf Sir Henry Lee, Annes zukünftigen Ehemann, der ein nichtswürdiger Bursche war, trotzdem aber damals dank besondrer Königlicher Protektion das Turnier bestritt. Ich führte unsre Farben, das Rot der Lancasterrose, wie der Rote Ritter, doch damals war mehr als das in meinem rotglühenden Gemüt. Ich verspürte die rote Glut von Feuer, Hohn, Zorn und stolzer Verachtung. Delves, Stafford und Bedingfield waren meine schärfsten Widersacher, und einer davon, Delves, stieß mich beinahe aus dem Sattel, als er zu Boden stürzte. Er hatte dieselbe Vorsicht walten lassen wie ich und mit Umsicht sein Pferd und das Holz für die Lanze ausgesucht. Beide hatten wir uns wochenlang vorbereitet. Es war mein Vorteil, daß ich's wagte, im letzten Augenblick mich weiter vorzubeugen, so daß meine Lanze als erste mit der Spitze auf seine Rüstung traf. Leicht war's, aber auch am ergötzlichsten, Thomas Cecil auszuheben. Erst jetzt darf ich mit besonderem Vergnügen mich erinnern, wie ich in jenem Mai Knyvett besiegte, der seine Pöbelhaftigkeit bewies, indem er mir die vorgeschriebene Verbeugung der Versöhnung verweigerte, als er sich wütend aus dem Staub erhob.

Obwohl Anne Cecil tatsächlich sieben Jahre älter war als Anne Vavasour, sah ich meine zukünftige Frau in ihrer kindlichen Seichtheit als ein Scheusal. Nun, wie wäre wohl die Tochter von William und Mildred geartet gewesen? Zwar klingt es abgedroschen, ist aber trotzdem wahr: schau dir sorgsam des Mädchens Mutter an. Später sah ich natürlich, daß Anne Vavasour auf ihre Weise ein ebensolches Scheusal war. O ja, es gab ein drittes Scheusal noch auf meinem Weg: mich selbst. Ich sag' die reine Wahrheit. Ich war unfreundlich zu Anne und sogar, nehm ich's ganz genau, zur anderen Anne. Wenigstens gab ich mir wegen meines ersten Fehltritts in manch einem Stücke selber derb die Peitsche. Der treulose Posthumus, der Imogen in *Cymbeline* fallen läßt, bin ich. Der Leontes, der im *Wintermärchen* Hermione verdammt, bin ich. Und in der Haut des Bertram, der in *Ende gut, alles gut* Helena kalt zurückstößt, steck abermals ich selbst. Ich war nicht freundlich zu ihr, und es betrübt mich ihr Gesicht, das weinend noch manches Mal in meinen Träumen erscheint. Sollten Tränen dir helfen können, wisse, daß ein paar der meinen für dich fließen. Es gibt Zeiten und Worte in meinem Leben, die ich aus dem Schauspiel tilgen würde, wär' ich dessen Herr.

Anne Vavasour und ich teilten nur fünfmal das Bett in jenem höchst denkwürdigen August. Sie trieb mich und sich selber an, seufzte leidenschaftlich und züngelte wie eine zage Flamme auf windgepeitschtem Feld, doch schien sie danach plötzlich unbewegt und kalt. Mehr zu sagen, ziemt sich nicht, nur soviel noch, daß ihre hohe Stellung bei Hofe und der Schande Schatten, der später auf sie fiel, Grund und Anlaß hatten.

Ihrer ungezwungnen Offenheit über ihre verlorene Unschuld entsprach ihre Art, in den Armen des andren wegen der Verwandtschaft nicht viele Worte zu machen. Für sie war ich ein kühler Trunk aus einer unverhofften Quelle, nicht mehr, nicht weniger. Doch wie konnt' das sein, wo doch bezeugt ist, wie sie handelte? Sie erzählte mir, sie wolle in ihrem Leben viele Männer haben und sie alle überleben. Vielleicht werde sie einen Mann mehr als alle andren lieben, doch werde das in ferner Zukunft von ihr selber entschieden, wenn sie, an einem Feuer sitzend, zurückdenke. Es war ein recht erstaunliches Pröbchen törichten Geschwätzes von einem dreizehnjährigen Balg. Damals tat ich es ab, zugunsten ihrer leidenschaftlichen Liebesgunst. Es sei so Brauch in Yorkshire, meinte sie, um es klipp und klar zu sagen. Einige Liebchen waren darin wohlgeübt, die Neige ihrer Monatsregel abzuwarten, um so jedem neuen Liebhaber eine unversehrte Jungfräulichkeit ausliefern zu können. Waren mir nicht ihre Reinheit und ihre natürlichen Liebessäfte teuer? Sie waren es, obwohl mir dabei nie ganz geheuer war.

Es fügte sich, daß ich außer Anne Vavasour eine andere bedeutende Ablenkung erfuhr, die sich in jenem Sommer in Tollheit verwandelte. Die Rede ist von einem engeren Verwandten, von Thomas Norfolk. Ich liebte Norfolk. Thomas war mir wie ein älterer Bruder.

Anfangs hatte Norfolk das Glück – wenn er das auch nicht begriff –, nach Leicester der zweite Mann im ersten Kreis der Günstlinge Elizabeths zu sein. Aber Thomas wollte mit seiner Heirat zu hoch hinaus, und die Königin konnte den Verdacht nicht ertragen, daß er sich anschickte, erneut auszubrechen und die Hand der schottischen Königin zu nehmen. Der königliche Ehrgeiz stand ihm zu deutlich ins Gesicht geschrieben. Sie gab ihm ein Jahr Kerkerluft zu schmecken, doch diese Frist vertiefte nur seinen Groll. Er war kaum dem Gefängnis entronnen, als ihn Ridolfi in sein Komplott verwickelte.

Roberto Ridolfi war ein florentinischer Bankier, der viel Zeit in England verbrachte. Viele Jahre sah ich ihn oft in Burghleys Nähe. Auf meiner zweiten Reise in Italien sah ich ihn wieder, denn er hatte sich in Brüssel aufgehalten, als die Verschwörung aufgedeckt wurde, und so verlor er nichts als seine karmesinrote Robe, die in Britannien zurückblieb. Er war in Florenz Senator geworden, doch seine Kleidung, in London einst so grell, war jetzt so streng wie elegant. Mit beständiger Verblüffung blickte er auf die große Vergangenheit, die ungenützt vorübergegangen war.

Robertos Machinationen flogen auf, weil er seine Waren überall zu Markte trug und wie ein Hausierer seine Töpfe und Pfannen ausrief, so daß man in ganz Europa hören konnte, wenn er nahte. Thomas' Unterstützung war ihm sicher, doch war er so töricht, nicht zu begreifen, daß er Marys Hilfe erst brauchte, wenn er gehandelt hatte. Sie besaß die Verschwiegenheit eines Papageis, war stumm wie ein Dudelsack. Er hätte auch nicht wie ein Hansdampf mit allen seinen Plänen nach Brüssel, Paris, Rom und Madrid zu rennen brauchen. Als ob Burghley nicht auch in diesen Städten seine Spione gehabt hätte! Als man Ridolfis Helfer, Baillie, mit Briefen in Dover verhaftete, wurde dadurch bloß bestätigt, was man am Hof längst wußte. Ridolfi bediente sich des heimlichen Bischofs von Ross, um alle unzufriedenen Römisch-Katholischen des Landes unter einen Hut zu bringen. Schmiedest du zu zweit ein Komplott, brauchst du nur mit einem Verräter zu rechnen. Und wie stehn die Chancen, wenn eine Gruppe von Unbekannten im Spiel ist?

Als das Komplott aufgedeckt wurde, saß Thomas im Tower. Auch seine Diener, Madder und Berny, hatte man gefangen. Es war nicht die Zeit für samtne oder zögerliche Freundschaft, sondern man mußte sich als großer und treuer Freund zeigen. Zwischen Mann und Frau, Mann und Mann ist nichts von höherem Rang als eine aufrichtige Freundschaft. Ich bin in meinem Leben außerordentlich glücklich gewesen, denn ich habe drei solcher Freunde besessen. Einen davon hat man geköpft, und ich blieb ihm bis zum Ende treu.

Ich entwarf einen Plan, Thomas aus dem Tower zu entführen. Es war ein guter Plan, der zum einen darin bestand, daß eines Abends in der Küche ein kräftiges Feuer ausbrechen sollte; zum anderen sollte, um ein wenig bürgerliche Hilfe zu leisten, ein Trupp von Schauspielern, welche dem Earl of Oxford gehörten, zufällig des Weges kommen; einem gefälschten Befehl zufolge sollten die Gefangenen vorübergehend in ein sicheres Quartier gebracht werden, was mit einer Königlichen Kutsche bewerkstelligt werden sollte, die sich Deny, dessen war ich sicher, ohne allzu große Schwierigkeiten leihweise würde beschaffen können. Die Treppen im Tower wären viel zu schmal gewesen, um sie zu stürmen. Wir hatten gerade das trockne Heu für die Pferde neben der Küche aufgehäuft, als mich die Nachricht erreichte, es sei alles entdeckt. Folglich war es nötig, im Londoner Haus von Lady York Zuflucht zu suchen, Witwe des Obermünzmeisters und große Freundin der de Veres, weil das Schiff, das Thomas und mich nach Flandern hätte bringen sollen, noch nicht bereitlag, als alles offenbar wurde.

Der kürzlich zum Baron erhobne Burghley fand natürlich heraus, daß ich mich in Walbrook verbarg, meldete es jedoch der Königin nicht. Das erfuhr ich, als meine Frau mir einen überraschenden Besuch machte. Es war Anne, die mich benachrichtigt hatte, daß mein Plan entdeckt worden sei, vermutlich hatte es ihr Vater ihr befohlen. Anne hegte die unsinige Absicht, mit mir ins Ausland zu gehen. Das hatte sie auch ihrem Vater erzählt, bevor sie zu mir kam, und das hatte alle Cecils in große Aufregung versetzt. Anne umklammerte ein hochtrabendes lateinisches Gedicht von ihrer Schwester, das sie warnte, mich weder zurückzuhalten noch mit mir fortzugehen, sonst werde sie riskieren, ihre Liebe zu verlieren:

Sin male cessando retines vel trans mare mittas tu mala to peior tu mihi nulla soror.

Ein lateinisches Gedicht von ihrer Schwester war Burghleys Einfall, um mich geschickt zu täuschen. In Wahrheit verriet es nur allzu deutlich seine eigne unbeholfene Hand.

Anne wollte von mir wissen, ob sie den Rat ihrer Schwester befolgen solle. Ich sagte ihr, das werde sie wohl oder übel tun müssen. Am selbigen Tag kam mein Diener Robert Rose zu mir mit meines Sekretärs Aufstellung aller meiner Schulden, verzeichnet auf einem sehr großen Blatt Pergament, deren Bezahlung in Form einer Pacht auf meine verbliebnen Länderein zugesagt wurde, für den Fall, daß ich nicht nach England zurückkehrte. Auch dieser Einfall stammte von meinem übervorsichtigen Schwiegervater. Ich gesteh's, es gab Gläubiger, die mehr noch als die Königin mich in England festzuhalten wünschten und die mir, hätt' ich gezaudert, den Fluchtweg abgeschnitten hätten.

Kurz nach Mitternacht war alles bereit, und zu dritt brachen wir auf. Ich ritt Scilt, mein schnellfüßigstes Streitroß, und so ließ ich meine beiden Diener rasch hinter mir. Ich ritt so geschwind wie Gedankenflug, wie ein Schatten, wie ein Traum. Ich erreichte Essex und Wivenhoe vor Dunkelheit, nachdem ich nur einmal kurz gehalten hatte, um Scilt ausruhen und trinken zu lassen. Ich übernachtete in einem zuverlässigen Haus, während meine Männer voraussprengten, um für das Schiff zu sorgen. Am nächsten Tag, kurz nach Anbruch der Dunkelheit, verkleidete ich mich als Bauer und galoppierte zur Anlegestelle, wo Burghley auf mich wartete. Ich müsse, sagte er, das Land nicht verlassen. Die Königin habe entschieden, mich nicht zu ergreifen. Meine Frau weile halb wahnsinnig in London, und ich müsse sofort zu ihr. Für Norfolk sei noch immer Hoffnung, und ich müsse wissen, daß er alles unternehme, was in seinen Kräften stand, die Begnadigung zu erwirken.

Am folgenden Tag kehrte ich umgehend wieder nach London zurück, und mir ward kein Haar gekrümmt, wenngleich Rolfe, der Schreiber, das Schlimmste fürchtete, weil er der Königin Handschrift gefälscht hatte. Natürlich hielt Burghley sein wichtigstes, butterweiches Versprechen nicht. Ich stritt mit aller Leidenschaft, die ich besaß, für Norfolks Leben. Nach einem langen Zögern jener Art, mit der Sie die Dinge stets am liebsten handhabte, wurde Thomas im Januar enthauptet. Um Mitternacht setzte Sie die Hinrichtung aus, Norfolk konnte noch mit Nowell, seinem Beichtvater, sprechen und wurde am Morgen auf Tower Hill hingerichtet. *Es war ein schrecklicher Fehler*, sagte Sie. Ich blieb stumm.

Diese Untat war eine bedeutsame Wendung auf der breiten Straße meines Lebens. Mein Ritt von Lady Yorks Haus nach Wivenhoe war nur eine genaue Probe für jenen Ritt, den ich zwei Jahre später freiwillig unternahm, als ich endlich nach Frankreich ausbrach. Doch beim zweiten Ritt war Thomas' Schatten an meiner Seite, dessen lockerer und hüpfender Kopf mir träge zulächelte, wie er's immer tat, während wir über eine lange Allee sausten. Der Galopp nahm mir den Atem, und ich rief ihm zu, während er leise und gleichmäßig sprach und jedes Wort deutlich zu hören war.

Warum wolltest du König sein? fragte ich.

Warum hätt' ich mir wünschen sollen, ein Untertan zu sein, wo ich doch frei sein könnte? entgegnete er. *Hast du nicht selber davon geträumt, König zu sein?*

O ja, sagte ich, *aber wenn ich meine Augen schließe und mich dennoch nicht dem Schlaf überlasse, bin ich frei. Wenn meine Traumgestalten ihre Rollen nicht gut genug beherrschen, kann ich sie wieder fortschicken, die Kostüme zu wechseln und ihre Verse zu üben. Schau dich an, Thomas. Dein faseriges gelbes Haar schüttelt sich geradezu, als wärst du ob deiner eignen Worte überrascht. Du irrst dich gründlich, lieber Freund. Ein König ist niemals frei, dagegen ist's vielleicht ein jeder Untertan, wenn er ein Dichter ist.* Da schrie über uns eine unheilschwangre Eule, Thomas und sein Pferd verschwanden, ich fuhr in meinem Sattel hoch, und die Hufschläge skandierten im Galopp die Verse eines schlechten Gedichts. Die Zweige der Bäume waren wie abgetrennte Hände.

Angenommen, ich hätte Thomas befreit und Pondus hätte nicht am Landeplatz gewartet, so wäre mir ein Leben unfreiwilliger Verbannung beschieden gewesen, so lange während wie jede Mißgunst oder Verleumdung. Vielleicht hätte es Stücke und Gedichte in makellosem Französisch oder Italienisch gegeben, doch weder das Publikum noch die Sprache wären die meinen gewesen, und immer hätte eine unentbehrliche Würze gefehlt. Sei nochmals bedankt für deine rechtzeitige Fürsprache, du fettes Fatum, ich danke dir sehr. Ich weiß nicht, was ich ohne dich mit meinem Leben angefangen hätte!

Also kehrte der Earl zurück und war wieder in London, lebte monatelang in trügerischer Hoffnung auf Freiheit für Thomas, schenkte einigen Schreibern, die überhaupt keine Protektion gehabt hätten, die seine und versuchte sogar, Anne ein Ehemann zu sein. Eine besondre Leidenschaft verzehrte mich in diesen wenigen Monaten: den treulosen Diener ausfindig zu machen, der sich als Spion an Burghley verkauft hatte. Ich kam ihm nicht so rasch auf die Schliche, doch mit der Hilfe meiner vertrauenswürdigsten und listigsten Männer, Wilkins, Hannam und Deny, bemühte ich mich geduldig weiter, bis wir schließlich Erfolg hatten und feststellten, daß Amis der Spion war, der Burghley einmal in der Woche Bericht erstattete. Er war ein kriecherischer kleiner Bursche mit einem gespaltnen Kinn, der sich damit brüstete, skrupellos zu sein, aber immer zur Seite schaute, wenn man mit ihm sprach. Er war der Mühe nicht wert, meinen Degen zum zweiten Mal mit Schurkenblut zu besudeln, und darum sorgte ich dafür, daß er angeworben wurde, um den alten Giles Fletscher zu bespitzeln, der, wofür ebenfalls gesorgt war, als Gesandter nach Moskau geschickt wurde, zum einen, um die Handelsinteressen Goldings zu wahren, zum anderen, weil er, wie ich bei Hof spottete, von der Königin für die widerlich süßen Verse bestraft werden sollte, die er aus Anlaß meiner Hochzeit verfaßt und vorgelesen hatte. Amis legte zwei Zoll an Größe zu bei dem Gedanken, daß er jetzt im Dienste Ihrer Majestät stand, und so wurde er verschifft. Er kehrte reich zurück, das gleiche aufgeblasne Nichts wie zuvor.

Sommer und Herbst jenes Jahres waren also, wie Du siehst, von Sorgen beschwert, und ich wandte kaum noch Gedanken an meine heimlichen Treffen mit der jungen Miss Anne Vavasour. Thomas und Anne waren in einen besonderen Winkel meiner Seele verwiesen. Die Königin machte große Anstrengungen, mich zurückzugewinnen, und glaubte, es sei Ihr gelungen. Meine Frau war sehr eifersüchtig. Es war das erste Mal, daß ich die Leitung einer Königlichen Vergnügung innehatte. Das Spektakel, ein Fastnachtsspiel in heidnischem Gewand, fand im August auf Schloß Warwick statt und war so gelungen, daß die Königin einen Wink gab, Pan mit seiner Werbung um die Nymphe fortfahren zu lassen, obwohl ein reichlicher Augustschauer zu fallen anfing. Er machte das Spiel tatsächlich lustiger, da die Schminke auf dem Gesicht der Nymphe zu zerlaufen begann. Alle Damen brachen in schallendes Gelächter aus und lachten noch lauter, als sie sahen, was mit den Gesichtern der anderen Damen geschah. Am lautesten lachte die Königin unter Ihrem Baldachin.

Ich hatte mit den Tänzerinnen angestrengt und ausgiebig geprobt, bis ihre Drehungen von verblüffender Schnelligkeit und Eleganz waren. Ihr Tanz währte eine Stunde, und am Ende bildeten die Tänzerinnen einen Kreis um das berühmte tanzende Pferd von Banks, welches das Kostüm eines Elefanten trug. Die Tänzerinnen verbeugten sich im

Kreis vor dem Tier, das sich ebenfalls verneigte und aufs Stichwort rülpste, kurz bevor die Baßfideln und Pfeifen die Zuschauer zum Bankett geleiteten. Dieses Pferd war ein achtes Weltwunder. Während aller Proben führte es sich tadellos auf. Auch bei der Aufführung spielte es seine Rolle als Widerpart der Baßfideln, die ihrerseits am Himmel ein tiefes Grollen sommerlichen Donners auslösten. Aufs Stichwort hatte sich die Natur selbst dem Spektakel beigesellt.

Es war in Warwick, da ich zum letztenmal meine lateinischen Gedichte vortrug. Mehr und mehr hörte ich inzwischen in Hecken und Baumwipfeln nur das Gezwitscher des Englischen. Die Jahrhunderte waren zu lang, um den Widerhall lebendigen Lateins noch weiterzutragen.

Der Glanz, mit dem ich die Augen der Königin blendete, wurde indessen ein wenig durch die Machenschaften getrübt, die das Schaf gegen mich ins Werk setzte. Sie nannte ihn *le Mouton*, und das war in der Tat das Kleid, in dem er, schlimmer als jeder Wolf, auf Raub ausging. Darf ich vorstellen: Christopher Hatton, der devoteste und liebenswerteste Beschützer der Königin. Er stand über allen Leibgardisten, die nach dem Zeremoniell Ihre Palastgarde bildeten. Diese Männer beschützten die Königin nicht, sondern warteten Ihr auf wie die zuverlässigsten der müßigen Drohnen, nahe dem Thron und damit zufrieden, Ihr zu huldigen und nur ein kleines bißchen Honig zu stehlen. Im Jahr 1572 war er noch nicht zum Ritter geschlagen, jedoch zum Hauptmann der Garde ernannt worden und in das Unterhaus eingezogen, wo man rasch begriff, daß man jedesmal, wenn er sprach, die Ansichten der Königin zu hören bekam. Wenn das Schaf eine Verkleidung war, um kriecherischen Ehrgeiz zu verbergen, so war das bloß eine zweite Maskierung. Sein wahres Gesicht unter der Maske enthüllte abermals ein Schaf. Sein gleichwohl hübsches Gesicht mit der vorkragenden Nase zog die Schlußbilanz und vollständige Summe seines ganzen Lebens. Das ist alles, was er war: *Ich werde niemals illoyal gegen meine Königin sein.* Je öfter Sie ihn in Ihr Privatkabinett bat, desto deutlicher erkannte Sie es selber. Unterhielt man sich mit einem Schaf über Properz? Lieferte man sich witzige Gefechte mit einem großsprecherischen Einfaltspinsel? Man konnte Sie vor Vergnügen über seine hündische Unterwürfigkeit strahlen, doch dann zusammenzucken sehen, wenn Sie sprach und er täppisch nach der Bedeutung Ihrer Worte suchte. Er pflegte im Privatkabinett ein und aus zu gehen. Der Klatsch wurde schlimmer, Ihre Seufzer wurden zahlreicher.

In Warwick begann die Königin, mir ernsthaft Avancen zu machen, was mir von zwei Seiten nicht geringen Ärger eintrug, denn im Hauptmann der Garde fing Neid an aufzukeimen. Nicht unterzeichnete Denunziationen umschwärmten mich wie Mücken im Sommer. Es bereitete nicht viel Mühe, die Quelle zu erraten. Anne geriet wegen eines Geschreibsels auf Pergament in Wut. Um ehrlich zu sein, wäre mir in gewissem Grade ein Eingreifen des Lords der Schatzkammer willkommen gewesen, doch er fühlte sich nicht im mindesten betroffen, wenn die Königin den Gatten seiner Tochter neckisch am Kragen zupfte oder ihm über den Arm strich.

Ich hatte den Hof verlassen und zog mich nach Havering-in-the-Bowerie zurück, damals mein Landsitz in Essex und einer der besten, die ich einbüßte, um mich verschiedenen Unternehmungen zu widmen, die ich unterstützte. Ich war kaum drei Tage fort und noch damit beschäftigt, die Verwalter zu beaufsichtigen, weil das Gebäude und tausend Morgen Landes seit meinem letzten Besuch stark heruntergekommen waren, als mir mitgeteilt wurde, Sie werde überraschend nach Warwick kommen und ersuche mich, für eine abendliche Unterhaltung zu sorgen. Ich würde, wie gewünscht, kommen, wenngleich nicht ganz aus freien Stücken. Da Sie sich bei Leicester im nahgelegenen Kenilworth aufhielt, blieb genügend Zeit, in aller Ruhe ein großartiges Spektakel vorzubereiten.

Ich beschloß, die Unterhaltung mit dem Schauspiel eines kleinen Krieges zu beschließen, ernannte Fulke Greville zum Anführer einer Gegenpartei und übergab ihm fünfzig

Pfund für zweihundert Männer, was der Zahl der meinen entsprach. Im ausgetrockneten Wallgraben des Schlosses wurden in aller Eile zwei gegenüberliegende Miniaturburgen aufgestellt, aus bemaltem Stoff gefertigt und, wie für die Bühne, straff über zwei dünne Pfähle gespannt, die jedoch in die Erde versenkt wurden, damit man um die Schlösser herumgehen konnte. Die Hälfte der Männer wurde rings um die Miniaturburgen postiert, ausgestattet mit Waffen und Rüstungen, die man in der Gegend auftreiben konnte; die andere Hälfte stand auf einem Gerüst, jeder mit einer Leuchtkugelröhre oder einem anderen Stück Feuerwerk in der Hand, das man aus dem Laden in London herbeigeschafft hatte, wo es zur nächsten Feier der Thronbesteigung bereitlag. Zwischen den nachgemachten Burgen waren ein Dutzend Sturmböcke und vier komplette Kriegsmörser, die aus dem Tower stammten. Nachdem die Königin und Ihr Gefolge Platz genommen hatten, gingen die Sturmböcke mit mächtigen Stößen aufeinander los, und überall fielen Männer. Die Signale für die zahlreichen Ausfälle zu Scheingefechten sollten von Feuerkugeln unterschiedlicher Farbe gegeben werden, doch in den Burgen führten Irrtümer oder Aufregung schließlich dazu, daß Verheerung und Verwirrung herrschten. Für alle, die nie eine wirkliche Schlacht miterlebt hatten, war es ein schrecklicher Anblick, für die anderen eine vertraute Bestätigung. Darauf begannen die Mörser zu feuern und verbreiteten überall krachenden Schrecken. Man erzählte mir später, im Königlichen Zelt habe man von Rebellion gemunkelt, und nur die Königin habe in die Hände geklatscht und sei vor Entzücken auf und ab gesprungen. Möge die Nachwelt eines nie in Abrede stellen: Elizabeth hatte das Geschick und den Weitblick Ihrer Mutter Anne, doch Ihre Seele und Ihr Geist waren die eines Mannes.

Man hatte die Posse zu weit getrieben, denn jetzt wurden viele Feuerwerke auf gut Glück und in die falsche Richtung abgeschossen. Raketen rauschten in wilden Bögen in den Fluß, um dann, als sei ihr Feuer noch nicht erloschen, grandios wieder aus dem Wasser aufzusteigen. Einige flogen über das echte Schloß hinweg und landeten mitten in der Stadt, und die Leute kamen zur Festlichkeit gerannt, um Hilfe zu holen, weil vier alte Stadthäuser in Brand geraten waren. Männer wurden abgestellt, um die Stadt zu retten, just als der krönende Feuerball vorzeitig abgeschossen wurde, der Grevilles Kulissenburg in Flammen aufgehen lassen sollte. Als die Männer den Ball langsam wie ein Flöckchen Sonnenschaum zum Nachthimmel emporsteigen sahen, verließen sie auf ein Signal die Burg durch lose Klappen an deren Boden und stürzten sich in ein Scheingefecht. Sie hätten einander ernstlich bis zur Unterwerfung geprügelt, hätten sie nicht gewußt, daß ihre Bezahlung von der Rückgabe der unversehrten Schlachtkostüme abhing.

Das wirkliche Drama dieses Abends begann erst dann, als sich überall im Wallgraben Schreie nach Hilfe erhoben, denn die kleine Holzbrücke und das darauf befindliche Haus des Zolleinnehmers war durch eine dieser verirrten Feuerkugeln in Brand gesetzt worden. Die Schlacht nahm ein jähes Ende, denn jedermann begab sich ans Flußufer. Durch das Prasseln des brennenden Holzes konnte man die Frau des Zolleinnehmers schreien hören. Greville und ich kamen zusammen an und begannen ohne viele Worte damit, die Rettung in Angriff zu nehmen. Greville war nie mein Freund, und ich habe ihn als Charles, den Ringer, in *Wie es Euch gefällt* beißend porträtiert. Aber an diesem Abend gab er mir keinen Grund zur Klage. Einer der Sturmböcke wurde benutzt, um die seitlichen Geländer, die in Flammen standen, wegzubrechen, und dann wurden Eimer und Helme mit Wasser von Hand zu Hand weitergereicht, um die Trittplanken zu nässen, bis Greville und ich uns mit langstieligen Äxten einen Durchgang durch die Seitenwand des Hauses schlagen konnten. Die Wände mitsamt Fenstern und Türen hatten sich bereits in flammende Sturzbäche verwandelt. Im Inneren erwiesen sich die Decken als niedrig, selbst für eine Hütte. Greville und ich bahnten uns den Weg durch die entsetzliche Hitzehölle, einen Treppenaufgang hinauf, durch den sich kein wackerer Priester getraut hätte, den Schreien der Frau folgend.

Dort oben fanden wir ein derbes, aber hübsches Bauernmädchen im Nachtgewand und einen wimmernden Mann, der wie ein geprügelter Hund in einer Ecke kauerte. Die Luft war geschwängert von Biergestank. Er hatte an diesem Tag zuviel Zoll kassiert und sich, um dies zu feiern, sinnlos betrunken, bis er nicht einmal mehr imstande war, sich und sein Weib vor einem Feuer auf einem Fluß zu schützen. Greville trug den schluchzenden kleinen Mann auf den Armen, während ich seine Frau bei der Hand nahm und sie alle auf dem sicheren Weg durch die Flußklappe hinausführte. Als wir am Ufer waren, küßte sie mich heftig und flüchtete in die Menge. Ich denke oft an diesen Zwischenfall, denn es war das einzige Mal in meinem Leben, da ich meiner Erinnerung nach eine stärkere Hitze empfand als jene, die ich jetzt verspüre. Ich bin in der Hölle gewesen und habe Höllen in mir selber gefunden.

Am nächsten Morgen erfuhr ich zu meiner Belustigung, daß die Königin dem unglücklichen Paar huldvoll 25 Pfund, 12 Schilling und 6 Pence hatte zuteilen lassen, welches ein vollständiger und gerechter Ausgleich für das kleine Haus war, das sie verloren hatten, wenngleich man gerechterweise hinzufügen muß, daß der Zolleinnehmer keine Möglichkeit hatte, seinen Lebensunterhalt zu verdienen, und die Stadt die größeren Kosten zu tragen hatte, weil sie eine neue Brücke bauen mußte. Alle Gesten der Königin waren so ausgeklügelt. Es hätte böse enden können, wäre die Herrscherin, die man am Nachmittag hingebungsvoll auf dem Platze vor Ihrem Volke tanzen sah, gesehen worden, wie Sie am Abend bei der Einäscherung von Warwick den Vorsitz führte.

Ich kehrte zu meiner Arbeit nach Havering zurück, doch die Herolde der Königin folgten mir: Sie werde am kommenden Tag auf einer unvorhergesehenen Reise nach Havering kommen! Das war nicht eine der gewöhnlichen Königlichen Rundreisen, sondern einfach der schwärmerische Ausbruch einer verhätschelten Schönheit, deren volle Blüte vorüber war und der jedermann, dem Sie Ihre Gunst zuteil werden ließ, den Hof machte. Es ist manchmal zweckdienlich, König zu sein. Von allen Höflingen Ihres

Kreises war ich der einzige, der nicht zu Ihrer Verfügung stand, obwohl ich fürchte, daß Sie meinen ungezwungenen Manieren und meinem Auftreten bei Turnieren oft mehr Bedeutung beimaß, als diesen zukam.

Ich hatte gerade erst bei meinen Schreibern und Schauspielern im Savoy Quartier genommen, und ich sandte einen meiner Männer eiligst wieder nach London, um Schauspieler nach Havering zurückzuschaffen, damit ich die Königin abermals auf irgendeine Weise unterhalten könne. Ich war, offen gestanden, auch daran interessiert, Sie von anderen Vorhaben abzulenken. Sie war es, welche die Genehmigung gab und mich im Dezember vor den Altar stieß, als ich lieber durch eine Ihrer Launen gerettet worden wäre. Wollte Sie jetzt Ihren Schatzkanzler eines Schwiegersohns berauben? Doch damals war es Dezember gewesen, und jetzt war es Juni, und unsere Lebensgeister, in mancher Hinsicht so verwandt, konnten nun nimmermehr in Eintracht zusammenfinden.

Damals prüfte ich Bartholomew Clerks lateinische Übersetzung von *Il Cortegiano* und schrieb dafür das lateinische Vorwort, und so stritten die Königin und ich liebenswürdig fast zwei Tage lang über lateinischen Stil und Castiglione. Immer, wenn Sie Anstalten machte, mich beiseite zu ziehen und mir zu sehr auf den Leib rückte, ließ sich einer meiner Phrasendrescher, Hanswurste oder Lautenspieler blicken. Ihr Verdruß nahm zu, wenngleich wir einander freundlich zulächelten. An dieser Geschichte ist nichts Sonderbares: je mehr ich auf Abstand hielt, desto näher rückte Sie. Am vierten und fünften Tage ritten wir aus. Eliza genoß es, mit halsbrecherischer Geschwindigkeit davonzugaloppieren. Sie brauchte nie lange, um Ihre berittenen Gardisten hinter sich zu lassen, und Sie und ich sprengten in einer tollen Querfeldein-Jagd ohne ein bestimmtes Ziel durch Büsche, über Moore und steile Uferböschungen hinab. Einmal versteckten wir uns in einem tief eingeschnittenen Wasserlauf, während die verzweifelten Gardisten über unseren Köpfen vorbeigaloppierten. Das Gesicht gerötet und außer Atem verriet Sie die kindliche Leidenschaft fürs Versteckspielen, doch die Erinnerung an den trägen Thomas war auch in diesem Versteck bei mir und stand zwischen Ihr und mir.

Am sechsten Tag fand die so unvermittelt unternommene Reise ein ebenso jähes Ende. Es wollte Ihr einfach nicht in den Kopf, denke ich, warum Sie mich nicht reizte. So kam es, daß Eliza Havering schmollend verließ: *Wenig Freude ziehe ich daraus, Englands Königin zu sein. Ich möchte lieber ein Mädchen vom Lande sein.* Ihr Stolz ließ es nicht zu, daß Sie alle die kleinen Hinweise richtig deutete, mit denen ich Ihr zu verstehen gab, daß ich Ihr zwar den Hof machte, aber unter keinen Umständen Ihr Geliebter oder Ihr lüsterner Buhle sein wollte. Es gab andere, die sich auf dieses Parkett wagten.

Ich arbeitete ein paar Tage am lateinischen Text weiter und verlor mich dann ein paar Tage lang in den Psalmen Davids, an die der gute Onkel Arthur Mühe gewendet hatte. Es war ein hübsches Buch, nicht zuletzt weil er es mir widmete. Die Psalmen und Das Hohe Lied sind für mich die Seele und das Herz der Bibel. Und inzwischen sind sie, wie ich feststelle, das einzige, was ich lese, wenn ich mich von der Plackerei dieser Niederschrift erhole.

Endlich muß ich mir selber eingestehen, daß es, als ich dieses Notizbuch zu schreiben begann, vollkommen töricht war, zu glauben, mein Unglück mit einem Märchen wegfoppen zu können. Trotzdem, ich werd's zu Ende bringen, wenn nicht mein eig'nes Ende vorher kommt. Einige unumstößliche Wahrheiten wenigstens sind für mich darin zur Sprache gekommen. Doch zweifelhaft muß bleiben, ob der Kummer, den ich fühle, Gesellschaft brauchen kann. Eine Geschichte zu erleiden und sie zu erlesen, sind sehr verschiedene Dinge. Lies weiter, wenn Du willst, aber Deine Unterhaltung hat nichts mit mir zu schaffen. *Je suis de Verre.* Bilde Dir ein, mich in Deinen Händen zu halten. Es ist nichts als der Schatten eines grimmig grinsenden Geistes, zurückgeworfen von einem Spiegel, der einst strahlend hell war, doch nun trübe und angekränkelt ist.

Mein Körper ist ein flammender Kerker. Durch diese Niederschrift setze ich mich wenigstens auf den Stuhl eines

Zuschauers und verharre scheinbar ein paar Fuß von den Flammen entfernt. Ich hätte keinen Mantel über das Leid dieser Geschichte decken können, denn das verhüllte Leben hätte, wie ein verstopfter Ofen, mein Herz zu Asche verbrannt. Gegenwärtig verhält es sich so, daß ich gelernt habe, meiner mißlichen Lage zum Trotz zu schreiben und inzwischen ganze Tage hintereinander ohne Unterbrechung fortfahren kann. Für den Augenblick jedoch werde ich die Feder aus der Hand legen und wieder zu Bett gehen. Ich muß Jane rufen, damit sie mich mit dem Labsal kalten Gurkensaftes erquickt und mich wie ein Kind trockenwischt, bis das Fieber ein wenig nachläßt. Ich wollte ihr den Spiegel überlassen, doch das Weib des Kesselflickers gab mir mürrisch zu verstehen, ich solle ihn benutzen, solange ich noch lebe, und daß sie ihn gern nehmen werde, wenn ich tot sei. Ich versuche, nicht in den Spiegel zu blicken, doch meine Finger verraten mir, daß auf allen meinen Fieberflecken weiterhin Warzen und Schwären aufschießen. Habe doch Gott endlich Erbarmen mit mir.

33

Mit frischen Kleidern und erfrischten Lebensgeistern werde ich fortfahren in der sagenhaften Geschichte meines Gefechts mit Gloriana, Englands fleckenloser Lilie. Es war nach dem erfolglosen Liebesduell in Havering, daß ich mich wieder in meinem neuen Quartier im Savoy und bei den Freunden aus Shoreditch, welches ich kürzlich erworben hatte, einfand. Eine andere Herkunft vorausgesetzt, wäre ich Nashe, Marlowe und Greene sehr ähnlich gewesen. Doch unabhängig davon fand ich in ihren Ritualen, ob auf der Straße oder der Bühne, mehr Feuer und Witz als am Hof. Ich nahm an ihren Proben und Zechgelagen im Freien teil, nutzte mein Recht auf den Erwerb ausländischer Bücher, um diese für sie von de Renialmi, dem Italiener, zu beschaffen, der Pondus mit ausländischen Büchern versorgte. Es war Renialmi, der später die Erlaubnis zur Eröffnung eines papistischen Buchladens für eingetragene Kunden vom Erzbischof Whitgift erhielt, der seinen treu ergebenen Mittelsmann vorschob, um auszuforschen, woran die Gelehrten und Mächtigen Interesse nahmen. Aber Askanius nahm die Bestechungsgelder mit der rechten wie mit der linken Hand, und ich hatte es ihm zu verdanken, daß ich die Bücher aller französischen und italienischen Schriftsteller bekam, die meine Stücke nährten. Es war bei einem Besuch bei Askanius, wo ich auf Kredit Ariost und zahlreiche andere Bücher, die er für mich aus Italien hatte kommen lassen, abholen wollte, als ein Bote von der Königin erschien, die mich an den Hof rufen ließ. Augenblicke wie diese erinnerten mich stets daran, daß ich selten allein war. Es war dies der denkwürdige Tag, an dem Sie mich in ein Gespräch über Ovid und andere Dinge verwikkelte. Wenigstens hatte ich diesen kleinen Nutzen davon: de Renialmi wurde ob des Erscheinens des Königlichen

Pagen von solcher Ehrfurcht ergriffen, daß er sich erweichen ließ und mir meinen Bücherstapel schließlich auf Kredit überließ.

Geld war damals mehr denn je ein Problem, obwohl die Schwierigkeiten, die später folgten, dieses Jahr geradezu als einen holden Lenz erscheinen lassen. Zu Beginn des neuen Jahres glitten mir die Dinge aus der Hand, als ein paar meiner Jungen, bezecht und mit dem unbestimmten Gefühl, es sei um die Börse ihres Herrn nicht gut bestellt, um mir aus der Patsche zu helfen, den Plan ausheckten, an der Straße von Rochester nach Gravesend Robin Hood zu spielen. Der Plan, wie er mir vorgetragen wurde, war freilich zuerst ein anderer. Man wollte es zweien meiner Männer, William Fawnt und John Wotton, kräftig heimzahlen, die mit Amis unter einer Decke gesteckt und ihren Dienst bei mir zur selben Zeit quittiert hatten, als ich ihn fortschickte. Darum ging ich mit Freuden darauf ein, mich mit ihnen, als Straßenräuber verkleidet, in einem Graben nahe dem Gasthaus von Gadd's Hill zu verstecken. Ein Gewährsmann meiner Leute hatte herausgefunden, daß sie diese Straße nehmen würden und vorhatten, dort einzukehren.

Es war ein Riesenspaß, als wir mit schwarzen Federhüten aus dem Graben kletterten und riefen: *Heda! Stehengeblieben! Geld oder Leben! Was ist euch lieber?* Was ich nicht wußte, war, daß die Diener nach Übersee bestimmten Sold in Gold zu einem Schiff nach Gravesend beförderten. Zum Glück entwischten sie uns. Wie sie zurück zu ihren Pferden stoben! Wir konnten ihre Pisse riechen, als sie davonsprengten, den Gäulen übergeworfenen Postsäcken ähnlicher denn Reitern im Sattel. Für den Augenblick war alles eitel Freude, doch das Lachen verging mir, als bei Lord Burghley eine förmliche Klage eingereicht wurde und die Sache vor die Königin kam. Es mußte erst einige Zeit vergehen, ehe ich darüber lachen und Falstaff auf seinem Weg zum Boar's Head in einer Kneipe rasten lassen konnte.

Das alles hätte gut ein Vorwand sein können, mir ernstere Schwierigkeiten zu bereiten. Wie viele meiner Diener, frag' ich mich, waren wirklich Lakaien des Unglücks? Amis war's erwiesenermaßen. Churchyard diente Leicester. Doch ganz gewiß nicht auch Deny! Falls unter den dreien einer war, der zwei Herren diente, wäre es mir weit lieber, das träfe auf John Hannam oder Dan Wilkins, denn auf Deny zu. Er war mein edler Bürger, mein Kumpan beim Maskenspiel, der einzige, der mit leiser und anschwellender Stimme die Messe singen konnte. Er brachte mich dazu, Ronsard, den Räuber, zu lieben, und ich lehrte ihn, ein Dichter zu werden. Er ließ seine Verse unter dem Namen John Soowthern drucken. Ich habe nie jemand anderen erlebt, der so viel Vergnügen zeigte, wenn er sich gedruckt sah. Ich nahm ihn in ein gefälliges Gedichtbüchlein auf, zusammen mit einem von Elizas eignen und ein paar von meines Onkels Gedichten. Vielleicht ist es Deny gewesen, doch von allen meinen vielen Dienern war er der einzige, der mir hierher nach King's Place Grüße sandte. Treue Freunde sind schwer zu finden, und die Probe auf ihre Treue ist unmöglich.

Wenn ich die verborgnen Seiten meines Lebens ins Auge fasse, sinkt mein Lebensmut in die volle Tiefe meiner Natur. So stirb denn, stirb, stirb, stirb, sei nicht mehr, de Vere! Die meisten der Besten sind bereits tot. Ich wollt', ich wäre bei ihnen. Mit welcher Erlaubnis leben die Geringsten immer länger? Wer trifft die Wahl? Leben wir nicht unsren Versprechungen gemäß, strafen uns die Götter mit Plagen. Erfüllen wir unsre Aufgabe, bringen uns andre Menschen aus dem Konzept. Ich selbst mach's mit anderen nicht besser. Es ist ein grausames Verhängnis, daß alles Glück nur allzu bald zur Grube fährt. Geschminkte Liebe und lackierte Freundschaft. Auch ich. Wie sollte man vor Zorn nicht toben unter den ungeheuren Plagen seiner Krankheit? Alle Vorhaben meines Lebens sind zerborsten, mein Geist gehorcht nicht, und mit ihrer schönen Kutsche fährt allein die Zeit dahin. Hätte ich mehr von einem Rechtsgelehrten, könnt' ich die Dinge auf ewig hinausschieben. Eine Welle der Verzweiflung überschwemmt mich, wie ich's seit meiner Knabenzeit mehrfach schon erlebt habe. Ich fühle, daß ich wieder rücklings in den dunklen Abgrund der Zeit falle. Vergessen, dunkles, tiefes und tödliches Vergessen spendet mir ein wenig Trost. Konnt' ich einst in einer solchen Stimmung einen Tag lang reglos in einem Sessel sitzen, wieg' ich nun meinen Schmerz in meinen Armen und summe Schlaflieder für ihn.

34

Es war nach Ihrem Aufenthalt in Havering, daß Christopher zu ärgerlich wurde, um meine Nähe zur Königin länger zu ertragen, und anfing, mich mit Tratsch und anonymen Verleumdungen beim Schatzkanzler anzuschwärzen. Selbst ein Schaf hat Zähne. Jedes Gerücht, das mein falscher Freund ausstreute, machte es notwendig, drei Erwiderungen zur Rechtfertigung zu verfassen. Schließlich schickte die Königin Christopher für ein halbes Jahr zur Erholung nach Frankreich, obwohl ich glaube, daß es nicht seine Verleumdungen waren, die Sie aufbrachten, sondern das, was Sie in jedermanns Augen lesen konnte, wenn wir sie zusammen sahen. Es war leicht, an beiden meine Rache zu nehmen, doch es war, wie ich heute deutlich erkenne, eine Wut, deren Grund eher darin, daß man mir das Recht zu reisen verweigerte, als in Eifersucht zu suchen war.

Zusammen mit Greene arbeitete ich an der Zusammenstellung einer Sammlung von Gedichten, die wir *Einhundert verschiedene Blüten, zu einem kleinen Gedichtkranz gewunden* nannten. Etwa sechzehn meiner eigenen Gedichte fanden in das lebhaft zirkulierende Buch Eingang. Ich war damals dreiundzwanzig. Ich habe das Buch nicht zur Hand, doch Verse, an die ich mich erinnere, werden meinen Eigensinn bezeugen, denn alle meine Freunde gaben mir zu bedenken, ich sei halsstarrig bis zur Tollheit.

Liebe – ein Widerspruch, durch den sich trennen
Trieb und Maß; diese Zweitracht kann uns zwingen,
Daß, wie von Sinnen, diese Macht wir anerkennen,
Was weder Witz noch Vorsatz je zustande bringen.

Noch deutlicher gezielt sind die folgenden Verse, in denen ich mich erkenne, wie ich in jenem Alter war:

Gern würd' ich singen, doch macht die Wut
mich rasend,
Und Zorn hat sich verschworn, am Unrecht sich
zu rächen.

Es war eine leichte Sache, etwas über die Königin und Ihr Schäfchen hineinzuschmuggeln. Das listige Spiel im Spiel, das ich als Geschenk für sie wählte, war ein ziemlich langes Stück Prosa und Poesie, genannt *Die Abenteuer von Master F. I.* Die Gedichte stammten alle vom Helden und waren mit *Si fortunatis infoelix* unterzeichnet. Mit Fortunatis Infoelix signierte Hatton seine Gedichte, die so aufgeblasen und unecht waren wie sein Hosenlatz, der als Nadelkissen hätte dienen können.

Ich begann die Geschichte nach einer weingetränkten Nacht zu schreiben und war nach einem vierzehntägigen Gewaltmarsch damit fertig. Es war die erste Prosaerzählung, die ich verfaßte, und darüber hinaus, glaube ich, die erste ursprüngliche Geschichte in der Manier des Boccaccio, die in unsrem Jahrhundert geschrieben wurde.

Die Erzählung spielt in einem großen englischen Schloß im Norden, auf dem eine Gruppe verwöhnter Adliger wohnt. Berichtet wird von der listigen Liebe zwischen Fortunatus Infoelix und Herrin Elinor, in denen der blödeste Narr am Hof auf Anhieb Gloriana und Ihr Schaf erkennen konnte. Es wurde alles in den breiten Randspalten jeder Seite deutlich ausgesprochen. Die Gedichte, die entlang des Wegs wie Zaunpfähle in der Prosa standen, waren des Schafes eigne, die sich verbreitet hatten, weil Gloriana nicht darauf verzichten mochte, sie Ihren vertrauten Zofen mitzuteilen, ohne Rücksicht darauf, wie schrecklich diese Verse, oder wie immer man sie benennen will, waren:

Ich hab' wohl Grund, mit meiner schlichten Kunst,
Den Namen Cynthias zu preisen

und mehr noch in dieser Art. O, wir nahmen ein paar winzige Veränderungen vor, so daß ein harmlos schwülstiges Liebesgedicht mit einem neuen Reimpaar endete:

Was darauf folgt', ihr Kundigen, ermeßt,
In diesen Mauern schwelgt' ich im Liebesfest.

Die Fabel war simpel. Madame Elinor sollte für Fortunatus bei seiner Suche nach Mistress Frances die gute Fee spielen. Elinor und Fortunatus stand es jedoch auf diese Weise frei, von Zeit zu Zeit den Äußeren Hof und ihre privaten Gemächer zu benutzen, ohne Verdacht zu erregen. In der Geschichte sorgte Penelope für Verwirrung, die sich zu diesem Aufenthalt auf dem Lande prachtvoll und auf das reichste herausgeputzt präsentierte, so daß der scheinbare Freier, obgleich natürlich im Herzen Eliza unwandelbar treu, seine Blicke ständig zu ihr schweifen ließ. Und Sie, ganz unter Freunden und Untergebenen, antwortete auf eine Weise, die unfehlbar Ihr Spielzeug gefügig machte. Sie erschien eines Abends an der Tafel, nachdem Hatton den Nachmittag bei Ihr verbracht hatte, nur mit Ihrem Nachtgewand bekleidet. Ihr Haar jedoch war sorgsam *alla Piedmontese* frisiert, nach jener Art, die Sie damals bevorzugte, und auf Ihrer Stirn war ein kleines Stück Papier befestigt, auf das Sie mit Ihrer feinen Handschrift nur ein einziges Wort geschrieben hatte: Zufrieden. Ich hatte es von Penelope Devereux selbst.

Diese einzeln stehende Erzählung war das erste Werk, dem ich mehrere Bedeutungen einpflanzte. Während es zu jener Zeit allgemeiner Brauch war, zwei Bedeutungen zu unterlegen, hatte ich damals, und später fast immer, deren nicht weniger als drei. Ich hatte die Liebesgeschichte satirisch beschrieben, mich selbst als deren Beschreiber, und darüber hinaus gezeigt, wie vornehme englische Nichtstuer Tag für Tag ihr burggeschütztes Leben verplaudern und vertändeln. Zur rechten Zeit hätte ich aus den *Abenteuern von Master F. I.* mehr gemacht, wären sie mir nicht gestohlen worden. Es machte mir Freude, die *novelle* zu schreiben, weil sie mir gestattete, das Geschick des Dichters bloßzulegen, aber ihre uneingeschränkte Vertraulichkeit reizte mich zu sehr, und ich entdeckte darin eine Art, sich mitzuteilen, die gefährlicher war als Poesie.

Mit Richard Smith stimmte ich die Drucklegung so ab, daß das Bändchen druckfrisch in seine und jedes anderen Hände kam, unmittelbar nachdem Hatton im Oktober von seinem Liebesurlaub zurückkehrte. Ich schätzte beide richtig ein. Sie war gekränkt, ließ sich aber nach außen nichts anmerken. Er, der sich ebenfalls nichts anmerken lassen konnte, wurde in den unerhörtesten und starrsten Zorn versetzt, der mir je unter die Augen kam. Die stumme, aber rasende Bestie wartete dann geduldig mehr als zwei Jahre mit der Rache, als mir schließlich gestattet wurde, ins Ausland zu reisen. Die *Einhundert verschiedenen Blüten* wurden plagiiert und unter einem neuen Titel, *Die Dichtungen von George Gascoigne*, noch einmal gedruckt. Aus der neuen Ausgabe hatte man die *Abenteuer von Master F. I.* getilgt, und die meisten meiner Gedichte waren verdorben, um ihnen den Witz zu rauben und sie gar noch mittelmäßiger zu machen als Gascoignes eigne Gedichte, die er bereitwillig in das plötzlich halbleere Faß warf, um es aufzufüllen. Guter, alter George, es war nicht die einzige Aufgabe, die er willig ausführte, um Poeta Laureatus zu werden. O, wie weit überlegen seinem Freunde Immerito und Shakespeare er war. In der ersten Ausgabe war er mit einer Übersetzung, einem schulmeisterlichen Traktat über den Vers und mit ein paar Gedichten vertreten gewesen, und mit letzteren nur, weil ich die Übersetzung wollte.

Jene Nachtwachen-Konnetabeln, die Kritiker, waren reichlich traktiert worden und bereit, ihre Jubelgesänge mit Lorbeer zu würzen, wenn das neue und verschnittene Buch erschien. *Einen Lorbeerkranz wird dieser Mann tragen*, schrieb einer von Gascoignes literarischen Freunden mit wundersamer Voraussicht. Wo es Kritiker gibt, wird sich ein Stück ehrlichen Großmuts, aber in der Hauptsache niedrige Berechnung finden, ganz gleich, worüber sie ihr Urteil abgeben. Man muß sich über sie erheben und sich eine dicke Rinde wachsen lassen, obwohl man der Axt immer gewärtig sein muß. In diesem Fall war das Schaf allem Anschein nach gewitzt, denn er hatte seine Demütigung ausgelöscht und zugleich die heimliche Genugtuung, mir in einem Augenblick, da auch ich keinen Widerstand leisten konnte, grausam mitgespielt und mein Buch gestohlen zu haben. Als ich schließlich an den Hof zurückkehrte, eilte er sogleich herbei, um mir mit honigsüßem Lächeln ein Exemplar von Gascoignes gestohlenem Buch zu überreichen. Er fürchtete so sehr, es könne mir entgehen. Doch etwas, ich weiß bis heute nicht, was, ging nicht nach Wunsch, denn Elizabeth ließ das unversehrte Buch einziehen und vernichten. Da Sie die ursprüngliche Fassung schweigend hatte erdulden müssen, gestattete Ihr das Wiedererscheinen der verschnittenen vielleicht, Ihrem Zorn über Ihren treuesten Höfling endlich freien Lauf zu lassen.

Hatte Hatton trotzdem das letzte Wort? Mitnichten. Vielmehr war ich es, der dem Schaf in *Was ihr wollt* Malvolios Gestalt gab, so daß er neben Ihr sitzen und sich die Geschichte von Gräfin Olivias Haushofmeister anschaun mußte, der, nachdem er eine falsche Liebeserklärung abgegeben hat, am Ende sich in seinem eignen Fallstrick fängt.

Ich glaube, dieses Stück dämpfte seinen Ehrgeiz, doch die Königin konnte sich von seiner einschmeichelnden Verehrung nie ganz abwenden. Ein steter Strom von Ämtern und Länderein floß ihm zu, und als er starb, zehn Jahre ist's nun her, kannte der Prunk, der ihm zuteil wurde, keine Grenzen. Es lief damals ein Vers um, der Hattons Grabstätte und das überraschend bescheidene gemeinsame Grab Sidneys und seiner Frau in Westminster gegenüberstellte:

Philip und Frances haben keine Gruft bekommen,
Denn der Große Christopher hat allen Raum genommen.

Ich war erstaunt, als Sir Christophers Freunde vor zwei Jahren nach Hackney kamen, um mich zu ersuchen, *Tancred und Gismund* wieder aufzugreifen, eine komische Tragödie, an der er sich mit Noel und Wilmot versucht hatte. Hätt' ich Zeit, wüßt' ich eine drollige Geschichte zu erzählen. Die Leute vergessen sehr rasch oder, schlimmer noch, begreifen überhaupt nichts. Hatten sie womöglich gedacht, King's Place sei ein Theater in der Stadt, das man mieten konnte? Ich habe, wie es scheint, die meisten meiner Feinde überlebt, doch nie werde ich Gnade für Recht ergehen lassen. Mein Gedächtnis geht sechs Monate über mein Leben hinaus. Möcht' es vor mir sterben. Trügen meine besten Werke meinen Namen, könnte ich auf ein Andenken hoffen, das des Schafs goldne Gruft überdauert, da es aber nicht so ist, lebe ich diese Tage ohne Hoffnung zu Ende. Das Schreiben ist mir alles, und darum ist vieles davon ungeschliffen und leichtfertig, dazu bestimmt, wie trocknes Gras in einem Feuer verzehrt zu werden.

Jene zwei Jahre meiner Jugend waren fruchtbar für mich. Endlich hatte Thomas Bedingfield, unter den Schriftstellern, die sich im Savoy um mich geschart hatten, einer von besserer Geburt und mir am meisten verwandt, seine Übersetzung von Cardanos *De Consolatione* fertiggestellt, einem großartigen Buch, ein paar Jahre vor meiner Geburt geschrieben, für das ich in jeder Hinsicht dem guten Buchhändler de Renialmi zu Dank verpflichtet bin. Sie sind sonderbare Käuze, diese Buchhändler, und verkaufen ihre Perlen gern als Diamanten, wenn sie erst einmal eine Leidenschaft für ihre Waren hervorgekitzelt haben. Ich übernahm das Buch in Thomas' Auftrag und veröffentlichte es *cum privilegio*, wobei es das letzte Mal war, daß ich in der Öffentlichkeit mit diesem Recht prunken konnte. Auch für mich bedeutete das Buch viel Arbeit, denn Mängel des Stils und der Genauigkeit der Übersetzung mußten beseitigt werden, und Thomas erwies sich als der furchtsamste Autor, der je lebte. Er schickte mir das Manuskript, wäre dann aber lieber bereit gewesen, irgendwohin zu rennen oder zu fliehen, als seinen Namen gedruckt zu sehen. Ich versuchte ihm klarzumachen, daß nichts zu befürchten sei von einer philosophischen Abhandlung, die vor seiner Geburt geschrieben worden, deren Übersetzer er lediglich sei, und daß er jetzt meine Fürsorge und Protektion angenommen habe, um die Arbeit auszuführen, die zu lesen seine Königin sehr begierig sei. Der letzte Hinweis war unklug, denn der Schrecken, der sich in seinem Gesicht malte, verdoppelte sich auf der Stelle. Am Ende erwies es sich als notwendig, ihm ein Vorwort unter meinem Namen zu versprechen, in dem ich die Notwendigkeit, das Buch zu veröffentlichen, rechtfertigte. Kostenlos fügte ich ein langes homiletisches Gedicht über das Thema hinzu:

Der Autor, der mit Mühn das Buch verfaßt',
Fährt nicht der goldnen Muse Gaben ein;
Doch jene tun's, die's lesen ohne Hast
Und Spreu von Weizen scheiden fein.
Den Vogel fängt nicht, wer ihn hetzt,
Nur der, der stille sitzt und spannt das Netz.

Es ist außerordentlich kurios, daß dem Dichter, der als einziger an die Himmel rühren kann, nach allgemeinem Brauch sein gerechter Lohn verweigert wird, es sei denn, er hat einen Gönner, und wie demütigend ist es, wenn ein Edelmann einen Gönner braucht.

Wodurch es in der Ordnung der Dinge auch begründet sein mag, es läßt sich aus der Kunst im wirklichen Leben kein Kapital schlagen, wenngleich Drucker, Buchbinder, Buchhändler und Schauspieler vielleicht den Lohn erhalten, der ihnen zukommt. Es fehlt nicht an Beweisen, daß ein Buch ohne Verlust seinen Weg machte. Cardans' *Tröstung* war ein solcher Fall, aber Thomas hatte recht. Bücher sind gefährlich. Du kannst, wenn dir der Sinn danach steht, durch sie leben, doch versuchst du, von ihnen zu leben, geschieht's auf eigene Gefahr. Theater wird wenigstens von einer kleineren Menge gemacht und gesehen, und es gibt bei dem großartigen Durcheinander, das dort herrscht, ein wenig Sicherheit. Weil die Poesie heilig ist, haben die Götter vielleicht verfügt, daß der echte Dichter niemals nach seinem wahren Wert bezahlt werde, auf daß er nicht bloß ein Hausierer sei, der das Vergangene verhökere. Das ist der wunde Punkt. Das Entgelt, ob zu hoch oder zu niedrig, ist nie gerecht.

Es war in jenem Sommer, da ich zur vollen Überzeugung gelangte, daß es mein Schicksal war, mit meiner Arbeit meiner Berufung zu folgen, und es war der Cardanus jenes

Jahres, der wenige Monate vorher dennoch zur Quelle einer meiner am besten gestalteten Theaterszenen wurde. Was mich aufwühlte, als ich zweiundzwanzig war, tröstet mich jetzt, da ich zweiundfünfzig bin und den Tod sehen kann, der mich durch die Fensterscheibe beobachtet, eine Frau und eine Dirne, die Hure von Kilpeck. Bedingfields Cardanus gab allzu getreu die Unbeholfenheit der Sprache des Sterndeuters wieder:

Sprechen wir vom Tode, läßt er mit etwas besser sich vergleichen, als mit dem Schlaf? Es ist aufs höchste gewiß, daß solch Schlaf der süßeste und tiefste ist, denn jener ist der beste, worin wir, den toten Menschen gleich, nicht träumen. Wenn du aber den Tod mit einer langen Reise vergleichst, gibt es nichts, das besser und wahrer das Lebensende voraussagt, als wenn ein Mensch davon träumt, er reise und wandere in ferne Länder, und daß er in unbekannte Länder reise, ohne Hoffnung auf Wiederkehr.

Das war bloß eine geschlossene Knospe, die fast dreißig Jahre brauchte, sich zu öffnen, denn alle lieblichen Blumen und Früchte reifen langsam.

Bei seiner ersten Aufführung schickte mein erster Schauspieler, Richard Burbage, Hamlet in ein frühes Grab. Er war ein gewandter Tragöde, der Theatre und Globe und die Inns mit Richard und Lear aufgewühlt hatte, doch auf den Brettern hatte er einen kleinen Fehler: er erfand seine Verse immer, während er deklamierte, und das um so mehr, wenn er es darauf angelegt hatte, eine neue Dirne auf sein Lager zu trinken. Immer hielt er sich für zu groß, um die Spalten abzuzählen und die Verse zu lernen. Die Saite zersprang in meinem Inneren, als er das Selbstgespräch des Prinzen begann:

Sein oder Nichtsein, ach, das ist der Witz,
Sterben, Schlafen, ist das alles? Ja, alles.
Nein, Schlafen, Träumen, ach, Vieles geht dahin.

Er hielt sich für bedeutend. Ich glaube nicht, daß er so bedeutend war.

So ging er dahin, und an seiner Stelle übertrug ich die Rolle Will Kempe, der eine Vorliebe für sie hatte und sie besser spielte als jeder andere Schauspieler in der Stadt, wenn er die Worte leidenschaftlich flüsterte, obgleich er eines Abends im Globe vor lauter Raserei seinen Wildfang Hamlet sich auf der Bühne entkleiden ließ. Der nämliche Kempe, der einer lohnenden Wette wegen im selben Jahr verkleidet und schellentragend in sechs Tagen von London nach Norwich tanzte, und dann hat er uns verlassen. *Ich habe keine Lust mehr*, sagte er mir bloß, als wir uns das letztemal sahen. *Es wird Zeit für mich, in einer entlegenen Kolonie einen feinen Kragen zu tragen.*

Sterben – schlafen –
Nichts weiter! – und zu wissen, daß ein Schlaf
Das Herzweh und die tausend Stöße endet,
Die unsers Fleisches Erbteil – 's ist ein Ziel,
Aufs innigste zu wünschen. Sterben – schlafen –
Schlafen! Vielleicht auch träumen! ...

Dieses vollendete Stück, in die hingebungsvolle und kundige Obhut des Komödianten Kempe gegeben, ließ mich die stille Genugtuung eines Mannes empfinden, der für die Unsterblichkeit auserwählt worden ist, weil er den Stoff am Ende so zuschnitt, daß er sich schmiegt und fällt für ewige Zeiten. Ich sterbe, wie ich schreibe, in jedem Fall, und diese Zeilen sollen mir statt eitler Pracht und Hoffahrt Genüge tun:

Ja, da liegt's:
Was in dem Schlaf für Träume kommen mögen,
Wenn wir den Drang des Ird'schen abgeschüttelt,
Das zwingt uns stillzustehn ...
Nur daß die Furcht vor etwas nach dem Tod –
Das unentdeckte Land, von des' Bezirk
Kein Wandrer wiederkehrt – den Willen irrt ...

Hamlet machte mir klar, daß das bescheidene Schauspiel wieder eine Kunst geworden war. Trotzdem, denk' ich, bin ich jetzt gerüstet und würde mich an Trost und Komik eines tiefgründigen lateinischen Geplauders mit dem guten Cardanus erfreuen, der in vielem ebenso gelitten hat wie ich und der sein Werk und auch sein kühles Urteil inmitten der ungeheuren Masse eingebüßt hat. Seine treffliche Lehre habe ich mir als Mahnmal im Herzen bewahrt.

Im nämlichen Jahr, da ich Bedingfields Übersetzung zur Druckerei in der Fleet Street beförderte, schrieb ich auch die erste Fassung der *Lustigen Weiber von Windsor*, ein bezauberndes, wenngleich seichtes Werkchen, das ich Jahre später noch einmal überarbeitete, damit der fröhliche Falstaff den neuesten Hofklatsch durchhecheln konnte, um die Königin zu kitzeln. Am besten gefiel Gloriana der Scherz über den Herzog Friedrich von Württemberg, den so sehr nach unsrem Hosenbandorden verlangte, daß Sie ihn damit beschenkte und vergaß, ihn davon zu unterrichten. Wir alle mögen unsre eignen Scherze am liebsten. Die *Lustigen Weiber* zeigen, wie im Leben die besten Verkleidungen fadenscheinig werden. Blick' ich darauf zurück, obwohl *Hamlet* mein vollkommenes Stück ist, verdrießt es mich, feststellen zu müssen, daß ich im späten Leben immer noch zu dem Versuch bereit war, den Schulmeister der Nation zu spielen. Wir lernen, was wir zu glauben bereit sind, und nur das. Betrachte einmal das gemeine Volk, betrunken im Parterre, und die Kavaliere, die sich seitlich der Plattform auf den Sitzen rekeln, um über den armen Schauspielern gesehen zu werden, selber murmelnd, schreiend und trunken mit den Armen fuchtelnd – betrachte das alles nur einmal, und dich verläßt der Wunsch, ein sanfter Kanzelredner zu sein. Sollen sie alle statt dessen, wenn sie wollen, *Il Cortegiano* lesen. Wenn aber, heißt es darauf, die *Lustigen Weiber* nichts anderes als eine ausgelassene Posse sind, trieft der junge Enkelsohn Bertrams, der alte Hamlet, dennoch allzusehr von Speichel und Galle. Es ist ein bitteres Geschick, vor dem sogar die Kunst sich nicht retten kann, zu erkennen, wie oft es für den alternden Künstler *parvum in multo* heißt.

Mein *serpigo* ist nun ein fast alles übersteigendes Leiden. Das Verlangen, mich dieser Niederschrift zu entziehen, hält dem die Waage, sie fortzusetzen. Meine Brust glüht wie ein Kalkofen. Die Aufgabe, mein Leben zu beschreiben, zehrt mich aus und verhilft mir kaum zu Seelenfrieden, doch stemmt sie sich der Krankheit entgegen und hält die Dirne in Schach. Es ist ein Jammer, daß ich vor einiger Zeit meinen Arzt verloren habe, Esquire Arteslow, den man verhaftet und fortgeschafft hat, weil er in seinem Hause einen Schulmeister hielt, der keine Lizenz hatte. Die Aussicht auf sein Szepter, nachts in seinen Händen, sagte er mir einmal, gebe ihm allein die Kraft, tagsüber dem Wehklagen seiner Patienten die Stirn zu bieten. Ihre Beschwerden waren fast immer bedingt durch ihre wirklichen Leiden. Hier fuhr er mit der Hand zwischen die Schenkel einer vor Angst starren Frau, dort überwachte er die Wiedererrichtung einer niedergebrannten Meierei, was keine Macht auf Erden ihm vergalt, und am Abend dann mußte er vielleicht zusammen mit seiner eignen erschöpften Seele, sechs Säuferseelen die enge Stiege hinaufschleppen. Er hatte, wie sein Freund, der Schulmeister, keine Lizenz, war aber in seiner Jugend übers Meer gefahren und am Hof des Sultans in Konstantinopel Zeuge vieler einfacher und wirksamer Heilverfahren gewesen.

Wo bist du jetzt, prächtiger Edward? Solltest du noch in einem Provinzgefängnis des Reiches am Leben sein, zweifle ich nicht, daß du deinen Kameraden und Mitgefangenen gleichermaßen helfen wirst. Obgleich kein Edelmann, warst du ein edler Mann. Manches Mal hast du mich kuriert, und wenn du es nicht vermochtest, hast du mir immer durch Geschichten von Margery Jenton Linderung verschafft, der spröden Dienstmagd im Haus von Edward Lum in West Ham, die, ohne daß ihr Herr es wußte, jedem Gast des Hauses zu Diensten war. Oder Mistress Turner, die, während sie als Magd bei Thomas Boteslye wohnte, für alle meine Schauspieler, ein einziger ausgenommen, die Hure machte. Keine Rolle gab's, nach der sie's nicht verlangte. Am meisten liebte ich die Geschichten von Mistress

Berisse, die mit ihrem eignen Diener hurte, einem kurzbeinigen Burschen namens Lawrence, der Gatte, Liebhaber, Kind, Schoßhund und Spielzeug für sie war, den sie aber nur lieben konnte, wenn er aus großer Höhe auf sie niedersprang und sie so zurichtete, daß sie seine zwergichte Häßlichkeit nicht sah. Du wußtest Geschichten, die dazu taugten, der Pest den Schmerz zu nehmen. Wo bist du jetzt, prächtiger Edward?

Zuerst will ich versuchen, dem Schlaf mich zu überlassen, dieser Schwester des Todes, und dann werd' ich weitere Fäden zum Bildnis meiner dunklen Liebe, Anne, knüpfen. Sie war eine reuige Närrin mit einer scharfen Zunge, viel zu klug, und eine oberflächliche, wankelmütige Frau. Doch wenn sie ihre Beine spreizte, taten die Pforten der Hölle sich auf, und all ihrer Fehler zum Trotz liebte ich sie.

35

Ich werde sie Dir so zeigen, wie ich sie zum ersten Male bei Hof sah, ein bläßlich Ding mit einer samtnen Braue und zwei Pechkugeln im Gesicht statt Augen. Sie kam zu spät zum Tanz. Alle hielten inne und wandten ihr die Gesichter zu, und sogar einige der Musikanten kamen aus dem Takt, um ihre Schönheit zu sehen, in einem dunkelbraunen Kleid, ganz von feinem weißen Filigran bedeckt. Der Aufzug war für alle nur allzu leicht zu deuten. Er bot der Königin Gegenbild, als wenn nächtens in einem Garten das Mondlicht sich in den Stickerein fängt und sie mit metallenen Fäden durchwirkt. Nach einem ungeschriebenen Gesetz hatten alle Hofdamen helles Haar, und jene, deren Haar eine andere Farbe hatte, wuschen es mit einer besonderen Tinktur aus Vogelleim, so daß sie, solcherart mit Vogelgalle getränkt, keiner anderen Galle mehr bedurften. Über diesem Meer von Gelb leuchtete das rote Haar der Königin wie die Sonne. Es hieß, für Sie gebe es rote Tinkturen. Da stand Anne, schwarz. Ihrer Schönheit fehlte die Harmonie. Ihre Nase war eine schmale Felsklippe. Ihr Kinn war zu schmal. Sie machte keinen Versuch zu lächeln. Unter der dunkel glühenden Wölbung ihres Haars durchschnitt eine einzige Falte der Schwermut ihre Stirn.

Von allen Anwesenden blieb allein ich kühl und flüsterte den Damen an meiner Seite, um sie zu unterhalten und zu amüsieren, Lästerworte zu.

Die Entfernung ist zu groß, schöne Rosemarie. Sag' mir, ist's ein schwarzer Falke, der auf alles niederstößt, oder ist unser Hof bloß mottenzerfressen? Sie lachten, sogleich mit mir verbündet. Es ist nicht schwer, sich das Wohlwollen eines Schwarms von Damen zu erschmeicheln. Ich blickte sie mit geheuchelter Überraschung an, als sie lachten. Dann setzte ich meine trefflichste Miene reizender, doch ein wenig grämlicher Schwermut auf, als habe Annes Düsterkeit an meinen Nerven genagt und frische Erinnerungen an eine schlimmere Stunde heraufbeschworen.

Der Schwall von Gelächter in unsrer entfernten Ecke brach den Bann. Köpfe drehten sich. Ich glaubte zu sehen, daß Anne Vavasour uns einen raschen, finsteren, ärgerlichen Blick zuwarf, dann nahm der Tanz seinen Fortgang.

Was ich sagte, war mitnichten das, was ich dachte. Die Eigenart ihrer Schönheit und ihres Geistes hatte mich bis ins Mark getroffen, und selbst noch heut' kann die bloße Erinnerung daran mir die Sprache rauben, obwohl ich am Ende wahrlich jenseits der Liebe lebe. Aufs Stichwort auftreten müßt ihr, sagte ich meinen Schauspielern, eure Rolle ganz ins Gesicht geschrieben, und die Verse werden sich fast von alleine sagen. Natürlich hörten sie nur den zweiten Teil meines Rates. Die dunkle Anne jedoch trat im selben verhängnisvollen Augenblick in einen Raum und in mein Leben.

Ich schrieb ihr einen kurzen Brief und ließ ihn durch einen italienischen Burschen mit spiegelndem schwarzem Haar überbringen, den ich für diesen Dienst ganz in Samt hatte kleiden lassen. Den Wortlaut des Briefes hab' ich nicht mehr im Kopf, wohl aber seinen getreuen Nachhall:

Anne, Liebes,

Du schweigst vielleicht, weil ich einmal flüchtig Deine heiteren Tage mit Dir teilte. Ich tadle mich dafür, zu glauben, man könne Schönheit mit einer Lanze zu Fall bringen. Mein Wortgeschick verkümmert und verblaßt im Angesicht dessen, was ich gestern nacht sah und fühlte. Ich sehe Deine Schönheit, und ich sehe Deine Schwermut. So teuer wie deine Schönheit sind mir nun Deine Fehler, denn diese sind auch der Prägestempel meiner eigenen Seele. Zu Zierden machst Du die Fehler, die Dich heimsuchen. Eine Woge von Reue schlägt an mein Bett und läßt die Flut meiner Liebe weiter schwellen. Ich verspüre ein rasendes Verlangen, Dir zu folgen, und fürchte, daß dieses Verlangen, selbst wenn's gestillt, nicht schwächer werden und uns keine Ruhe gönnen wird.

Hüte Dich! Ich liebe! E. O.

Jahre später frage ich mich, wie viele Männer sie wohl in ihrem dunklen Bett besprungen haben. Und warum ist diese schicksalhafte Liebe so lange nach dem besudelten Pakt zwischen uns noch immer nicht gänzlich verebbt? Meinem Dichten, das geb' ich zu, hat sie geholfen, aber sie hat mich verwundet und tut's noch immer, selbst jetzt in meiner Schicksalsstunde.

Ich war nicht darauf vorbereitet, wie Anne meinen Brief aufnehmen würde. Ich schritt in der langen Gemäldegalerie bei Hof auf sie zu und berührte ihren Ärmel. Sie wandte sich zornig gegen mich.

Anne, haben wir nicht einst auf dem Lande getanzt?

Haben wir einst auf dem Lande getanzt?

Du weißt, wir taten's.

Wie überflüssig war's dann, die Frage zu stellen.

Sei nicht so dickköpfig. Würdest du mich kennen, würdest du mit mir sprechen.

Wie sollt' ich dich nicht kennen? Du bist der Gatte einer andren Anne. Und ich bin, wenn ich deinen Brief recht deute, eine Hure, die in deinen Gedichten geheilt und begnadigt wird. Man sagt, ich sei ein bläßliches Ding in deinen Augen, und man sagt auch, dein Hochmut sei der Beweis, daß ich dir trotzdem Eindruck machte, was überaus merkwürdig ist. Das, mein Vetter, ist mehr, als ein armes Weib begreifen kann. Du sollst wissen, daß ich, wenn ich denn eine Hure bin, trotzdem nicht auf jedem Markte feil bin. Für Gatten andrer Annes, zum Beispiel, bin ich nicht käuflich!

Ihre Worte kamen wie Büchsensteine, abgefeuert von den sprühenden Funken in ihren Augen. Sie war außer sich vor Zorn, und doch blieben ihre Gesichtszüge unbeweglich und ruhig. Ursache dieses Ausbruchs war offensichtlich, daß ihr irgendeine betuliche Klatschheldin meine Spöttelei auf dem Tanzboden hinterbracht hatte. Verlasse Dich darauf: große Lieben werden im Feuer der anfänglichen Verachtung geschmiedet. Jene höhnischen Worte sollten mir von größerem Nutzen sein als mein kunstvoller Brief. Ich konnte spüren, daß ich meiner Bettlust näher war, als ich geplant hatte. Wovor sie Abscheu hat, dazu läßt keine wirkliche Frau sich spornen, doch verschwendet sie ihr Feuer nie an etwas, das sie in ihrem Inneren als nichtswürdig und unbedeutend erkannt, ganz gleich wie stark beeinträchtigt ihre Urteilskraft auch sein mag. Diese echte Frau hat Raum in ihrem Inneren für alle Bücher und Künste, die nötig sind, die gesamte Welt zu versorgen. Die anderen, der größere Teil, richten bloß eine Schranke auf und erwerben Männer zu ihrem größten Vorteil, so wie auch sie selbst erworben werden. Wer auf Schranken ein Leben gründet, wird betrogen werden oder sich selber betrügen, wobei auch beides zutreffen kann. Bei Menschen wird diese Rechnung nie aufgehen. Genug davon. Ich fürchte, mein alter Schwiegervater, in meiner Einbildung hinter einem Vorhang verborgen, fängt flüsternd an, mir Moral zu predigen.

Desungeachtet war ein wenig Zeit erforderlich, um meine Gebieterin zu gewinnen. Obgleich sie eine Frau war und darum umworben und umgarnt werden konnte, verstand sie sich zu gut auf alle Schliche und fand Vergnügen an dem Spiel. Sie war ungebärdig und doch sanft; eine Dirne und trotzdem eine Lady; hübsch und witzig und auch noch etwas andres. Allzeit unerschrocken. Sie war klug, und sie war unberechenbar, und ich begehrte sie. Die Hälfte meiner Verse schrieb sie zu Ende, ehe ich sie noch begonnen.

Bist du ein aufrichtiger Mann, mein guter Earl?

Welch eine Frage! erwiderte ich.

Wie kann eine Frau, ohne das zu wissen, mit ihrem mageren Vorrat an Verstand glauben, daß ein Mann sie liebt? Mich dünkt, ich lese falsche Liebe in deinen Augen.

Dann sind deine Augen schön, aber zu verschattet, um solche Dinge recht zu lesen.

Ich hab' keine andren Augen als die einer Frau. Ich denke so von dir, weil ich mir dich so denke.

Und ich bin, der ich bin.

Soll ich also auf die Knie fallen, fasten gar und dem Himmel für die Liebe eines aufrichtigen Mannes danken?

Nun, sei gefaßt, doch zu fasten brauchst du freilich nicht.

Es heißt, Mylord, daß Ihr die Jungfernschaften verschlingt wie ein Walfisch die Sardinen. Erspart mir das Verschlingen.

Ihr wißt, ich bin kein kleiner Fisch.

Wie überflüssig, das zu erwähnen! Du nimmst dir zuviel Freiheit heraus, sogar gegen dich selber.

Da lachte sie zumindest, und ich sah mich noch einmal kurz vor dem sicheren Sieg. Obgleich ich darin erfahren war, Frauen mit Worten zu verführen, hatte ich mich hier einer Niederlage nahe gewähnt.

Ich werde nicht zweimal verschlungen werden, nicht einmal in einer Lügengeschichte, und ich werde nicht zulassen, daß man meiner Freiheit Zügel anlegt wie einem Pferd.

Ich habe viele Pferde, und die besten reit' ich ohne Zaum.

Und Frauen?

Keine, die so schön ist wie du. Ohne Zaumzeug, natürlich. Hast du mich nicht bei den Turnieren gesehen? Man sagt, ich sei ein recht guter Reiter.

Es heißt, lieber Sir, daß du sowohl ein Wortbrecher wie ein Ehebrecher bist, und ich glaube, daran könnte etwas Wahres sein. Sieh, jetzt glitzern deine Augen wie ein schimmerndes Nest von Aalen.

Meine Augen, feurige Lady, sind nur Spiegel für deine dunkle Schönheit. Was sie sehen und widerspiegeln, funkeln sie an wie eine Fontäne. Sie werden sich trüben, wenn du gehst.

Dann, denke ich, sollt' ich bleiben und mich in dein Bett verirren, wenn du darauf bestehst, mich zu lieben. Wenigstens weiß ich dies: alle Männer sind April, wenn sie buhlen, Dezember, wenn sie heiraten. Da du verheiratet bist, wird mich deine falsche Zuneigung vielleicht ein weiteres Jahr vor winterlichem Ehestand bewahren.

Wie ein Wind, der plötzlich umschwingt, so ihre Laune. Ich heuchelte Begeisterung, so gut ich's vermochte, und beteuerte ihr, daß ich wirklich verheiratet sei, was sie und ganz England wisse, und darauf gab sie mit großem Ernst zurück, ja, ich sei in der Tat verheiratet und darum recht geübt in Seitensprüngen und Bocksprüngen.

Einem Mann steht's wohl an, mitleidsvoll und doch mit gutem Grund unterwürfig und dankbar zu seiner Gebieterin zu kommen, denn mir scheint, ein Gatte, der eine neue

Geliebte sucht, gibt, der Welt zum Spielwerk, eine Gattin preis, die wie eine Burg aufs beste befestigt war und nur auf den rechten Belagerer gewartet hat. Die öffentliche Neugier ist's, die die betrogne Frau so toben und rasen läßt, weil auch sie sich gern der Befreiung aus dem verschwiegenen Kerker ihrer Liebe erfreuen würde, wenn sich das nur vor Freunden und Nachbarn völlig geheimhalten ließe. Darum woll'n wir einfach sagen, daß für einen Tag wir uns verbinden wollen, ohne das ›auf immer‹ und ohne das ›und ewig‹. Währte es eine Woche, wäre ich überrascht; währte es einen Monat, wird es vielleicht auch die Welt überraschen.

Ihre Neckerei war das beste Stück Euphuismus, das ich je hörte, um so mehr als alles einen Sinn ergab und mit dem Wetzstein ihres Witzes scharfgeschliffen war. Später dachte ich, manchmal wäre es besser, mit Messern zu jonglieren als sich mit Anne auf ein Wortgefecht einzulassen. Es war ihre Absicht, sich selber und mich zu treffen, und es schien sie nicht sonderlich zu kümmern, wer vom Griff und wer von der Klinge verletzt wurde. Wenn wir bei Laune waren, kannten wir keine Schranken und hatten manchen schnellzüngigen Wortwechsel, wenngleich ich oft erkennen mußte, daß wir unserer Liebe ein Haus gebaut hatten, das von Anfang an baufällig war. Die Liebe, wenn sie wirklich kommt, erscheint oft wie ein Wild zur Schonzeit, das sich später nicht stellen und selbst durch Feuer nicht aus seiner Deckung locken läßt. In zehn Jahren verließ ich Anne zehnmal, aber ihr Schatten lief immer neben mir her, und ich konnte nichts tun, ihn auszulöschen, wenn ich auch immer noch weine, wenn ich sehe, wie er diese echtere Liebe, die ich hege, von Beginn an hat faulen lassen.

Annes Zustimmung war mit einer Bedingung verbunden. Wir müßten uns, sagte sie, so wiedersehen wie bei unserem ersten Stelldichein: um Mitternacht in den Ställen von Hampton Court. Sie wollte als Magd gekleidet kommen, mit frischem Linnen für das saubere Stroh, das man vorher in einen leeren Stall legen werde.

Ich war darauf nicht erpicht, doch sie machte mir klar, daß ich ohne Stall auch keine Anne bekommen würde. Die

Sache zog jedenfalls weitere Schwierigkeiten nach sich, denn als ich sie wartend an der Stalltür stehen sah, das Mieder bereits sehr weit aufgeschnürt, wurde ich bei der Hand genommen und beim Schein einer Laterne durch den warmen Atem und das Scharren der Pferde zu einem Stall geleitet, wo eine weitere Laterne hing. Ich nahm ihr die Laterne fort, blies sie aus und stellte sie auf den Boden, ehe ich begann, ihre ledernen Bänder vollends zu lösen. Bis jetzt war zwischen uns kein Wort gefallen, doch sie stieß mich mit Stübern und Püffen zurück.

Da sah ich plötzlich aus dem Winkel meines linken Auges, daß ihr Gegenstück in der offenen Halbtür stand, die Hände in die Hüften gestützt und mich auslachend. Von Anne gab es deren zwei zuviel.

Was ist denn hier geschehen? spöttelte die neue Anne. *Stellst du des Nachts den Vögeln nach oder den Huren? In beiden Fällen rat' ich dir, kühner zu Werke zu gehen, sonst wird deine Beute dir entwischen und die Pferde scheu machen.*

Die Pferde erwachten in der Tat aus dem Schlaf und erfüllten die Luft mit ihrem Wiehern. Die neue Anne nahm die kleine Laterne herunter und gab sie jener, mit der ich gebalgt hatte. Der flackernde Lichtschein auf dem Gesicht enthüllte, daß es bloß ein Dienstmädchen war, das sich sein Haar aufgesteckt hatte, damit man es in der Dunkelheit für seine Herrin hielt. Die Magd wandte verwirrt und belustigt den Kopf zur Seite und nestelte an ihrem Mieder, um ihre vorwitzigen Brüste in die Schranken zu weisen. Anne führte ihre Joanna ab, damit sie den Eingang bewache. Als sie durch die von fern schwach erhellte Schneise zwischen den Ställen zurückkehrte, hatte sie unterwegs ihre Kleider abgeworfen und stand nackt an der Stalltür, eine große, schwarze Statue, von Lichtwirbeln umspült.

Das war eine der sonderbaren Launen, die uns verbanden. Anne liebte es, wie ich, sich unters Volk zu mischen, und war in der Kunst der Verkleidung geschickt. Sie behauptete, ohne ihr eignes Ich leichter zu atmen, und das ist natürlich auch das Geheimnis aller Dichter. Es ist mitnichten leicht, sich selber zu entschlüpfen. Sie hatte zu diesem Zweck eine besondere Requisitenkammer und dazu ein Gehör, so empfindlich wie das eines Musikers, so daß sie alle Mundarten unseres Landes besser nachahmen konnte als alle Schauspieler, die ich je kannte.

War's einmal, war's zweimal? Einmal, glaub' ich, betrat sie die Bühne und spielte Rollen, doch der Schnitt ihres Gesichts und ihre Gestalt waren allzu bekannt, und Gerüchte drangen zur Königin. Ich formte Viola und Rosalind zum Teil nach dieser ihrer List. Eines war schwierig für Anne – ihr Haar türmte sich so hoch auf, daß eine Perücke sie wie eine Karnevalsfigur erscheinen oder auf Anhieb als eine Lady erkennbar werden ließ, die sich zu ihrem Vergnügen verkleidet hatte. Als es mich zum ersten Mal juckte, zu spielen, kamen selbst die Schauspieler mir selten auf die Schliche. Ich kam als Willy Fenton und hatte mich angeblich von der Königin eigner Truppe verlaufen, aber es fiel mir zu schwer, meine Verse zu verpfuschen, um mit meinen Männern zu spielen, und so zog ich eines Abends in *Viel Lärm* eine lächelnde Grimasse und zischte leise, als eine verdorbene Szene endete: *Ihr habt euren Text nicht gelernt.* Nachdem ich die Maske hatte fallen lassen und mich als Patron zu erkennen gegeben, hatten sie Spaß an meinem Schabernack, und nur das Publikum war doppelt genarrt. Und einmal trafen Anne und ich uns zufällig im Parkett, beide verkleidet, und wir lachten und umarmten uns. Ich ging nie hin, um zu hören, wie die Leute meine Stücke aufnahmen – zuweilen war es schwer genug, überhaupt etwas zu hören –, sondern um ihre Ausdrücke und Redewendungen zu studieren. Es gibt viele prächtige Wendungen, die ich verwenden könnte, wenn unerwartet Zeit wäre, meine Segel wieder zu füllen, doch andererseits kann ein starker Wind nur wenig tun, ein Schiff vom Flecke zu bewegen, das halb gekentert ist.

Mein heißes Blut treibt mich, das zweite Stelldichein mit Anne noch einmal zu beschwören. Heute hab ich ohne Unterbrechung sechs ganze Blätter Pergament gefüllt, und wäre meine Tollheit größer, könnte ich mich beinahe besser in mich selbst versetzen. Mein Lebenssaft ertränkt die Pest. Anne spielte ihre Rolle bei meiner Verdammung, doch das Spiel, das war meine eigne Erfindung. Es ist ein schwerer Fehler, aus der Rückschau über das eigne Leben zu richten: schau das, was du getan, nur von der Seite an und spare dir dein Bedauern für später auf, für eine Zukunft, die ohnehin viel zu rasch kommt. Ich sehe, daß die Speisen auf dem Tablett erkaltet und abgestanden sind. Jetzt will ich schlafen und hoffen, daß der Schwung jener Tage mich durch die Nacht und durch einen weiteren Tag tragen wird.

36

Sie zog mich nieder in das frische Heu und tadelte mich wegen meiner Schüchternheit. Sie habe nicht vor, sagte sie, sich von einer Schnecke plündern zu lassen. Ihre Wangen, im schwachen Licht noch schärfer hervortretend, leuchteten beinahe vor Freude über ihre kleine *commedia.* Ob ich vielleicht die Reize der *fausse* Anna vorziehe? Joanna sei schließlich ganz in der Nähe, drängte sie, und von zugänglicher Art. Sie machte mir zum Vorwurf, ich hätte kaum ihr Gesicht betrachtet und sei dennoch nahe daran, ihr noch einmal das Herz zu durchbohren.

Was gibt es in meinem Gesicht, das dein Liebhaberauge nicht frischer in Joannas erspähen könnte?

Ich hatte begonnen, die Laute der Liebe zu spielen, und ihre geflüsterten Spötteleien wurden leiser und von gedämpftem Keuchen unterbrochen. Doch ein Versprechen, das von allergrößter Bedeutung war, hatte sie nicht eingehalten. Es gab kein Leinentuch für das Heu. Lieber Leser, wisse: der alte Spruch sagt nicht die ganze Wahrheit. Kein Liebhaber, der bei Verstand ist, wälzt sich ohne seine Kniehosen im Heu, es sei denn, er hätte ein paar Laken bei sich. Die spitzen Halme stachen mich überall, zuerst in die Knie und Ellenbogen, bis ich dachte, womöglich blutend den Liebestod zu erleiden. Überdies waren ein paar verblüffend spitze Zweige unter das Heu gemischt. Damals setzte ich mich darüber hinweg, doch ich hätte die Wendung der Dinge als ein passendes Omen für die anderen Schmerzen ansehen sollen, die mit den Freuden kommen würden. In jener Nacht liebte sie mich bis zur Raserei.

Ich versuchte ständig, sie im Licht zu halten, denn obwohl Traurigkeit ihr Gesicht beherrschte, konnte ihr Lächeln doch, wenn es erschien, für einen Augenblick vor Glück blenden. Es war, als lächle sie verborgenen Stimmen zu. Allerdings erklärte sie ihr Lächeln nie und konnte in verdrossener Stimmung die fröhlichsten Dinge sagen. Oder so lächeln, daß es dich hinmähte.

Wenngleich ich genug wußte, um mich nie über etwas, das Anne tat oder sagte, besorgt zu zeigen, waren unserer Liebe alle Winkelzüge eines Kriegs zu eigen. Eines meiner besseren Maskenspiele ging daraus hervor, *Ein Maskenspiel von Amazonen und ein Maskenspiel von Rittern*, das ich am Hof aufführte, als der französische Gesandte empfangen wurde. Sechs edle Damen treten in die Schranken gegen ebensoviele Herren, die alle bezwungen werden. Diese sechs Damen waren allesamt Anne, nicht nur um ihrer sonderbaren Macht zu huldigen, sondern auch, traurig genug, der Zahl ihrer Liebeshändel, die sie gleichzeitig hatte. Einmal sagte sie, daß sie's mit einer Armee aufnehmen würde, hätte sie meinen Geist und wäre hübscher als ich.

Bin ich denn bloß dein Hansnarr? fragte ich beleidigt.

In der Hitze der Liebe seh' ich dich wirklich immer so. Aber in der Hauptsache bist du mein Spiegelmann. Du siehst mich so, wie ich in Wahrheit bin, ohne Angst, und deshalb stehe ich dir näher.

Ich hatte in jenen Jahren, unweit von London, ein schmuckes, kleines Landhaus, das, zum Verkaufen zu klein, gerade groß genug für einen verwitweten Landmann war und doch eine polierte Walnußtäfelung und strahlend weißen Stuck aufwies. Zweifellos war es, ehe wir es für unsere Zwecke nutzten, für reisende Liebespaare ein Unterschlupf am Wegesrand. Es war ein reizendes Nest mit den Vorhängen und Überzügen aus feinem Lipsbury-Tuch, dem kleinen Bett und dem kleinen Kamin, wenn wir auch immer vergaßen, wie niedrig die Türöffnungen waren, und mit den Köpfen dagegenrannten, bis wir uns dämlich wähnten. *Dämisch* nannte sie das mit einem altmodischen Wort. Wir verbrachten auch viele Nächte in Hampton Court, wo ich es so einzurichten wußte, daß man uns die entlegenen Räume gab, die durch die Geheimtreppe verbunden waren.

Dort erwachte ich an einem strahlenden Sommermorgen in einem üppigen Palast-Himmelbett, den Blick starr in den

Ursprung meiner Leidenschaft gerichtet. Zumindest wenn sie bei mir war, schlief Anne mit Vorliebe mit dem Kopf zu meinen Füßen, was ein kurioses, diagonales Falten der Laken notwendig machte. An diesem Morgen lagen wir unbedeckt da, und ihr Bein war hochgestellt, als wollte es eine Wand ersteigen. Ein Saum von zarten und weichen, kleinen schwarzen Haaren verbrämte ihre Spalte und schien beinahe bis zu ihrem Kreuz zu reichen. Jedes Haar war gekräuselt und hob sich wie feine schwarze Spitze von der Weiße ihrer Haut ab. Das Gewirk glich dem Pelz eines just geborenen Hündchens, und es verlangte die Hand, hinüberzulangen und es zu streicheln. In diesen indezenten Garten schmiegte sich eine noch geschlossene rosafarbene Knospe, und ich war überrascht, an einem so ruchlosen Ort solche Schönheit zu erblicken.

Ich weckte sie nicht, sondern schloß meine Augen und schlief weiter. Das Schicksal wählt sonderbare Augenblikke, an die man sich später erinnert, und dieser war einer jener, in denen ich sie am innigsten liebte. Sie hatte mich noch nicht für die Hölle gewonnen und war in der Liebe noch meine Freundin. Ich erkannte die Teufelin nicht und bildete mir ein, frei zu sein. Anne suchte den gefährlichen Kitzel mehr noch als ich, und einmal beschwor sie Amor, indem sie sich in einem Kleid ohne Reif und ohne Unterwäsche auf meinem Schoß niederließ, als ich, nachdem ich den Schauspielern eines Maskenspiels, das beginnen sollte, ihre Plätze zugewiesen hatte, hinter den seitlichen Vorhängen der Bühne saß. Sie drehte und wand sich auf mir wie eine ausgelassene, dennoch würdevolle Ente, die sich auf ihrem Nest zurechtrückt, und unserem kleinen Tod an diesem Abend hätte leicht unser wirklicher folgen können, denn wir waren nicht mehr als zwei Ruten vom Thron entfernt, als wir's trieben.

Ich bin zu weit gegangen und muß zumindest diesen Abschnitt meiner Erzählung kennzeichnen, damit er verbrannt wird. Anne schätzte mich richtig ein. Ich bin der Spiegelmann, der alles sieht und trotzdem blind ist. In dreißig Sonetten habe ich unsere manchmal haßerfüllte

Liebe besungen, ohne dabei mehr preiszugeben als Düsternis, und hier habe ich im Nu all jene Dinge beim Namen genannt, die ihre Schatten niemals auf Papier hätten werfen dürfen. Ich will der Wahrheit ins Gesicht nicht lügen, doch gäb's nicht eine andere Art, ihr Bild zu malen? Diese höchst anstößigen Zeilen sind der Urgrund der Wahrheit, nach der wir lebten, und doch lügen die Zeilen, die ich schrieb. Ihr wahres Gesicht, denn gewiß konnte sich niemand so verstellen und diese Rolle bis zum Ende so vollendet spielen, war eine höchst ungewöhnliche Vermischung nymphenhafter Betrübnis und zügelloser Gleichgültigkeit gegen alle natürlichen Bindungen und Ordnungen des gewöhnlichen Lebens. Sie war eine Fremde aus dem Nirgendwo. Ohne eine Vergangenheit, die ihr anhing, schien sie gleichgültig der Zukunft gegenüber und darum zu allem fähig, was in der Gegenwart lag. Die meisten fürchten zu Recht eine solche Erscheinung, wie Katzen junge Hunde mehr fürchten als ausgewachsene; andere reihten sich, selbst wenn sie nicht wußten, warum, in den Troß ein, der solch gefährlicher Schönheit folgt.

Sie war im Guten wie im Schlechten eine durch und durch englische Frau, und doch waren ihre Denkweise und die Worte, die sie benutzte, so kurios wie bei niemandem sonst in England. Sie nannte mich immer Vayr, der alten Redeweise folgend, und hatte Spaß daran, mir, im Widerspruch zu allen ihren ausführlichen Schilderungen ihrer jugendlichen Ausgelassenheit, scherzhaft vorzuwerfen, ich hätte ihr Leben zerstört. Ich schrieb ein burleskes Echo-Gedicht, in dem ich sie neckte. Es wurde, riskant genug, unter meinem Namen veröffentlicht:

O Himmel, wer war's, der erst das Fieber
in mir weckte, wer?
Vere.
Wer war's, der mir die Wunde gab, an der
ich trag' so schwer?
Vere.

Es war ein *concetto*. Ich benutzte es noch einmal, als ich Julia den Namen ihres Geliebten in die Echogrotte rufen ließ: Romeo. EO. Da Annes Unbeständigkeit beständig war, konnten in ihren Händen selbst Felsen zerstäuben und wieder zu Stein werden. Kein Alchimist konnte sich mehr Macht wünschen, als ihr zu Gebote stand. Ich verglich sie immer mit der Truppe von Wanderschauspielern, mit denen ich in Venedig Bekanntschaft gemacht und gezecht hatte. Die Geschichten, die sie auf der Bühne spielten, waren so sehr ein Stück ihres Lebens geworden, daß das, was sie jeden Abend vorführten, bloß eine träumende Fortführung dessen war, was sie vor dem Spiel getan hatten oder danach tun würden oder zu tun gedachten.

Ich nahm sie als Schattenriß für die dunkle Rosaline in *Verlorne Liebesmüh* und *Gewonnene Liebesmüh* und für Beatrice in *Viel Lärm um nichts*. Ich war der ewig-junge Narr, der glaubte, daß Anne sich triumphierend aufschwingen und uns beiden ein Königreich der Freude schenken werde. Sie warnte mich, daß sie sich niemals ändern werde. Ich hatte dafür taube Ohren, denn ich fühlte mich voll von Saft und Kraft. Nach vielen Jahren, als mein Kunkelweib starb, schickte sie mich für eine Frist von zwölf Monaten fort, weil ich sie zweimal durch falsches Spiel gewonnen hätte und ihr jetzt, wie sie sagte, Zeit geben müsse, brach zu liegen und wieder keusch zu werden. Ich kam zurück und war aufs neue der Narr, wenn ich auch zumindest so vorsichtig war, sie nicht abermals zu bitten, mich zu heiraten.

Annes geheime Kräfte nahmen mit den Jahren zu, und ich beobachtete und benutzte sie auch zur Genüge. Obgleich sie über meine Theaterstücke und Maskenspiele nicht viele Worte verlor, konnte ihr kristallklarer Blick sie zuweilen auf Anhieb durchschauen. *Meine Hände sind rein*, sagte sie mir gelassen, nachdem sie mein politisches Stück, *Macbeth*, gelesen hatte, wo ich doch sicher gewesen war, in diesem Portrait jeden Zug und jede Laune des Gemüts, die ihrem Leben entnommen waren, verborgen zu haben. *Das werde ich dir so bald nicht verzeihen*, fügte sie hinzu, und das tat sie auch nicht. *Das Stück wird der Menge gefallen und der Königin eine nützliche Botschaft verkünden. Aber es beweist auch, was ich dir immer gesagt habe: weder kennst du noch liebst du mich, und jetzt erkennst du mich nicht in neuem falschem Gewand.* Es gab nichts dazu zu sagen. Ihre Worte, flink wie Bälle vom Rakett geschlagen, waren nicht zu retournieren, und ich konnte nur die Achseln zucken und kleinlaut über ihren Scharfblick und meine Misere lächeln. Vielleicht hat es an keinem Ort und zu keiner Zeit eine Boshaftigkeit gegeben, die zugleich so süß und so traurig war.

Singsang, so voll Trauer. Ungezählte Statuen in einer Million Kirchen kamen den schattenhaften Gespenstern nicht gleich, die über ihre langen Wangen huschten, selbst wenn sie scherzte. So kam es, daß die ungetrübte Ruhe auf ihrem Gesicht mich erschreckte, ehe sie mir, nachdem wir uns geliebt hatten, sagte: *Du hast mich karnalisch zu oft hergenommen, mein süßer Schwengel. Ich bin schwanger.*

Die Gefahr in dieser Lage hätte nicht größer sein können. Sofort schoß mir durch den Kopf, daß ich mit Töchtern nichts mehr zu tun haben wollte, und ein illegitimer Sohn, der meinen Titel beanspruchte, den Lord Schatzkanzler zu jeder erdenklichen Gegenmaßnahme treiben würde.

Anne war gelassen. Sie blieb, weite Kleider tragend, bis Januar am Hof, als ich, eher durch Zorn als durch Geschicklichkeit, zum zweiten Mal bei einem Turnier den ersten Platz errang und mich darauf aufs Land zurückzog, um darüber nachzudenken, ob es angebracht sei, aus dem Land zu fliehen. Burghley wußte alles, wie immer, obgleich ich bis auf den heutigen Tag nicht weiß, ob die Roheit dessen, was folgte, ihm oder der Königin anzulasten ist. Als bei ihr die ersten Wehen einsetzten, tauchten mitten in der Nacht in dem Landhaus drei Gardisten auf wie bösartige Hebammen-Weise aus dem Morgenland. Eine treulose Dienerin, anders war's nicht möglich, muß ihnen an einem vorher bestimmten Ort ein Zeichen mit einer Laterne gegeben haben. Anne wurde fest in Decken gewickelt, wie ein Reisigbündel verschnürt und in einer Kutsche über Stock und Stein nach London zurückgeschafft. Dort, sechs

Stunden später, am frühen Morgen des 21. März, entband sie in der Mägdekammer in einem lakenlosen Bett, umgeben von bewaffneten Gardisten, als ob sie eine gefährliche Betrügerin sei, die im Begriff war, ein heimtückisches Verbrechen zu begehen. Nur eine einzige Dienerin stand ihr bei, die bis zu dieser Nacht mit solchen Dingen nie etwas zu schaffen gehabt hatte. Drei der Wachen starrten ihr gelangweilt zwischen die Beine, was ihr so vorkam – ihre Yorkshire-Worte –, als stünden sie auf dem Sprung, einen fliehenden Gefangenen zu stellen, und nur der vierte Mann, der Vater war und ein Mann mit einiger Erfahrung, hatte Mitleid und wies das Mädchen an, die Nabelschnur zu lösen und dem Säugling einen Klaps zu geben.

So kam am 21. März 1580 mein Sohn Edward auf die Welt und wäre dabei fast gestorben. Anne hatte jedesmal abgewinkt, wenn ich das Thema einer Flucht über den Kanal und eines neuen Lebens im Ausland zur Sprache brachte. Darum berührte es mich außerordentlich seltsam, daß sie dem Kind den Namen Edward gegeben hatte.

Die Nachricht von dem Ereignis wurde mir unverzüglich bei Tagesanbruch durch zehn Soldaten an der Tür meines Schlafzimmers im Savoy überbracht. Sie hatten mit einem Kampf gerechnet, aber es gab keinen. Von meiner Seite war das vielleicht ein schwerer Fehler, doch mir kam alles so abgeschmackt vor, daß ich entwaffnet war. Wo würde das alles enden? Werft jeden Edelmann in England ins Gefängnis, der es wagt, entgegen seinem ehelichen Treuegelübde Unzucht zu treiben! O dann wäre London ein einziger Tower. Später erfuhr ich, daß alle Häfen Englands überwacht worden waren, um meine Flucht zu verhindern. Ich wurde in den Tower gebracht, in den Anne eine Stunde zuvor, immer noch blutend, eingeliefert worden war. Der nämliche freundliche Soldat hatte mit seinem Degen die Nabelschnur des Säuglings durchtrennt und ihn einer Magd übergeben, die das Kind eilig an sich nahm, bevor seine Mutter es herzen oder stillen konnte. Ebenfalls später hörte ich, das ganze Gefolge sei von Scheu erfüllt worden, als die Mutter nicht einmal schrie oder nach dem Kind griff.

Diese Ergebung oder zur Schau gestellte Gleichmütigkeit, denke ich, wirkte sich zu ihrem Vorteil aus, denn nach nur drei Tagen wurde sie freigelassen und nahm unser Kind von der Brust der Amme, der es vorübergehend anvertraut worden war. Sie behauptete, bis auf das Stillen sei sie dem Kind in allen Stücken eine gute Mutter gewesen, denn sie hatte bei den täglichen Waschungen in dem mit Leinwand umspannten Bad alle Milch aus ihren Brüsten gepreßt, da sie alles, nur keine Kuh sein wollte.

Während wir im Tower waren, hatten wir keine Gelegenheit, miteinander zu sprechen, doch ich konnte jeden Tag in der Dämmerung ihre langen Lieder hören, welche über die Treppe zu mir hinunterdrangen. Es waren Lieder, von denen ich nicht wußte, daß Anne sie kannte, fröhliche Lieder von ländlichem Werben und Sommerfeldern, doch gesungen wie sonderbare, leise Klagelieder. Ich glaube, sie war ein wenig verrückt geworden, doch das war sie, genau wie ich, immer ein bißchen gewesen. Die Zeit kurierte sie wieder. Am zweiten Tag fielen die Stimmen eines Mannes und einer Frau zögernd in den Gesang ein, und am nächsten Tag hörten sich die Stimmen an wie ein guter Kirchenchor in einer kleinen normannischen Steinkirche. Solche Lieder, solche Stimmen bleiben im Gedächtnis. Manchmal wollte es mir scheinen, als seien es Stimmen, die ich kannte, und es war in der Tat so. Drei Freunde, zwei Diener und zwei Höflinge waren eingekerkert worden, weil sie von unzüchtigen Dingen Kenntnis und trotzdem Walsinghams Spionen keine Mitteilung davon gemacht hatten. So war denn alles vorhanden, was zu einem geselligen Wochenende auf dem Lande gehörte, doch durch ein Versehen waren alle Schlafzimmertüren offenbar fest verschlossen worden, während wir uns zum Abendessen umkleideten. Dem Towerwächter gefiel der Gesang nicht sonderlich, und am dritten Tag marschierte er, wütend mit seinem Säbel rasselnd, die Treppe hinauf und hinunter. Der Gesang verstummte, wenn er vorbeiging, und setzte dann wieder ein, wenn er verschwunden war. Die Knöpfe seiner Uniform waren so blank wie sein Verstand trübe, doch ich glaube, selbst er begriff, daß diese Liedchen seine Stellung nicht verbessern würden, wenn er sie als verschwörerische Umtriebe bei Walsingham zur Anzeige brachte.

So wie man Anne in ihrer Schande für ihren Säugling eine Amme zugestand, so gab man mir eine Feder, ein kristallenes Tintenfaß und sorgte dafür, daß ich ständig feines Pergament bekam. Das war mein Blumenstrauß von der Königin. Ich hatte die Geistesgegenwart gehabt, einen guten Rock anzuziehen, einen zweiten und dazu einen Sack mit Wäsche mitzunehmen. Die Soldaten warteten verblüfft. Das war einfach etwas für mich Selbstverständliches. Meine Familie hatte mittlerweile mit dem Tower Erfahrung; dort war's, wo der Sohn des dreizehnten Earls zugrunde ging, während sein Vater in der Verbannung war. Ich saß exakt achtzig Tage im Tower, und damals erkannte ich ganz klar die Vorteile von Verbannung und Gemütsruhe. Meine Stimmung war verbittert und trotzig, doch in jener Zeit schrieb ich ein vollständiges Stück und einen großen Teil eines weiteren, den dritten Teil von *Heinrich VI*. Sie hätte Ihre nützliche Unterhaltung gehabt, doch dafür hätte Sie sich alles ins Gedächtnis rufen müssen, was die Oxfords für England getan hatten, und daß die Tudors ihre rechtmäßige Herrschaft der verbissenen Treue des dreizehnten Earls verdankten.

Zu Anfang der zweiten Juniwoche wurde ich entlassen, jedoch nicht in die Freiheit. Ich hatte unter militärischer Bedeckung einen Hausarrest anzutreten. Als ich den Tower verließ, kam der alte Pförtner hervor, um als traditionelle amtliche Gebühr mein bestes Samtjackett zu verlangen. In diesem Fall wies ich seinen Anspruch mit Verachtung zurück, weil er mir keine Freundlichkeit erwiesen hatte, während ich sein Gast war, und außerdem hatte man mich nicht wegen Verrats oder wegen einer verbrecherischen Handlung eingekerkert. Der Hausarrest war schlimmer als der Tower, denn erstens dauerte er länger, und zweitens stand es meinen Freunden, trotz der Wache vor meiner Tür, frei, zu kommen und zu gehen und mir all die Schmähungen aufzutischen, die über mich am Hof von den Anhängern Burghleys verbreitet wurden, der ein großer Schmäher-Säer war. Schließlich erhielt ich zuweilen die Erlaubnis, auszugehen, und durfte sogar mit Männern von Geist verkehren, aber immer unter Bewachung.

Die vier Jahre nach 1579 waren meine dürftigsten. Ende 1578 wurde mein Stück *Eine Geschichte von den Grausamkeiten einer Stiefmutter* am Hof aufgeführt und fand die besondere Gnade der Königin, deren eigenes Leben Ihr Anlaß gegeben hatte, sich vor anderen Müttern in acht zu nehmen, obgleich mir scheint, daß wirkliche Mütter oft größeres Unheil anrichten. Ich setzte alle meine Hoffnung auf Frobishers Entdeckungen und mußte zwei schöne Landgüter verkaufen, doch Ihr Wohlgefallen an mir und meinen Stücken war so groß, daß Sie, als Sie davon erfuhr, mir das Gut Rysing für gute, ehrliche und treue Dienste überließ. Dieses Geschenk wurde freilich kaum dadurch versüßt, daß das Gut aus Norfolk'schem Besitz stammte. Es war mein Lohn dafür, daß ich loyal blieb. Doch dann erniedrigte Sie den guten Sussex, für mich der Anlaß, mich zu weigern, öffentlich vor dem französischen Gesandten zu tanzen. Danach hatte ich die Dinge nicht mehr in der Hand, obwohl meine wirkliche Lage einige Zeit verborgen blieb.

Churchyard, Lyly, Munday und ich arbeiteten sehr schwer daran, unsere Schauspieler und Bühnenzimmerleute auszubilden, damit wir endlich ein würdiges Theater bekamen. Die Kosten für die Unterhaltung eines Amphitheaters waren in jenem Jahr so hoch, daß weder meine Klugheit noch mein Gold mir zu einem angemessenen Weihnachtsgeschenk für die Königin verhalfen und ich mich gedemütigt fühlte, weil ich außerstande war, mich bei Hof als ein Mann von genügend Mitteln zu zeigen. Sie war damals die kluge und gütige Herrscherin und dankte mir öffentlich vor dem Hof für mein Maskenspiel, das, wie Sie sagte, der kostbarste Edelstein sei, der dem Hof an diesem Weihnachtsfest vorgelegt worden sei. Ich tanzte, als hinge mein ganzes Leben davon ab, und im Sommer 1580 hatte die Königin wiederum nur Augen für mich. Im Januar darauf gewann ich abermals das Turnier. Leicester grollte jedesmal, wenn Sie lächelte, und wohin ich blickte, erntete ich Feinde. Damals zirkulierte das Spottgedicht auf mich, ›*Wär' ich ein König*‹. Ich frage mich immer noch, wer es schrieb. Ben Jonson ist verdächtig.

Dennoch, mein Ehrgeiz war bescheidener. Ich wünschte eine kräftigere Unterstützung für das Theater und bekam sie nicht. Wie es schien, wollte Sie, daß für tausend Pfund im Jahr ganz England eine Bühne sei. Einerseits ließ Sie wissen, daß Sie die öffentliche Aufführung von Theaterstücken hinnehmen werde, während Sie andrerseits Tilney beauftragte, die Stücke strenger zu zensieren. Ich vermute, das eine folgte aus dem anderen. Tilney war in der Tat ein strenger Zensor, doch zum Glück außerstande, mit dem Appetit der Königin auf neue Stücke und dem reißenden Wörterstrom, der unserem langen Tisch entsprang, fertig zu werden. Außerdem überstieg vieles seine Fassungskraft. Damals fanden sich Oxfords Burschen zusammen, und ich übernahm Warwicks Truppe. Um welchen Preis! 1579 mußte ich fünf Landverkäufe machen; 1580 kamen weitere dreizehn dazu, und die Geldverleiher wurden meine ständigen Begleiter.

Damals schrieb ich *Der Kaufmann von Venedig*, in den frühesten Bearbeitungen *Die Juden, Die Geschichte von Portia und den Kaufleuten* genannt, dasjenige meiner Stükke, das man am gründlichsten mißverstand. Es wurde als Erwiderung geschrieben, wie es meine Gewohnheit war, auf ein grobes und gewöhnliches Stück, das ihm vorausging und meinte, die ganze Bühne mit verschlagenen Wüstlingen bevölkern zu müssen, nicht bloß mit einem. Nun, die Geldverleiher waren Ehrenmänner, verglichen mit einigen Herren an Elizabeths Hof. Die de Veres leben schon sehr lange in diesem Lande und wissen, daß der Jude unter der einzigen Bedingung, daß er kein Testament verfaßte, vom englischen Lord das Recht erhielt, Geld auszuleihen, eine Klausel, welche viele große und kleine Schuldner lieber heute als morgen wieder eingeführt sehn würden. In unserer Familie erzählt man sich, daß zu den Zeiten Aubreys allein die Juden, ehe sie vertrieben wurden, neben dem

Adel Häuser aus Stein besaßen, was notwendig war, weil der Pöbel vorzüglich die Juden überfiel, wenn die Abgaben an den Staat zu drückend wurden. Auch die diebischen Edelleute hielten es so. Nun hat alles von neuem begonnen. Die Juden haben keine Eile, mich in den Ruin zu treiben; statt dessen schieben sie ihn ein wenig hinaus, und wäre diesen Levantinern erlaubt gewesen, mir einen angemessenen Preis zu zahlen und sich einen Anspruch auf meine Länderein, die sie so sehr begehrten, zu sichern, wäre es nicht nötig gewesen, so darf ich wohl behaupten, meinen habsüchtigen Landsleuten zu so reichen Profiten zu verhelfen.

Ich hätte nur mit Worten spielen sollen, denn in Geldsachen hatte ich nie eine glückliche Hand. 1581, fünf Monate nach meiner Entlassung aus dem Tower, verkaufte ich bei einer Auktion einen weiteren Besitz, um alles, was ich verloren hatte, wiederzugewinnen, indem ich Geld in Edward Fentons kleine Privatflotte oder Piratenflotte, um die Wahrheit zu sagen, investierte, welche die Absicht hatte, Philipps Galeonen zu berauben. Meine Erwartungen waren groß nach Drakes Unternehmung, von der er mit vielen tausend Dukaten zurückgekehrt war. Ich vertraute Fenton unbedingt. Er würde kein Gold auf die Seite schaffen oder, wie Frobisher, falsches Gold zurückbringen. Aber Drakes kürzlicher Erfolg hatte die Spanier so ergrimmt, daß jedes Schiff auf der Hut war, und Fenton mußte betrübt heimsegeln, hatte mehrere Schiffe verloren und nicht die geringste Beute gemacht. Zumindest war mein eigenes Schiff, die *Edward Bonaventure*, heil davongekommen und verschaffte mir meinen letzten Augenblick des Glanzes.

Die Königin zauderte lange, was mit Drakes Dukaten und Gewürzen anzufangen sei, doch Sie selbst hatte tausend Kronen zugeschossen und beharrte darauf, zehnmal soviel zurückzubekommen. Sie konnte, fürchte ich, eine habgierige Frau sein. Hatton und Leicester drängten Sie natürlich, weiterzumachen, denn sie waren selbst Geldanleger. Nur Sussex und Burghley sprachen dagegen, der erste, weil er Grundsätze hatte, ernster als die meinen, der zweite aus völlig berechtigter Furcht vor Krieg, denn Spanien war gerade damals eine Nation, die uns sehr feindlich gesinnt war.

Ich bin sehr überrascht, daß es keinen Krieg gab, denn man streute damals Salz in Spaniens Wunden, als ein Königlicher Umzug arrangiert und Drake in Deptford auf dem Deck der *Golden Hind* zum Ritter geschlagen wurde. Der Lord Großkämmerer spielte dabei seine Rolle. Zwei Schritte hinter der Königin schritt ich zum Pier, und ich darf sagen, daß es mein erfolgreichster Auftritt war. In den Tavernen hatten Drakes Männer die bemerkenswerteste Eigenart ihres Kapitäns ausgeplaudert, die sich hinter seinem geckenhaften Aufputz verbarg. Der Mann, der die Welt umsegelt und König Philipp bei mehr als einer Gelegenheit den Bart versengt hatte, litt an einer gewissen Schwäche. Selbst bei glattester See mußte sich der unerschütterliche Kapitän Drake in seine Kabine zurückziehen, weil er seekrank wurde. Angesichts einer so fröhlichen Menschenmenge, zu beiden Seiten der Straße aufgereiht, war die Versuchung zu groß. Den langen weißen Stab des Zeremonienmeisters als Mast benutzend, ließ ich meine Backen schwellen und einfallen, blickte flehentlich zum Himmel, strauchelte, griff nach dem Mast, blies meine Backen auf, preßte meine Hand vor den Mund und stolperte, Verzweiflung in den Augen, vorwärts. Ich fesselte die Menge, und ich konnte sehen, daß Drake und die Königin vor mir ihre Köpfe drehten, um die Ursache der Heiterkeit, welche die Musik übertönte, zu erkennen.

Nachdem aus dem Piraten ein Sir Francis geworden war, warf die Königin mir beim Festmahl vor, daß ich leichtfertig mit dem Stab gespielt hätte, den mein Großvater ehrerbietig beim Krönungsmahl Ihrer Mutter getragen hätte. Trotzdem glaube ich, daß Ihr der Scherz wider Ihren Willen gefiel und Sie ein wenig neidisch war, daß es Ihre Stellung nicht gestattet hatte, ihn zu genießen. Im übrigen hatte Sie noch immer die Gewohnheit, mir bei jeder Gelegenheit zu grollen. Sir Francis nahm meine Glückwünsche mit steinernem Gesicht entgegen.

Es gibt noch einen anderen Grund, an diesen Umzug zurückzudenken. Es war die letzte öffentliche Veranstaltung, bei der ich zu Fuß ging, ohne zu hinken. Verschuldet und in Ungnade gefallen, im Hintergrund eine theatralische Kompanie, die ich unterhalten mußte, war ich noch einmal zu Burghleys Tochter zurückgeschlüpft, von ihr durch weinerliche Briefe verführt, in welchen sie um meine Gunst bettelte und die Versicherung zu erlangen suchte, daß ich kein grundloses Mißfallen gegen sie hege. Ich schätze, diese Berichte gelangten durch ihren gereizten Vater zu ihr, der ängstlich zu erklären bestrebt war, warum er mir nicht einfach befehlen konnte, zu Kreuze zu kriechen. Ich hatte Anne auseinandergesetzt, daß sie meine Gunst einmal besessen, jedoch kaum darauf hoffen könne, sie zurückzugewinnen, solange sie die unterwürfige Sklavin ihres Vaters bleibe. Diese schlichte Aussage ging über ihre Fassungskraft, obgleich ich ihr ausführlich darlegte, was er am Hof unternommen hatte, um mich zurückzubekommen. Hier schreibt ein Mann, von der Pest befallen: die falsche Familie ist des Lebens schlimmste Krätze, und eine, die mit freundlicherer Miene tötet als meine Gevattern, ist schwerlich vorstellbar.

Seit zwei Monaten wohnte ich wieder in Burghleys Haus in Westminster. Jeden Tag begab ich mich ins Savoy, um zu schreiben und unsere Geschäfte zu führen. Farrant und Hunnis arbeiteten mit mir an dem Plan für das öffentliche Theater, und Munday und Lyly kümmerten sich um die Ausbildung der Oxfordschen Schauspieler. Gloriana hatte mir die Aufgabe übertragen, eine Truppe für die Königin zu schaffen, mir jedoch zugleich eingeschärft, diese müsse die beste in Europa sein. Es dauerte zwei Jahre, bis wir genügend fähige Leute beisammen hatten, unter denen wir, was unsere Absicht war, auswählen konnten. Hunnis war aufgebracht, daß man über sein Talent so leicht hinwegging, wurde jedoch davon überzeugt, das sei ein kleiner Preis, den man der Herrscherin zu Gefallen und zur Erhaltung Ihrer Gunst zahle. Morgens pflegte ich mit Churchyard und den Kumpanen zu schreiben; nachmittags überarbeitete ich die Texte und sandte wegen verschiedener notwendiger Nachforschungen und Texte Anweisungen nach Gray's Inn. Spät in der Nacht schrieb ich Eigenes.

Nach einem solchen Tag und vollbrachter Arbeit machte sich unsere Schar gutgelaunt auf, um den Tag mit einem Trunk zu beenden. Dies war die Tageszeit, da ich aufhörte, der Lord Oxford oder ein umsichtiger Prinzipal zu sein und für die Männer einfach »unser lustiger Willy« wurde; das war mein Name als Literat, den ich, mochte er auch dem Spott entsprossen sein, mittlerweile beinahe genauso in Ehren hielt wie den Kosenamen von einer Geliebten. Wie berechtigt Stolz auf Rang und Namen sein mag, so ist es trotzdem reizvoller, sie, wenn die Umstände es erlauben, am Ufer zurückzulassen und unbeschwert im Strom der Freundschaft zu schwimmen. Als meine Männer und ich an diesem denkwürdigen Abend die Treppe der Schenke hinaufstiegen, trat uns Thomas Knyvett mit gezogenem Degen entgegen. Sobald er mich erblickte, begann er zu fintieren und wäre vorgerückt, um mich, wehrlos wie ich war, zu köpfen, wäre es mir nicht gelungen, meinen Umhang über seine Waffe zu werfen und dadurch die nötige Zeit zu gewinnen, auf ebenen Grund zu gelangen, wo ich mich zum Kampf aufstellen konnte.

Am Hofe war Knyvetts Stern spät aufgegangen, just als der meine sank. Erst vor kurzem war er zum Mitglied des Kronrates und Verwahrer des Palastes von Westminster ernannt worden, vielleicht, denk' ich, um mich zu ärgern, denn sein Haß auf mich war kein Geheimnis, und sogar der Hofnarr kratzte sich ratlos den Kopf, einen solchen alten, zähen Geier plötzlich wie einen strahlenden Jüngling befördert zu sehen. Welchem Umstand er sein Glück auch zu verdanken haben mag, sein heimtückischer Angriff, ohne Ankündigung erfolgt, bewies, daß er kein Ehrenmann war, ja daß ihm selbst die Vornehmheit eines Dorftölpels, der hinterm Zaun zur Welt gekommen, abging. Sein Gesicht war vor Wut verzerrt, obgleich ich sogleich erkannte, daß er nicht betrunken war, wogegen ich für ein Gefecht mit Degen nicht in bester Verfassung war.

Meine Ohren verrieten mir, daß unsre Klingen fast im Jambentakt sich trafen, während mein Blick träge über seinen üppig schwitzenden Hals und seine schlechtsitzenden Kleider wanderte, als wären wir ein Bild, das man mit Muße betrachtete. In einem kurzen Augenblick zählte ich im Mondlicht mit faszinierender Klarheit die Scharten seiner erhobenen Klinge. Ich war betrunken, fühlte mich jedoch imstande, mit dem Schurken ohne Schwierigkeit fertig zu werden, als er sich plötzlich wie ein Waschweib niederbückte, um einem Schlag auszuweichen, auf dessen Abwehr er nicht vorbereitet war, um dann, sich aufrichtend, einen Schlag gegen mein Bein zu führen. Beide wichen wir zurück, meine Waffe drang tief in seine ungeschützte Schulter, aber seine Klinge traf meinen Schenkel oberhalb des Knies und durchtrennte den Muskel.

Ich wurde verbunden, in eine Decke gehüllt und auf einer anderen, straff gespannten Decke von ein paar Schauspielern nach Westminster getragen. Ich erinnere mich an ihre Reden, die wie Nebelschwaden an mir vorbeiströmten, während mein unglückseliger fliegender Teppich durch die nächtlichen Straßen Londons schwebte. Zwei weinten und klagten, als sei ich bereits tot und reif fürs Grab, einige sorgten sich um mein Leben, andere um mein Bein, und eine einzelne Stimme – ich denke, ich weiß, wem sie gehörte – beklagte die mögliche Minderung unserer Stükke, die in Arbeit seien, und die zu erwartende Unsicherheit der Finanzen. Keine andere Stimme antwortete, doch ich spürte die ehrliche Verzweiflung des Mannes und grinste in meinem Fieberwahn.

Nachdem man, in Westminster angekommen, Pondus geweckt hatte, wurden die besten Chirurgen der Stadt eilends aus ihren Betten geholt, um meine Wunde zu versorgen, und das ist der Grund, warum ich heute hinke. Ich sollte diesen Satz ergänzen: zuerst müßte man die Advokaten umbringen, indem man sie der Obhut von Ärzten anvertraut. Wäre der gute Doktor Arteslow dortgewesen, hätte er die durchtrennten Muskelstränge geduldig zusammengeknüpft und sie mit einem Umschlag aus frischem Hühnerdarm verbunden. Ich habe einmal dabei zugesehen, wie er so bei einer meiner liebsten Stuten verfuhr, und nach drei Monaten hätte es des geübtesten Auges bedurft, um in ihrer Gangart eine Behinderung festzustellen. Meine drei würdigen Chirurgen befriedigten zunächst ihre eigenen Eitelkeiten, indem sich deren zwei über die beste Methode der Ligatur zankten, bis die Entscheidung am Ende dem jüngeren und ruhigeren Kollegen zugeschoben wurde, um zu vermeiden, daß sich ein Älterer dem anderen unterwarf. Es war mein Glück, daß man mir, während ich wieder zusammengeflickt wurde, kräftige Schlucke alten Apfelschnapses aus der Normandie einflößte, bis ich meinte, über dem Ärztezirkel in der Luft zu schweben. In meinen Fieberträumen war ich, sonderbar genug, wieder ein Knabe und hatte mir offensichtlich bei einem Sturz vom Turm des Schlosses Hedingham ein Bein gebrochen.

Meine Gattin war mehrere Wochen meine Pflegerin, und, um ihr Gerechtigkeit widerfahren zu lassen, sie fand Gefallen an der Rolle, zum Teil, wie ich vermute, weil ich ihr Gefangener war und es nicht in meiner Macht stand, sie zurückzuweisen. Anne hatte diese Wiedervereinigung so sehr gewünscht, daß sie außerstande war, zu verbergen, wie froh über mein Mißgeschick, das mich zur rechten Zeit befallen, sie war. Hier begann ihr zweiter Kummer, denn, ans Krankenbett gefesselt, ohne die andere Anne und meinen Sohn, war ich zugänglich und suchte törichterweise frühere Sünden wiedergutzumachen. Ich zog sie zwischen meine Laken, noch bevor die Fäden meiner Wunde gezogen waren, und wir zeugten einen Sohn, der kurz nach seiner Geburt, noch ungetauft, starb. Sie schien zu spüren, daß sie damit ihre wichtigste Waffe eingebüßt hatte, und wußte mir noch weniger zu sagen als gewöhnlich. Ihre simpelsten Sätze wurden von Tränenströmen unterbrochen. Sie schrieb Gedichte auf ihren verlorenen Sohn. Sie waren belanglos, doch dafür nicht weniger rührend. Arme Maus.

Ihr Vater war verärgert, zu sehen, daß meine frühere Verbindung mit Anne Vavasour in der Öffentlichkeit mehr denn je Aufsehen erregte, und seine Freude über die plötzliche Aussöhnung seiner Tochter mit ihrem Gatten wurde gedämpft dadurch, daß sein Scharfblick, der ihm, das gesteh' ich, ebenso zu Gebote stand wie mir selbst, sogleich erkannte, daß ich zu stolz sein würde, an den Hof zurückzuhinken. Was mich am meisten aufbrachte, war, daß der schurkische Knyvett rasch seinen Platz wieder einnahm, viel länger als nötig mit einer verzierten Armschlinge protzend, und von den Zehen bis zur bandagierten Achselhöhle ganz den rächenden Verwandten und siegreichen Fechter spielte. Das war ein Frevel des Geschicks. Jedermann wußte, wo ich verwundet war. Es wäre eine Schande für ihn gewesen, hätte er mir die Wunde im Stehen beigebracht, ganz zu schweigen davon, daß er mich nicht öffentlich herausgefordert hatte und wie ein Straßenlümmel in der Dunkelheit gelauert hatte. Die Gunst der Königin kehrte schließlich nach zwei Jahren zurück und wuchs sogar, denn nach einigen Jahren erhielt Ihr geheimer Auftrag an mich eine feste Form, aber meine Verachtung blieb unverändert, und ein Jahrzehnt machte ich es mir zum Prinzip, selten an den Hof zu kommen, und nur dann, wenn ich wußte, daß nicht getanzt wurde. Dennoch war ich oft hinter den Kulissen anwesend, wenn Theaterarbeit zu tun war, bis ich mich ganz vom Hof zurückzog und nur ein dutzendmal in sechs Jahren zurückkehrte.

Ich übte fleißig, bis ich meinen Körper, wenn ich ging, zu einem sanften Halbmond krümmen konnte, um meinem abgehackten Gang ein wenig entgegenzuwirken. Das hieß, daß ich nie ging, sondern vornübergeneigt dahinglitt, ein Gang, der vielleicht höchstens dazu geeignet war, das dressierte Pferd Morocco in einem affektierten Trab durch eine Manege zu führen. Jetzt, da ich so verbraucht bin, ist dies wenigstens nicht mehr von Bedeutung. Mein Spaziergang in Hackney umfaßt zwanzig Schritte hin und her, und ich kann sie tun, wie's mir gefällt. Doch damals war ich erst zweiunddreißig und hob mit dem Bein Gewichte und machte Läufe mit dem Steckenpferd, bis ich zwar immer noch ein wenig behindert, doch vollkommen leistungsfähig war, wenn ich es auch vorzog, auf einem Stuhl oder Pferderücken zu sitzen, wo man die Lahmheit nicht bemerkte. Nur zwei Jahre nach dem Zweikampf war ich in der Lage, weil Burghley inzwischen wußte, daß er nicht darauf hoffen konnte, Anne glücklich zu machen, solange ich grollte, an dem Feldzug in die Tieflande teilzunehmen, und ein wenig später im nämlichen Jahr verblüffte ich jedermann, und mich selbst ein wenig, als ich zum dritten Mal den ersten Preis beim Turnier gewann.

Anne hatte mir das dunkle Geheimnis ihres Onkels anvertraut. Als sie noch ein Kind war, hatte Onkel Thomas ein Gefallen an ihr gefunden, das die Rechte der Verwandtschaft überstieg. Sie hatte sich zur Wehr gesetzt und einmal, das Kleid zerrissen, in der großen Scheune Zuflucht gesucht, in die sie sich zurückzuziehen pflegte, um allein zu sein, und deshalb jeden verborgenen Winkel kannte, und hatte vom Taubenschlag auf ihn heruntergeblickt, als er sie suchte. Er ahnte sehr wahrscheinlich, daß sie es mir erzählt hatte; andernfalls ist zumindest der verzehrende Haß schwer zu erklären, mit dem er sich zum Verteidiger der Ehre einer erwachsenen Nichte machte, von der alle Welt wußte, daß sie nicht immer ehrenhaft war, und die im übrigen die Tochter einer Schwester war, mit der er kaum ein Wort wechselte. Die Fehde war mit dem Angriff auf mich nicht zu Ende. Zwei Jahre lang, bis die Königin schließlich eingriff, lauerten Banden bewaffneter Knyvetts meinen Männern oder gar den Männern meiner Freunde auf. Die Zeit, in der die Fehde sich auswuchs, war für Knyvett günstig, denn Sidneys törichter Zorn auf mich war bereits ruchbar und dazu die bösartigen Beschuldigungen von Howard, Earl of Arundel, der als Vetter Knyvett ebenso nahestand wie mir, worüber der Leser bereits ein wenig weiß.

Der erste ernsthafte Angriff erfolgte im Juni, als meine Männer Gastrell und Horsleye sich nach Blackfriars Stairs begaben, um die Fähre über die Themse zu nehmen und sich dort sechs bewaffneten Männern Knyvetts gegenübersahen. Diese hatten den Weg meiner Männer ausgekundschaftet und lagen im Hinterhalt. Zum Glück plauderten sie ihre Absichten am Ufer aus und machten die Fährleute und andere Flußschiffer aufs höchste neugierig, die einen Zweikampf zwischen dem Lord Oxford und Mr. Knyvett erwarteten und ausharrten, um zuzuschauen, gestützt auf ihre langen Pikenschäfte und Knüttel, an den Gürteln viele schmiedeeiserne Haken. Obgleich sie enttäuscht waren, da der erwartete Zweikampf ihnen vorenthalten wurde – ich war nicht bei Philip und Dan –, erkannten die Zuschauer, daß der Kampf unritterlich war und fingen an, sich einzumischen, indem sie ihre Piken gegeneinanderkrachen ließen, ein gewaltiges Gebrüll anstimmten und mit ihren langen Stangen in das Getümmel wateten, als gelte es Flußbarken voneinander zu trennen; überdies kam in diesem Augenblick, zu unsrem Glück, zufällig der zweite Lehrer der Fechtschule des Weges, der mit uns in Blackfriars das Quartier teilte, und zog seinen Degen, um den Unterlegenen zu Hilfe zu kommen. Die Lage beruhigte sich ziemlich rasch. Degen wurden wieder in die Scheiden gesteckt, und Knyvetts Männer gingen verstohlen und getrennt ihrer Wege, als kennten sie einander nicht und seien durch Zufall zusammengetroffen.

Nachdem die Fehde so weit gediehen war, hatte ich sie nicht mehr in der Hand. Gastrell, ein irischer Hitzkopf, wollte Rache, und er nahm mehrere Male den Kampf mit Knyvetts Männern auf, obwohl ich einen weiteren Mann damit beauftragte, ihm zu folgen und ihn zurückzuhalten. Bei einem solchen Vorfall wurde Dan leicht verwundet, und danach nahmen die Dinge, auf die Spitze getrieben, noch schlimmere Formen an.

Knyvett tötete kaltblütig einen jungen Burschen, der noch nicht einmal gelernt hatte, den Degen richtig zu halten. Ein weiterer Mann, Robert Brenings, wurde unter merkwürdigen Umständen erschlagen. Christopher Hatton wurde die Aufgabe übertragen, die Sache im Namen der Königin zu untersuchen, und er sorgte dafür, daß sie nicht vor Gericht kam, als sei Knyvett ein Edelmann. Sein Urteil lautete *se defendo* und war völlig unbegründet. Darauf schlug Dan Gastrell zurück und tötete Long Tom Hunter, von allen Gefolgsleuten Knyvetts der Meistgehaßte, weil er ein niederträchtiger Kerl war und früher mir gedient hatte. Long Tom wollte bedeutend sein, weil er groß gewachsen war, und als er merkte, daß er ein Nichts war, heckte er in Hinterzimmern kleine Verschwörungen aus und tischte der einen wie der anderen Gruppe Geschichtchen auf, so groß wie Taubeneier. Ich glaube, daß er auch Berichte schrieb. Jetzt fügte die Königin dem einen guten, treuen Richter einen zweiten hinzu, der noch schlimmer war, Leicester, um über die Sache zu berichten, und jetzt endlich hielt Burghley es für ratsam, zu meinen Gunsten einzuschreiten, indem er versicherte, an der gesamten Fehde sei ich ebenso schuldlos wie an Gastrells blöder Arglosigkeit, mit der er Long Tom getötet hätte. Aber ich wußte es, und die Knyvetts wußten es auch, daß ihnen alles gestattet war, solange ich bei der Königin in Ungnade stand.

Trotzdem zog ich aus allem ein wenig Gewinn, denn in der Zeit meiner Ungnade verwandelte ich mein unreifes Stück, das ich unter einem, meinem wirklichen sehr verwandten Namen veröffentlicht hatte, in *Romeo und Julia*. Ich glaube, es war mein bekanntestes Stück, obwohl es beinahe nicht auf die Bühne gelangte. Es fand sich Trost darin für meine oft verschmähte Ehefrau in der Gestalt der schönen Julia und außerdem die einzige Schmeichelei, die ich der Königin je auf den Brettern zuteil werden ließ, in der Gestalt der schönen Rosaline, die Romeo »ohne seine Hindin« zuerst liebt, doch »in Ungnade«:

Sie ist zu schön, zu weise, weislich schön,
Um ihr Verdienst durch mein Verzweifeln zu erhöhn.

Dieser Rosaline mangelt nichts als die Krone, denn sie

Weiß Amors Pfeil mit Dianas List zu äffen.
Mit starker Keuschheit ist sie wohlgerüstet,
Wenn Amors Pfeil schwach, kindisch nach ihr lüstet.

Doch die Süße hatte einen herben Beigeschmack. Freimütig hielt ich der Königin Ihre Eifersucht auf die schwarzäugige Anne vor, als Romeo seine Julia ermahnt:

Auf, schöne Sonne! töt' die neiderfüllte
Mondsichel, die schon krank ist, blaß vor Kummer,
Daß du viel schöner bist - du, ihre Jungfrau! -
Als sie. Drum dien' als Jungfrau ihr nicht länger!
Ihre Vestalinnentracht ist kränklich-grünlich,
Nur dummer Mägde Kittel! - Wirf sie ab! -

Tilney erspähte sofort die Tudor-Farben und rief mich zu sich, um mich zu rüffeln. Es gebe, kurz gesagt, erhob ich Einspruch, nicht viele Farben, unter denen man wählen könne, und Zufälle wie dieser seien unvermeidlich. *Dann nehmt purpurn*, sagte er, und ich gab zur Antwort, das sei zu lang.

Nun, dann rot.

Zu kurz.

Dann werden wir diese Zeilen streichen.

Da ihm indessen der wahre Grund meines Aufenthaltes im Tower nicht bekannt war, ließ er die übrigen Zeilen stehen. Am folgenden Tag kam ein Bote mit der Aufforderung, vor der Königin zu erscheinen. Das bestätigte meinen starken Verdacht, daß Tilney bloß wartete, bis die Tinte trocken war, bevor er die Blätter zur Obersten Zensorin trug. Die Stunde war ungewöhnlich, früh am Morgen, und Sie erwartete mich am Ende Ihrer längsten Halle. Meine ungleichmäßigen Schritte widerhallten in der kalten Leere des Raumes, als ich auf Sie zuschritt. Sie war verärgert, und eine Aussprache stand uns bevor. Es waren keine Pagen zugegen.

Zu einem lahmen Mann hat eine übergroße Ratte mich gemacht, bereit, zu kratzen oder sich jemandem bis ins Mark oder Herz zu nagen, fähig zu allem, ausgenommen ehrenhaftes Betragen.

Man kann den Mann auch anders sehen, nicht wie Euren Tybalt, Edward.

Gewiß, doch das wär' falsch, so wie's auch falsch wäre, würdet Ihr glauben, daß ich, nur wenn ich gehe, lahme. Bei diesen Worten seufzte die Königin, und ich konnte spüren, daß der Wind zu meinen Gunsten umgeschlagen war, wenngleich Ihr Zorn noch nicht verraucht war.

Warum habt Ihr Euch zu schreiben erdreistet, ich sei krank und grün vor Neid?

Hab' ich das von Euch gesagt?

Ihr wißt es nur zu gut. Gibt es jemanden in unserem Land, der mit Diana verglichen und der leuchtende Mond genannt wird?

Ha, aber bei meiner Figur war's der neiderfüllte Mond!

Schweigt! Es ist mein Privileg, solche schamlose Heuchelei nicht zu dulden. Erinnert Ihr Euch an Meine Königliche Robe aus Grün und Weiß? Ich trug sie bloß für Euch. Ich blieb stumm. *Sehr lange ließ ich Euch gewähren mit Geduld, doch kürzlich ist sie mir gerissen.*

Dann schickt mich noch einmal in den Tower, das letzte Mal, doch zuerst, ich bitt' Euch, wechselt die Wachen aus, damit ein Edelmann, der stirbt, sich wenigstens angemessener Gesellschaft erfreuen kann.

Pflegtet Ihr in Eurem Bett solche Dinge zu sehen wie ich in dem meinen, Ihr würdet mich nicht überreden, einen anderen zu köpfen. Edward?

Eure Majestät?

Ich wünsche, daß diese verderblichen Zeilen entfernt werden.

Ich wünschte, die Wasser, die aus der Quelle Eures Mißvergnügens flossen, wären zum Stillstand gekommen. Sie taten's nicht.

Ihr wißt, daß ich diese Zeilen tilgen lassen werde.

Das könnt Ihr in der Tat, aber in diesem Fall, mit oder ohne meinen Kopf, werdet Ihr kein weiteres Stück von mir bekommen.

Sagt mir, warum es zwischen uns keine größere Eintracht geben kann?

Wir stünden unter ähnlichen Zeichen, gab ich zur Antwort, doch sie seien unvereinbar miteinander, und überdies seien wir Monarchen zweier verschiedener Königreiche; darum könnten wir gelegentlichen Mißhelligkeiten nicht entrinnen, doch sollten diese Streitigkeiten unsere ganze Freundschaft und unseren gegenseitigen Respekt nicht verderben.

In Eurem König Richard *laßt Ihr's zu, daß Könige gestürzt werden. Man sagt, Ihr hättet Rom aufgegeben. Habt Ihr auch die Könige aufgegeben?*

Wenn Ihr einen Dichter ins Gefängnis werft, können ihm solche Gedanken kommen, doch das ist des Stückes Lehre nicht, die ich Euch bestimmte. Ich erkannte, daß es Zeit zu besänftigen war, und fiel auf die Knie und gelobte Treue ohne Ende, innerhalb der brüchigen Grenzen meiner Natur.

Ich nehm' allein nur aus, daß Ihr mich anlügt, Edward, und das Schreckliche ist, daß ich Eure Lügen oft Euren kunstvollen Wahrheiten vorziehe, wofür ich mich bitter tadle, doch nichts dagegen tun kann. Es ist einsam hier. Ich werde Euren neiderfüllten Mond hinnehmen, wenn's auch von Euch nicht freundlich war: Ich sage Euch bloß, was Ihr schon wißt: Ich brauche Eure Stücke, und mein Land, süchtig nach Parteien, braucht sie auch. Ich muß Euch ebenfalls freimütig sagen, daß der Richard *mein Vertrauen zu Euch zerbrochen hat. Legt mir ein solches Stück, bitte, nicht noch einmal vor.* Sie erhob sich jäh und sagte, man werde jetzt gezwungenermaßen vom exakten Protokoll abweichen müssen, weil Sie sich länger als gedacht mit mir aufgehalten habe und Ihre Minister warteten. Ich kniete noch immer, als Sie aus der Halle ging, und ich glaubte in Ihren Augen Nässe zu sehen, als Sie Ihren Kopf abwandte. Sie hatte mich zurückgelassen, um nicht sehen zu müssen, wie ich über den langen Teppich zurückhinkte.

Wenigstens werde ich dafür sorgen, daß die Zeilen rasch und zur Wand gesprochen werden, rief ich Ihr nach, und Sie beschleunigte den Schritt.

Romeo und Julia erhielt das Imprimatur für den Drucker ohne Streichungen, und so gelangten wir zu einer unbehaglichen Verständigung, und ich wurde wieder in meinen vorherigen Stand bei Hof versetzt, wohin ich selten ging. Genauer betrachtet, war die Aussöhnung eher Schein denn Wirklichkeit. Sie hatte völlig recht. *König Richard II.* blieb für immer ein Zankapfel zwischen uns, besonders als nach Essex' Aufstand gegen Sie Jahre später bekannt wurde, daß viele Truppen bestochen worden waren, das Stück zur Vorbereitung der Rebellion aufzuführen. Es wurde nicht nur in Theatern, sondern auch in Privathäusern und in London und zwanzig Marktflecken und Städten auf offener Straße gespielt. Man mußte ein Bär in tiefem Winterschlaf sein, um eine dieser Aufführungen zu versäumen. Bevor das alles geschah, wußte ich lediglich etwas über den Streit zwischen Kunst und Obrigkeit. Jetzt hatte ich Gelegenheit, zu beobachten, wie leicht man Kunst, die in feindliche Hände gerät, im Nachhinein andere Bedeutungen unterschieben kann.

Das Schlimmste, das mir in jenen vier Jahren widerfuhr, habe ich in allen Einzelheiten noch nicht erzählt. Mein heimlicher katholischer Glaube war eine Sache persönlicher Überzeugung und verschwiegener Gottesdienste in Landhäusern gewesen, zu denen sich eine kleine Schar zusammenfand und für die uns ein Schulmeister sein priesterliches Gewand überließ. In meinem Inneren rief das keine Schwierigkeiten hervor, die Krone zu unterstützen. Tatsächlich wünschte ich, obgleich es immer mein größter Traum war und noch ist, England mit Frankreich vereinigt und mit allen Tugenden Europas aufblühen zu sehen, mitnichten, daß das freie England, ungeachtet seiner Mängel und Grobheiten, in die Gewalt einer ausländischen Macht geriet. Mir begann aufzufallen, daß meine Gottesdienste eher Zwischenspiele in Versammlungen zu sein schienen, bei denen es um Schlachtpläne ging. Thomas Howard und Charles Arundel waren die führenden Köpfe. Mit Maria Stuart standen sie nicht in Verbindung, jedoch mit den offenen und heimlichen Agenten aller katholischen Länder, die sich in London aufhielten. Im Mittelpunkt aller dieser Umtriebe stand Mendoza, der spanische Gesandte. Es ärgerte mich, daß im besonderen Arundel annahm, ich stimme mit ihren Absichten ganz und gar überein, und es verwirrte mich, daß sie einen Mischmasch verschiedener Absichten, mal politischer, mal religiöser, zusammenzubrauen und oft, so kam's mir vor, selbst für Verschwörer, sich allzu vertraulich zu gebärden schienen. Sie flüsterten dir ins Ohr und küßten dich aufs Ohr. Jeder Katholik muß seinen Frieden machen mit den weltlichen Plänen und Bestrebungen Roms, doch es rüttelte meine Seele wach, als mir aufging, daß ich mich in einem Orden heimisch fühlte, dem Männer angehörten, die keine Grenzen kannten. Trieb eine Form der Verräterei eine weitere hervor, oder schossen sie alle voll erblüht empor?

Zur völligen Gewißheit, daß meine katholischen Glaubensbrüder Verräter waren, gelangte ich, als man mir Mendozas Briefe von den Herrschern Europas und ihren tatendurstigen Admirälen zeigte. Es schien einzig noch umstritten, wer die Ehre haben sollte, England anzugreifen und von welcher Seite aus. Beim Marsch auf London sollte eine Anzahl verkappter Jesuiten tätig mitwirken, die in solch üblen Geschäften geübt und darauf erpicht waren, an der Tochter von Heinrich VIII. Rache zu nehmen. Glaubte man den Zahlen, die sie nannten, war jeder verschwundene Seemann oder Kaufmann ein Jesuit, der mit einem besonderen Auftrag unterwegs war, den römischen Einmarsch zu befördern.

Ich scherte mich nicht um die Drahtzieher, sondern sandte der Königin einen langen, streng förmlichen Brief, da ich voraussah, daß sich unsere Beziehung nach dem Bekanntwerden von Annes Schwangerschaft ein wenig abkühlen werde, denn Sie hatte natürlich von unserer vorangegangenen Verbindung gewußt. Darin berichtete ich in allen Einzelheiten über die Pläne und Verleumdungen Howards und Arundels, die mir bekannt geworden waren. Es war nicht die rechte Zeit, die Schildwache zu spielen. Bald darauf traf mich der Hagel von Gegenbeschuldigungen, woraus deutlich hervorging, daß es an diesem Hof keine privaten Briefe an die Königin gab. Zum Glück war es der Königin selbst ins Auge gefallen, daß Howard und

Arundel gefährlich waren, und darum erwies sich, was sie sagten, in jenem Sommer bloß als schwacher Rauch in der Luft über mir, aber die Atmosphäre trübte sich natürlich, als ein paar Monate später Edward geboren wurde, und dann alles, was sie sagten, von dreifach treulosen Freunden, die es hätten besser wissen müssen, als so selbstverständlich hingenommen wurde wie Ebbe und Flut. Es dauerte recht lange, bevor ich genau erfuhr, was sie über mich sagten. Es gebe tatsächlich, behaupteten sie, eine Verschwörung gegen die Krone, doch werde diese von dem Erzfeind Lord Oxford angeführt, der auf geheime Weisungen aus Rom handle und sein privates Vergnügen an Knaben und Tieren vom Bauernhofe finde. Es hieß, ein allzu schwärmerischer Prediger habe sich in einen Zustand der Entrückung hineingesteigert und seine bestürzte Herde vor den schweren Gefahren gewarnt, die bereits auf das arglose Eiland England lauerten, insbesondre vor einem gewissen Lord in Samt, der, im Bunde mit Rom und dem Satan, dazu bestimmt sei, unsre Jungfräuliche Königin auf der Folter zu schänden, bevor man Sie auf der Streckbank in die Ewigkeit befördere.

Wie eine einsame Eiche auf einem Felde übte ich auf umherirrende Vögel und Blitzschläge immer eine besondere Anziehung aus. Ich lock' nur jene an, die mich lieben, und jene, die mich hassen, und inzwischen habe ich gelernt, damit fertig zu werden und in meiner geschäftigen Einsamkeit zu überleben. Howard und Arundel waren die schlimmsten, doch die meisten Cecils und, wie ich meine, alle Dudleys, nicht bloß Leicester und Hatton und Drake und Essex seinerzeit, fast verzähl' ich mich, sie alle, ohne Ausnahme, träumten davon, mich zerschlagen und zerschmettert, vielleicht auf ein paar Klafter Feuerholz heruntergebracht zu sehen.

Manchmal, das räum' ich ein, rase ich, schwenke meine Äste im Wind, wo ein klügerer Mann Frieden halten würde. In diesem Zeitabschnitt geriet ich mit Bonetti aneinander, der in der ganzen Stadt wegen seiner tödlichen Treffsicherheit bei Zweikämpfen berühmt war. Er war ein italienischer Edelmann, der viele Jahre bei uns gelebt hatte, ein Künstler mit dem Degen. Man hatte ihn für seine Fechtstunden gut bezahlt, und seinen besten Schüler hatte er in mir. Ich hatte ihm in Blackfriars ein Quartier eingeräumt, für das er bloß auf dem Papier Zins entrichtete, damit er dort seine Fechtschule unterhalten konnte. Der Fall trat zwar nicht ein, doch seine Schüler und deren simplere Unterweisung der Fußsoldaten hätten vielleicht den Ausschlag geben können, wären wir gezwungen gewesen, in den Straßen gegen die Spanier zu kämpfen. Warum geriet ich mit Bonetti in Streit? Einfach deshalb, weil ich entdeckte, daß er angefangen hatte, auch einigen meiner größten Feinde privaten Unterricht zu geben. Ich zögerte nicht, ihm deswegen Vorstellungen zu machen, obgleich er der einzige Mann in England war, der jedes Knopfloch meiner Jacke mit seinem Rapier wie ein Nadelöhr hätte durchstechen können. Hitzig in der Liebe und hitzig im Zorn, kümmerte es mich nicht, daß er mir gegenüber doppelt im Vorteil sein würde, käme es zum Kampf. Zu seiner Ehre muß ich sagen, daß er seinen Vorteil nicht nutzte, obgleich er vielleicht die Tatsache erwog, daß ich für ihn Herr und Pachtherr in einem war, und daß es bei einem dummen Streit, außer ein paar Schulgeldern, wenig zu gewinnen und vielleicht viel zu verlieren gab. Wir gingen wieder freundschaftlich miteinander um, wurden aber nie wieder ganz die alten Freunde, weil seine Freundschaft mir so erschien, als bändige er seinen Spott, und eine solche geflickte Freundschaft, so sehr man sie auch glänzen macht, ist brüchig und kann beim kleinsten Stoß zerbrechen. Die Sache hatte wenigstens diesen Vorteil: meine Schauspieler nahmen kurze Zeit bei Rocco Unterricht, und wußten sie oft ihre Worte nicht richtig zu deklamieren, so konnte doch ihre Fechtkunst den Hof und das Parkett begeistern.

Dieser Streit ist ein schönes Beispiel des Ungestüms, mit dem ich, dem eigenen Verstand und Vorteil entgegen, den Streit suchte, und es noch heute tun würde, wär' mein Leib gesund. Jedoch meist erfaßte mich die Feindseligkeit ungerufen. Ein bestimmter Blick genügte, und ich hatte einen neuen Widersacher erworben. Ich beklage meinen Mangel an Gelassenheit, der mich so rasch Kälte in einen sonnenhellen Raum tragen läßt. Doch führ' ich immer für mich ins Feld, daß ich in meinen Augen entehrt wäre, würden solche Leute mich lieben, die mich mit ihrem Haß auszeichnen.

Es ist nicht leicht, das Gewicht der verschiedenen Leiden zu bestimmen, die ich in jenen vier seltsamen Jahren zu tragen hatte. Der schwerste Schlag war vielleicht auch der schnellste, als verdunkle sich die Sonne, sobald der Tag anbrach und mir klar wurde, daß ich nicht der Vater von Annes Sohn sein oder ihn gar anerkennen durfte, damit mein befleckter Name ihm nicht weiteres Unheil beschere. Er wurde nicht weit von mir entfernt aufgezogen und sah, wie man mir berichtete, viele Jahre lang Annes zweiten Ehemann – der erste war ein Schiffskapitän namens Storm, der nach sechs Monaten spurlos verschwand – Sir Henry Lee als seinen Vater an. Aber das Leben geht sonderbare Wege, denn als Edward heranwuchs, erwies er sich als der echte Blutsverwandte von Horace und Francis und auch in anderen Zügen als ein de Vere. Während ich dies schreibe, halte ich die Nachricht in den Händen, die ich vor nicht langer Zeit von meinem Vetter erhielt, Edward diene mit Auszeichnung und beträchtlicher Bravour in den Tieflanden und könne nun bei seiner Rückkehr auf eine angemessene hohe Stellung in Seiner Majestät Regierung zählen. Ich habe auch zwei Briefe von Edward selbst, die ich kürzlich erhielt, nach zweiundzwanzig Jahren unser erster Verkehr, in denen er so vertraut und unbefangen zu mir spricht, als ob ich immer sein Vater gewesen sei, und sein tägliches Leben beschreibt, ohne ein Wort über seine Tapferkeit zu verlieren. Ich kenne ihn nicht, und folglich bin ich nur am Rande sein Vater, nimmt man das Wort in seiner eigentlichen Bedeutung, doch ebensowenig ist er mir ganz und gar fremd. Da ich weder die Macht noch das Geld habe, ihn auszustatten, kann ich ihm nur auf die Art begegnen, zu der ich imstande bin, mit ein paar Gedichten und einem freundlichen Zuwinken von ferne. Es zeichnet ihn aus, daß er nichts mehr von mir zu wollen scheint, was bei Kindern nicht allgemein üblich ist. Wenigstens dieses Ereignis in meinem Leben, das sich besonders übel auswirkte, hat also, wie es scheint, bevor ich sterbe, ein gutes Ende genommen.

Ich muß nun auf einen weiteren betrüblichen, wunden Punkt in meinem Leben zu sprechen kommen, der anderen Ereignissen in dieser Chronik ein wenig voranсilt, doch da dieser Zeitpunkt so gut wie jeder andere ist und das Geständnis drum nicht leichter wird, will ich's hier aussprechen und nicht allzu viele Worte an die Sache wenden. 1589, als Anne Vavasour bereits lange und behaglich mit dem alten Henry Lee verheiratet war und einen weiteren Sohn hatte, dieser einer rechtmäßigen Ehe entstammend, obwohl ich hörte, man zweifle, ob es der Sohn Henrys oder eines andren war, kroch ich, entgegen meiner bessren Überzeugung, noch einmal in ihr Bett, just genauso wie ich noch einmal mit meiner ersten Frau geschlafen hatte. Da ich mir die Kaprice selber nicht ganz erklären kann, so kostbar sie in vieler Hinsicht mir auch ist, erübrigt sich der Versuch, sie wortreich auszumalen. Es passierte einfach und dauerte länger als angebracht. Anne war die ergebene Hausherrin ihres Gatten geworden und wurde trotzdem immer mehr die freie Frau.

Obwohl in ihrem Äußeren ganz Gelassenheit, war Anne am Ende die Hure geworden, die zu sein man sie einst zu Unrecht beschuldigt hatte. Ihre Liebhaber waren inzwischen, wie die Sterne am Himmel, nicht zu zählen, und das drückte sich in ihrem Gesicht aus. Solche Wandlungen müssen Spuren hinterlassen. Seit ich weit und breit verachtet werde, habe auch ich viele Züge bei mir entdeckt, die der Verachtung wert sind, wie sehr ich trotzdem immer noch der Narren Geschwätz verabscheue. Ich hätte mich nicht wieder mit ihr einlassen sollen, doch mein Auge nahm in den Ruinen ihrer Ehre und den scharfen Linien ihres verblühten Gesichts noch immer die düstere Schönheit ihres Geistes wahr. Mochte sie für andere eine Hure sein, für mich war sie's nicht, obwohl ich zugebe, daß ich am Anfang bestürzt war über die Lektionen, die sie im Leben gelernt hatte, als wir wieder ein Liebespaar wurden.

Anne entzückte mich jetzt durch eine weitere neue Fähigkeit, und diese war kein Spiel. Sie legte ihre Hand auf mein Handgelenk und weinte. Erst in diesem Augenblick ging mir plötzlich auf, daß ihr auf neue Art trauriges Gesicht noch das geringste war. In all den Jahren, da ich sie kannte, habe ich sie nie auch nur gähnen sehen, und jetzt weinte sie und wollte nicht sagen, warum, obwohl ich's mir wohl denken konnte. Unsere Vergehen und Schandtaten wurden lebendig. Hatte uns einst unser Geplänkel zueinander gezogen, band uns heute unser Schweigen. So wurden wir, im Herbst unsrer Leben, ein Liebespaar, und ich besuchte sie in ihren Gemächern im Untergeschoß, während ihr kränklicher Gatte im Obergeschoß schlummerte. Das war kein guter Einfall, nur soviel will ich sagen. Der Schmerz wurde vorübergehend gelindert, doch nicht beseitigt. Es gab gegen unsre Schande kein Heilmittel. Wenn ich der Liebe zu ihr, die sich nicht vertreiben ließ, treu blieb, war der Preis hartnäckiger Liebestollheit Betrug an einer Liebe, die reiner, echter war, an meiner einzigen Frau unter den vielen, die schöner noch war als die Schönheit selbst. Ein Narr zwischen zwei Lieben muß begreifen, daß ihm am Ende keine von beiden bleiben wird.

Hier werd' ich bis morgen innehalten, mehr vom Schreiben der letzten Seite als durch meine Pest erschöpft. Es war nicht meine Scham vor der Gesellschaft, sondern die spätere, die ich vor mir selbst empfand, auf die es am meisten ankam und die niederzuschreiben am schwersten war. Jetzt habe ich über mich nichts Schlimmeres mehr zu erzählen. Nach 1584 lagen alle meine jugendlichen Freuden weit hinter mir, und der Niedergang nahm seinen Lauf, doch meine größten Lieben und Kunstwerke standen mir noch ebenso bevor wie Leiden, die ständig wuchsen.

37

Ich bin kaum erquickt, doch mein Fieber hat nachgelassen und meine Schmerzen haben für den Augenblick ihre Kraft verloren. Dumpfe Schmerzen hinter meinen Ohren gesellen sich zu denen in den Schulterblättern, der Leiste und den Knien und bilden ein Streckbrett gedämpfter Marter. Ich könnt' fast schwören, daß ich meine Rippen höre, die bei jedem Atemzug ächzen wie die salzverkrusteten Scharniere einer eichenen Seekiste nach einer langen Reise. Am meisten abträglich meinem Frieden ist noch immer, mein eigenes Gesicht zu sehen, was ich nun nicht mehr werde tun müssen, weil ich den kleinen venezianischen Spiegel genommen und auf den Boden geschmettert habe. Unglücklicherweise war meine Kraft meinem Zorn nicht gleich, so daß ich jetzt nicht einen, sondern zehn kleine glitzernde Spiegel habe, die auf den Fliesen verstreut sind. Es macht nichts, man wird sie bald entfernen, und bis dahin können sie von dem Platz, an dem ich sitze, nicht mehr spiegeln als die Balkendecke, den unteren Teil meines Nachthemdes und die alte Weide draußen vor meinem Fenster, die mit mir stirbt. Es ist Frühling geworden, doch den Baum und mich hat man nicht eingeladen, seine Ankunft zu feiern.

Nach dem Zerschlagen des Spiegels bestand meine Arbeit heute morgen darin, diese Aufzeichnungen rasch zu durchfliegen. Es war mir bisher nicht aufgefallen, aber ich kann an meiner Prosa ablesen, wann mich jeweils das Fieber befiel. Die Erzählung hat nichts von der ruhigen Ausgewogenheit der Poesie, und deshalb ist sie vielleicht so, wie sie sein sollte. Mein Plan, die Geschichte meines Lebens in zweihundert Sonetten zu erzählen, ist mißlungen. Welchen Wert als Gedichte sie auch haben mögen, die Sonette waren zu sehr auf die Quintessenz bedacht, und es bleiben immer noch fast fünfzig, die zu schreiben ich nicht über mich brachte, obgleich ich's immer wieder versuchte. Strebt man eine Form an für das reine Gefühl, läßt man zu, daß allzuviel schwer verständlich bleibt, ein kleiner Kreis ausgenommen. Ich plante ein Stück mit einer versteckten Geschichte. Vielleicht geht's besser mit weniger Kunst und mehr Blut und Gefühl; vielleicht sollte ich das nicht zurechtstutzen und glätten, was Geist und Gedächtnis einfach nicht bei sich behalten können und das sich darum auf die Seite ergießt. Obgleich es mein größter Wunsch ist, neu belebt zu werden, was nicht der Fall sein wird, habe ich inzwischen das sichere Gefühl, daß ich, selbst wenn mir keine lange Frist gegönnt ist, wenigstens diese Geschichte zu Ende führen werde. Gegen den Schmerz der Vergangenheit gibt es kein Heilmittel. Nur bin ich noch immer besorgt, daß ich zu weit gegangen bin, als ich Lady Lee beschrieb, die noch durch London geht, verfolgt von üblem Geschwätz. Würden diese Zeilen durch einen unglücklichen Zufall gefunden und gerieten in eine billige Schmähschrift, während wir noch am Leben sind, dann würde, mag Anne auch tatsächlich so verrucht sein wie die Hölle, die Scham die Pein in meinen Eingeweiden ersticken. Wenn ich ans Ende gelangt bin, werde ich zumindest diesen Teil neu schreiben.

38

Meine vier unglücklichen Jahre waren auch die Jahre, da mein dramatischer Obstgarten zum ersten Mal Früchte trug. Damals war ich sehr unzufrieden mit der Ernte, deren Mängel mich in eine meiner tiefen Melancholien stürzten. Ich will sehen, ob meine Erinnerung an jagende Wolken dennoch imstande ist, eine Liste jener Stücke zu machen, die ich entweder selber verfaßte oder deren Abfassung zusammen mit den Kumpanen ich überwachte. Anfang 1579 wurden *Die Historie von der Zweiten Helene* und *Eine Moralität über die Vermählung von Lust und Maß* am Hof aufgeführt und vom einzigen Publikum, das von Bedeutung war, mit großem Vergnügen aufgenommen. Der Beifall der Königin nach jeder Vorstellung war gedämpft, doch auf Ihrem Antlitz war ein Leuchten der Befriedigung, und als das Stück seinen Lauf nahm, hüpfte Sie bei jeder geistreichen Zeile auf Ihrem Sitz, als ob Sie zu Pferde säße. *Ein Maskenspiel von Amazonen und ein Maskenspiel von Rittern* rief Ihr Vergnügen auf andere Weise hervor, doch in meinem Urteil standen Schauspiele jederzeit höher als Maskenspiele.

Danach spielten wir – war's in der Mitte des Jahres? – *Die Historie vom Mörderischen Michael* am Hof, wobei auch ich auftrat, doch nach diesem Jahr begann ich des Deklamierens überdrüssig zu werden. Ich hielt nicht viel von dem Stück, weder am Anfang noch später, als wir es als *Arden von Feversham* noch einmal auf die Bühne brachten. Ich erkannte, daß es auf schwachen Beinen stand und es unwahrscheinlich war, daß man sie, verkrümmt wie sie waren, würde kräftiger machen können.

Ähnliche Schwierigkeiten ergaben sich in den Monaten danach bei *Edward dem Tapferen* und *Edward III.* Wenigstens hatte ich soviel Widerstandskraft, beim Oberzeremonienmeister darauf zu dringen, daß diese schwachen Stücke nicht mit dem falschen Namen unterzeichnet wurden, den man mir untergeschoben hatte. Dem Zensor war nicht wohl bei der Aussicht, Stücke als namenlose Waisen in die Welt zu entlassen. Ihm war daran gelegen, sich an eine verantwortliche Partei halten zu können, für den Fall, daß in einem Stück strittige Fragen auftauchten, nachdem dieses freigegeben worden war. Würde die Aufgabe, das Stück zu genehmigen, sachgemäß durchgeführt, erwiderte ich, sei eine nochmalige Beurteilung nicht vonnöten, und es sei in jedem Falle vollkommen lächerlich, die zehn Männer namentlich zu nennen, die als Verfasser an dem Stück gearbeitet hätten. In einem solchen Fall wäre es notwendig, alle zu verhören und peinlich zu befragen, um exakt zu ermitteln, wer die gefährlichen Zeilen geschrieben hatte, und, was schlimmer sei, der Schuldige würde sich vermutlich noch nicht einmal daran erinnern, was seinem bierumnebelten Hirn am späten Nachmittag entfleucht war. Nein, da sei es schon besser, die Königin davon in Kenntnis zu setzen, daß die Spektakel zu Ihrer Unterhaltung nicht vor Weihnachten würden beginnen können. Das war immer mein bester Beweisgrund, um das Spiel zu gewinnen.

Es gab eine weitere Gruppe von Stücken, deren Niederschrift ich überwachte und für die Tony zeichnete. Das waren *Der Spiegel des Wankelmuts, Sir Thomas More* und *Zelanto*. Diese waren ebenso flügellahm wie die ungezeichneten Stücke.

Gegen Ende 1579 führten wir *Der Jude* am Hof auf. Das Stück war allgemein beliebt, doch ich war noch nicht zufrieden damit. Danach kam mein Jahr der Schwierigkeiten, durchsetzt mit ein paar kleinen Triumphen, obgleich man mir gewaltsam die nötige Muße verschaffte, *König Richard III.* zu beginnen und *König Heinrich VI.* zu beenden; kurz vor meiner Zeit im Tower tat ich den größten Teil der Arbeit an meinem allerersten Stück, aus dem am Ende *Romeo und Julia* wurde. 1582 ergänzte und vollendete ich *Liebes Leid und Lust*, wobei ich das Gerüst von *Ein Maskenspiel von Amazonen und ein Maskenspiel von Rittern* verwendete, und zeigte 1583 zu Anfang des Jahres *Eine Historie von Ariodante und Genoveva* am Hofe und *Agamemnon und Odysseus* zu Weihnachten. Alle diese Stücke gefielen der Königin, und alle drückten sie meine Lebensgeister nieder, denn alle waren hastig zusammengeflickte Machwerke, geeignet, vorübergehend Vergnügen und Begeisterung hervorzurufen, nicht aber weiterzuwirken oder gar einige Zeit zu überdauern. Damals erkannte ich nicht, daß ich in diesem neuen Handwerk immer geschickter wurde. Der Töpfer kann sein Gefäß nicht noch einmal auf die Scheibe setzen, der Maler sein Bild nicht neu malen, der Dichter seine unbeholfnen Verse, auf immer in Druckerschwärze gebannt, nicht korrigieren, doch der Sänger und der Stückeschreiber können ihre Weisen, wann immer sie wollen, neu gestalten. Meine Schauspieler machten es mir vor. In den darauffolgenden Jahren halfen mir viel Erfahrung und ein wenig Zurückgezogenheit, aus der *Historie von der Zweiten Helene* das Stück *Ende gut, alles gut* zu machen; die *Vermählung von Lust und Maß* wurde *Der Widerspenstigen Zähmung*; der *Jude* verwandelte sich in den *Kaufmann von Venedig*; aus der beliebten *Vergnüglichen Täuschung* wurde die noch beliebtere *Zwölfte Nacht*; aus der *Historie von Ariodante und Genoveva* wurde *Viel Lärm um nichts*; aus *Agamemnon und Odysseus* machte ich *Troilus und Cressida*; die *Historie der Irrungen* wurde zur *Komödie der Irrungen* und die *Historie von Titus und Gisippus* zu *Titus Andronicus*.

Diese zukünftigen Verwandlungen gingen mir zum ersten Mal durch den Kopf, als wir aufgrund einer besonderen Genehmigung unsere Schauspieler für zwei Spielzeiten nach Stratford schicken konnten. Es war Lylys Einfall, und er wirkte Wunder in jeder Hinsicht. Die Schauspieler fingen bald an, mit ihrem Text vertrauter zu werden oder mit feineren Mitteln zu spielen, obwohl kaum einem diese Fähigkeiten zu Gebote standen. Unsere Kasse füllte sich ziemlich rasch, denn unsere Mietkosten waren niedrig, und ein stetiger Troß gemeiner Leute, Kutscher und Bäcker und Beamte, aus London und weiter entfernten Gegenden nahm

Urlaub von seinen Geschäften und begab sich mit der ganzen Familie nach Stratford, um mehrere Tage lang eine Reihe von Aufführungen zu sehen, die auf einer höheren Stufe standen als die der Wirtshaustheater. Alle Räume in den drei Herbergen wurden gemietet, dann die Dielen, und schließlich erhob sich eine kleine Zeltstadt auf den Wiesen rings um die Stadt und am Fluß Avon entlang. Tonnenweise wurde Bier auf Wagen herangeschafft, und bald roch die ganze Stadt wie ein Wirtshaus. Die Schauspieler, von der allgemeinen Begeisterung angesteckt, spielten mit fröhlicher Hingabe und ließen sich durch das gleichmäßige Geräusch des Nüsseknackens im Publikum nicht aus dem Konzept bringen. Wir streiften durch die Straßen und sahen mit glänzenden Augen auf die wimmelnde Menge. Nichts andres hatte die Leute hergerufen als Merkurs dreistes Straßenkind, das Gerücht. Das hieß, daß die Verwirklichung unseres höchsten Traumes von einem vortrefflichen Theater, das sich selber unterhielt, selbst wenn man es aus der Ferne leitete, so nahe gerückt war, daß wir es im Geiste bereits fertiggestellt und jeden Abend wohlgefüllt sahen.

Das andere Geschenk, das wir aus Stratford mitbrachten, war der junge Shakspeare. Ich will ihm, der unschuldig war, meine Herzlichkeit nicht mißgönnen, denn er brachte die erdfesten, ländlichen Tugenden in unser Unternehmen und half unserem Theater zu überleben. Ich besorgte lange, er sei einer von Burghleys Spitzeln, doch erwies sich dieser Verdacht als bedeutungslos. Er war in keiner Faser seiner schlichten Seele falsch, denk' ich.

Das Ende meiner langen Verbannung vom Hof kam, als nach der Verhaftung von Francis Throckmorton die katholische Verschwörung schließlich und unerwartet in ihrem ganzen Ausmaß sichtbar ward. Throckmorton hatte unter dem Deckmantel eines Scholaren in Paris und Rom gelebt, in Wirklichkeit sich jedoch sowohl in England wie im Ausland mit Papisten verschworen, die Königin der Schotten auf unseren Thron zu setzen.

Throckmortons Haft und seine ausschweifenden Selbstbezichtigungen in den Händen Walsinghams änderten alles. Vier Jahre nachdem mein unzeitiger Bericht über die jesuitische Verschwörung meinen Namen so befleckte, daß leichtgläubige Freunde zusammenzuckten und sich abwandten, wenn ich mich näherte, sah plötzlich auch der Thron ein, daß das, was ich geschrieben, wahrer als die Wahrheit selbst gewesen war. Selbst Walsingham und Burghley ging auf, daß der altgläubige Lord Oxford sich loyaler gegen England als gegen Rom gezeigt hatte, und das nicht gerade zu seinem persönlichen Vorteil. Gewiß wurde meine Stellung mit einem Schlage viel besser, doch, kurios genug, an meiner Lage änderte das nicht viel.

Ungeachtet der Gefahren für Ihren Kopf und Ihren Thron verlangte es die Königin zu sehr nach Blut, um mit den Verrätern angemessen zu verfahren. Vielen gelang es, in dem Augenblick, da die Verhaftung bekannt wurde, ins Ausland zu gehen, obwohl die Hauptschurken, Henry Howard und sein Neffe Philip, zu lange zögerten und gefangen wurden. Henry saß jedoch wegen Hochverrats nicht länger im Tower als ich wegen Schwängerung, und dann wurde er im Hause von Sir Nicholas Bacon unter Aufsicht gestellt, wo er noch immer zu leben scheint, in Ungnade zwar, doch in Frieden. Philip wurde zwei Wochen lang in der Sternenkammer verhört, doch Walsingham hatte Anweisung, nicht mehr zu unternehmen, als ihn zu verhören. Er bestritt hartnäckig alles, was Throckmorton über ihn gesagt hatte, und man ließ alle seine schrecklichen Lügen gelten. Kaum war er wieder frei, legte er ein katholisches Treuegelöbnis ab, und das reichte nicht aus, ihn von der Teilnahme am Turnier auszuschließen. Eine wirkliche Strafe lud Howard erst im folgenden Jahr auf sein Haupt, als man ihn während seiner Flucht aus dem Land verhaftete, das er, wie ich bezeugen kann, nicht übermäßig liebte. Als weitere Erkenntnisse über ihn bekannt wurden, war es schließlich unmöglich, ihn aus dem Gefängnis zu entlassen, und selbst dort noch beging er Hochverrat, indem er aus seinem Kerker verschlüsselte Nachrichten an die Spanier schickte.

In London führte man Freudentänze auf, als das Komplott aufgedeckt wurde, und die Königin überließ sich gern dem warmen Wind der Liebe Ihres Volkes, welcher vergangne Taten wie Blätter fortwehte. Ich freute mich für Sie und für England. Was mich betraf, so entdeckte ich, daß die Howards zwar weggefegt worden waren, ihre Verleumdungen jedoch an mir hängen zu bleiben schienen. Oft sind die Leute zu geschäftig, um ihre Meinungen zu ändern, die, wenn auch eilig gebildet, sich schließlich verfestigen. Es war jetzt an der Zeit, mit dem Auge eines reiferen Mannes auf meine eigensinnige Jugend zurückzublicken, um Mittel zu finden, den alten Schaden von meinen Ausschweifungen zu heilen. Jetzt begann ich mit der Arbeit an *Die Ruhmreichen Siege*, in denen ich den Dom weiser Regierung von allen Seiten stützte, damit das gemeine Volk und der Hof in unsere Vergangenheit zurückblicken und erkennen konnten, was sie tun und wogegen sie kämpfen mußten. Obwohl ich nicht zum Hofe hinkte, war dies die Zeit, da ich im wahrsten Sinne Ihr Höfling war. Ich hielt nicht nur der Königin, sondern auch mir selbst in der Gestalt des Prinzen Hal einen Spiegel vor, dessen unbesonnene Jugend am Ende einem edlen Zwecke dient. Mein Gefallen an niederen Schauspielern und Schreiberlingen rechtfertigte ich damals, so gut ich konnte, denn diese seien angesichts Ihres Vergnügens an Schauspielen und Poesie um der Wahrheit willen unentbehrlich:

Die Erdbeern wachsen unterhalb der Nessel,
Und bekömmliche Beeren gedeihn am besten,
Wenn Früchte von gering'rer Güte ihre Nachbarn sind.

Ich hatte die Werbung des Herzogs von Alençon um Elizabeth ins Lächerliche gezogen, wohl wissend, daß Diana nicht im Traum daran dachte, diesen Narren zu heiraten. Je mehr Entzücken Sie verströmte, desto deutlicher las man in Ihren Augen die zielbewußte Staatsräson. Sie brachte Ihre Jungfräulichkeit ins Spiel, als die Niederländer ihre Käse und Gewürze präsentierten und die Moskowiter ihre Pelze, doch welche Proben Sie davon auch gegeben haben mag, Ihre Jungfräulichkeit verkaufte Sie nicht, denn diese hielt immer in allen Königen und Fürsten die Hoffnung auf einen angenehmen und leichten Sieg über England, errungen ohne Schiffe und Truppen, aufrecht. Das war etwas, das Leicester nie begriff. Doch hatte ich Ihr früher beigepflichtet und Ihre Eitelkeit genährt, war ich jetzt Ihr wirklicher Höfling und offerierte mit den Schmeichelein eine *melange* kluger Ratschläge.

In dieser Zeit war es, da ich begann, Sonette im Geiste von Lord Vaux zu schreiben, dem Dichter-Onkel seligen Angedenkens, der meine Sonettform in englischer Sprache zuerst benutzte. Er starb, als ich erst sechs war, doch ich erinnere mich an seine Hand auf meinem kleinen Kopf, sein strahlendes Lächeln und an die Rührung, mit der mein Vater davon sprach, mit seinem Tod habe Englands Tradition und Zukunft einen unersetzlichen Verlust erlitten. Alle meine frühen Sonette erinnerten Eliza an das, was Sie wohl wußte, doch immer zu vermeiden trachtete, an jene ernste Pflicht, Ihr auferlegt von Ihrem Vater und Ihrem Staatsrat, dem sich kürzlich die lärmende Stimme des Parlaments beigesellt hatte, die darin bestand, England einen Thronerben zu schenken. Die Gedichte beschäftigten die Ohrenbläser am Hof, doch Sie, für die sie geschrieben waren, war von einigen Versen tiefer berührt, als ich vorausgesehen hatte.

> Ziehst du dich einsam in dich selbst zurück,
> Betrügst du dich um dein geliebtes Bild;
> Was sagst du, wenn dich abruft das Geschick,
> Wenn Rechenschaft es darzubringen gilt?
> Die Schönheit wird mit dir zu Grab gelegt
> Statt daß genützt sie reife Früchte trägt.

Diese schlichten Ermahnungen nahm Sie leicht hin, doch Sie trug schwer an der Bürde des zwölften Gedichtes, das Ihre Mutter Anne beschwört, so kurz nur Gattin eines Königs:

> Wie du ein Spiegel deiner Mutter scheinst,
> Der ihren holden Mai ihr ruft zurück,

So siehst du durch des Alters Fenster einst
Trotz Runzeln dieser Tage goldnes Glück.

Sie sagte mir, es sei nicht billig, Sie mit solchen Versen zu verletzen: *Ich bin zu ewiger Jungfernschaft verurteilt, wie Ihr wohl wißt, doch ich versichre Euch, nicht Vorurteil oder eine Grille sind der Grund, sondern tiefe Strömungen in meinem Inneren, die ich nicht vollends ergründen kann. Ermahnt mich, wie Ihr wollt und wie es neuerdings ein jeder tut, aber, bitte, zielt nicht auf mein Herz. Ihr habt zuviel Verstand, zu glauben, man könne Rotkehlchen das Singen beibringen. Ich erkenne am Ende, nach all den schrecklichen Dingen, die sich zwischen uns und im Königreich zugetragen haben, daß Ihr meines Vertrauens würdig und niemals ein Schönredner seid, aber Ihr müßt mehr meine Biene sein, lieber Oxford, die mir Honig zuträgt. Ich bin eine Frau und darum schwach. Obwohl die schiere Sicherheit meines Königreichs einen Erben erforderlich macht, habe ich starke Zweifel, daß ich mich dazu überwinden kann.*

Damals faßte ich den Plan zu einem Roman in Gedichten, dem mein eigenes Leben zugrunde lag, und ich bedauere nichts mehr als die Tatsache, daß ich so viel geschrieben und doch das Gebäude unvollendet gelassen habe. Mögen diese Zeilen wenigstens ein wenig Licht auf meine ungeschriebenen Verse werfen.

Meine Mahnungen an die Königin hatten eine recht unerwartete Auswirkung. Sie erfreuten Burghley, der sich wie jeder andere im Land einen sicheren Thronerben wünschte, und der durch die Heiratsspielereien der Königin bereits ziemlich erschöpft war. Ich muß gestehen, daß mir selbst damals häufig Gedanken an einen eigenen Erben durch den Kopf gingen, weil ich darin das einzige Mittel sah, durch das die Familie de Vere ihren rechtmäßigen Platz vielleicht unmerklich Burghley wieder entwinden konnte. Ich brachte es nicht über mich, einen Sohn zu betrauern, der nicht lange genug gelebt hatte, um die Exequien zu erhalten, grämte mich aber viel darüber, daß dieses Fenster, eine gute Gelegenheit für unseren Namen, so plötzlich wieder zugestoßen worden war. Bald sah ich mich zum zweiten Mal mit Töchtern beschäftigt. Eine zweite Tochter, Bridget, wurde am 1. April 1584 geboren und ohne Verzug in die Obhut ihrer Großmutter gegeben, ebenso wie die eilig umbenannte Susan fast genau drei Jahre später, 1587. Durch Anne würde sich keine weitere Gelegenheit ergeben.

Inzwischen hatte ich regelmäßig Anfälle zunehmender Düsterkeit. Der Schreck über die jesuitische Verschwörung hatte mir die letzten Reste des Glaubens, die noch übrig waren, ausgesaugt. Ich bin ein Mann, ein Engländer, ein englischer Dichter, aber ich bin jetzt mit Angelegenheiten von größerer Dringlichkeit zu sehr beschäftigt, um Zeit darauf zu verschwenden, mich zu fragen, ob ich nach dem Ritus der Kirche von England oder dem der Kirche von Rom sterben möchte. Ich brauche keine weiteren Totenfeiern und bin in meiner Seele darauf vorbereitet, es jenen, die mit meinen Gebeinen zurückbleiben, zu überlassen, auf welche Weise man sie verscharren soll. Sie werden in Frieden ruhen, wo immer sie auch sind. Meine Frau hängt dem neuen Glauben an. Ich habe nichts dagegen, ich kann wirklich nicht warten, und ich frage mich jetzt, warum ich bei diesen vergangenen Ereignissen ins Leben zurücktaumelte, wo ich doch wie ein türkischer Tänzer auf dem Drahtseil der Selbstauflösung balanciere.

39

Um von mir zu sprechen, ich hatte in diesen Jahren noch einmal die Gunst der Stunde genutzt. Es kam mich teuer zu stehen, aber ich verkaufte noch ein wenig Land, um Fisher's Folly zu erwerben, ein ausgedehntes Anwesen in der Mitte der Stadt, mit trefflich angelegten Gärten und Höfen für Tennis, Krocket und Bowling, das verschwenderisch für den besten Goldschmied Londons erbaut worden war, der eines Tages irgendwo in Österreich oder Italien verschwunden war. Oxford House bei London Stone behielt ich außerdem. Das neue Haus stand auf einem Grundstück, kaum weniger als ein Morgen groß, und hatte eine Landluft, die zum staubigen London nicht recht paßte. Sein Zweck war, der Königin Erholung zu bieten, die mir, der ich wieder in Ihrer Gunst stand, deutlich zu verstehen gegeben hatte, daß Sie für Ihren Teil, sollte ich abgeneigt sein, zum Hof zu humpeln, von Zeit zu Zeit sehr gern mit mir an einem abgeschiedenen, stillen Fleck sitzen würde, wie wir es in glücklicheren Tagen getan hätten. War eine meiner Behausungen in London dazu geeignet, Sie zu empfangen? Keine, und so kam es dazu, daß ich Fisher's Folly kaufte. Ich war der einzige am Hof, der Sie immer mit meinen Einfällen und nicht mit Hilfe meiner Börse unterhalten hatte, und das tat ich mit voller Absicht. Meine Schulden beliefen sich auf sechstausend Pfund, und meine drei Hauptgläubiger waren die beiden jüdischen Geldverleiher Baptiste Nigrone und Pasquino Spinola und die Königin.

Es ist wahr, ich mußte sieben weitere Grundstücke verkaufen, um Fisher's Folly zu erwerben, aber dieses Anwesen hatte seinen eigenen Wert und half mir unendlich. Für die Rückzahlung wurde ein Abkommen vereinbart, das vierhundert Pfund im Jahr vorsah, wovon die eine Hälfte an das Schatzamt gehen sollte, die andere an die Geldverleiher, die mit eisigem Lächeln ihre Zustimmung zu diesem Plan gaben. Sie hatten ihr Geld dreimal so schnell verlangt. Wichtiger noch als die glückliche Regelung der Schulden war jedoch, daß die Unterstützung für das Theater, die mehrere Jahre aus verschiedenen Quellen geflossen war, erhöht und auf eintausend Pfund im Jahr festgesetzt wurde, dabei nicht an einen bestimmten Zweck gebunden war und das Schatzamt keine Rechnungslegung verlangte. So befand ich mich jetzt also, selbst mit meinen Schulden im Rücken, in den gesicherten Lebensumständen, um auf dem von mir gewählten Pfad weiterzugehen. Zumindest in diesem Punkte war ich der Königin sehr ähnlich: Ich war zu sehr mit meinem Leben beschäftigt, mir wegen der Nachwelt Sorgen zu machen. Wenn ich rücksichtslos mir noch verbliebenes Land verkaufte, dann einfach deshalb, weil mir all mein Eigentum dazu dienen mußte, mein Schicksal zu erfüllen. Wenn ich etwas brauchte, dann sofort, und ich war es, der trotzig mit dem alten Timon sagte: *Laß all mein Land verkaufen.* Alles in allem besaß ich am Ende nicht viel mehr als Timon oder Lear.

Es ist traurig, daß ich nicht lange genug leben werde, meine Gedichte und Stücke zu vollenden, und traurig ist auch, daß ich lange genug gelebt habe, meine weltlichen Güter hinter mir zu lassen.

Bevor Sie nach Fisher's Folly kam, erzählte Sie mir, Ihr sei zu Ohren gekommen, daß ich alles verkaufte, um mich auf ein Polster von Luxus betten zu können, und ich lasse mir von fünfzehn livrierten Dienern aufwarten. In Wirklichkeit fand Sie mich fast gedemütigt und mit nur zwei Dienern vor und bezeigte Mitleid mit meinem toten Sohn und meinem gegenwärtigen Zustand. Das Haus jedoch war prächtig und einer Königin würdig. Zum Glück waren Mobiliar und Ausstattung noch vorhanden, bis Fishers Nachlaß verteilt werden würde. An Nachmittagen, nachdem ich geschrieben hatte, spielte ich den dritten Diener, wenn wir gemeinsam Täfelungen und Dielen mit Bienenwachs auffrischten und es einen Tag einziehen ließen, ehe wir es mit weichen Tüchern glänzend rieben, bis wir unsere wolkigen Gesichter darin erkennen konnten. Wenn ein Edelmann Gedichte und Stücke drucken und sogar auf die Bühne steigen kann, was sollte ihn daran hindern, Fußböden zu polieren? Das Haus wurde elegant und friedlich, wenngleich die Speisekammer ein wenig karg bestückt war. Ich bestach die Diener, Lebensmittel aus dem Palast herbeizuschaffen, was sie gegen ein Aufgeld gerne taten. Während Sie eine Rundreise aufs Land niemals ohne dreihundert Wagen antrat, kam Sie nach Fisher's Folly lediglich mit dreien. Nach einigen Stunden kehrte eine falsche Königin mit der Kutsche in den Palast zurück, bis es Zeit war, die falsche Königin einen Tag später wieder zurückzuschikken, damit Sie Ihre Geschäfte ausüben konnte. London wußte, wie oft Sie nach Fisher's Folly fuhr, jedoch nicht, wie lange Sie dort blieb. Sie brachte nicht einmal Ihr Bett mit, wie es sonst Ihre Gewohnheit war.

Die Gespräche waren immer lebhaft, die Unterhaltungen elegant, aber ohne Pomp. Gewöhnlich führten fünf oder sechs meiner besten und vertrautesten Schauspieler, in schlichte Samtkostüme gekleidet, eine Szene vor. Dann spielten einer oder zwei die Laute oder Zither, während die anderen des Earl of Oxford Gaillarde tanzten, wie ich es mehr als ein Jahrzehnt lang gehalten habe. War die Darbietung beendet, schritten sie unter den Klängen des Marsches des Earl of Oxford hinaus.

Elizas rotes Haar war inzwischen eine Perücke. Ihr kleiner Mund schien in Ihrem kantigen Gesicht zusammengeschrumpft zu sein, und, was schlimmer war, Ihre Zähne waren vom Kauen byzantinischer Nüsse ganz schwarz geworden. Es herrschte ein wortloses Einverständnis, daß es zwischen uns keine Balgerein mehr geben würde. Und doch liebte ich Sie, damals mehr denn je. Trotz allem, Sie war oft eine große Königin. Es war unserer Aussöhnung günstig, daß wir beide Burghley tadelten, als ob der Tod des teuren Norfolk allein der unziemlichen Hast von Mittelsmännern zuzuschreiben wäre, was ich nicht glaubte, und als ob das Gerücht von meinem falschen Glauben zu Ihr gelangt sei, weil Burghley über mich und seine Pläne verärgert gewesen war, was ich glaubte und noch immer glaube. Wenn ich jedoch heute zurückblicke, waren es in der Hauptsache die Enthüllungen Throckmortons, die mich ins Licht zurückbrachten. Eliza gab selber zu, daß bei meinem Schwiegervater seine Verärgerung und seine natürliche Besorgnis um meinen guten Ruf im Widerstreit gelegen hätten, das für meine Wiedereinsetzung entscheidende Wort jedoch von Ralegh gekommen sei. Ich hatte Feinde, die ich nicht einmal kannte, doch, wie es scheint, auch ein paar unbekannte Freunde.

Ich bin darauf nicht stolz, aber da es meine Absicht ist, dem Stolz in dieser Niederschrift nur geringen Raum zuzugestehen, möchte ich bekennen, daß ich nicht nur von Burghley, sondern auch von Walsingham Hilfe erbeten hatte, und ich möchte auch hinzufügen, daß ich in meinen sogenannten reiferen Jahren zu der Überzeugung gelangt bin, daß Spione wie Walsingham für die Sicherheit des Landes notwendig sind. Was ich nie verzeihen kann, sind die endlosen, leutseligen Erkundigungen, mit denen Burghley mich immer einkreiste. Er befragte mich. Er befragte jene, mit denen ich Umgang hatte. Er befragte meine Diener. Das war das unveränderliche Element in unserer Beziehung, und das war der Grund, daß ich in all den Jahren, da ich den Mann kannte, nie aufhörte, ihm offen ins Gesicht zu sagen und ihm in hitzigen Briefen mitzuteilen, ich sei nicht sein Kind und nicht mehr sein Mündel. Walsingham hatte wenigstens einen Anlaß und ging seiner Arbeit in aller Stille nach, Burghley hingegen folgte bloß irgendeiner sorgenvollen und übellaunigen Gefühlswallung. Er war wie eine Henne, die aus Gewohnheit auf einem spiegelglatten Marmorboden nach eingebildeten Körnern pickt, und der Vorgang selbst bereitete ihm mehr Freude als jedes Bröckchen, das er fand.

Äußerliches Zeichen meiner neuen Vertrauensstellung war die Freiheit, endlich wieder reisen und am Kampf teilnehmen zu dürfen. Von Sturmius war die flehentliche Bitte gekommen, man möge mich mit englischen Truppen ausschicken, um den Protestanten auf dem Festland zu helfen. Das wurde abgelehnt, doch Ende August 1584 begab ich mich aufs Festland, um den Befehl über die englische Kavallerie in Holland zu übernehmen und sie für einen möglichen Kampf gegen die Spanier zu rüsten. Unterwegs hatten wir wieder ein geringes Lösegeld an Seeräuber zu zahlen. Kaum angekommen, stellte ich fest, daß die Pferde zu schlecht und die Männer zu gut im Futter standen und die militärische Disziplin irgendwo auf dem Pier von Gravesend zurückgeblieben war. Ich seufzte und machte mich an die Arbeit, bedeckt von Sommerfliegen, unverhofften Wolkenbrüchen und dampfender Hitze ausgesetzt. Gerade hatte ich Schauspieler in London gelassen, die endlich lernten, ihre Zeilen mit Witz und Schliff vorzutragen. Jetzt würde ich also Pferde und träge Soldaten ausbilden. Dann kam, nach nur sechswöchiger Arbeit mit dem Regiment, eine Nachricht von der Königin: ich solle so rasch wie möglich nach London zurückkehren. Ich konnte mir keinen Vers darauf machen, was diese Nachricht wohl bedeuten mochte, brach jedoch auf der Stelle mit dem Boten auf und fand ein winziges Schiff vor, das, alle Segel gehißt, darauf wartete, uns überzusetzen.

Streitet nicht, was nötig sei, war alles, was ich zu hören bekam. *Ich kam zu dem Schluß, daß ich Euch nicht in Gefahr wissen wollte, und ich bedauere, daß Ihr gleichwohl Fährnissen hättet ausgesetzt sein können.*

Ich biß mir auf die Zunge, und mein Blut wallte auf, weil ich nun wußte, daß es, wenn denn überhaupt noch möglich, noch schwieriger als in unserer Jugendzeit sein würde, England zu verlassen oder die Unternehmungen zu vollenden, die auszuführen man mich erzogen und bewogen hatte.

Es gab andere Ärgernisse in diesem Jahr, welches die Zeit war, da Anne Vavasours junger Neffe mich beleidigte. Ich hätte ihm geantwortet, wäre er nur vier Jahre älter gewesen, aber ich war machtlos; und damals geschah es auch, daß ich mich zum dritten Mal darauf einließ, Kapital in das Wagestück einer Forschungsreise zu investieren, noch immer auf der Suche nach der nämlichen Nord-West-Passage zu den Schätzen Cathays und immer tiefer in Schulden versinkend. Ja, zwar beherrschte mich Tollheit, doch es war Methode darin. War es nicht kurios, einem Edelmann Geld zu geben und dann von ihm zu erwarten, er wisse wie eine Krämerseele damit zu haushalten? Ob ich Geld hatte oder keines, ich wußte nie recht damit umzugehen.

40

Wie unwissend ich war, wird mir vor allem bewußt, wenn ich auf das Jahrzehnt unmittelbar nach Europa zurückblicke. Was ich sehe, ist ein junger Mann, immer voll von wechselvollen Fähigkeiten, nimmer in der Lage sowohl sich selbst als auch die Welt zu verstehen. Immer-Nimmer-de-Vere war der Name, mit dem meine engsten Freunde mich foppten. Was in der Welt brachte mich dazu, nachdem ich aus nächster Nähe den gefährlichen, sich über alles hinwegsetzenden, weltlichen Ehrgeiz des Bischofs von Mailand mit angesehn, mich in geheimen Katholizismus zu stürzen – und das mit Freunden wie Arundel, Howard und Southwell? Wahrscheinlich war's derselbe Zwang, der zur falschen Zeit mich vortreten und bereuen und ihre Verschwörung offenbaren ließ, so daß sich über meinen Kopf ungeheure Kübel von Lügen ergossen, die nicht nur von Knabenschänderei, sondern auch von angeblichen Hetzreden gegen die Königin zu nächtlicher Stunde sprachen.

Es begann alles ganz anders, als ich meiner Feder wegen an den Hof gerufen wurde, weil Ihr die Spektakel während meiner Abwesenheit für Ihren Geschmack zu plump vorgekommen waren. Nach einer Aufführung in Woodstock, die in den Händen Gascoignes lag, hatte Sie sich gar das Manuskript erbeten und versucht, es zu verbessern, doch es war heillos fehlerhaft. Dieses kleine Stück überschätzte man so sehr, daß es rasch in lateinischer, französischer und italienischer Sprache wiederholt worden war, was ein unfruchtbarer Versuch war. Das Stück gewann nichts dadurch, sondern wurde nur mit jedem Male schlechter.

Die Königin bat mich, die Aufführungen während der Fastnachtszeit zu beaufsichtigen, und diese waren besonders erfolgreich. Mein Kopf quoll über von Kunststilen und Kunstgriffen, die ich auf dem Festland kennengelernt hatte.

Zusätzlich dazu wurden zwei meiner frühesten Werke, *Die Historie der Irrung* und *Die Historie von Titus und Gisippus*, in den frühen Monaten des Jahres 1577 mit sehr gutem Erfolg gezeigt. Eliza stand im Grunde genommen mit auf der Bühne, denn bei jeder treffenden Stelle rief Sie, daß jeder es hören konnte: *Vorzüglich! O, vorzüglich!* Es ließ mich zusammenzucken, mein Stück in eine Probe verwandelt zu sehen, doch muß ich widerstrebend zugeben, daß jeder Zwischenruf die Schauspieler so sehr ermutigte, daß sich ihr Vortrag und ihr Schwung ständig verbesserten. Tatsächlich steigerten sie sich in solchem Maße, daß sie, in ihrem Eifer, zu sprechen, einander ins Wort fielen. Die Worte im Kopf zu haben, die Worte im Herzen zu haben, das Publikum so zu bändigen, daß jedes geflüsterte Wort deutlich erklingt und durch Räume und Säume strömen kann, die Arme daran zu hindern, wie Windmühlenflügel zu kreisen, das alles sind Ziele, die man erreichen muß. Doch die höchste Tugend für einen Schauspieler ist sein Vermögen, dem Mitspieler zuzuhören und den leeren Raum der Pause so scharf hervorzuheben, daß jede Periode von Zeile zu Zeile den sorgsam bedachten, natürlichen Fluß eines echten Dichtwerks hat. Diese scheinbar unbedeutende Fähigkeit erfordert, im Leben und in der Kunst, alle Talente der Seele. Sie kann nicht gelehrt oder erlernt werden, wie ich zu meinem Leidwesen selber erfuhr. Viele Male in den vergangenen drei Jahren habe ich mit anhören müssen, wie man auf üble Weise mit Hamlets Anweisungen an die Schauspieler verfuhr.

Die Komödianten scheinen diese Fähigkeit in größerem Maße zu besitzen als jene, welche die tragischen Rollen spielen, obwohl Edward Alleyn und sein großer Rivale, Burbage, größtenteils das Talent dazu hatten. Der drollige Will Kempe verstand sich von allen am besten darauf, seine Zeit recht einzuteilen und seinem Schweigen Wirkung zu verleihen, und in den letzten Jahren haben mir der junge Dick Cowley und Rob Armin, obwohl ich sie nicht oft gesehen habe, als Lears Narr oder Probstein oder Schleewein sehr gefallen.

Dies waren die Jahre, da John und ich am härtesten daran arbeiteten, dem Euphuismus eine Grundlage zu geben, nicht nur um unsere Sprache zur Blüte zu bringen, sondern auch um die Schreibart mit bestimmten Werten zu verknüpfen. Die Königin wünschte in der Küche zu sein, um zu helfen, die Szenen zusammenzubrauen, und es bedurfte einiger Überredung, bis Sie einsah, daß Ihr ungetrübtes Auge des Abends gebraucht wurde. Sie pflegte meine Kühnheit zu preisen, doch gab es immer gewisse Meinungsverschiedenheiten über die Frage, wie ein Stück zusammengefügt sein sollte. Sie wollte, daß ein Schauspiel wie ein Kasten sei, mit senkrechten, geraden und rechteckigen Seitenwänden. Mir stand nicht der Sinn danach, Kästen zu zimmern, und ich kenne von meinen Stücken nur zwei, in denen ich mich genau an die klassische Einheit von Zeit und Ort gehalten habe: eines, weil es sehr früh geschrieben wurde, und das zweite, weil es auf andere Weise so ungebändigt war. In der Kunst zog ich Merlins Zauberkreis noch einmal, was ich im Leben nie vermochte. Worüber wir uns immer leicht verständigten, war, daß man Mittel finden mußte, Bedeutungen nicht weniger zu verbergen als auszusprechen, und daß sie, kaum ausgesprochen, sogleich ein zweites Nachdenken erfordern mußten, sogar bei denen, welche ihre Mußestunden dem Studium großer Dinge widmeten. Dieser Kunstgriff bestimmte vielleicht unser ganzes Zeitalter, als es so oft notwendig wie kurzweilig war, Unterschlupf und Dunkelheit zu suchen. Ich war gut beraten, Ihr Erklärungen für eine Weile vorzuenthalten. Die Königin war überaus kritisch, und darum lag es bei mir, ehe das Stück nicht freigegeben war, keine verborgenen Bedeutungen zu enthüllen.

In der Zeit, von der ich spreche, war am Hof die Rede davon, ich werde in Kürze vielleicht Leicester aus Belphoebes Gunst verdrängen. Ich glaube, jene, die darauf achtgaben, auf wem Ihre Augen ruhten und für wie lange, hatten keine Ahnung, wie zutreffend ihre Vermutung hätte sein können, hätte ich es gewollt. Aber mittlerweile hatte ich mein drittes, eignes Flöz entdeckt, das mir zugänglicher und breiter erschien.

Ich spielte, ich schrieb, und ich spekulierte mit Schiffen. Nach meiner ersten Beteiligung an Frobishers abgeschabtem Kahn setzte ich abermals dreitausend Dukaten ein und lief dabei nach Strich und Faden auf Grund. Ich bürgte für tausend Pfund und investierte darüber hinaus die Anteilscheine im Wert von zweitausend Pfund, deren Übernahme ich meinem Geschäftsfreund, dem Kaufmann Michael Lok, der sie erworben hatte, garantierte, und der auf diese Weise durch mich statt durch die Expedition reich wurde. Der Umgang mit Cathay bescherte unserer Sprache ein neues Wort, Cataian für Schurke. Es ist ein Begriff, für den wir gar nicht Worte genug haben können. Ich begann mit bloßen fünfundzwanzig Pfund, aber vier Tage vor dem Auslaufen stürzte ich mit allem übrigen hinein, um der größte Verlierer im Lande zu werden. Als Seeräuber und Entdecker über die Jahre immer mehr Gold nach England heimbrachten, vermehrten sich in allen Börsen Londons die Münzen und schepperten immer fröhlicher. Ich sollte keiner dieser glücklichen Besitzer neuen Goldes sein. Meine Schiffe kamen nie mit wertvoller Ladung zurück.

Es wäre ein falscher Vergleich, würde man dieselben Stücke, die am Hof gespielt wurden, jenen gegenüberstellen, die im Theatre oder im Rose gespielt wurden. Schauspieler pendelten zwischen beiden Sphären hin und her, doch am Hof gab's immer bessere Schauspielkunst zu sehen, wo selbst die Knaben auf der Bühne nur solche von größter Begabung waren. Das heißt, meine schönsten Erinnerungen sind die an das Blackfriars Theater, wo meine Truppen, die »Oxford's Boys« und die »Lord Chamberlain's Men«, zusammen mit Warwicks Truppe schließlich für die Königlichen Vorstellungen zu den »King's Men« neu gruppiert wurden.

In Blackfriars mußten ein wenig höhere Eintrittsgelder gezahlt werden als in den öffentlichen Theatern, was bedeutete, daß es dort stets weniger Zuschauer gab, die zudem weniger betrunken waren. Doch über allen anderen Treffpunkten stand King's Place, bis die Pest und das Geld uns den Hals brachen, wo wie in früheren Tagen nur

Freunde kommen konnten und es mehr Schauspieler als Zuschauer gab. Das erhoffte Ziel wäre das Schauspiel als Dichtung gewesen, wo alle Worte an ihren rechten Plätzen und Schauspieler und Zuschauer schließlich eins waren.

Anfangs setzte man am Avon und Theatre größere Hoffnungen auf die öffentlichen Vorstellungen. Aus Gründen, die vielleicht nicht ganz vernünftig und zu Ende gedacht waren, zeigte ich dem Unternehmen, als es zur Geltung kam, bloß die kalte Schulter. Sagen wir, daß dieser Traum in mir von der rauhen Wirklichkeit eingeholt wurde. Doch wie rauh sie auch war, manchmal tröstete es mich, in die Stadt gehen und meine Stücke sehen zu können, die trotz allem lebten, wenn auch übel zugerichtet. Man berichtet mir, und ich glaube es, daß das Globe an einem guten Abend fast dreitausend Zuschauer hätte, und es stimme, daß das Theatre aufgeblüht sei, seit James Burbage, Richards Vater und ein viel besserer Zimmermann als Schauspieler, Englands erstes Theater, das ich aufzubauen half, mit seinen Söhnen niederriß und seine Balken über die Themse nach Bankside schaffen ließ, wo das Globe daraus erbaut wurde. Ich hatte zwangsläufig einen gewissen Vorbehalt gegen den gepriesenen neuen Schliff der Kunst unserer Schauspieler. Wir wollen ihnen zugestehen, daß sie besser geworden sind. Schlechter hätten sie kaum werden können. Ich kann mir das Globe gut in hundert Jahren vorstellen, wenn alle Talente vom Hof zum Fluß hinuntergezogen sind und dort wohnen und das Theater kein Zirkus mehr ist, wo der Spielleiter jede neue Posse, die ihm durch den Kopf huscht, zu zeigen und so viele Jongleure und Akrobaten wie möglich einzusetzen sucht. Doch wer weiß? Vielleicht wird das öffentliche Theater, wenn diese Zeit kommt, wieder einmal die Röcke geschürzt haben und flußabwärts weitergezogen sein oder gar, wie ein ruheloses Straßenmädchen, den Fluß wieder überquert haben.

Sicherlich ist der Platz, an dem es sich befindet, ungünstig, denn in stillen Nächten kann der Lärm zweier benachbarter Theater, die erbittert miteinander wetteifern, dem feurigsten Schauspieler im Nu das Wort verschlagen. Wenn die Besucher genug für Starkbier und Wein bezahlt haben, beginnen die Wärter im Paris Garden, wo man die Bären hält und man an alles andere denn an Paris erinnert wird, die Tiere mit spitzen, langen Stangen zu malträtieren. Angeblich soll es zwischen den Direktoren des Globe und dem Bärengarten ein Abkommen geben, wonach die Fütterung der Bären erst beginnen darf, wenn die Vorstellung zu Ende ist. Immerhin wird der Bärengarten von Edward Alleyn betrieben. Oft jedoch, wenn sie zu lange warten müssen, werden die Kunden rüpelhaft, und das Gebrüll beginnt früher. Eines Nachts saß ich im Globe und bebte vor Mitleid, als Feste den Narren spielte, ein strahlender voller Mond schien durch die zum Himmel offene Mitte des Dachstrohs, und draußen hörte man von ferne ein gequältes Tier in wildester Wut brüllen.

Ich selbst besuchte den Paris Garden nur einmal, verkleidet. Die Trinker strahlten vor Vergnügen, der Gefahr so nah und doch in Sicherheit zu sein, und an lustigen Weibern war dort kein Mangel.

Das andere noch grausamere Theater findet im Clink statt, wo jede neue Folter, durch Gerüchte aus dem Ausland eingeführt, sogleich ausprobiert wird. Auf seine verschwiegene Weise liebt der Engländer die Folter. Zum Glück ist das Gefängnis gerade weit genug entfernt, so daß man dort die Schreie und das Stöhnen selten hört. Aber man hört sie. Wenn die Vorstellungen und Folterungen schließlich zu Ende sind, beginnen in der Nacht im White Hart und im Tabard die Zechgelage. Seit den Tagen Chaucers ist Borough das von Krähen bevölkerte Wäldchen nahe der Stadt gewesen, wohin alle die höchst farbenfreudigen Nachtvögel geschwirrt sind, um sich zusammenzuscharen und zu zechen.

Zuweilen gab ich mich immer noch mit Spektakeln am Hof ab, weil ich gern in der Gesellschaft von Sussex war, der mit größtem Eifer sich um Bühnenbild und Ausstattung kümmerte. Im Unterschied zu den Schauspielen waren die Spektakel von magerem Gehalt, wenn sie dem Drucker in die Hände kamen, was gelegentlich geschah. Sie waren nicht dazu bestimmt, gedruckt zu werden, sondern sie sollten bloß schimmern und wie Blasen zerplatzen. Ein großer Spaß war *Ein Paradoxon, worin durch Logik und Beispiel bewiesen wird, daß Kahlköpfigkeit viel besser ist als Haareszierde*, denn wir nahmen darin alle schütterhaarigen Höflinge aufs Korn. Das Stück war »Ins Englische gebracht von Abraham Fleming«, welcher einer meiner weniger bekannten Decknamen war. Ich glaube, damals arbeitete George Gascoigne mit mir zusammen. Solche Unternehmungen waren der am besten geeignete Rahmen, ohne Schaden die Fähigkeiten der Königin einzusetzen. Sie stellte sie uns mit Freuden zur Verfügung.

Der Anstoß zu den öffentlichen Theatern kam vom Hof selbst, als die Erzieher der Höflingskinder erklärten, es sei notwendig, ihre Schutzbefohlenen darauf vorzubereiten, bei Hofe zu erscheinen. Der Versuch wurde zuerst in Blackfriars zu Ende geführt, aber es ist aberwitzig zu glauben, das hätte etwas mit Übungen zu tun gehabt. Es hatte vielmehr mit dem Auge für das Geld zu tun, das auf der Straße lag, und ich kann meinen Zorn darüber immer noch nicht unterdrücken, daß ich selber nicht genügend Weitblick hatte, mein Geld statt in die entlegenen Narrheiten Grönlands und Cathays in die Grundstücke und Gebäude der zahlreichen Theater in London zu stecken. Wäre der Klugheit, wie ich sie besaß, doch nur ein wenig Beständigkeit beigesellt gewesen.

Eine kleine Entschuldigung will ich für mich anführen. Zu jener Zeit schrieb ich wie besessen, schlug mich mit Anne herum und war tief verstrickt in eine höchst ernsthafte Verschwörung der Euphuisten, die ich mutwillig anführte, gegen Sidneys Partei. Ihr Credo war, zum ersten, Ritterlichkeit, ein Ideal, das besser für Heldentaten denn für Verse taugt und, zweitens, Widerstand gegen mich. Keiner von ihnen war sonderlich ernst zu nehmen, ausgenommen Spenser, und er lehnte es stets ab, sich mit mir zu streiten. Desungeachtet gehörten ihrem Club, dem Areopagus, Leicester und Sussex ebenso an wie das Hündchen, und so vergeudete ich mehr Kraft im Papierkrieg mit ihnen als nötig war. Kleine Geister locken uns in kleine Fallen, und wir enden in einem Sturm von Seufzern und zählen die Blätter am Boden, die eine Eiche verlor.

41

Mein Sekretär, Lyly, mein Petit, wie er sich selber nannte, mein Geigenbogen, wie ihn andre nannten, wurde gut bezahlt, drei Arbeiten für mich zu tun: zu schreiben, meine Schauspieler und andere Schreiber zu entlohnen und die Stücke in Ordnung zu bringen. Er herrschte im Verfolg unseres gemeinsamen Zieles mit völliger Ehrlichkeit über meine Börse, doch ich hatte mir einen Mann ausgesucht, der mir in seinen weltlichen Gewohnheiten zu ähnlich war. Anfangs war es allein mein Geld, das ausgegeben wurde, um die Löhne zu bezahlen von Evans, Churchyard, Munday, Greene, Nashe, Leveson, den Brüdern Dutton, Wilton, Tarleton, Wilson, Laneham, Bentley, Mylles, Towne, Cooke, Johnson, Adams, Garland, Synger - ich bin sicher, ich hab' ein paar vergessen. Außerdem waren Drucker für Bücher zu bezahlen, die, der Förderung würdig, meiner Protektion bedurften. In meiner neuerlichen Muße hab' ich sie gezählt: siebzehn. Später war es mit der Hilfe der Königlichen Unterstützung leicht, die Ausgaben für acht Monate nach dem Tag der Thronbesteigung zu bestreiten, doch danach war es ziemlich schwierig. Die Zahl der Männer, an die ich Lohn zu zahlen hatte, verdoppelte sich. Für all seine guten und treuen Dienste gab ich John vier Jahre lang jedes Jahr Land im Wert von achtzig Pfund und übertrug ihm die Vermietung von Blackfriars Convent, damit er aus den Mieten ein wenig zusätzliches Geld für sich ziehen konnte. Er nahm meine Geschenke feierlich an, denn er war ein närrischer Kauz, außer wenn es um Geld ging, und wußte mit seinen eigenen neuen Einnahmen wohl zu wirtschaften, wie man mir sagte. Dann, als meine Mittel zu beansprucht waren, zog er sich allmählich von mir und vom Theater zurück. Obwohl wir einige prächtige Komödien im hohen Stil unter seinem Namen schrieben, wurde John am

Ende einer jener Männer, die wir beide immer verspottet hatten, ein Mitglied des Parlaments. Zuvor hatten er und Moth in der Marprelate-Fehde ihren Witz vergeudet, indem sie für eine geheime Druckpresse verantwortlich zeichneten, die vermutlich Throckmorton gehörte und den Zwecken einer Reihe von Puritanern diente. Obwohl er nicht so wohlhabend ist wie Alleyn oder gar Shakspeare, hat er sein Vermögen vermehrt, weil es, versteht sich, so etwas wie einen armen Parlamentarier nicht gibt.

Vielleicht leben wir jetzt in Zeiten, da alle vernünftigen Leute sich für ein öffentliches Amt entscheiden. Niemand hat mich jemals beschuldigt, ich sei eine vernünftige Person. Tony Munday, der Johns Aufgaben übernahm, kam mich nicht so teuer zu stehen, doch auch er legte seine Feder nieder und veranstaltet jetzt Prozessionen und andere festliche Umzüge für den Bürgermeister. In diesen Tagen gibt es jedoch, fürchte ich, keine anderen Prozessionen als die zum Friedhof. Von unsrer ganzen fröhlichen Schar hat nur der arme Churchyard an seinem Handwerk festgehalten, doch durch den Widerstreit zwischen seinem Namen und seiner Börse ist ihm das Hirn verwirrt worden. Er glaubt, daß alle Wörter, die in der Luft liegen, ihm gehören, und er habe alle Zeilen, die er zu überprüfen pflegt, selber geschrieben, und sie seien ihm lediglich gestohlen worden. Wenn du nicht zugleich auch ein Drucker bist wie Field, ein Teilhaber wie Shakspeare oder ein habgieriger Hauswirt wie Giles, gleichen deine Worte Speisen. Du kannst sie nicht zweimal essen und mußt dich glücklich schätzen, wenn du in einer Lage bist, sie dir beim Essen bezahlen zu lassen. Thomas hatte unter seinem Namen drucken lassen, als ich noch in den Windeln lag, doch er hat es nie zu mehr gebracht als zu einem überaus fruchtbaren Schreiberling. Er stand kurz davor, durch seine angekränkelten Gedanken zu einem gespreizten alten Narren zu werden, als ihn die Pest vor zwei Monaten erlöste. Als ob da noch Platz für eine weitere Pestbeule auf meiner Haut wäre! Wie konnte ich etwas gestohlen haben, das keinen Wert hatte und noch nicht einmal mit meinem Namen gezeichnet war? Wie dem auch sei, er entging meiner Vergeltung, weil er alt, so wie Knyvett, weil er jung war.

Diese gute Nachricht wurde mir mit allem Kummer und Mitgefühl von Henry überbracht. Während er berichtete, kam mir der Gedanke: hätte er vor fünf Jahren auch nur im Traum daran gedacht, mir eine solche Nachricht zu bringen? Ich weiß, das ist ein böser Argwohn, doch trotzdem zwingend. Ich allein rettete ihn vor Gericht. Bin ich gleichermaßen verurteilt worden, weil ich ihn vor Gericht brachte? Einige Zeit vorher hatte er mir auch Nachrichten von Norfolks Kindern gebracht und gesagt, Thomas habe vor einem Vierteljahrhundert in seiner letzten Unterhaltung mit ihnen vor seiner Hinrichtung mich streng getadelt, daß ich die *Gnade Gottes* nicht rechtzeitig segelfertig gehabt hätte, ihn in die Verbannung zu schaffen. Wenn er nicht gerade vergißt, an dich zu denken, sagte er ihnen, könnt ihr keinen besseren Freund um Hilfe bitten. Das schmerzte mich, denn mich traf überhaupt keine Schuld. Der Kapitän war ein Feigling, und es hatte an Zeit gemangelt, ein anderes Schiff zu chartern. Was machte das schon für einen Unterschied? Der dickbäuchige Rumpf der *Gnade Gottes* hätte sich lange an der Pier gestoßen und gerieben, während er auf sein Kommen wartete. Es war Thomas selbst, der damals nicht fliehen wollte. Deshalb war ich zornig auf ihn, wie er wohl weiß, und so rechtfertigte er sich in seiner Schwäche, indem er meinen Namen und unsere Freundschaft beschmutzte, als er zum Richtblock schritt. Was den alten Churchyard betrifft, er war bloß ein gewöhnlicher Karpfen in einem Gartenteich, der es sich in den fischigen Kopf gesetzt hat, bevor er stirbt, wie eine Flußforelle zu springen und mit dem Schwanz zu schlagen. Und ich, der ich zu lange die wilde und ausgelassene Forelle war, wäre jetzt viel lieber ein gemütlicher Karpfen, der sich ausruht.

42

Ich habe überhaupt kein Gefühl mehr in meinen Händen. Will der Tod, anstatt mich, wie ich sicher glaubte, am End' in einer Lohe zu verzehren, auf Zehenspitzen wie eine kriechende Kälte geschlichen kommen? Ich bin Feuer und Eis, wie ich's immer gewesen bin, aber jetzt bin ich in Aufruhr. Da ist meine Feder, zum Schreiben bereit, in irgendeiner fremden Hand. Meine Arme haben sich mit Marionetten verschwistert, die auf mein Geheiß noch immer hüpfen und tänzeln, jedoch mir nicht mehr ganz gehören.

43

Daß London seine Theater braucht, daran ist kein Zweifel. Mittlerweile haben wir fünf, und die vornehmen Abzeichen der Schauspieler prangen in den Straßen auf Tausenden von Jacken. Die aufstrebenden Lohnschauspieler, welche die kleineren Rollen spielen und noch anderen Beschäftigungen nachgehen, tragen sie mit Stolz und treiben Handel mit Einlaßscheinen, wann immer eine Vorstellung mit beschränkter Zuschauerzahl bevorsteht. Das Siegel ihres Herrn, der in den meisten Fällen seine Leute nie zu Gesicht bekommen hat, kann außerdem für ein wenig Kredit in den Läden nützlich sein, wenngleich das jetzt, da die Risiken der Großzügigkeit sich herumgesprochen haben, immer seltener vorkommt. Andere Beschäftigte sind die Souffleure, Bühnenarbeiter, Garderobenverwalter und die Ausrufer, die durch die Wirtshäuser streifen und begeistert über die Stücke schwatzen und manchmal eingeübte Szenen laienhaft aus dem Stegreif zum besten geben. Die Ausrufer tragen nie Abzeichen. Diese List ist erfolgreich, und manchmal ist es unmöglich, die bezahlten Ausrufer von den unbezahlten Begeisterten zu unterscheiden. Ich besuchte die Wirtshäuser, um zu hören, was die Leute sagten, doch ich hörte damit auf, als ich begriff, daß die bezahlten Meinungen selten von den unbezahlten abwichen. Wenn ich jemanden fragte, wessen Stück das sei, erhielt ich immer zur Antwort, es sei das Stück vom Globe, Hope, Swan oder Rose.

Unter den lärmenden Plebejern fand ich niemals einen Zuschauer, der meine Stücke für etwas anderes als wahr hielt. Sie besaßen weder die Bildung noch die Neigung, zu bedenken, welch verschiedene Kleider die Wahrheit tragen kann. Alle Stücke waren wunderbare oder schreckliche Schaugepränge, und natürlich hatte keines davon, nicht einmal *Coriolan*, etwas mit ihrem niederen Stande und ihrem einfachen Leben zu tun. Einmal hörte ich, wie ein Schmied hinter vorgehaltener Hand seinen Kumpan fragte, ob er, der Schmied, das Stück gesehen habe, von dem ihm gerade berichtet wurde. Am beliebtesten von allen waren die Stücke, in denen man in den einträglicheren Theatern eine ungeladene Kanone abfeuerte.

Obwohl Lyly in meinem Auftrag umsichtig alles ausführte und überwachte, wuchsen uns die Dinge bald über den Kopf. Schauspieler schlüpften so häufig zwischen den Theatern hin und her, daß es unmöglich festzustellen war, welche Männer doppelte Gagen empfingen, indem sie uns einen gekauften Mann schickten, der für sie spielte, so daß sie den Überschuß an Lohn in die Tasche stecken konnten, während sie selbst anderswo spielten. Schließlich war es schwer einzusehen, warum Theater, die offenkundig florierten, die Unterstützung durch die Krone und das Geld aus meiner Tasche in Anspruch nehmen mußten, wie es der Fall war. Würde man es anders machen, so Johns Erklärung, wären die Theater bald nichts anderes mehr als Häuser für Taschenspieler und Sänger, was die Königin kaum erfreuen oder Ihren Ansprüchen genügen würde. Belphoebe Höchstselbst suchte, wenn meine Erinnerung mich nicht täuscht, niemals ein öffentliches Theater und nur einmal ein privates auf, nachdem die Burbages ihr neues schönes Theater, als ich mich bereits in meinen Schlupfwinkel zurückgezogen hatte, in Blackfriars erbauten. Ich besuchte dieses Stück, als Geldverleiher verkleidet, und ließ kein Wort darüber verlauten, daß ich anwesend war. Ich schätze, daß es eher das Publikum war als die Schauspieler, das Sie verwirrte. Die Zuschauer ergriffen unverblümt Partei in der Geschichte, und das konnte einem eher einen Schreck einjagen, besonders, wenn sie den Verrat des Brutus bejubelten. Für Sie war es angenehmer, zu wissen, daß die Stücke die Nation zusammenknüpften und Sie es nicht nötig hatte, die Näherei aus nächster Nähe zu beobachten. Sie sorgte für die Mittel, und das war genug. Vor Jahren hatte mir Burghley in einer seltenen Anwandlung von Vertraulichkeit die Sitzungsprotokolle des Staatsrates gezeigt, in welche die Königin zwischen dringende Urteilssprüche wegen Hochverrats und Häresie Bemerkungen über Belohnungen für die verdientesten Mitglieder Ihrer anerkannten Theatertruppen gekritzelt hatte. Das war ein Trost und eine Zerstreuung für Sie. So, wie es gewiß wahr ist, daß Sie besonderen Schauspielern meiner Truppe Aufmerksamkeit schenkte, so trifft es ebenso zu, daß Schauspieler, die nie vor Ihr gespielt hatten, kleine Belohnungen erhielten, ein weiterer Beweis dafür, daß die Theater sorgfältig beobachtet wurden.

Da ein Jahrzehnt lang fast immer wenigstens zwei Theater eines meiner Stücke spielten, könnte man annehmen, daß ich, vom Geld und der Schauspielkunst abgesehen, über den Zustand des Theaters in England nicht allzu unglücklich war. Aber nein, ungeachtet ihrer lauthals verkündeten Beliebtheit gab es keinen Frieden. Unweigerlich gab es einen Streit zwischen zwei Truppen, in dem die eine behauptete, die andere zeige ein Stück, an dem sie das alleinige Recht habe, kraft der Tatsache, daß sie es vor der Königin gespielt habe, obwohl es weder ein Gesetz noch einen festen Brauch gab, der solche Besitzrechte verlieh. Das erinnerte mich sehr stark an die Streitigkeiten wegen Brücken, da ich oft den Schiedsrichter spielen und die Tatsache verschweigen mußte, daß ich am Stück wie auch an beiden Theatern beteiligt war.

Die Duttons versetzten mich in viele Schwierigkeiten dieser und anderer Art. Es hieß, daß sie damit prahlten, ihr Familienwappen werde von eisernen Stäben geziert. Der Hof wäre überrascht gewesen, wäre es ihm gelungen, herauszufinden, wo sie sonst noch spielten. Trotzdem, sie waren außerordentlich gute Schauspieler und verstanden sich überdies aufs Jonglieren und Purzelbäumeschlagen. Sie hatten bei vielen Gelegenheiten vor der Königin gespielt, wenn sie einmal nicht gerade hinter Gittern saßen.

Der außerordentliche Erfolg aller Unternehmungen in der theatralischen Sphäre drohte mich von meinen echten Arbeiten abzulenken. John war über meine Entscheidung höchst verärgert, doch die Erschöpfung, die auf zu viele Mühen an zu vielen Fronten folgte, machte mich verdrießlich. Es war für mich nicht mehr die rechte Stellung, den heimlichen Vermittler zwischen dem Amt des Kämmerers und den Theatern zu spielen. Die Colleges in Oxford und Cambridge allein führten inzwischen jedes Jahr zwischen dreißig und vierzig Stücke auf. Überall im Lande war man verrückt nach Theater.

In einer solchen Gemütsverfassung geschah es, nach einem albernen Maskenspiel über Moskowiter mit Mohren als Fackelträger, zu dem man mich am Abend zuvor gerufen hatte, um es vor einer vollständigen Katastrophe zu bewahren, daß ich dem Hündchen ein paar derbe Worte ins Gesicht sagte, nicht um Sidney zu demütigen, sondern um der Königin zu zeigen, daß ich mich nicht für immer von kleinen Männern und kleinen Aufgaben umzingeln und hin und her zerren ließ.

44

Gabriel Harvey, der Sohn eines Seilers aus Saffron Walden, ist mehr als die meisten von Natur aus zugleich ein Gelehrter und ein Zänker. Er hat hier in der Niederschrift seinen Platz, weil er mich um ein Haar in einen zweiten Streit mit Sidney zog. Harvey wandelte es nur selten an, Gedichte zu schreiben, und ein paar davon sind sogar hörenswert. Aber er trat für den lateinischen Hexameter ein, dem unsere Sprache sich widersetzt, und wollte davon nicht lassen. Er konnte jedoch nicht mit uns an der langen Tafel sitzen, wenn wir hauptsächlich Stücke schrieben, weil er mehr Zänker denn Denker war und sein Dünkel einem Schwamm ähnelte, der Haß zuerst erzeugte und dann aufsog und durch eine seltsame innere Alchimie in Selbstüberschätzung verwandelte. Er war ein eigensinniger Mann, und mich dünkt, daß Thom Nashe nicht sehr übertrieb, als er sagte, Harvey sei für die ganze Welt ein Narr, wenngleich die ganze Welt Gabriel Bullenbeißer gar nicht kennt. Jene, die ihn kennen, erinnern sich an die Zeit, da ihn, fast schon Proktor von Oxford, das gute Gedächtnis der Königin zu Fall brachte, als seine College-Feinde ihn ins Rennen schickten, während Ihres Besuches der Universität im Sommer 1578 öffentlich mit Ihr zu disputieren. Ich war dabei und glättete meinen Groll mit Verachtung. Er unterlag damals, und er verlor auch später. Nun ja, ein unverschämter akademischer Narr, alles in allem, denk' ich.

Harvey war niemals mein Mann. Anfangs gehörte er zu Spenser und schuftete viele Jahre sehr schwer, seinen Genius auf die steinigen Triften des Hexameters zu treiben. Nach Immerito ging er zu Sidney über – ich will euch sagen, wie –, den Harvey erst zu umschmeicheln und sich dann zu unterwerfen trachtete, doch verstand er sich nicht allzu gut auf die Kunst, jemandem zu gefallen. Dann kam Bullenbeißer plötzlich zu mir, auf meine Gunst erpicht. Er wäre nicht er selbst, hätte er vergessen, was er an der hohen Tafel in Cambridge gezischt hatte. Ich hatte davon erfahren und hab' es ebenfalls nicht vergessen:

Ein kleiner, äffischer Hut, wie eine Auster
auf den Schädel gepreßt.
Leichtfertig im Tun; in jedem Zug ein Italiener.
Die Sprach' geziert, kurios der Aufputz,
ein Bild des Dünkels.

Doch trotzdem gab der vollkommene Narr über meine Person ein Gestammel von sich, mit Worten, die nicht darauf zugeschnitten waren, Sidney zu gefallen und ihm dauerhaftes Vergnügen zu bereiten:

Für Kavaliere ein getreuer Spiegel, eine Blüte
der Ehre,
Ein einzigartiger Edelstein, ein Gefährte,
in England ohne Beispiel.

Das war zumindest der Mischmasch, von dem man mir berichtete, und er war besser als der feindselige Schlag ins Gesicht, den er mir in seiner lateinischen Huldigung an die Königin versetzte. Das ist eine englische Krankheit, zu beleidigen und dann mit einem strahlenden Lächeln um die Gunst zu buhlen.

Hier steht er also, der doppelzüngige Narr, von Kopf bis Fuß in seinen eignen Winden schwänzelnd, und sucht meine Dienste, um ein Manuskript zu Ihrer Majestät zu befördern.

Ein Burghley, der weder über Vermögen noch Vorsicht verfügte. Ich kann mir noch immer durch Lachen beinahe meinen Schmerz vertreiben, wenn ich daran denke. Der Titel war *Eines Edelmannes Werbung um eine ländliche Maid*. Die Geschichte war kurz und wurde ohne Possenreißer aufgeführt. Das war auch schon alles. Die Sache wurde so blutleer vorgetragen, als ließe sich ein Rechtsanwalt darüber aus, obwohl es die Ehre von Harveys eigener Schwester, Mercy, war, die verhandelt wurde, wobei das braune Ei seiner Entrüstung volle zehn Jahre lang zum Ausbrüten in seiner Speisekammer aufbewahrt worden war.

Der Bösewicht des Stückes war Sidney, der des armen Burschen Stolz dazu angestachelt haben mußte, eine solche ungeheure und abgeschmackte Verleumdung vorzubringen. Allen, die Sidney auch nur flüchtig kannten, war klar, daß er gemeint war, obgleich er zuerst nicht beim Namen genannt wurde. Harvey kannte Sidneys Macht bei Hof und war mündig und findig genug, zu befürchten, daß seine eigenen Stachel ihn noch einmal selber stechen könnten. Doch sein Zorn muß so groß gewesen sein, daß er ebensosehr die Möglichkeit fürchtete, seine Verschleierung könne zu erfolgreich sein. Gegen Ende des Stücks beging er, scheinbar rein zufällig, einen schweren Fehler und nannte ihn Phil, und aus Furcht, es könne in England noch ein paar andere Edelleute namens Phil geben, sprach er überdies von Sidneys Tante, um die Andeutung deutlich zu machen.

Komisch war, obgleich ich nicht glaube, daß Bullenbeißer das begriff, daß Sidneys Diener zuerst Mercy aufforderte, in der Stadt ein Paar gebratener Täubchen mit ihm zu verzehren, was sie offenbar bereitwillig tat, und später ein wenig süßen Wein und Kuchen zu sich zu nehmen, als er ihr und ihrer bäurischen Zofe in die Felder folgte, wo die beiden Reisig sammelten. Dann ließ der Diener durchblikken, daß er kein Jäger sei, sondern seinem Herrn als Spürhund und manchmal als Täubchenjäger diene. Mercy wußte, wer Sidney war, und sagte dem Diener, er erwarte doch wohl nicht, daß sie glaube, sein Herr habe ihr Beachtung geschenkt oder würde sich einer anderen zuwenden als seiner berühmten und schönen Penelope Devereux, Lady Rich, in seinen schwammigen Sonetten die Stella, welche ihn unbenutzt fallen ließ, als sie ihn durchschaute und seiner Werbungen überdrüssig war.

Sidney hätte, da Mercy recht genau über ihn Bescheid wußte, vielleicht mehr auf der Hut sein sollen. Man stelle sich bloß das grandiose Mißgeschick eines Edelmannes vor, Gabriel Harveys Schwester als ein Täubchen zu jagen! Der Diener und Sidney fütterten Mercy wochenlang mit Lekkerbissen und Briefen. Mercy machte Einwände im Namen ihrer Keuschheit, tat sich aber gütlich, bis sie sich schließlich eines Tages in einem sehr winzigen Salon in einem Hause wiederfand, das nicht das ihre war. Und dort war Sidney im vollen Glanz seiner Herablassung, Wams und Hosen gerade noch am Leibe, sein Hosenlatz bereits ein offen hängendes Gebinde, das Hemd vom Gürtel befreit. Er müsse sie besitzen und werde, sagte er, sie zu seinem Weibe machen. Er küßte sie und schickte sich an, sie auf das Bett zu legen, doch die Maid wollte davon nichts wissen. Die gute Hausherrin kam zur Hilfe, als sie kreischte, und Mercy entfleuchte. Sie weiß, was am Ende aus ihrer Keuschheit wurde.

Das alles servierte Bullenbeißer dem Hündchen wie eine Pastete voller Briefe und Berichte, »einer Schwester von ihm durch reinen Zufall übermittelt«, er wisse nicht, von wem. Er bot seine Dienste an. Das war eine sanfte Erpressung, die eine Zeitlang ihre Wirkung tat, jedoch nicht auf die Dauer.

Harvey konnte nicht begreifen, daß der Earl of Oxford sich zu schade war, sein Bote zu sein, wie sehr die Botschaft mich auch erheiterte. Ich hatte Sidney in den trockenen Burggraben des Königlichen Mißvergnügens gestoßen und nicht die Absicht, im Spiel mit Bällen ein zweites Mal mit ihm mich zu entzwein. Ein Oxford handelt nicht mit niederträchtigen Verleumdungen. Doch es war ein Stück, das es wert war, vor dem Thron geprüft zu werden. Ich entließ ihn mit gespielter Gleichgültigkeit und sah ihn mit der Miene eines unbezahlten Anwalts scheiden, schickte aber Lyly vorab eine Nachricht, ihn darauf hinzuweisen, dieser Schriftwechsel sei eines Sir Francis würdig. Ich wußte sehr wohl, daß Walsingham Sidneys Freund war, zog jedoch den zutreffenden Schluß, der Königin Geheimer Rat für das Geheime werde einen Freund der Monarchin ins Bild setzen. Die Neuigkeit brauchte in der Tat nicht lange, um ihren Weg bis zum Hof zu finden, und Elizabeth entzog Sidney in noch größerem Maße Ihre Gunst, zumal er sich bereits zu sehr in seiner Königin Geschäfte eingemischt hatte. Doch dann, zwei Jahre später, geschah's, wie alle Welt weiß, daß Sidney bei einem lächerlichen Scharmützel in Holland von einer Kugel in den Oberschenkel getroffen und ein Denkmal des Staates wurde, ein falscher Held, dem man ein königliches Begräbnis in St. Paul's zuteil werden ließ und Kühnheit und Dichterlorbeer zugestand, die er in Wahrheit nie errungen hatte.

Ich entging seinem Schicksal in jeder Hinsicht und in vollem Maß. Er schuf in seinem Leben wenig Gutes, doch er erwies sich als eine vollkommene Sagengestalt, passend für jede Art leidenschaftlicher Verehrung. Ein Held für jedermann darf kein überirdischer Held sein, damit jeder sagen kann: *Wäre das Glück mir hold gewesen, hätte auch ich diese Sonette schreiben und diese Schlachten schlagen können.* Ich sah Sidney, strahlend und liebenswürdig in Gesellschaft, und ich wußte auch, wie verderbt und gemein er war, wenn er sich unbeobachtet wähnte. Alle seine Freunde tadelten seine quälenden Auftritte mit seinem ersten Diener, Cuffe, ohne auch nur im geringsten zu erkennen, was es heißt, einen solchen Mann viele Jahre zu beschäftigen. Sidney hatte niemals Ärger mit seinen Dienern.

Man sagt mir, Fulke Greville verkünde, Sidney sei unser wahres Tugendmuster, und er werde seine Lebensgeschichte schreiben. Für mich verkörperte er eine ganze Truppe von Wanderschauspielern, mit all ihren gekünstelten Tugenden und Gesten. Mit einem Wort, ein Mann vom Fach, das geb' ich zu. Ist's denn so ungewöhnlich, daß ein Schauspieler, wenn die Vorstellung zu Ende ist, seine Schnürbänder aufknüpft und eine andere Rolle spielt? Wir haben viele solcher beliebter, vollkommener Schauspieler in England. Diese höchst vornehmen Heuchler übertreffen an Talent die demütigeren Schauspieler, denen sie zuschauen. Und Sidney war ihr Fürst.

45

Ein Jahr nach Sidneys dreister Herausforderung rückte eine ernstere Bedrohung ins Blickfeld. König Philipp bemächtigte sich Portugals, was bedeutete, daß er augenblicklich die größte Flotte Europas besaß und jetzt sogar dem Sultan Trotz bieten konnte. Da aber Drake das spanische Schatzschiff *San Felipe* aufgebracht hatte, wandte sich Philipp in wachsendem Zorn nach Norden, zumal Elizabeth heilige Eide geschworen hatte, von solchen Unternehmungen habe Sie überhaupt keine Kenntnis gehabt. Es bedurfte keines großen Scharfsinns, zu erkennen, daß der Streit mit Spanien früher oder später ausbrechen würde. Ich verhehlte nicht meine Mißbilligung dessen, was Drake getan hatte. War da etwa ein Anflug schäbigen Neides, angesichts ihres riesigen Gewinns? Die Hofgesellschaft stand mir in geschlossener Front gegenüber. Aber nein, ich würde mich, selbst wenn man mich riefe, nicht mit ihnen gemein machen!

Obwohl ich angeblich wieder in Gunst stand, war ich das Ziel vieler böser Blicke und Warnungen. Die Wege des Hofs winden sich schlangengleich. Das war für mich nur erträglich, wenn ich freimütig sprechen und meine Freunde verteidigen konnte, wie Sussex und Lumley, der wegen seiner Verwicklung in das Ridolfi-Komplott um ein Haar seinen Kopf verloren hatte und sich nach Oxford zurückzog, um seine Zeit den Studien zu widmen. Von allen nahen Verwandten aus meiner Knabenzeit war er allein mir noch geblieben, ohne daß er weitere, einträglichere Bündnisse im Leben geschlossen hätte.

Da ich gegen die Ridolfi-Partei aufgetreten war und dennoch einige ihrer Mitglieder verbissen verteidigte, überrascht es nicht, daß ich bei meinen Bemühungen, die Königin zur Herabsetzung der hohen Geldstrafe, die Sie über Lumley verhängt hatte, zu bewegen, auf die Hilfe keiner Gruppe zählen konnte. Sein Vater, Lord Darcy, hatte mich verteidigt, als nur wenige andere den Mut dazu hatten. Ich verbündete mich für eine bestimmte Zeit mit jeder Sache, die ich guthieß, doch ich mußte frei bleiben und mich nur durch persönliche Treue gebunden fühlen. Ich hatte keine Furcht, wenn es sich als notwendig erwies, allein zu fechten.

Einige meiner Freunde sorgten sich um mich in diesen Jahren. Sie begriffen den Antrieb nicht, der mein Leben bestimmte. Während ich mich mit Knyvett auseinandersetzte, schrieb mir der junge Thomas Watson, ein vielversprechender Dichter, der sich uns Euphuisten angeschlossen hatte, er wünsche mir *das ständige Wachsen von Euer Lordschaft Ehre, einen Überfluß an guten Freunden, Versöhnung mit allen Euren Feinden, und alles, was sonst noch zum vollkommenen Glück beitragen kann.* Fassen wir einmal zusammen, wie die Dinge standen, als ich in das vierte Jahrzehnt meines Lebens eintrat: meine Ehre war rein und wieder anerkannt; bei allen, die Bücher und Stücke liebten, genoß ich hohes Ansehen, allen anderen galt ich als wankelmütig, gar undurchsichtig, ausgenommen der vereinzelte Arzt, Soldat oder Gärtner, für die ich Freundschaft empfand. Ich hatte damals eine Fülle guter Freunde, obgleich die meisten nicht von der dauerhaften Sorte waren. Der beste und der schlimmste dieser Freunde war vermutlich Chapman, und er pries mich so:

> Der stattlichste Mann, den ich je sah:
> Von Kopf bis Fuß ein Edelmann,
> Ein selt'nes Muster an Vollkommenheit.
> Er hat ein Antlitz, der Verehrung würdig,
> Wie das eines Alten aus Rom.

Da war noch von etwas anderem die Rede, das ich vergessen habe, und davon, daß ich

> gefällig sprach und dichtete oder über
> gelehrte Dinge schrieb.

Solche Lobreden widerhallen im leeren Magen meiner Geldkatze. Weil ich aber von Ehrlichkeit gesprochen habe, ist es wieder an der Zeit, an dieser Stelle innezuhalten, um die erforderlichen Zeilen aus einem meiner schlichteren und besseren Gedichte einzufügen:

> Der Eigenliebe Schuld hat Aug' und Seele
> Und jede Faser meines Seins durchtränkt;
> Kein Mittel gibt es wider diese Fehle,
> Die in mein tiefstes Herz sich eingesenkt.

So und nicht anders war ich, leider, am Hof und im Land.

Auf beiden Seiten gab es keine Hoffnung, nicht einmal eine Erwägung, auf Aussöhnung mit meinen verräterischen und sich spreizenden Feinden. Ich las mit stillem Vergnügen Arundels winselnden Brief, nachdem er aus dem Kerker freigelassen wurde und in dem er mich aufforderte, abzustehen, ohne ihn zu beantworten. Wovon sollte ich abstehen? Ich war nicht der Angreifer, sondern ich war angegriffen worden, und hätten sie nicht gerade damals zum Aufruhr geblasen, wäre England nicht in höchste Gefahr geraten. Als ob ich die Zeit oder Neigung hätte, Interesse an ihren Schicksalen zu nehmen, nachdem man sie ergriffen hatte. Watson spricht mit keiner Silbe von Geld, was natürlich in einem Gedichtbuch, das er mir widmete, unhöflich gewesen wäre, aber unverblümte Bettelbriefe suchten mich damals bereits ebenso heim wie Leute, die sich im Grunde genommen täglich vor meiner Tür drängten.

Und dann, zum Schluß, Watsons Wunsch »vollkommenen Glücks«. Doch das sollte, in gewisser Weise, noch kommen, obwohl noch einige Jahre vergehen sollten, ehe vor dem bitter-süßen letzten Akt meines Lebens der Vorhang aufging. Als ich siebenunddreißig Jahre zählte, war mein Los noch immer zwei Annes, ein Berg von Schulden und ein Tisch, der überquoll von Stücken, einige davon Schund, einige aufgeführt, einige halb vollendet und ein paar, die bis jetzt mehr oder weniger nichts anderes als ein paar rasche Kritzelein auf einem Stück Papier waren.

Die Jahre 1586 und 1587 sahn mich am tiefsten Grunde meines Elends, doch dann gab die Königin der Unterstützung meiner Theaterarbeit eine feste Form. Anthony Babingtons Komplott, Elizabeth zu ermorden, wurde aufgedeckt, und ich wurde in den Ausschuß berufen, der über ihn zu Gericht sitzen sollte, was hieß, daß man mir traute, wenn auch nicht die vollständige Gunst zugestand. Maria Stuart wurde hingerichtet, Arundel starb, Sidney wurde in der Schlacht von Zutphen tödlich verwundet, das Wetter war schön. Aber der Krieg zwischen England und Spanien lag in der Luft, und in der feindseligen Stille, die dem Krieg immer vorangeht, wurde die Armada ausgerüstet. Ich verharrte in leidenschaftlicher Erwartung und ehrfürchtiger Scheu.

Mit besten Gründen, es als mein Recht beanspruchen zu dürfen, ersuchte ich darum, nach dem Sieg über die Spanier zum Statthalter von Harwick ernannt zu werden. Sie lehnte ab, worauf ich Fisher's Folly und Oxford House in London verkaufte, Ihr die Nachricht zukommen ließ, daß wir weniger Zeit miteinander verbringen würden, und andeutete, daß ich mich anschicke, mich aufs Land zurückzuziehen.

Was folgte, ärgerte und kränkte mich kurze Zeit, obwohl ich in der Erinnerung denke, daß ich irgendwie immer gewußt hatte, daß es so kommen würde. Pondus verklagte mich wegen nicht eingelöster Verpfändungen, und nach der üblichen rechtmäßigen Frist von einigen Jahren übernahm er, neben vielen anderen Dingen, das Land, auf dem das zerstörte Schloß Hedingham gestanden hatte. *Es bleibt alles in der Familie*, versuchte er zu scherzen. Ich machte nicht einmal den Versuch, mich gegen dieses Vorgehen zur Wehr zu setzen; ebensowenig schenkte ich in diesen Jahren auch dem Oberhaus Beachtung, das ich in den vergangenen Jahren wenigstens zu den Eröffnungs- und Schlußsitzungen aufgesucht hatte, wie es jedes Lords Pflicht war. Nach meiner Erfahrung trägt der Rang nur wenig dazu bei, einem verachtenswerten Politiker den üblen Geruch zu nehmen.

Da ich meine Häuser in London verkaufte und auch meine Pachtverträge auflöste, war es ebenso notwendig, meine Truppe aufzulösen, doch in diesem Falle gab es zumindest viele Theater, die darauf erpicht waren, meine Schauspieler zu ihrem Nutzen zu übernehmen. Nicht, daß ich mich ganz von ihnen trennte. Ich versprach meinen Schauspielern, Schreibern und Dienern mehr, als ich mir heute leisten kann. Eine Schuld, die sich als ein anhaltendes Ärgernis erwies, war die Verpflichtung, die ich übernommen hatte, für das Logis des alten Churchyard, zuletzt ein Nörgler, auf St. Peter's Hill die Miete zu bezahlen. Es war mein Beweggrund gewesen, eine gute Tat zu tun und ihn zugleich auf sanfte Art von meinem Gefolge abzuziehen. Die Anweisung hatte gelautet, für ein Pfund in der Woche zwei Räume zu mieten und den Vermieter zu bitten, mir wöchentlich die Rechnung zu schicken. Statt dessen suchte er sich drei besonders prächtige Räume für ein Pfund in der Woche, womit freilich eine Bürgschaft von fünfundzwanzig Pfund verbunden war, die er mir auferlegte, ohne mir etwas davon zu sagen. Das unerträgliche Ärgernis an dieser Sache war die Tatsache, daß die Vermieterin Mistress Julia Penn war, die Schwiegermutter von Hicks, Burghleys Privatsekretär. Nicht nur, daß ich den Betrag bezahlen mußte, waren doch meine Verhältnisse mittlerweile so angespannt, daß eine solche Summe nicht mehr lächerlich war, ich mußte darüber hinaus einen Briefwechsel, voll überzuckerter Drohungen von Mistress Penn, ertragen. Sie war das wahre Muster der allgemein bekannten Londoner Vermieterin, Mistress Trusteme. Ich glaubte, in den Briefen den faulen Geruch von Hicks, wenn nicht von Pondus selbst, zu wittern.

46

Eine Geschichte, die mir teuer ist, habe ich mir ein wenig aufgespart, meinen letzten großen Auftritt. Philipp hatte seine Unbesiegbare Armada geschickt – sei vor den Namen auf der Hut, die du gibst, sie machen dich vorher oder nachher zum Gespött –, erbittert über die unsichtbare Armada unserer Königin. Sie hatte jahrelang Ihre Augen vor Ihrer verleumdeten Kriegsflotte verschlossen, die aus Freibeutern bestand, welche auf dem Meer spanische Schiffe und später gelegentlich auch spanische Städte plünderten. Ein einziges Mal nur leistete Sie Ihm Ersatz, doch nach so vielen Jahren und darauffolgenden Angriffen war das eher ein Hohn. Ich hätte zurückgeschlagen, bevor Er es tat. Sie riß Ihre Augen auf und lächelte, wenn Ralegh, Drake und Frobisher und die anderen ritterlichen Freibeuter mit Beuteln voll von Dukaten und Barren von Silber und Gold an den Hof kamen. Wenn denn unsere Schiffe mit Freiwilligen bemannt waren, so waren diese mit dem Kampf auf dem Meer besser vertraut denn die als Matrosen verkleideten Männer, die wir später über ihre Taue stolpern und auf den Decks von Philipps Galeonen in den Rauchschwaden umherirren sahen. Sie schienen weniger Seeleuten und mehr einem Heer zu ähneln, das man in plumpen Schiffen aufs Meer geschickt hatte.

Doch die Schlacht hätte auch anders ausgehen können, wäre die eine oder andere Brise früher oder später oder aus einer anderen Richtung gekommen. Die *Ark Royal* war von spanischen Schiffen umringt, und fünfhundert Männer aus Madrid schickten sich rasend an, auf das Deck zu klettern, als ein starker Windstoß unser Schiff in die Lage versetzte, auszubrechen. Auch Howard kam sich vor wie die Nabe eines Steuerruders, in der die Kanonenschüsse der Spanier wie Speichen zusammenliefen. Es herrschte eine Flaute, darum ließen wir alle kleinen Boote zu Wasser, Hunderte von Engländern sprangen hinein, legten sich in die Ruder und nahmen das Schiff in einen schnellen Schlepp, ganz ohne Rücksicht auf den Hagel von Musketenkugeln, der auf ihre Rücken niederprasselte.

Die *Edward Bonaventure*, ein ausgemustertes Schiff, das ich von Leicester ohne sein Wissen durch einen geheimen Mittelsmann billig gekauft hatte, streifte die Bordwand ihres Gegners, und ich konnte aufs Deck springen, bevor noch die Enterhaken befestigt waren. Die *Edward* war ein gutes Schiff, von Henry Ughtrede in Hampshire gebaut. Die spanischen Matrosen beschränkten sich bescheiden aufs Zuschauen, als ich mit ihrem Kapitän in leichter Rüstung die Klingen kreuzte. Ich plazierte meinen Stoß rasch und genau gezielt und traf am Hals den verhängnisvollen Spalt zwischen Brustharnisch und Helm. Er wich zurück und fand nie mehr Geschmack an der See, in die er fiel, worauf einer meiner Männer mich von hinten packte und mich zu meinem eigenen Deck zurückstieß, da die Schiffe begonnen hatten, sich ganz voneinander zu lösen. Durch den Sprung büßte ich den größeren Teil meiner Rüstung ein. Es gab Augenzeugen dieses Zweikampfes, und er erregte später viel Aufsehen, wenn auch nicht so viel, muß ich sagen, wie er verdient hätte, weil heutzutage die Taktik alles bedeutet und die Tapferkeit eines einzelnen nicht viel zählt. Wie vieles andere nahm ich's achselzuckend hin. Den Namen des Spaniers erfuhr ich nie.

Am Sonntag nach dem Sieg schritt ich hinter der Königin nach St. Paul's und trug Ihren goldenen Baldachin, wie es meine Pflicht war. Danach besuchte Sie auf der anderen Seite des Platzes die Kinder des Hospitals, wie es Ihre Pflicht war, und ich stieß die Fenster auf, damit man besser atmen konnte. Im Grunde machte Sie sich nichts aus Kindern, es sei denn, sie konnten singen oder Theaterspielen.

Wir gewannen die Schlacht durch den Wind und listige Durchtriebenheit. Das Wetter im Kanal ist im August oft launisch. In diesem August gehorchte es uns so vollkommen wie ein gut abgerichteter Jagdhund und schlug um, wenn es zu unserem Vorteil war. Die Spanier hatten viele ihrer ersten und sogar ihrer zweiten Anker verloren, während unsere kleinen Schiffe dazu taugten, rasch anzugreifen und wieder abzudrehen, so daß die Spanier, Brandlöcher in den Hauptsegeln, gegen den Wind fliehen mußten. Sie fürchteten unsere Schliche und leichtfertige Unverschämtheit nach den Schäden, die ihnen unsere Brander in den Häfen Hollands zugefügt hatten, und Zealands und Drakes Geschwader, das kometengleich im Frühjahr 1587 über die Küste Spaniens hergefallen war.

Wir hatten keine Ahnung, wie todesmüde die Armada des Herzogs von Parma war, doch wir konnten uns leicht ausrechnen, daß es ihr ebenso an Schießpulver mangelte wie uns. Der Schlachtplan wurde an einem Sonntagabend auf der *Ark* von Drake, Frobisher, Seymour, Hawkins und Howard entworfen. Obgleich meine Freunde Seymour und Frobisher wünschten, daß ich dabei sei, beauftragte Drake die *Edward Bonaventure* damit, die führerlosen Schiffe zu schützen, während der Plan gemacht wurde. Ich konnte dankbar sein, daß die Königin mir überhaupt gestattet hatte, auf See Dienst zu tun. Zuvor hatte ich in Tilbury an der Themse, einem kleinen Dorf, nicht weit vom Meer entfernt, mir gefallen lassen müssen, die Order der Königin aus den Händen des unfähigen Leicester entgegenzunehmen, den Sie zum Oberbefehlshaber des Heeres gemacht hatte. Er war wenigstens nicht glücklicher als ich und sagte mir ins Gesicht, er sehe mich lieber auf See denn unter seinem Kommando.

Es wehte ein zunehmender Wind aus Westen, der ausreichte, unsere acht großen Schiffe durch den Kanal gegen die Spanier zu befördern. Die Entscheidung war nicht schwer zu treffen gewesen, da unsere großen Schiffe allesamt bereits Wasser nahmen. Sie waren die einzigen, die nicht imstande gewesen waren, den spanischen Kugeln auszuweichen. Die fähigsten unserer Seeleute steuerten sie in völliger Dunkelheit, bis die geisterhaften Rümpfe ein paar Spannweiten vom Feind entfernt waren. Dann setzten sie die gut mit Pech getränkten Taue und Spieren in Brand, und flammende, rauchende Stangen und Stricke machten die Nacht zum Tage. Die Fährleute ließen ihre kleineren Boote zu Wasser und huschten wie Wasserläufer davon.

Die Spanier erinnerten sich an Antwerpen und wandten sich mit allen Schiffen zur Flucht, bevor das Feuer mitten unter ihnen war. Doch wir hatten sie an der Nase herumgeführt, denn in Wahrheit sahen sie fast das gesamte Feuer, das wir entfachen konnten. Es gab viel zu wenige Fässer mit Schießpulver, um Verwüstungen wie in Antwerpen hervorzurufen, und es wäre ihnen ein Leichtes gewesen, ihre eigenen Beiboote hinzuschicken, um die mäßig brennenden Wracks so behutsam, wie sie gekommen waren, wegzuschleppen. Statt dessen ergriffen sie die Flucht und waren sehr erfreut, entkommen zu sein, wobei sie freilich so viele Anker eingebüßt hatten, daß sie jetzt eine Flotte besaßen, die zu nichts taugte als zur Flucht. Drake machte sich den Spaß, in der folgenden Nacht zwei weitere Schiffe loszuschicken, die von Parma und Sidonia nunmehr mit Gleichmut empfangen wurden, die jedoch insgesamt die letzten vier Fässer mit Schießpulver an Bord hatten, die wir besaßen. Abermals ergriff der größte Teil der spanischen Flotte die Flucht, doch über jene, die ausgeharrt hatten, herrschte auf dem Meer eine Stunde lang der Tod.

Die geharnischte Königin, halb in Seide, halb in Stahl, wartete, wie Johanna von Orleans, mit Ihren Truppen in Tilbury. Sie hatte keine Möglichkeit, in Erfahrung zu bringen, welche Wendung die Schlacht nehmen würde. Ich hatte Ihr geholfen, Ihre Botschaft an die Soldaten abzufassen, die diesen an zwanzig Orten von ihren Offizieren verlesen wurde, denn man hatte Abschriften verteilen lassen. Es heißt, daß das tapfere Lächeln nicht von Ihrem Antlitz wich, als Sie von Reihe zu Reihe ritt. An diesem Tage war Sie Gloriana und nie wahrhaftiger die Königin von England.

Es war ein denkwürdiger Sommer, 1588. Eine Tochter geboren, das Land gerettet, eine Gattin gestorben. Ich taufte das Kind auf den Namen Francesca und hätte es zu mir genommen, um aus ihm eine de Vere zu machen, aber die Frauen entrissen sie mir und änderten sogar ihren Namen, aus Furcht vor meinem verderblichen Einfluß und meinen mittelmeerischen Vorlieben. So wurde aus meiner dritten Tochter eine Susan, und ich leistete keinen großen Widerstand, außer daß ich mich weigerte, sie bei ihrem neuen Namen zu nennen; im übrigen bekam ich dieses Kind bald, und das war ihr Plan, kaum noch zu sehen.

Als der Herbst anbrach, ließ die Königin mich wissen, ich möge an den Hof kommen. Ich hatte nicht das Herz, zurückzukehren, ging aber trotzdem. Die gleichen Turniere und Schaugepränge wurden vom alten Sir Henry Lee veranstaltet, dem Vater der prächtigen Basare, der inzwischen keinen Schritt tat, ohne seine Ränke zu spinnen. Er wurde stets mit großer Hochachtung behandelt. Ich frage mich, ob die Gerüchte stimmen, wonach er der uneheliche Halbbruder der Königin ist. Obwohl England noch immer seinen Sieg auf dem Meer bejubelte, empfand ich den Hof als einen merkwürdig düsteren Ort. Seine Farben waren bereits alt und konnten nicht verbergen, daß sie zu verblassen begannen. Ich ließ mich blicken, um meinen Respekt zu erweisen und darzulegen, daß ich mich weiterhin zum Zwecke des Schreibens zurückziehen werde. Alles war so ruhig, als wären sie alle Heckenfiguren in einem Garten. Was hatten sie über mich gesagt, bevor ich den Hof betrat? Oder war es ein tiefer vormittäglicher Schlummer gewesen?

47

Ich hielt mich, zumindest vor der Pest, nicht für alt, ausgenommen düstere Tage, da mir mein Geist gealtert schien. Doch aus meinem Umkreis sind mittlerweile alle tot. Nicht nur Freunde; sogar meine schärfsten Feinde haben sich davongeschlichen: Burghley, Leicester, Walsingham, Warwick, Hatton, Knyvett. Wenn ich mich umschaue, sind nur noch Burghleys Sohn, Robert, und Amis übrig. Robert behindert jede meiner Bewegungen, mischt sich aber sonst nicht mehr in mein Leben ein; Amis liefert wieder einmal Berichte über mich, doch das ist nicht mehr von Bedeutung. Die Zuträger haben kein Glück und keine Arbeit, wenn die Zeit der Ränke und Bespitzelung vorüber ist. Welche unheilvolle Nachgiebigkeit oder tödliche Anziehungskraft bewog mich damals, ebenso wie Churchyard auch Amis wieder aufzunehmen, als er vom Pech verfolgt war? Pondus sagte, er habe ihn bestraft, als man ihn ergriff, doch damals war's vermutlich Pondus, der ihn mir als Bittsteller zurückschickte. Warum nur tu ich solche Dinge? Wenn die Bühne leer ist, sollte des letzten Schauspielers Abgangsrede kurz sein. Wäre ich gesund, wie gern hätte ich zehntausend Tage mit Beth und meinem Tintenfaß zugebracht. Ich bedaure, daß wir das Theater nicht halten konnten, wo doch heute das Theaterspielen ein lohnender Beruf ist. Man hört, daß die Schauspieler bald eine eigene Gilde sein werden. Das ist nicht mehr als billig. Wir konnten sie nicht angemessen bezahlen und wollten nicht, daß sie für ein Almosen spielten. Das Rose, das Neue Globe und die Truppe verbrauchen jetzt den größten Teil der Zuwendungen. Nichts wäre leichter gewesen, als ein paar Schauspieler in Hackney als Brache zu gebrauchen und sie zu beackern, ihre Kunst zu verbessern, aber, um die Wahrheit zu sagen, waren wir an einen Punkt gelangt, da wir die Bühne nicht brauchten.

Beth zog es schon immer vor, mich die Stücke laut lesen zu hören, und ich stellte selber fest, daß sie, während ich an ihnen arbeitete, mehr und mehr zu dramatischen Gedichten wurden. Wären mir noch zehn Lebensjahre beschieden, ich wette, wäre jedes Stück in seiner dritten und endgültigen Fassung schließlich fast unspielbar geworden, ein Gedicht.

Sollte ich das Ende dieser Niederschrift überleben, wird es notwendig sein, bei der Neufassung die Zeit festzulegen, die ich dafür aufwenden will. Öfter als je zuvor entgleiten mir die Dinge in meinem Fieber, und ich vermag nicht zu unterscheiden, ob ich hier bin oder dort. Die Kordel meines Schlafrocks, das Seil auf Schloß Hedingham, die Takelage der *Edward Bonaventure* sind jetzt in meinen Fingern alle gleich. Das gezackte Muster meines Bettüberwurfs, das mir wie eine Säge in die Augen schnitt und mich viele Wochen wegschauen ließ, reißt jetzt den Rachen auf wie ein großer Haifisch und schickt sich an, mich in eine furchtbare Finsternis hinunterzuschlucken. Mein Schwiegersohn, William, wird sich, so gut er es vermag, um die Stücke kümmern müssen, in Fortführung unseres freundschaftlichsten Streits, ob man besser Poesie in Prosa oder Prosa in Verse verwandeln solle. Er wird seine Arbeit gut machen, obgleich es mich ärgert, daß ich nicht da sein werde, um dafür zu sorgen, daß jeder Streit sein angemessenes Ende nimmt.

Hoffen wir, daß Will so gewitzt ist, alle Einsprengsel alten, abgestandenen Hofklatsches zu entdecken und zu entfernen, alle mit Ausnahme meiner deutlichen Anspielung auf die gerechte Vereinigung Englands mit Schottland in *Macbeth*. Es ist nützlich, daß ich das damals sagte, bevor andere es auszusprechen wagten, und es wird unserer Sache bei James dienlich sein. Unserer Sache? Shakespeares Sache.

Der glühende Stern mit dem Feuerschweif mußte in die Dunkelheit zurückgeschickt, das Erdbeben besänftigt und der Preis für Fisch dem neuen Jahrhundert angepaßt werden. Solche Kleinigkeiten muß man in jedem Kunstwerk sorgsam beachten, denn der Zuschauer nimmt sie wahr, ohne darauf zu achten, und wenn sie veraltet sind, wird ein gewisser Ruch von Fadheit aufkommen. Wen kümmert noch im Jahre 1604 der Streit zwischen Willoughby und Southampton vor sieben Jahren? Ich wittere in den Stücken allzu sehr den Geruch der zwei vergangenen Jahrzehnte. Ob der Schauplatz das alte Rom ist oder das heutige Verona, es müssen auf der Bühne auch ein paar frische, heimische Kräuter verstreut sein.

Meine Gedanken rasen jetzt in alle Richtungen. Ich muß diese Grübeleien hier abbrechen und ein paar Anweisungen für Derby zu Papier bringen, solange die Zeit und die Kraft noch reichen.

Das wär' erledigt. Warum barst ich noch einmal vor Leidenschaft für meine Stücke? Wie oft muß ich meinen Sinn noch wandeln, bevor ich sterbe?

Die Luft ist ein scharlachroter Schleier.

Ich habe lange genug gelebt, um zu sehen, wie die traurigen Geschichten am Hof sich zu wiederholen beginnen. Nicht nur Henry, sondern auch Lord Pembrokes Sohn, der ungestüme William, lavierte sich in eine üble Lage, die von der meinen nicht sehr verschieden ist. Es war im Jahr 1600, nachdem meine Bridget seine Hand zurückgewiesen hatte, obwohl ich ihre Verbindung sehr begünstigt hatte. Sie war damals, es ist zum Lachen, meine Lieblingstochter. Bridget heiratete später Francis, Baron von Rycote, der darauf rechnete, denk' ich, an ein wenig Cecil'sches Geld zu kommen. Zwischen uns gab's keine freundlichen Gefühle. Nicht, daß es an mir gewesen wäre, der Heirat meinen Segen zu geben, waren doch Bridget und Susan zu Mündeln Robert Cecils gemacht worden, den die Königin als Ihren kleinen Kobold bezeichnet hatte, der aber, trotz seines verkrümmten Rückgrats und seines zwergenhaften Wuchses, dankbar jede Gelegenheit wahrnahm, zu versuchen, sich der angeblichen Größe und Pflichttreue seines Vaters anzupassen. Wie es sich traf, war es Susan, die sich als die echteste meiner drei Töchter erwies. Sie hat sich's in den Kopf gesetzt, des ungestümen William sanfteren Bruder, Philip, zu heiraten, sobald er seinen Titel hat. Weil sie so spät geboren wurde, scheint sie dem verderblichen Einfluß der Cecil'schen Frauen entronnen zu sein und sich zum Guten zu entwickeln. Ich mache mir Sorgen, daß sie, wie ihre Mutter, zu früh heiraten könnte. Die Zeiten ändern sich. Susan und die beiden Brüder haben völlig unerwartet angefangen, mir aus der Ferne Ehrerbietung zu erweisen.

William hat einen Begriff von meinem Leben; Susan und Philip verstehn in meine Kunst sich einzufühlen. Solche Familientreue, nicht der höchste Lohn, den das Leben zu bieten hat, doch trotzdem ein angenehmer, traf mich unerwartet und überrascht mich, da ich sie zuvor nie erfahren habe, außer von Beth, und es, wenn ich selber versuchte, sie zu üben, häufig übel aufgenommen wurde. Sie sagen, daß sie unter der neuen Herrschaft meine Herausgeber sein wollen. Sie meinen, nach meinem Tode.

Williams Mißgeschick nahm seinen Lauf, als Mary Fitton, das Mündel, welches der alte Sir William Knollys zu ehelichen gedachte, wenn seine Lady so weit war, zu ihren Ahnen versammelt und weggekarrt zu werden, des Wartens auf diese erhoffte Klärung müde wurde, da die Lady sich einer außerordentlich guten Gesundheit erfreute. Mary sagte sich, lasse man das Gras zu grün werden, könne inzwischen das Pferd verhungern. Da geschah es, daß sie den jungen William bei der Hand und anderswo packte, und zusammen gingen sie auf eine fröhliche Hatz durch Stadt, Land und Hof, bei der Mary oft die Röcke schürzte, einen weiten weißen Umhang trug und mit William umherstolzierte, als wäre sie ein Mann. Sie kamen zu Besuch nach Hackney, und ich sah, wie sie stolz wie Pfauen paradierten. Zu gehöriger Zeit war ein Punkt erreicht, da kein Aufwand an Falten oder Behang die reife Septemberbirne mehr verbergen konnte, und schließlich sah sogar die Königin, die vieles nicht bemerkte, daß Mary schwanger war.

Selbstverständlich gab es Unterschiede, denn die kecke Mary wurde in Lady Hawkins Haus geschafft, wo sie, mehr oder weniger mühelos, ein totgeborenes Kind zur Welt brachte, während der Earl nicht einmal in den Tower, sondern in das Fleet-Gefängnis geschickt wurde. Aus diesem mittelmäßigen Kerker sandte er seinem Liebchen anfangs dürftige Verse, nicht von der freundlichsten Art:

Fängst du mit einem an, wirst du es bald
mit vielen treiben.
Bricht Eis an einer Stell', so kann es
heil nicht bleiben.

Und dann, ich kenne das Gefühl, wenn deine Vernunft stürmisch alle Schranken sprengt, wurde er anderen Sinnes und war bereit, sie wieder zurückzunehmen, doch ihr wutschnaubender Vater, der sich nichts Gutes von Pembroke versprach, schickte sie wie ein vom Wege abgekommenes Kind aufs Land, und William folgte ihr nicht. Um sich an beiden zu rächen, benutzte sie ihre Schenkel und bereitete sich selber eine Schande wie noch nie eine Frau aus Cheshire, was schließlich zu einem unehelichen Sohn von Sir William Polewhele führte, obgleich ihr Vater sie mit Knoblauch vollgestopft hatte, um sie von der Kußwut zu heilen.

Diese Geschichte, die mir mein künftiger Schwiegersohn betrübt von seinem Bruder erzählte, ist von der meinen nicht so sehr verschieden. Mary spielte beide Annes, und William übernahm meine Rolle, wenn er sie auch ein wenig ordinärer spielte. Ich hätte solche Verse nicht geschrieben und nicht des Geldes wegen geheiratet, wie er es schließlich tat, als er des Earl von Shrewsbury zänkische und mißgestalte Tochter nahm, der man nachsagte, sie sei die häßlichste Frau Englands, und die darum, ungeachtet ihres riesigen Vermögens, eine viel zu teure Erwerbung war.

O, mag das am Ende mir zur Rechtfertigung dienen! Er verschleuderte sein Geld, weigerte sich, in Frieden und Gehorsam unter den breiten Schatten des großen Burghleybaums zu leben, er jagte sein erstes Weib fort, weil es unter ihres Vaters Knute stand, kehrte seinen Kindern den Rükken, lebte in England, doch es gelüstete ihn nach jeder Brise aus Frankreich oder Italien oder gar dem alten Rom, stellte seinen Adel über den des Monarchen, nahm alles zum Vorwand, mit jedermann zu streiten, der ihn nur scheel ansah, liebte Frauen über alle Maßen, jagte ein paar Frauen fort, zu denen er dann zurückschlich, betrog die Frau, die er liebte, liebt und bis in alle Ewigkeit lieben wird. Doch ungeachtet dieser bittren Fehler, mit denen ich mich hier wie ein keuchendes Monstrum auf meinen Tisch stütze, besitz ich zwei kleine, aber seltene Tugenden, die diese Fehler wettmachen: Ich log nicht, ich belog weder andere noch mich selbst; ich heiratete nicht des Geldes wegen. Wo und wie immer es mir möglich war, gab ich; ich nahm nicht. Wegen dieser Scherben von Redlichkeit wird man mich nicht von meinen Sünden reinigen, doch bin ich auch in den Reihen unseres Adels nicht ganz ohne Verdienst.

Ich nahm Williams Geschichte in wenigen Minuten auf, schluckte sie mit einem grimmigen Lächeln herunter, verdaute sie und dachte an andere Dinge. Warum kann ich dann, nach so vielen Jahren, mit meiner eigenen Geschichte, die Williams' so ähnlich ist, nicht auch so verfahren? Soll sich dieses Trauerspiel endlos wiederholen, mit Schauspielern, die noch ungeboren sind?

Wenn Du in der Bibliothek Deines Klosters, wo Du durch Deine geheimen Studien das Gerippe der Dinge erkennen willst, so weit gediehen bist wie ich, wirst Du vielleicht verstehen, warum ich willens war, weltliche Güter geringer einzuschätzen als himmlische und Bücherruhm höher als den Titel eines Earls. Selbst wenn ich geirrt haben sollte, wird das bald keine Rolle mehr spielen. Ich werde nicht das Schweigen wählen, wie es Jago und Prospero taten, doch wird's mich trotzdem umfangen, und das ist gut so. Meine derbe Zauberkraft ist hier zu Ende, und Königreiche und Torheiten, die ich unbenutzt ließ, schlüpfen mir aus dem Ärmel. Viele Wochen lang war jeder Atemzug mir eine Qual, als ich meine taube Hand über die Seiten schleifte, um meine schändliche Geschichte einer schändlichen Welt zu erzählen. Der Zauberer fängt an, sich zu verflüchtigen, das ist sein letztes Kunststück, und mit ihm löst auch die ganze Schöpfung sich auf. Es ist Sonntag, Zeit, auszuruhn.

48

Diese Abschnitte werden, wie ich's versprochen und warnend vorhergesagt habe, kurz sein, obgleich sie das beste Jahrzehnt meines reifen Lebens betreffen. Denn dies waren die Jahre, denen das Beste entstammt, das ich schrieb und neu schrieb, in denen ich meine einzige wirkliche Gattin und meinen aufrichtigsten Freund fand, den jungen Henry Wriothesley, Dritter Earl von Southampton. Jeder dieser Freunde hat ein inneres Leben, das im Herz und im Geist jener, die sie kennen und lieben, weiterleben sollte, damit nicht eines Tages irgendein Geschichtenerzähler, um eine bessere Geschichte zu gewinnen, ein schiefes Licht auf sie werfe, was zu tun unser aller Gewohnheit ist.

Einsamkeit war immer meine Bestimmung. Man ist entweder ein Mann oder eine Frau, entweder in der Stadt oder auf dem Lande zuhaus, und man lehnt sich gegen die Natur auf, wenn man versucht, diese Gegensätze in Frieden miteinander zu versöhnen und in seinem Innern in dauerhaftem Einklang zu leben. Laß Dein Leben sich vermischen, jedoch mit anderen Leben, nicht in Dir selbst, diesen guten und freimütigen Rat geb' ich Dir, den anzunehmen ich selber lange brauchte. In einem meiner Gedichte, die ich als de Vere schrieb, hab' ich deutlich ausgesprochen, wer und wo ich war:

Schicklich schien's der Natur,
Daß Erfolg stets wohne
Am Hof, wo Geist sich lohne,
Die Liebe aber im Walde nur.

Im Walde, meiner Liebe Haus,
Halt bis zuletzt ich aus,
Des Erfolgs beraubt.

Und das ist, mehr oder weniger, meine Geschichte.

Dieses Wenige kann ich mit Gewißheit sagen. Elizabeth war so hell wie Anne dunkel, und so mit sich im reinen wie Anne in sich verstrickt. Sie war eine von den zwei schönsten der vier neuen Ehrenjungfrauen und vermutlich die klügste Person am ganzen Hof, wenn das auch nur wenigen bekannt war, weil sie von Natur aus nicht gesprächig war und ihre Meinungen für sich behielt. Ich wurde zuerst auf Elizabeth aufmerksam, als mich ihre drollig-spitzen Scherze über vergangene Vorfälle bei Hof, die mich aus dritter Hand erreichten, neugierig machten.

Als ich sie kennenlernte, stellte ich fest, daß Beth gründliche Kenntnis von vielen Dingen besaß, ausgenommen ihre eigene Person. Das rührte einzig daher, daß sie ganz und gar vollkommen war und sich nicht zu tummeln oder gar darüber nachzudenken brauchte, wer sie war. Gleichwohl hielt sie sich selber für reizlos, und ein Kompliment über ihr Kleid zog lediglich die gequälte Frage nach den Mängeln des Gewandes nach sich, das sie gestern getragen hatte. Noch so viele Meinungen andrer Leute konnten sie jemals dazu bringen, ihre Ansichten über wichtige Dinge zu ändern, und doch, ging es um unwichtige Dinge, war sie voller Furcht, einen Fehler zu begehen, und nahm stets lieber einen Rat an. Es gab nichts, das wir gemeinsam hatten, das Alter eingeschlossen, denn ich bin viel, viel älter als sie.

Ich hätte vielleicht einfach seufzen und Beth aus der Ferne bewundern können. Immerhin, ich war zweiundvierzig Jahre alt, lahm, bald kahlköpfig, nicht mehr so schlank wie einst, verschrien als schlechter Gatte und Vater von Kindern, die ich nicht besuchte, unverkennbar arm, ein Mann, der schlechten Umgang pflegte, ja vorzog, bei Hof der Gegenstand allgemeinen Spotts und Hohns. Doch auf irgendeine Weise fanden wir nur Ruhe, wenn wir beieinander waren, und darum verschob ich meine Abreise aufs Land um fast ein Jahr, bis ich sie mit mir nehmen konnte.

Es war nicht nötig, sich Beth zu erklären oder ihr einen Antrag zu machen. Für uns verstand es sich einfach von selbst, daß wir dazu bestimmt waren, Mann und Frau zu werden. Was mir einen Schlag versetzte, war die rasche Zustimmung der Königin. Lasse mich, für den Fall, daß die Annalen des Hoflebens zufällig vergessen sollten, das für unsere Zeit festzuhalten, erwähnen, daß es für einen Höfling kein geringes Verbrechen war, eine Ehrenjungfrau zu entführen, und viele Männer, mächtiger als ich, wie Sir Walter Ralegh, sind wegen dieses Fehlers im Kerker verschwunden. Ihr Verhalten ließ mich staunen. Spielte Sie selber die Mutter, die ich nie hatte, und stiftete die Ehe?

Beth ist die Tochter von Sir Thomas Trentham. Den Trenthams gehören ausgedehnte Ländereien in Staffordshire, die so sorgsam geführt und gepflegt werden, daß sie ebensoviel Ertrag bringen wie Besitztümer von doppelter Größe. Sir Thomas hat im ganzen Land die Lebensbedingungen des Ungeziefers und die Beschaffenheit der Ackerkrume studiert, damit er den Ursachen der Plagen früh zu Leibe gehen kann, und er hat es sich, obwohl er alt ist, zum Prinzip gemacht, zur Erntezeit an einigen Tagen auf jedem seiner Weizenfelder einmal die Sense selber zur Hand zu nehmen, damit die Männer sehen können, daß er es sich in seinem Herrenhaus nicht einfach wohl gehen läßt. Davon abgesehen besitzt er all die Würde eines Ritters von altem Schrot und Korn, der in Zurückgezogenheit lebt, und ich empfinde ein tiefes Behagen, wenn ich in seiner Gegenwart bin. Er ist ein Dichter der alten Schule, denn obgleich er einen Stapel von Gedichten hat, die er mir zu zeigen versprach, habe ich bis jetzt immer noch keines zu lesen bekommen. Seine Tochter ist aus demselben Holz. Aber Sir Thomas weiß, was ich getan habe, und ich hege die Meinung, daß ich seine Einwilligung kraft meiner Schriften erlangte, was mich tröstet, wenn immer mich dunkle Gedanken heimsuchen und ich an allem verzweifle.

Beth, die in mancher Hinsicht wie ihr Vater ist, ein Vorzug bei einer Frau, machte sich behutsam daran, mein Vermögen wieder herzustellen. Ich wollte, eine diplomatische Geste im Sinn, unsere Hochzeit in St. Paul's am neunzehnten Mai stattfinden lassen, welches der Tag ist, an dem die Königin aus dem Tower entlassen worden war, um nach Woodstock zu gehen, und der seitdem immer als ein Glückstag im Kalender angesehen wird. Doch Beth übte die Macht einer Königin auf ihre Art aus, und die Hochzeit fand, so zwanglos wie man sich nur vorstellen kann, in der kleinsten Kapelle in Staffordshire statt. Eine Handvoll Vettern und Onkel und eine gleich große Zahl Trenthams waren die einzigen Personen, die zugegen waren. Es schmerzte mich, daß ich als Trauzeugen meinen alten Gefährten aus den Mündeljahren, Rutland, nicht an meiner Seite haben konnte, doch er war vor vier Jahren ganz unerwartet gestorben. Ich war froh, an seiner Stelle meinen Vetter John, Baron Lumley, zu sehen. Die Julihitze war durch einen frühen Morgenschauer und eine kühle Brise gemildert worden. Ich kann mich an keinen schöneren Tag erinnern.

Als die Treuegelübde geleistet wurden, sagte Beth zuerst versehentlich, sie wolle mich als ihr rechtlich angetrautes Weib nehmen, und so wurde unsere Verbindung durch eine herzliche und wohlgemeinte Welle von Gekicher gesegnet.

Die Königin hatte mitteilen lassen, Sie bedaure, Ihrer Gesundheit und der langen Reise wegen nicht an der Zeremonie teilnehmen zu können, schickte jedoch als Ihre Hochzeitsgabe die Schenkungsurkunde für ein Haus, und das war King's Place, Hackney.

Hackney, in der Nähe von Stoke Newington, außerhalb des Hofbezirks, ist eine der ersten vornehmen Vorstädte. Die Königin besaß hier selber ein Haus, nur ungefähr eine Meile entfernt, in Canonbury, obwohl Sie nicht oft Gelegenheit hatte, es aufzusuchen, und ich stattete Ihr in Canonbury im Laufe eines Jahrzehnts nur vier Besuche ab: dreimal zur Zeit Ihrer Berufung, und einmal, als ich Ihr meine Aufwartung machte, da ich wußte, daß Sie dort war. Nach King's Place kam Sie nie. Inzwischen waren wir für immer mürrische alte Freunde, froh, einander zu sehen, wenn das auch keiner von uns eingestand. Sie fühlte sich auf dem Lande viel wohler. Schreckliche Nachrichten kamen vom Hof, als die Königin sich in einen erbitterten Kampf einließ mit Ihren Hofdamen, um die Aufmerksamkeit des stattlichen Essex wetteifernd, der jedes Festessen mit einer neuen Eroberung zu krönen wünschte. Nachdem er Elizabeth Southwell geschwängert hatte und Elizabeth Brydges seine leichte Beute geworden war, warf Lady Mary Howard ein Auge auf ihn und stellte sich in verschwenderischen Roben zur Schau. Es war nicht von der Hand zu weisen, daß die Aussicht auf einen Hof bestand, der von schwangeren Hofdamen bevölkert wurde. Die Königin war besonders über ein freizügiges Kleid erbost, von dem Lady Mary scherzend bemerkte, Sie habe es an diesem Abend aus ihrem Ankleidezimmer mitgenommen. Sie trug es am folgenden Tag bei Hof, doch da Lady Mary unglücklicherweise ziemlich klein war und die Königin ziemlich großgewachsen, stellte Sie Ihre Brüste, die dazu mittlerweile überhaupt nicht mehr taugten, allzu aufdringlich zur Schau. Die Königin verkündete stürmisch, Sie werde keine unliebenswürdig spottenden Dirnen mehr dulden, doch auch bei Lady Mary waren alle ihre Freunde vonnöten, um sie zu besänftigen und sie zu überreden, auffallende Kleider zu meiden und der alternden Königin am nächsten Tag den Umhang für Ihren Morgenspaziergang zu bringen.

Die Königin wünschte, wie immer, sich sittenstreng zu zeigen, aber über die Jahre war, nach dem Grundsatz, was der Königin recht, sei den Hofdamen billig, nach und nach der lüsterne Gott der Galanterie an Ihrem Hof zur zügellosen Herrschaft gelangt, an der Spitze Don Ohnebart, der mannhafte Essex mit seinem schmächtigen Kinn. Er war ein modesüchtiger Jüngling, der sich auf die Jagd nach einer Königin machte, beinahe zweimal so alt wie er und eine Zeitlang allzu willfährig. Er war ein ehrgeiziger Raffzahn, der England hätte verderben können. Doch da gab's schließlich noch einige, die schlimmer waren. Essex war letzten Endes bloß ein junger, hübscher Aufrührer, der zu Hofe und zu Fall kam, eine Episode im Leben unserer stolzen und ältlichen Königin.

Ich bin nicht Coriolan und wäre nicht einmal in Gedanken bereit, wie er, jenes Rom in Brand zu stecken, das er so liebte und das ihn verstieß. England ist kräftiger geworden.

Es ist seinen Feinden entkommen und hat sie vernichtet. Wir haben unsere Theater und unsere Dichter. Frankreich, hört man, wird noch immer durch bürgerlichen Aufruhr verheert und verwüstet, und es gibt dort oft Hungersnöte. Italien wird wie immer vom Papst, vom Türken und vom Spanier in seiner Freiheit beschränkt. Das eben ist der Grund, warum ich, trotz all seiner Fehler, das England vorziehe, das ich einst kannte, wo Ehre nicht bloß ein Wort war.

In Hackney war alles wohl geordnet. Es ist ein großes Herrenhaus aus Ziegelstein mit angemessener Eingangshalle, einer Kapelle, einer geräumigen Säulenhalle, in der das Privattheater untergebracht war, und einer Bibliothek mit Bücherregalen bis zur Decke. Es war Beth ein Bedürfnis und eine Freude, den Garten wieder herzurichten und das Haus auszustatten, das einige Zeit leergestanden hatte, ehe ich es erhielt. Im Garten ging sie auf ihre Weise zu Werke, indem sie Früchte und Gemüse höchst geschickt vermischte, so daß der Fenchel der Akelei als grüner Schoß diente. Der Brunnen mußte gesäubert, die Pfade mußten neu zugerichtet werden und brauchten neue Kieselsteine. Alle diese Arbeiten beaufsichtigte Beth mit großer Tatkraft, und manchmal griff sie mit sicherer Trentham-Hand sogar selber zu. Robin Christmas, der letzte meiner treuen Diener nach Tony Munday, teilte seine Arbeit auf: mit Beth kümmerte er sich um den Garten, und für mich fertigte er saubere Abschriften dessen an, was ich am Vortage geschrieben hatte.

Nach meiner Meinung mußte jedes Stück dreimal geschrieben werden. In Wahrheit gelang mir das nur bei der halben Zahl, und selbst die meisten davon würde ich mir gern noch einmal vornehmen. Ein Sonett konnte leicht drei Wochen Zeit in Anspruch nehmen.

Am Morgen pflegte ich ins unreine zu schreiben und Neues zu Papier zu bringen; nachmittags machte ich mich ans Überarbeiten, was eine leichte Arbeit war, die aufgenommen und unterbrochen werden konnte, wenn wir ausreiten wollten oder Freunde uns besuchten, und erst in der

Nacht, nach dem späten Abendessen, das uns zur Gewohnheit geworden war, machte ich meine wichtigsten Entwürfe, beim ruhigen, schwachen Schein der Lampen, von Walfischtran gespeist, bis der Morgen dämmerte und ich mich niederlegte, um zu schlummern. In vielen Nächten legte ich mich zweimal nieder, davon das eine Mal mit Beth vor oder nach dem Essen.

Es lohnte sich, zu leben. Ich machte mich an die Arbeit, alte Figuren umzubilden, damit sie besser zur Geltung kamen, so als ich Hollensheds Sir John Fastolfe, der »aus dieser Schlacht ohne einen Schwertstreich entwich und im nämlichen Jahr wegen seiner Tapferkeit zum Ritter des Hosenbandordens geschlagen ward«, plötzlich in dem Höfling Nicolas Dawtrey wiedererkannte, der, hätt' er nur Gelegenheit dazu gehabt, als Fastolfes Ebenbild hätte gelten können. Als ich die beiden vereinte, wurde ein bess'rer Falstaff draus, und auch der Königin gefiel er besser. Ich fügte die Geldverleiher mit den ausländischen Gelehrten Fenatus und Lopez zusammen, die man ihres Glaubens wegen ungerechtfertigt verfolgt hatte, um einen wirkungsvolleren Shylock zu schaffen.

Ich fand das Mittel, den *Telemach* neu zu schreiben und seine Düsterkeit mit wildem Gelächter aufzuhellen, als ich mich plötzlich an Guiderstern erinnerte, der zu meiner Knabenzeit schwedischer Gesandter in London war; damals gehörte es zu meines Vaters Pflichten, den schwedischen König zu begrüßen, der nach London kam, um Elizabeth den Hof zu machen. Jahrzehntelang hatte ich nicht mehr an die Geschichte meines Vaters gedacht, wie Guiderstern ihn als eine stumme Orgel angesehen hatte, deren Züge, Register und Tasten man nach Belieben spielen konnte, und er ihn gerade dadurch hinters Licht geführt hatte, indem er den Tauben spielte. In seiner neuen Fassung reiste das Stück recht weit von Griechenland ins kleine Dänemark, wohin mein Schwager, Lord Willoughby, 1583 geschickt worden war und versuchen sollte, König Fredericks Herrschaft über die Nordsee ein wenig zu mildern. Er war ein gütiger Mann und ein guter Freund. Mir ist noch immer unerklärlich, warum ich ihm so lange die Hand meiner Schwester verweigerte. Erst einmal in Dänemark, war es nicht schwer, den ausländischen Telemach mit dem Namen Hamlet auszustatten, der gut englisch klang, wenn ihn auch niemand je getragen, und den ich aus Hamnet bildete, dem ein wenig gezierten Namen von Shakspeares so früh gestorbenem armem Kind. Das war mein privater Spaß, über den Shakspeare freilich nicht lachen konnte, denn er schrieb mir aus Stratford einen Brief, in dem er sich beklagte, ich hätte das christliche Andenken seines armen Kindes beleidigt. Ich war erstaunt. *Hamlet* ist mein ureigenes Stück, obgleich es darin, als es seine rechte Form hatte, auch für andere genügend zu erfahren gab, und es wurde am Hof, in der Stadt und an beiden Universitäten mit überschwenglicher Begeisterung gehört. Ich fürchte, mich zu wiederholen oder zu brüsten, oder beides.

Auch in anderer Hinsicht lohnte es sich zu leben. In dieser wohltuenden Umgebung schätzte ich die Bedeutung von Liebe, Vertrauen und Leidenschaft neu ein. Henry Wriothesley, Earl of Southampton, vernarrt ins Theater und Englands neuer strahlender Held, fiel in unsere Welt und ritt so oft mit uns über Land, daß wir unseren Sohn, als er am 24. Februar 1593 geboren wurde, nach ihm nannten und Henry zum Paten des Jungen bestellten.

Es war Beths großes Meisterstück, den gesamten Irrgarten meiner Schulden, Verträge und Abrechnungen zu durchforsten, wobei sie auf drei Äcker, zwei Häuser und eine Kiesgrube stieß, die ich zu verkaufen vergessen hatte. In Wahrheit hatte ich nie gewußt, daß ich die Kiesgrube besaß. Sie verwaltete dieses Eigentum so geschickt, daß unsere Lage sich rasch besserte und Beth von der Zeit zu sprechen anfing, da ich sie auf meine neue Grand Tour nach Frankreich und Italien mitnehmen würde. Vier Jahre lang pendelten wir, wie es uns gefiel, zwischen Bilton Hall am Avon und King's Place, bis, doch davon später . . .

Angesichts all dieser fruchtbringenden Ereignisse berechtigte Hackney zu der Hoffnung, es könne das verheißene Paradies auf Erden werden. Doch es waren von Beginn an Würmer auf den Blättern und die Früchte vom Krebs befallen, noch bevor die Schlange kam. Die Welt ließ sich nicht aussperren. Mein früherer Schwiegervater hatte den Plan, seine älteste Enkeltochter, Elizabeth, mit Henry zu verheiraten. Plötzlich fürchtete ich, seine Schändlichkeit könne noch größer sein, als ich je angenommen hatte, und er kam mir vor wie ein Einsiedlerkrebs am Strand, der darauf wartet, sich seine nächste Muschel anzueignen, und grübelt: der junge Southampton ist stattlich, hat Geld und wird vom Earl of Oxford sehr geschätzt, der mich durch seinen Versuch geärgert hat, meine Enkeltochter zu verleugnen. Was also kann es Besseres geben als diese Heirat und dadurch vielleicht auch die Möglichkeit, den halsstarrigen Edward wieder ins Netz zu ziehen? Mit Sicherheit hat Cecil ziemlich genauso spekuliert. Henry gegenüber kostete es mich einige Mühe und Erklärung, doch, Gott sei Dank, am Ende rettete ich ihn, und er zog seinen Antrag zurück. Pondus war sogar froh darüber, denn als Ausgleich für die Unbill, die seine Enkeltochter erlitten, zog er dem jungen Mann fünftausend Pfund, ein Vermögen, aus der Tasche.

Kaum war diese Klippe umschifft, stach Pondus abermals in See, dieses Mal, um Elizabeth mit dem Hexer-Earl of Northumberland zu verkuppeln, doch jetzt war es Elizabeth, die dem Earl nicht gefiel. Wegen seiner wissenschaftlichen Experimente wäre er keine schlechte Partie gewesen. Was immer sie tat oder sagte, er hatte kaum Notiz von ihr genommen. Dann folgte einer der rätselhaften Winkelzüge des Geschicks: im Jahr 1594 brachte Burghley die Heirat zustande, die sich Elizabeth wünschte, mit William Stanley, nachdem die Witwe von Williams just gestorbenem Bruder einem Mädchen das Leben geschenkt hatte, was bedeutete, daß er Earl of Derby und der reichste Mann in England wurde. Natürlich wartete Pondus, bis der Titel gesichert war, und meine Meinung wurde nicht eingeholt. Nun war Williams Bruder sowohl ein Dichter als auch ein Gönner des Dramas. Obwohl unsere Gruppe ihm fernstand, erkannten wir an, daß aus seiner Feder Großes zu erwarten stand. Er war vierunddreißig Jahre alt, als er vergiftet wurde, sechs Monate nachdem er Earl geworden war, wodurch er seinen jungen Bruder zu einem Heiratskandidaten machte, wie man sich keinen besseren wünschen konnte. Ein weiteres Mitglied der Cecil'schen Sippe war wohlversorgt.

William, der die Grand Tour gemacht hatte und sogar in Madrid und Konstantinopel gewesen war, schrieb ebenfalls und liebte das Drama mehr noch als sein Bruder. Der junge Mann wurde, sonderbar genug, durch die Ehe nicht erschüttert und verbrachte am Ende mehr Zeit mit mir als mit meiner Tochter, die ihm schließlich widerstrebend nachgerannt kam. Elizabeth und ich beließen es bei einer kühlen, wachsamen Freundlichkeit. Beth, die Erstaunliche, begegnete ihr mit derselben Herzlichkeit wie Susan, die sie wirklich gern hatte.

49

William wurde mein Gehilfe und arbeitete mit mir im Theater in der Säulenhalle. Zuerst beschäftigte er sich mit Edward Halles *Die Vereinigung der Zwei Edlen und Berühmten Familien Lancaster und York*, um das Gerippe der historischen Stücke auszufüllen, denn bei ihren früheren Fassungen hatte ich mich zu sehr auf Hollenshed gestützt. Anfangs schrieb er kleine Einfügungen für die Historien. Ziemlich bald fing er an, selber zu schreiben, am Ende ganze Reden und sogar einzelne Szenen. Da saßen wir also, zwei Willies, an einem Tisch. Lange Zeit bestand der größte Teil unserer Arbeit darin, zerfranste und aufgeblasene Verse auszumerzen, die am langen Tisch entstanden waren. Manche waren so schlecht, daß es mir schwerfiel, zu glauben, daß ich am Tisch zugegen gewesen war, um acht auf sie zu haben. William wünschte sich mehr als alles andere, fähig zu sein, als ein Ebenbürtiger neben mir zu sitzen. Ich ließ ihm seinen Willen, weil ich wußte, daß er genügend Selbsterkenntnis hatte, sich zur rechten Zeit zu zügeln, was er immer tat. Dann hätt' ich scherzend fragen können: *Vom Erlauchten zum Eleven?*

Am besten verstand sich William darauf, die Stücke und Schauspieler zu verwalten, und dann war er auch am glücklichsten. Ich sah mich selbst als jungen Mann, während ich ihn beobachtete, und kam zu dem Schluß, daß er die Sache besser machte, als es Lyly und ich vermocht hatten, natürlich mit der Einschränkung, daß die Spieler des Kämmerers und der Königin zuweilen die Präzision von Uhren erreichten, die sich selber aufziehen. Gleichviel, irgendeine Kette riß immer, und das Theatergewerbe war so aufgeblüht, daß die besten Truppen Kostüme im Wert von dreitausend Pfund besaßen, und man munkelte, für manche Stücke würden insgeheim Gelder für die Besitzrechte gezahlt. In mancher Hinsicht war es noch immer nicht leicht.

All dieses Treiben betrachtete ich mit Vergnügen aus der Ferne, denn ich hielt mich entweder in King's Place oder im ländlichen Bilton am Avon auf, wohin ich zu gehen pflegte, wenn ich allein sein wollte, das heißt, wenn's Sonett-Zeit war. Auf dem Land wiegten wir uns in seliger Sicherheit in den Jahren 1593, 1594, 1602, 1603 und, bis ich angesteckt wurde, auch in diesem Jahr, obgleich alle diese Jahre schwere Pestjahre waren. Es heißt, daß alle Theater bankrott gehen werden, wenn die Pest sich weiterhin mit dieser Geschwindigkeit ausbreitet. Während der Spielzeit ging ich hin und wieder in die Stadt, doch allmählich ließ ich davon ab, weil die Knabenschauspieler, denen ich besonders gern zusah, am ehesten dahingerafft wurden, und nur die allerbesten. Schwer war der Verlust des überzarten Salmon Pavy, der vor zwei Jahren mit dreizehn Jahren starb. Als Mann wäre er ein Schauspieler gewesen, der jedes Stückes würdig war. In der letzten Zeit habe ich nichts von Nathan Field gehört und nichts von Israel Jordane, der bloß ein Souffleur ist, und doch schwingt sich seine Stimme so klar und schön über die Schauspieler, daß viele eigens hingehen, um seinem Vortrag aus dem Parterre zu lauschen. Viele der Knabenschauspieler scheinen sich zusammenzuscharen und in St. Giles zu wohnen, vor Cripplegate, in der Nähe vom Fortune. Das ist in diesen Zeiten ein gefährliches Viertel.

Meine Idylle ging wieder einmal zu Ende, als ... Muß ich das aufschreiben? ... Ja, ich werde es tun: als ich eines Tages in der Stadt zufällig Anne begegnete und abermals in ihre erfahrenen Arme sank. Schlimmer noch, meine Liebe zu Beth war so groß, daß ich ihr von meinem Seitensprung erzählte. Sie bestärkte mich darin, auch weiterhin meiner Neigung zu folgen, wenn ich's denn müsse, nur solle ich ihr, bitte, nichts davon sagen.

Mit einer Gelehrsamkeit, die ich bei ihr nicht vermutet hatte, zitierte Beth, was der alte Philotimus von den Massageten berichtete, die ihre Frauen nur einmal in der Woche besuchten, damit sie nicht hören mußten, wie diese am Tag zeterten und in der Nacht klagten, und sie schlug mir vor, es sei vielleicht besser für mich, auf Dauer in Bilton zu wohnen und zu ihr zu kommen, wenn ich glaube, sie zu lieben und zu brauchen, was ich immer tue. Erst ihre Andeutung über Bilton ließ mich erkennen, wie sehr sie verletzt war. Ich ging schuldbewußt nach Bilton, und wie ein Trunkenbold, welcher der Flasche abschwört, erkämpfte ich mir den Weg zurück nach King's Place.

Ich hatte einen natürlichen Sohn, einen kleinen Sohn und Erben von Beth, und in Henry, seinem Paten, einen Sohn meiner Wahl. Warum sollten wir zulassen, in solchen Dingen Sklaven der Blutsbande zu sein? Henry wählte mich zu seinem Vater, wie ich ihn zu meinem Sohn. Schaut nicht auf sein schönes Gesicht und seine Gaben, sondern auf sein Leben. Auch er war ein Mündel von Burghley gewesen, und dazu eines, dessen Name mit demselben Makel der Unehelichkeit behaftet war. Auch er war nach St. John's geschickt worden und ging nach seiner Graduierung als Fünfzehnjähriger nach Gray's Inn, wo ihn das Drama wie eine berauschende Arznei vergiftete. Er war stolz und heißblütig, sanft und gelehrt, ein Gönner von Natur, manchmal mehr ich selbst als mein freiwilliger Sohn. Er hatte Schwierigkeiten wegen einer Hofdame gehabt. Er war im Gefängnis gewesen. Es gab zwischen uns keine Kluft, bis auf den Unterschied von dreiundzwanzig Jahren im Alter.

Aus den Fugen geriet sein Leben durch Essex', seines jugendlichen Freundes, Aufruhr, in den er sich als treuer Freund hatte hineinziehen lassen, wie ich im Fall von Norfolk. Und welche Rolle hatte er gespielt? Shakespeares *Richard II.* wollt' er auf die Bühne bringen, am Vorabend der Rebellion! Und wen beauftragte die Königin, ihn und Essex zu verhören? Den Großkämmerer machte Sie zum höchsten der Richter. Es war grotesk. In einem Theaterstück hätte man einer solchen Szene keinen Glauben geschenkt. Bei der Befragung wies ich ihm den Weg, nie ganz sicher, ob er wußte, worauf ich hinzielte und daß ich ihm goldne Brücken baute. Seine Miene verriet mir, daß er in mir den Ursprung seiner Leiden sah.

Er und Essex wurden ordnungsgemäß zum Tode verurteilt, was angesichts des Gerichts, das Sie eingesetzt hatte, zu erwarten war, und auch das galt ihm als meine Schuld. Verwünschtes Gesetz! Verwünscht sei dies verkommne Land und diese Zeit!

Unmittelbar nach dem Urteilsspruch ging ich zur Königin und kämpfte um sein Leben, kraftvoller und beredsamer, als ich je für etwas gestritten. Ich gewann, und Sie milderte die Strafe, ließ ihn gar frei, nachdem Essex enthauptet war. Ich hatte das Gefühl, daß die Rettung Ihrer Gnade zugeschrieben wurde und ich damit nichts zu tun hatte.

So leben wir in King's Place in einer mißlichen, verletzten Liebe. Ich habe sogar die jeweils tausend Pfund angenommen, die Henry und William mir schenkten. Schande ohne Ende. William, Beth und Henry scheinen durch Liebe und Kränkung verbunden. Elizabeth, mit der Miene ihrer Großmutter, hält sich fern, als ob sie wüßte, daß es so sein muß. Im Antlitz ihrer Mutter seh' ich Francesca, die mich mit Mitleid und Kummer anblickt. Es ist zuviel. Wann wird es enden?

50

Eingeladen von der Königin, kehrte ich doch wieder an den Hof zurück. In Wirklichkeit war's ein Besuch bei den Schatten. Ich konnte mich schwerlich weigern, weil die jährliche Rente von tausend Pfund, die Elizabeth mir gewähren konnte, alles war, was uns vom Armenhause trennte. Die Königin wartete und fürchtete den einen Untertan in Ihrem Land, den Sie nicht einzuladen wünschte, und der am Ende den Thron einnehmen würde. Der Hof saß schweigend, eine auf einem Thron, die anderen auf ihren Stühlen, während draußen das ungeduldige Hufescharren der Sterblichkeit und eines neuen Zeitalters ertönte. Sie wußte, daß Ihre Sonne sank und daß jedermann bei Hofe Sorge trug, untertänige Grüße an James zu schicken, der in Schottland die Morgenröte erwartete.

Es gab einen gewissen jungen Mann, der am Hof, aber kein Höfling war. Er hieß John Donne, dessen Gedichte mir ein Freund in Hackney vorgetragen hatte, als er von Henry und Beth eingeladen wurde, bei der Lesung von *Maß für Maß* unser kleines Publikum zu vergrößern. Die Gedichte glichen Schiffen unter vollen Segeln. Der Schiffbauer war, wie ich feststellte, ein ältlicher Jüngling, der unter den spanischen gottesfürchtigen Theoretikern besser aufgehoben gewesen wäre als am Englischen Hof. Wir plauderten, während ein Tanz, viel langsamer als zu meiner Zeit, vorgeführt wurde, und ich hörte ihn erst die Katholiken und dann die Kalvinisten bekritteln. Auch für die Kirche von England empfand er natürlich keine übermäßige Zuneigung. Sein Großvater hatte als Knabe in Henrys Gunst gestanden, doch unter Elizabeth war die Bedeutung seiner Familie geschwunden. In des jungen Donnes Gedichten tragen Pflicht und Frömmigkeit die Züge der Liebe, während die Welt eine Hure ist. Ich sagte ihm nicht, daß die gedämpfte Fleischlichkeit seiner Liebesgedichte mir süß im Ohr geklungen hatte. Er schien von meinem andren Ich nichts zu wissen, weil er ziemlich kühl von dem neuen Shakespeare sprach, den er im Globe gesehen hatte. In seinen Adern rann das Blut des Genius, doch vielleicht hemmte zuviel Hirn seine Phantasie, um sich über die Zeit zu erheben. Während wir uns unterhielten, schien sein Feind der leibhaftige, böse Satan, der meine bloß de Vere zu sein. Er glaubte, der Zeit ein Schnippchen geschlagen zu haben. Ich glaubte es nicht. *Erkennet Eure Feinde recht*, riet ich ihm. Er hörte kühl und geringschätzig zu. Entgegen jeder Logik gab es zwischen uns keine Aufrichtigkeit. Er verfügte über einen spitzzüngigen Witz, doch ich lächelte bloß. Es fielen keine verletzenden Worte, doch er war verletzend. Weder sagte er etwas mit Hochmut, doch er war hochmütig, noch etwas Unbescheidnes und war doch die Unbescheidenheit in Person. Wird dieser John, dachte ich, Elizabeths neuer Dichter sein, größer noch als Immerito oder Shakespeare? Nein. Ich zweifelte, ob diese genußsüchtige Starrheit vor dem Thron haltmachen würde. Auch aus andren Gründen würde er gewiß nicht Laureat werden, solange Sie lebte.

In jener Nacht lag ich erschöpft und erschreckt in der Geborgenheit meines Bettes. Ich hätte daheim bleiben sollen. King's Place ist mein Hof. Außerhalb seiner Mauern, so schien es, galten meine Gedichte und Stücke jetzt als flügellahm und wurden zum Sterben in die schlammigen Untiefen der Themse geworfen.

In meinem Traum glitt eine Barke über den Fluß. Der gute Spenser grüßte königlich herüber. Eine kleinere Barke folgte ihr, darauf der junge Donne, ganz Zuversicht, der rechtmäßige Erbe zu sein. Ich fühlte, daß ich nie ein anderes Lied würde singen, noch die neuen dichterischen Waffen ergreifen und mit ihnen würde parieren und zustoßen können, wie ich's einst vermochte. Es wäre besser gewesen, hätte ich sie zu führen gewußt, denn was ich geschrieben habe, zeigt mein Gesicht ebenso deutlich wie diese Niederschrift. Noch immer tauch' ich meine Feder ein.

Am Morgen schrieb ich, ohne innezuhalten und ohne etwas zu verbessern, was bei mir sehr selten geschieht, zwei Sonette. Ich mag sie nicht sonderlich, ihrer Selbsterniedrigung wegen, wenn ich auch nicht bestreite, daß sie kunstvoll sind. Das einfachere und bessere der zwei Sonette ist in Erinnerung geblieben:

Warum ist mein Gesang so arm und stumm
An jungem Prunk, an flinken Neuigkeiten?
Was seh ich mich nicht mit den Zeiten um
Nach neuerfundnen fremden Ohrenweiden?
Was schreib ich immerfort dieselben Züge,
In dem gewohnten Kleid das alte Lied,
Daß jedes Wort fast meinen Namen trüge,
Und jeder leicht, woher es käm, erriet?

Das andere Gedicht, von geringerem Wert, malt meinen eignen Tod aus und schlägt plötzlich das Thema von der Königin und Geliebten an, sogar vom künftigen Streit mit Donne, mit einem Anklang an die leichtgewichtigen und hochtrabenden Verse Sir Henry Lees für die dunkle Anne, die nichts anderes sind als aufgelöster Zucker und Eiweiß, die er mit Fleiß zwei Tage lang in seinem Butterfaß geschlagen hat. Solche Dinge sollte ich nicht erklären. Das Gedicht stinkt nach Mitleid und hat nicht mehr Gefühl als ein kaltes Wortgeschmeide, doch mag auch dieses Machwerk stehenbleiben und gegen mich seine Worte schleudern. Der neidische Ben Jonson hat schon angefangen, mich zu verhöhnen und zu verletzen. Welch ein Wechselbalg! Es wird nicht viele Federn geben, die mich übertreffen. Mir gefällt zumindest des Gedichtes wunderbar derber englischer Schluß, der das Ohr beleidigt:

Doch da er starb und Dichter höher gehn,
Will ich an ihnen Kunst, an ihm nur Liebe sehn.

Wahre Liebe hat in meinem Leben nicht ein einziges Mal einen richtigen Endreim zustande gebracht.

Ich ging mehrere Male zum Hof der Königin, wenn es sich nicht vermeiden ließ, doch immer als ein Besucher von außerhalb, der nicht bleiben konnte. Sie behandelte mich freundlich, wie einen Minister, den man entlassen hat, ihm aber Ruhegeld zahlt. Das war keine Rache, sondern einfach mein Lohn. Nun blieb ich für immer zuallererst meinem eignen Heim treu und meinem Lied. An diesem privaten Hof in Hackney gibt es nur einen Feind, und der bin ich selbst, in der Erinnerung an meine eigene Vergangenheit.

51

Bist du dir selber treu gewesen?

Die Frage ist abgeschmackt, das weißt du.

Ich weiß. Gib Antwort.

Meistens, aber diese Treue ist mit den sonderbarsten Ereignissen verwoben und verknüpft, so wie mein Leben selbst es war. Eine treue Seele, wenn am meisten angeschuldigt, hält am wenigsten stand . . .

Mit Verlaub! Wir wollen diese Prüfung ohne nichtssagende literarische Anklänge durchführen. Es wird uns noch genug Verwirrung bereiten, woll'n wir zu einem Urteil kommen, ohne schlichte Tatsachen mit schönen Reden auszuschmükken. Ich glaube, daß du dich zu oft dem Zaudern überlassen hast.

Ich denke, du hast nicht begriffen, daß mein Zaudern der einzige Wind gewesen ist, uns durch Scylla und Charybdis zu tragen.

Was stell'n die Felsen dar?

Trauer und Torheit. Du weißt es.

Durch der Nacht tiefste Dunkelheit schritt ein Dichter . . .

Jetzt bist du's, die Dichterworten erliegt.

O, du protestierst zu recht. Ich hätte besser sagen sollen, zwischen Trauer und dem Staat.

Was überwog?

Ein Staat hat seine eigene Trauer. Und eine Person mag groß sein an Macht und Botschafter des Geistes in ferne Kolonien entsenden, und ist doch bloß ein Samenkorn, das von des Staates steinerner Mühle in taubem Wüten zermahlen wird.

Und doch für immer bis in alle Ewigkeit in den Herzen der Nachkommen weiterleben wird.

Darüber wenigstens brauchen wir nicht zu streiten. Der Staat ist früher oder später ein schwächliches Gebilde, und solche Verheißung der Ewigkeit, die er in sich trägt, drückt sich nur heimlich aus durch Lippen und Augen, denen man kaum Beachtung schenkt. Doch die einzige Hoffnung liegt in der Zeile, wenn sie denn überdauert: was von den Lippen kommt, wird nie man richtig wiedergeben.

Aber wird die Ewigkeit nicht stets bevölkert sein, genau wie jetzt?

Über diesen Punkt, bitte, laß dich nicht weiter aus. Das ist ein Ungeheuer, das in den Maschen des Verstandes sich nicht fangen läßt. Denke über diese Möglichkeit nicht zu sehr nach, sonst bleibt dir nichts als eine düstere Hölle. Sollt' es ungeborne Burghleys geben, werd' ich sie wenigstens nicht kennenlernen.

Das ist kein Gegenstand, auf den zu viele Gedanken zu verschwenden nützlich wäre, wenn ringsum in dieser Zeit und in diesem Land alles höhere Trachten wie faulende Frucht am Boden liegt und Träume ausgeträumt sind.

Einige wurden verwirklicht.

Es sind ihrer nicht genug. Ein paar Gedichte, ein Stück, nein, zwei, drei, wenn wir nachsichtig gestimmt sind. Alles übrige ist Unterhaltung und Schaugepränge. Sei dankbar für die wenigen Stunden Schlaf, die jede Nacht kamen, sonst wäre die wilde und schweifende Flut der Worte mit ihren heiteren und niederziehenden Strudeln noch viel größer gewesen.

Da liegt der Fehler nicht. Der Fehler besteht darin, daß man's nie wagte, gegen unsere eigne wetterwendische Ordnung zu schreiben und statt dessen eine harmlose und endlose Saga von aller jener Monarchen Getue geschrieben wurde.

Endlos, vielleicht, doch nicht so harmlos. Welch sonderbare Sicht der Lage und welch unehrliche Denkart wären offenbar geworden, hätte es der Großkämmerer als seine Aufgabe angesehen, die fünfhundertjährige Treue seiner Ahnen zu verhöhnen. Das wäre eine Verderbtheit gewesen, eine Schande, die all die Laster unsrer ehrlosen Zeiten übertroffen hätte.

Nichts als Ausreden.

Was? War ich ein Hund, üblem Gestanke nachzuschnüffeln? Mich dünkt, ich hab's an Winken nicht fehlen lassen.

Die Hochgeborenen und das gemeine Volk stehn gleichermaßen als das Laster da, in einem trefflich zugeschnittnen Kleid, das ihnen den Schein von Tugend gibt. Ihre Gewänder stinken, und sie sind trunken von dem Geruch. Um mehr zu sagen, war nur ein kurzes Gedicht vonnöten, das mich, hörte man seine Botschaft, ganz von selbst als Narren, der die Wahrheit spricht, aus den Mauern der Stadt verbannt oder als gemeinen Verräter hinter die Mauern des Tower gebracht hätte. Immerito stand kurz davor, als er sein Gedicht gegen Burghley schrieb. Welch verschrobenes Kleid ich auch immer trug, ich bin nicht so weit gegangen.

Du übertreibst.

Immer.

Du bist zu weich und dann wieder zu hart, wodurch du dich selbst verletzt und alle, die dich lieben.

Zorn und Bedenken sind in meinem Innren immer vermischt. So wie es in meiner Seele die liebliche und die mißtönende Musik gibt, so muß meine Feder den gemeinen Rhythmus und die zarte Musik des Silbenmaßes vereinen. Ich kann's nicht erklären. Es ist meine Stimme. Ich bin . . .

. . . was ich bin. Es war vereinbart, daß diese innere Untersuchung besser ohne Selbstzitate durchzuführen sei.

Ich bin ein Dichter. Ich habe wieder einmal meinen Sinn geändert. Warum soll diese leichtfertige Welt meine verborgene Geschichte kennenlernen. Ich hab' den Wunsch nicht mehr. Wenn Jane kommt, werde ich das Feuer anzünden lassen, und das wird der Schlußpunkt sein.

Es ist ein ungewöhnlich warmer Juni. Sie wird dich für verrückt halten und kalten Balsam auf deine Stirne träufeln. Dieser rasende Eifer, zu schreiben, währt nun schon länger als einen Monat. Du brauchst das Kaminfeuer nicht, um dieses Feuer auszutreiben. Es wird von selber verlöschen.

Und noch dazu ist dein Feuer, genügend weit entfernt, vielleicht doch ein Stern für einen anderen.

Darauf kommt's nicht an. Nah oder fern, ich zweifle, ob der Widerschein genügend heiß sein wird, das Schlechte in Schwefeldämpfen zu verbrennen und nur das Gute im Tiegel zurückzulassen.

Die Verwandlung könnte sich auch anders vollziehen.

Dieses Übermaß an Unterbrechungen wird uns nirgendwohin bringen. Es warten Zeugen.

Von welcher Art sind diese Zeugen?

Zeugen, die nicht gebilligt sind. Es hat keinen Zweck, die anderen zu befragen. Du hast dir ihr Lob und ihre gute Meinung erkauft mit Löhnen, Stücken und Büchern, mit deinen vielen Gütern. Außerdem, Schauspieler und Schreiber sind niemals unparteiische Zeugen. Sieh! Die wolkigen Massen über den fernen Eichen wälzen sich wieder auf dein Fenster zu. Sie müssen gehört werden. Sie werden nicht weichen.

Ich muß nicht zuhören.

Du mußt sehr wohl, teuerster Freund. Du weißt zu gut, daß es in diesem Theater keinen Vorhang gibt und die Vorstellung weitergehen wird, auch wenn du die Läden schließt. Bleib bitte sitzen. Der letzte Akt endet wie immer bei Sonnenaufgang.

Da schritt eine Frau aus der Wolkenbank durch das Fenster auf mich zu und stand sinnend in der Mitte des Gemachs. Sie trug einen groben, einfachen Kittel der alten Art, feucht und mit Kot befleckt. Zuerst konnte ich sie nicht erkennen oder gar ihr Alter schätzen, das sich von einem Augenblick zum anderen zu ändern schien, bis sie ein feuchtes Taschentuch an ihren Mund führte und ich das schwere Parfüm riechen konnte, mit dem sie ihren üblen Geruch zu überdecken suchte. Ich bedeutete der Lady, auf meinem Stuhl und dann auf meinem Bett Platz zu nehmen, doch sie schüttelte den Kopf.

Du bist meine Königin, nicht wahr? Oder Ihr Geist?

Sei nicht albern, Edward. Ich bin weder deine Königin noch Ihr Geist. Du bist ein Stückeschreiber und neigst im Übermaß dazu, Geister auf die Bühne zu bringen. Ich sagte dir mehr als einmal, daß ich dieses Geckentum nicht mag oder billige. Ich bin weder ein wirklicher noch ein unwirklicher Geist, sondern bloß eine jener freundlichen, umgänglichen Erscheinungen, mit denen du die fruchtbaren Stunden deines Schlafs bevölkerst. Ich bin schlecht gekleidet und schlecht gelaunt. Höre, was ich zu sagen habe, ist ohnehin nur das, was du schon weißt, weshalb ich dich nicht im voraus warnen muß, daß es dir nicht gefallen wird, so daß ich auf deine fiebrige Phantasie keine Rücksicht nehmen muß.

Die Rüge galt der Art, wie ich unsere Freundschaft in Geld verwandelt, ja sogar versucht hatte, meine tausend Pfund im Jahr in einen einmalig gezahlten Betrag von fünftausend Pfund umzutauschen.

Reden wir nicht vom Theater. Kannst du dir vorstellen, um wie vieles rascher du einen Zustand erreicht hättest, schlimmer als der jetzige, hätte ich dir nicht Beschränkungen auferlegt? Nur dies und deines Weibes gute Fürsorge haben dich davor bewahrt, wie ein trunkener Bauer in einem Wirtshaus umherzuschwanken. Du wolltest, daß ich dir Unabhängigkeit gewähre. Glaubtest du, daß du aus reiner Hochachtung tausend Pfund im Jahr bekamst? Du wolltest, daß ich dich zum Gouverneur von Wales, zum Statthalter von Harwick, Herrscher von Jersey mache. Glaubst du, es hätte in meiner Macht gelegen, solche Ämter zu verleihn? Kannst du dir das Verderben ausmalen, in das dein nachlässiges Regiment diese kleine Insel geführt hätte?

Hast du einen Begriff davon, was eine Million Pfund bedeuten? Fünfmal so viel hat's mich gekostet, mein Königreich zu verwalten und Kriege zu bezahlen, denen das Parlament Beifall zollte, obgleich es sie nicht mit Geld unterstützt hatte. Meine Einnahmen betrugen dagegen bloß drei und eine halbe Million. Der fehlende Betrag, mein Lord Großkämmerer, ward aufgebracht durch heimliche Gebühren für Gouverneursämter und Monopole. Als Ralegh für England aufs Meer fuhr, wurde seine Reise heimlich durch das Monopol auf Wein finanziert, das ich ihm übertrug. Wie konntest du, mit tausend Pfund im Jahr, vermehrt um zahlreiche andre Zeichen meiner Gunst, auf den Gedanken verfallen, daß du von jeder Frucht, die man im Königreiche aß, ein Stück verdientest? Du warst ein wahrsagender Dichter, der seinen Platz in der Ordnung der Dinge hatte, doch noch mehr warst du ein nimmersatter Freund meiner Börse. Wäh-

rend meiner ganzen Herrschaft war ich von kleinen, erbärmlichen Männern umgeben. Damals verletzte es mich, zu sehen, daß auch du zuweilen zu klein wurdest.

War's dein Ziel, einen Titel wieder auszuschmücken, der einmal von Reichtum kündete, oder wolltest du dich mehr an Gütern als an Worten bereichern?

Als Burghley im Sterben lag, ging ich an sein Bett, saß dort vier Nächte lang und flößte ihm mit einem Löffel Hafergrütze ein. Ich weiß, du konntest ihn nicht leiden, aber er machte das England sicher, in dem wir unseren Torheiten und Tollheiten frönen konnten. Du warst zu beschäftigt, um an meinem Begräbnis teilzunehmen, obwohl das eine Pflicht deines Amtes war. Ich danke dir vielmals. Ich gebe zu, wir haben uns oft gestritten, doch in meinem Herzen war ich dein Freund. Du warst der meine nicht genug. Ich, einfältige Königin, endete ohne Trost, wenn ich auch nicht entthront wurde. Ich erhoffte mehr von dir, weil du deines Vaters Sohn bist. Ich glaubte, du hättest genügend Kraft der Einfühlung, um ein wenig Erbarmen mit den Königen und Achtung vor den kreisenden Schatten zu haben, in denen sie Schlaf suchen müssen. So sag' ich dir denn hier Lebwohl, für den Fall, daß wir dort keine Gelegenheit zu sprechen haben.

Ich rang nach Atem, um zu erwidern, doch es waren keine Worte in meiner Kehle, um den geharnischten Anklagen der geisterhaften Königin zu antworten. Das ist immer so, wenn ich träume. Ich bewege mich ungehindert in fremden Sphären und unterliege nur einem einzigen grausamen Zwang: ich kann nicht sprechen. Darum hab ich selten Vergnügen an meinen Träumen, und ich träume sehr viel. Es war merkwürdig, daß mein Wille den Toten erlaubte, mich so heftig zu tadeln, und derweil meinen Degen, meine Feder, meine Zunge im Zaume hielt. Doch ich sollte nicht darüber jammern, daß ich zu viel träume, denn meine klügsten Zweifel kommen mir immer im Schlaf.

Das Trugbild veränderte sich ein wenig und wurde meine erste Frau, Anne, in deren Bild sich Schmerz und Gram so einträchtig vereint zeigten, als lebte sie. Ich trat zurück, und sie folgte jedem meiner Schritte, nicht mehr und nicht weniger, doch sie wich im selben Maße vor mir zurück, wie ich auf sie zuging.

Wer machte den ersten Fehler, Hap? Ich vermutlich, denn, obgleich ich's dir noch nie erzählt habe, ich ging zu meinem Vater und erbat dich von ihm wie ein Spielzeug, und als er sagte, ich könne dich haben, war es um dich geschehen, bevor du selbst es wußtest. Ich war die vernarrteste Narzisse, die es wagte, der ersten Schwalbe zuvorzukommen. Aber du sagtest einmal zwischen den Hecken, du liebtest mich. Du hättest, bevor du das tatest, »Nein« sagen oder deinen Entschluß später fassen können, als ich weinte, um dich zurückzubekommen. Was tat ich? Nichts von dem, was du mir auferlegtest. Ich glaube, daß auch du das inzwischen weißt. Ich habe Schuld auf mich geladen, weil ich ein steter Helfershelfer meines Vaters war, aber kannst du behaupten, daß du seinen Machenschaften entschlossen widerstanden hast? Ich sehe, daß du es inzwischen sogar über dich bringst, meinem Bruder kriecherische Briefe zu schreiben, um derselben Vorteile willen, wie du sie von unserem Vater wolltest. Schäme dich, Hap. Selbst wenn ich's damals nicht wußte, meine Seele war in Hatfield House ebenso gefesselt und geknebelt wie die deine. Was hätt' es dich gekostet, mir tatkräftiger zu helfen? Warum hast du mich nicht nach Italien entführt, wie du es einmal versprachst?

Oft hab' ich gefroren und brauchte dich, und du warst nicht da. Oft, wenn ich mich in den Wehen wand, wollte ich, daß deine Hand mich halte, und du warst nicht da. Mein Fleisch, mein Blut hast du oft zurückgewiesen und ihrer dann genossen, um mir größeres Leid und endlich frühen Tod zu bescheren. Als ich krank war und tief betrübt, hast du mich nicht besucht. Du nanntest mich eine Hure, und jeder Fuhrmann zerriß sich über mich am Biertisch das Maul. Fremder, ungestümer Mann, den ich einst liebte, als ich jung war, bitte um Gnade, bevor du gehst, für das, was du getan und nicht getan.

Ich bin nichts, weil ich keine Liebe erfuhr. Ich habe lange gelitten, ich wollte dir nichts Böses. Ich hoffte, ich trug meine Last, ich wartete darauf, daß wir eines Tages trotz allem in

Treue uns zusammenfinden würden, doch dieser Tag kam nie. Mein einziger Trost war ein namenloser Sohn.

War ich's, die du gehaßt hast, oder war's die natürliche Leibesöffnung, die dich in diese Welt brachte? Du hattest eine Geliebte, die dich um deinen Verstand brachte, und dann eine zweite Gattin, die du mit einer Zärtlichkeit geliebt hast, wie ich sie nie gesehen habe, und doch hast du auch sie schlecht behandelt. Nein, es muß also mein eigner Fehler gewesen sein. Ich, ich trage die Schuld. Weil ich dich zu sehr geliebt habe. Ich bitte dich demütig um Verzeihung.

Wenn du dein Leben nicht mit mir teilen wolltest, warum hast du mir nicht geholfen, aus meiner ersten jugendlichen Leidenschaft in ein Kloster zu fliehen, so wie deine Isabella? Ich sah die Welt mit den Augen eines Kindes, und ich kann dir schwerlich vorwerfen, schuld daran zu sein. Jetzt, nach dem Tode, sind meine Augen wenigstens geheilt, und ich kann die Blindheit ablegen. Was war ich, wer war ich für dich, Hap? Mir scheint, daß ich kein Geschöpf aus Fleisch und Blut war, dir bloß eine Geste jugendlichen Hochmuts wert, und später nicht mehr als der Anlaß für Schuldgefühl und Zorn, je nachdem, ja, und ein warmes, feuchtes Loch, das zu einem Grab wurde. In meinem Herzen kann ich dich nicht einmal für die Worte tadeln, die du sagtest, nachdem du mir die Beine gespreizt und die Unschuld geraubt hattest: »Nun hab' ich dich gerammelt und dich gelehrt, das Tier mit zwei Rücken zu machen.« Hatten doch mein Vater und ich dich in die Falle gelockt, und darum verdiente ich diese Worte, so schrecklich sie auch waren. Der bloße Gedanke an dich läßt mich vor Scham noch jenseits des Grabes erglühn, und doch gedenk' ich dein mit Zärtlichkeit, wenn ich um Vergebung für die Vergangenheit und meine verkrüppelte Seele bitte.

Diese Erscheinung legte sich mir nicht leichter auf die Seele, doch sie war grausamer. Es gibt Wahrheiten, die bescheidenen Geistern zugänglich sind, und die sind harmlos, und es gibt andere, die reißen und zerren und erfüllen das Hirn mit unerträglichem Lärm, und diese ungerufenen Wahrheiten sind der Stoff, aus dem meine Träume sind, meine Träume, die überquellen von Blut und Kot und leisen Worten, die schlimmer sind. Ich schrie mit aller Kraft, die ich besaß, konnte jedoch nicht mehr als einen dürftigen, knarrenden Vokal herausbringen. Ich streckte die Arme aus. Die Wolke verzog sich. Ich wußte, daß diese Schaustellung meiner schlimmsten, mich selber anklagenden Ängste nicht wirklicher war als meine überreiche Einbildungskraft, doch es war wirklich genug, und ich wußte auch, daß die Reihe anklägerischer Puppen, die wie die Figürchen der Uhr am Straßburger Münster an meiner Seele vorbeizogen, noch nicht zu Ende war.

Ich muß im Traum in eine Ohnmacht gefallen sein, denn als ich erwachte, fiel ich wie ein Geist durch die Zimmerdecke auf mein Bett, wo mich, ich hatt' es fast erwartet, der alte Pondus ungeduldig erwartete. Merkwürdig war nur, daß ich Wolke war und er Fleisch.

Erkenne nun, wo du stehst, verlorener Stiefsohn. Habe ich nicht deinen Leib und deinen Geist für ein großes Leben ausgestattet? Gab ich dir nicht die Hand meiner Lieblingstochter? Was habe ich dir je verweigert, das zu deinem Vorteil war?

Unsere Familie bezieht in einem Jahr viertausend Pfund allein aus Landbesitz. Unter diesem großen Baldachin von Überfluß hättest du in Frieden und Ehren leben und, je nach Begehr, Wundarzt für die Künste, den Staat oder den eignen Besitz sein können, oder noch besser, bei allen deinen offenkundigen Fähigkeiten für alle drei zugleich. Doch obwohl dir jedes ritterliche Herz am Hof dein Glück neidete, wolltest du diese Dinge nicht haben. O nein, du warst für höhere und niedere Dinge auserwählt. Du raubtest lieber der sicheren Welt das Dach und zogst es vor, mit deinen ruchlosen Manuskripten und Freunden wortreiche Nächte zu vertun.

Möchtest du das Schlimmste von dir wissen, Lord Oxford? Es ist einfach dies, daß man von einem Augenblick zum nächsten niemals vorhersagen kann, was du sagen oder tun wirst. Ich zweifle nicht, daß für dich selbst deine Natur schwer zu ertragen ist, doch wisse, daß es ein reiner Greuel war, im Leben neben dir zu stehen, was ich fast bis zum Ende tat.

Du bliebst fröhlich ungerührt, während mir meine Tochter, meine Frau und meine Schwiegermutter wegen deiner Untaten wie Dohlen nach der Paarungszeit übers Haupt kamen und es zerhackten.

Bei dieser unverschämten Rede verflog mein Schuldgefühl, und ich war jetzt voller Zorn. Das waren abscheuliche Lügen, zur Gänze fabriziert aus Halbwahrheiten. Ich machte eine drohende Geste gegen Corambus, der mich anblickte und in seiner üblichen, sonderbar ausdruckslosen Sprechweise sagte: *Nein, spiel dich nur auf, wenn du mußt.* Und dann verschwand er wie die anderen und ließ mich, zu einem Klumpen geballt, auf dem Boden zurück.

Ich träumte einen Traum, in den eine Erinnerung aus meiner Jugend verwoben war. Nicht lange nach meines Vaters Tod streifte ich im Wald nahe Saffron Walden umher und wurde durch eine abgetrennte menschliche Hand erschreckt, die am untersten Ast einer großen Eiche befestigt war, die neben dem breitesten Pfad stand, der aus der Stadt führte. Die Person, zu der die Hand vor gar nicht langer Zeit gehört hatte, konnte ich mir leicht vorstellen. Ich glaubte sogar, mich undeutlich an einen Burschen auf dem Marktplatz erinnern zu können, ein wenig älter als ich, mit einem drohenden Gesicht und einem blutigen Verband ums rechte Handgelenk. Mit dieser Strafe wurde Schmuggel belegt, und sie war insbesondere jenen vorbehalten, welche die Monopole brachen, indem sie im Schutze der Nacht auf wenig benutzten Pfaden Waren in die Städte und Weiler brachten. Natürlich sollte die Strafe Schmuggler abschrecken, doch sie zeugte von Dummheit, weil sie die Opfer für jede andere Arbeit untauglich machte und in den meisten Fällen auf diese Weise eine zeitweilige Beschäftigung in einen Beruf, die Räuberei, verwandelt wurde. Diese besondere Hand, an der sogar noch ein Stück des Ärmels hing, wurde von hinten vom Mond beschienen, und ein kahler, kleiner Zweig senkte sich hinter ihr herab, so daß es den Anschein hatte, als umklammere die Hand eine Feder. Und jetzt träumte ich von der gleichen Eiche, doch dieses Mal hing von jedem Zweig jedes Astes eine Hand mit einer Feder herab. Ich erschrak und wollte fortlaufen, aber jeder Sprung, mit dem ich zu fliehn trachtete, brachte mich dem blutigen Baum näher. Als ich an den Rand seines Geästes kam, ließen alle Hände ihre Federn fallen, und sie schwebten sanft zu Boden. Alle miteinander deuteten sie auf mich, und ich erwachte.

Ich blickte auf, und in diesem Augenblick begann eine körperlose Stimme in fließender, geschäftsmäßiger, ruhiger Weise zu sprechen.

Dieser Kontrakt wird geschlossen im siebzehnten Jahr der Herrschaft unserer Herrscherin Lady Elizabeth, durch Gottes Gnade Königin von England, Frankreich, Irland, Verteidigerin des Glaubens, etc. zwischen dem ehrenwerten Edward de Vere, Earl of Oxford, Großkämmerer von England, Viscount Bulbeck und Lord of Badlesmere und Scales, auf der einen Seite, und dem Höchst Ehrenwerten Thomas, Earl of Sussex, Viscount Fitzwater, Lord of Egremont und Burnell, Ritter des höchst edlen Hosenbandordens, Hauptmann der Palastwache und Leibwache, Oberrichter und Richter in allen Angelegenheiten, welche Ihrer Majestät Forste, Parks und Jagden diesseits des Trent betreffen, und Oberhofmeister, dem Ehrenwerten Robert, Earl of Leicester, Baron von Derby, Ritter des höchst edlen Hosenbandordens, Stallmeister Ihrer Majestät, und Ihrer Hoheit Höchst Ehrenwertem Ersten Staatsrat Thomas Cecil, Esquire, Sohn und Erbe des Ehrenwerten Sir William Cecil, Ritter, Lord Burghley, und dem Schatzkanzler von England, Sir William Cordell, Ritter, Oberkanzleirat, und Thomas Bromley, Esquire, Kronanwalt Ihrer Königlichen Majestät, auf der anderen Seite ...

Die Verlesung setzte sich fort im einlullenden Versmaß Homers, in dem die Sätze, ihres Sinns entkleidet, zu einem Lied werden.

Ich bin gekommen, zu erfahren, ob du mir Nachricht von meinem Vater geben kannst. Meine Besitztümer sind aufgezehrt, meine üppigen Länderein verwüstet, meine Häuser sind voll von böswilligen Männern mit ungesittetem Gebaren, die meine fetten Herden schlachten, und diese nämlichen

Männer sind's, die, hochmütig ohnegleichen, meine Mutter umwerben. Ich bin gekommen, vor dir auf die Knie zu fallen, in der Hoffnung, daß du mir vom jammervollen Tode meines Vaters erzählen kannst. Ich flehe dich an, guter Odysseus, bedenke alles und sage mir die Wahrheit.

Die Boote schwanken im Hafen, sie hissen die Fahnen feierlichen Glanzes, bevor sie, jedes auf seine Weise, sinken oder verbrennen oder landen.

Die Länderein und Lehen, zum alleinigen Nießbrauch des besagten Earls und seiner Erben, als da sind Herrenhäuser, Herrlichkeiten, Gehöfte, Pachtgüter, Erbgüter und deren Vorwerke, werden mit verschiedenen Namen bezeichnet, als da sind Grey in Hedingham, Sibley, Peppers, Prayers, sonst genannt Bowerhall, Over Yeldham, sonst genannt Yeldham Parva, Mauldon, Flouderswike, Bunches, Flexland Stansted, Mount Fitchet und der dortige Park, Bentfield, Bury, Bury-Log-in-Stansted, Netherhall in Gestingthorp, Browns Pachtgut in Topsfield, Parkes Pachtgut in Gestingthorp, Chelmissey Wood, Nether Yeldham, sonst genannt Much Yeldham, Barwick und Scotness, Shrewes in Gaines Colne, Tilbery, Iuxta Clare, Perers Estonhall, Fingrith und Bumpstead Counts in der Grafschaft Essex, das Herrenhaus von Esberchold in der Grafschaft Suffolk, das Herrenhaus von Aston Sampford in der Grafschaft Buckingham, das Herrenhaus von Eston Mawdit in der Grafschaft Northampton, die Herrenhäuser von Hornwood, Barkway, Newsale in der Grafschaft Hertford, die Herrenhäuser von Swappham, Bulbeck und Abongdon Magna in der Grafschaft Cambridge und das Herrenhaus von Fleet in der Grafschaft Kent.

Alle diese Länderein sind von meinem Vater, John, auf mich gekommen und sollten vor den Klauen meines Weibes Anne, der Wohlversorgten, in Sicherheit gebracht und meinen de Vere'schen Vettern und deren Erben zufallen. Und obwohl dieser letzte Wille am Ende nicht vollstreckt wurde, stell' ich mit einem Lächeln fest, daß sie trotzdem von unserem alten Stammbaum, dem ältesten in England, eben jenen ehrenwerten Vormunden in den Schoß gefallen sind, die über mich eingesetzt wurden, den Burghleys und

Leicesters und ihren Laufburschen, was der Grund dafür ist, daß ich's mir ersparte, ein neues Testament zu machen. Das Wasser im Hafen ist dunkelgrün von Schlamm und Fäule. Was sie nicht stahlen, hab' angeekelt ich verschleudert.

Mill's Farm in Earl's Colne, Chalkney Crofts und Bowersfield nördlich an der Hauptstraße von Colne nach Great Tey, Sitz der ehemaligen Priorei der Heiligen Maria der Jungfrau und Johannes des Täufers in Earl's Colne, Ingesthorpe, sonst genannt Insteps in White Colne, Colne Engaine, Wakes Colne, Pebmarsh, Lamarsh, Stansted in Halstead, das Herrenhaus von Bretts in West Ham, Burwells in East Ham, West Wickham in der Grafschaft Cambridge, wiederum in Essex, Sible Hedingham, Great Maplestead, Bilton Hall in East Warwickshire . . . Du hast *Bentley* und *Great Bentley in Essex* vergessen. Als ich sehr klein war, war's meine Pflicht und mein Spiel, alle Besitzungen der de Vere rasch und mit angehaltenem Atem vor meinem Vater aufzusagen. Es war notwendig für einen zukünftigen Earl und für einen Knaben, um die Muskeln des Gedächtnisses zu stärken. Früher konnte ich mir eine ganze Seite in ein paar Minuten einprägen, heute tun sich immer wieder Lücken und Löcher auf, wo Worte sein sollten. *Shipton-under-Wychwood in Cotswold, Langham Park, sonst genannt Lavenham Cockfield in der Grafschaft Suffolk, das Herrenhaus von Elmsthorp in der Grafschaft Leicester und Earlshelton, ebenfalls in Leicester, und, wiederum in der Grafschaft Essex, die Priorei von Colne, Playstowe, Hawstead, Colne Comitis, Belchamp Walter, sonst genannt Beauchamp, Court Harwick, Cool Alba, Messing, Waterdower, Havering-in-the-Bowerie, Schloß Hedingham.* Hilf mir, Vater!

Die Namen hatten mich besänftigt und mich in den Schlaf gewiegt. Mochten die Länderein auch verloren sein, die Namen blieben und konnten anstelle von Gebeten erhört werden. Diese Lande werden für immer in England bleiben, wenn auch meine Erben und Stammväter es nicht mehr nötig haben werden, die Litanei zu lernen. Bei den Worten »Schloß Hedingham« erwachte ich mit einem Aufschrei, ein zusammengekrümmter Leib auf dem Boden des Schlafgemachs. Kalter Schweiß rann über mein brühheißes Gesicht. Dann sah ich auf und hörte meines Vaters Geist mit ernster Stimme sprechen. Das Traumbild am Fenster, vom ersten Licht durchflossen, hatte kein Antlitz, doch die honigweiche Kraft seiner Stimme schloß jeden Irrtum aus, obwohl ihr Tonfall tiefer war, als ich ihn in meiner Erinnung je wahrgenommen hatte.

Hap, ich komme, dich an jenen Ort zu führen, den selbst zu finden du zu dumm gewesen bist. Du warst ein Knabe, gewiß, schon damals zu bewandert in antiken Tragödien, um nach dem Grund für deines Vaters Tod nicht eifriger zu fragen. Ich habe keine Vollmacht, dir Dinge zu sagen, die du selber nicht weißt, doch bedenke die plötzliche Art meines Todes und die Abreise deiner Mutter, fasse die weitläufigen Gärten von Kenilworth ins Auge, wo alle seltenen Pflanzen, auch giftige, wachsen und dann erwäge, an wen unsere Länderein gefallen sind. Ein gewisser lächelnder Freund, ein gewisser überfrommer Feind, stets in Positur, mit jedermann um Macht zu ringen, doch vollkommen gerüstet für eine Zeit, reiche Waisen zu fabrizieren und sie für nützliche Zwecke umzumodeln. Es gab für dich kein Mittel, die Natur der ekelhaften Wunden zu ergründen, die meinen Leib bedeckten, als ich starb, doch ich wundere mich, daß du die unziemliche Eile, mit der sie ans Fenster stoben, nicht recht gedeutet hast.

Unkraut vermag höchst liebliche und höchst tödliche Blüten zu treiben. In Leicesters prachtvollen Gärten in Kensington gibt es eine besondere Nische, die wenige gesehen haben. John erzählte mir davon. Die verführerische Atropa belladonna, *der todbringende Nachtschatten, wächst dort, mit ausnehmend großen und leuchtenden, purpurnen Beeren, eher Kirschen ähnlich. Sie spenden einen heiteren Tod mit einem fröhlichen Fieberwahn. Es wachsen dort viele wunderschöne blaue Arten von* Aconitum napellus: *die gemeinen Nachtviolen, Eisenhut, Sturmhut und ihre französischen Vettern: die verschiedenen Casque de Jupiter, Capuchon-de-moine und Char de Vénus. Wenn man diese, zusammen mit dem Saft von Eiben, zerstößt, gewinnt man das allerteuflischste Gift, das tödliche Hebenon, so stark, daß der winzige angewärmte Teil eines einzigen Tropfens, den man einem schlafenden Menschen ins Ohr träufelt, tödlich wirkt, und zwar auf die langsamste Weise, mit großer Beklommenheit des Herzens und Gliederlähmung, wobei der Verstand bis zum allerletzten Lebenshauch unberührt bleibt. Dieses seltene Erzeugnis von Kensington Gardens wurde nie auf dem Markt verkauft, sondern heimlich abgegeben.*

Du hattest die Gelegenheit, alles das zu erraten. Es ist ein Jammer, daß du so lange damit gewartet hast, ehe du mich riefst, denn jetzt ist es ziemlich spät, wo doch alle Schurken, die bei meiner höchst abscheulichen Ermordung ihre Hände im Spiel hatten, sicher in ihren Gräbern liegen. Wie willst du mir jetzt zu der Rache verhelfen, die ich ersehne?

Leicester war's, sagte ich zu mir selber, es war Leicester. Er war die Schlange in unserem Schloß vor dem Tode meines Vaters, er war der junge Galan, um den meine Mutter auf widerliche und geheimnisvolle Weise so viel Aufhebens machte. Ein Theaterstück, ein Theaterstück ist das richtige Werkzeug, endlich im Namen meines Vaters Rache zu nehmen.

Amseln auf dem Rasen stoben vor irgendeiner frühen Gefahr zum Himmel. Einen Morgen, so drohend und zugleich so heiter, hatte ich nie erlebt. Jetzt waren keine betrügerischen Geister mehr vonnöten. Überlassen wir es der Kunst, den rechten Schluß zu ziehen.

52

Der Tod nimmt dir die Unschuld und die Ungeduld. Was ich mir ausgemalt als Tapferkeit oder Furcht oder schlimmstenfalls als einen Zweikampf mit dem Tod im Bett, ist vielmehr ein Sturm von Bruchstücken, Scherben, Fetzen und Abfällen eines Lebens. Für Endymion war's ewiger Schlaf. Davon sprach John Lyly in seinem Stück, das er zu Markte trug und es für eine Frist von nur vierzig Jahren vermietete. Ich lachte, doch jetzt erkenne ich, daß die Zeit mit Zinseszinsen Wucher treibt. Sollte der Tod ein Sturm von Bruchstücken sein, der niemals endet, wär' er die Hölle. Das Leben ist ein Chaos, das Tod und Berge, Felsen und Dichter, Edelleute und Bauern ausspeit. Dann verharrt alles in seiner natürlichen Ordnung, bis der Sturm aufs neue sich erhebt und alles wie Geflügel im Hof zersprengt. Ich brauch' das Schweigen des Himmels, der vor meinem Fenster hängt, kalt, hell, silbrig, gelassen. Diese Sterne werden einen zufälligen, raschen Kometen nicht beneiden und gemeiner Nachrede kein Gehör schenken. Zeit zu leben, Zeit zu sterben - ich bin bereit, ohne Zögern zu kommen, doch meine Freunde säumen noch. Mich verlangt mehr nach dem Tod als nach Ehre und Wahrheit, die man viel zu hoch eingeschätzt hat.

Schließlich ist mir der Tod nicht fremd. Viele Jahre lang hat er auf die äußere Hülle meines Lebens Jagd gemacht. Erinnerungen, ineinander verkrallt, stecken mir in der Kehle. Ich kann sie nicht ausspeien. Eine Ehe starb, bevor sie geboren wurde, und durch diesen Tod wurde mein Leben entstellt. Das Leben meiner Eltern war ein Tod zu Lebzeiten. Meine Töchter. Sie rufen mir meine Erheiterung in Venedig ins Gedächtnis, als man dort alle silbernen Deckel gleichzeitig lüftete, um die kunstvoll auf den Tellern angeordneten Schlangen zu präsentieren. Der Spaß dabei war, daß sie die Schlangen gedörrt und ihnen die Giftzähne ausgebrochen hatten, um sie zu betäuben, nicht aber um sie zu töten. Die Gastgeber belachten fröhlich unsere Verblüffung, als man die sich regenden Schlangen rasch wegschaffte, und zu unserer Erleichterung und Freude der garnierte riesige Fisch aufgetragen wurde. Ich wollte, meine Töchter hätten sich so wegschaffen lassen. Wenigstens eine ist recht erträglich, und der Gatte einer anderen einer meiner treuesten Freunde gewesen, so daß ein kleiner Gewinn übrigblieb. Es waren meine Söhne, die mir durch die Umstände entrissen wurden, und deshalb habe ich keinen Einfluß auf sie gehabt und nur eine geringe Zeit des Lebens mit ihnen verbracht. Wie konnte Henry den Vater lieben, über den er nichts anderes erfuhr, als daß man über ihn schweigen und dessen man sich schämen müsse? War nicht das ständige Beharren der dunklen Anne auf unserem Ende von Beginn an eine Verheißung des Todes? Sie zu lieben und den Tod war beinahe ein und dasselbe.

Heute kamen Beth und Henry gemeinsam, mich zu besuchen. Es war das erste Mal seit vierzehn Tagen, daß ich einen der beiden zu Gesicht bekam, und noch nie sind sie, seit ich bettlägerig bin, zusammen gekommen. Das hieß, daß man ihnen wieder einmal gesagt hatte, das Ende sei nah, wozu, angesichts aller meiner schwarzen Schwären und der Zunge, massig wie die einer Kuh, daß ich sie kaum im Munde bergen kann, kein Prophet erforderlich war. Sie hatten sich zu hell gekleidet. Ich war über ihren Besuch erschrocken, weil ich mich daran gewöhnt hatte, nur Jane bei mir zu sehen, des Kesselflickers Weib, deren Mann, mittlerweile ungeduldig, darauf wartet, mir den letzten Dienst zu erweisen. Sie plauderten leichthin darüber, daß Henry die Absicht habe, seiner erfolgreichen Wiederaufnahme von *Liebes Leid und Lust* für die neue Königin, die erklärt hatte, davon entzückt zu sein, eine weitere von *Die Lustigen Weiber von Windsor* folgen zu lassen. Sie wissen sehr wohl, daß diese Stücke für mich nicht mehr von Belang sind. Ich lebte in *Timon*, *Lear* und *Hamlet*, da wir aber einander liebten, logen wir alle weiter. Henry sagte, er hoffe, die Sonette drucken zu können, und dann verdüsterte sich seine Miene, weil ihm aufging, daß ich wußte, was das bedeutete: daß mein Tod eingetreten war. Beth plapperte von einer Reise nach Italien, wenn meine Krankheit vorüber sei, aber jeder Zug ihres Gesichtes strafte ihre Worte Lügen. Du warst eine erwachsene Frau, die es nie gelernt hatte, auch nur die kleinste Notlüge über die Lippen zu bringen, und das ist einer der Gründe, warum ich dich liebe. In jeder Pause unserer Unterhaltung formte sich die Luft zum Schrei: *Tod! Tod!*

Während sie sprach, bereute ich in meinem Innern alle Fehler, die ich vor unserer Zeit begangen hatte, doch ich konnte keine Worte dafür finden. Immerhin, ich hatte Anne länger gekannt, und das war kein Geheimnis gewesen, als Beth und ich uns begegneten. Die Macht, die Anne über mich hatte, war ein tödlicher Zauber wider alle Vernunft, aber ist nicht alle Liebe Tyrannei? Ich hatte drei solche Geliebte, zwei Frauen und einen Mann, und alle haben sie, wie es der Liebe eigen ist, Unrecht hervorgebracht, das schwerer wiegt als Haß. Das ist alles, was ich schreiben kann, mehr, als ich sagen könnte. Hätte ich es in vollem Maße ausgesprochen, wär's nicht die Wahrheit gewesen. Ich war auch deshalb für ihr Schweigen dankbar, weil ich mir das Recht bewahren will, ins Grab zu gehen, ohne zu wissen, wie es zwischen meiner wahren Liebe und meinem besten Freunde steht. Ich liebe sie beide so sehr, daß ich mir bis zum letzten Augenblick nur das Beste vorstellen will. Zumindest dieses Vermögen will ich behalten, während ich mich darauf vorbereite, meine letzte Liegenschaft abzutreten, mein Totenbett.

Sie erschreckten mich fast zu Tode, als sie sich beim Abschied im Einklang niederbeugten, um mich auf die Stirn zu küssen. Ich schrie und versuchte, sie wegzustoßen, doch ich war zu schwach, und es war zu spät. Nachdem sie gegangen waren, schluchzte ich. Es gibt menschliche Küsse, wie sie kein Dichter ersinnen kann! Nur noch ein Gebet zu Gott, bevor ich sterbe: Laß nicht zu, daß sie wie ich geplagt werden oder von mir die Pest bekommen.

Ich steckte mich an, Tage nachdem ich, in ein abgetragenes Gewand gekleidet, von Hackney aufbrach, um in Southwark mein Stück vom Parterre aus zu sehen. Ich hätte nicht gehen sollen, doch ich konnte nie widerstehen, wenn es um Frauen oder Künste ging. Bei einer gemeinen Grimasse Antonios lachte ein Tolpatsch wie ein Pferd und sprenkelte mein Gesicht mit seinem Bierspeichel. Das war's, ich bin gewiß. Es war kein erbaulicher Abend. Nicht ein Wort wurde richtig gesetzt, nicht ein Schauspieler war für seine Rolle präpariert oder geeignet. So wie einst die Köpfe der Verräter auf der London Bridge zur Schau gestellt und dann mit den übrigen Gliedmaßen auf die Reise in die Provinzen bis in jeden Weiler geschickt wurden, so werden auch meine Stücke durch das Land reisen. Ich setze mehr Hoffnungen auf die Gedichte. Als ich nach Hackney zurückkehrte, passierte ich den düsteren Moor-ditch, einst der Wallgraben des alten London, jetzt ein dorniger Verhau von Unkraut und Ratten, und, von den raubgierigen Geschöpfen halb zerbissen, kehrte ich heim.

Der Tod ist bloß ein vertrautes Thema. Ich bin der Dichter gewesen der jammervollen Geschichten von der Könige Tod. Ich werde jetzt keine Trauerhymne auf meinen eignen Tod anstimmen, den ich erst erkennen werde, wenn er auf der Türschwelle steht. Tod, ich fürchte dich nicht; ich fürchte mich, für immer und ewig. Amen. Tausend Seelen machen sich in diesem Augenblick zum Sterben bereit, also muß ich wie jedermann auf meinen Augenblick warten. Nun will ich alle Spieler und Schurken von der Bühne räumen. *Alles versteckt! Alles versteckt!*, das alte Kinderspiel.

Sterben wie ein Dichter. Ich kann kaum die Feder halten. Die Trompeten müssen dreimal ertönen, wenn das Spiel beginnt. Die Made ist nun mein Herr. Aus meinem Munde, meinem Auge werden ewige Dunkelheiten entfliegen wie Nachtigallen. Dem Leid entstammte mein Lied. Es ist sonderbar, daß selbst das Totenlied Mißtrauen und Bosheit birgt. Erst nach der Pestilenz kann's jemals Frieden geben. *Quaelibet orta cadunt, et finem coepta videbunt.* So rasch wie mein Verderben kam der Ruhm. E.O.

Nachbemerkung des Herausgebers

»Die Sucht, Vergleiche zu finden, ist fast vorbei ... Shakespeare brauchte die Krücken der Sprache nicht, um ihn über alle anderen Männer zu erheben ... Im übrigen ist es in der Tat merkwürdig, daß alle *wirklichen* Freunde unseres unsterblichen DICHTERS gleichwohl willens sind, ihn in eine unhaltbare Lage zu zwingen: Wie kann man ihn als einen gelehrten Mann behandeln und zugleich die groben Verstöße gegen Geschichte, Chronologie und Geographie entschuldigen?«

(Pater Richard Farmer, Rektor des Emmanuel College, Cambridge, und Vorsteher der Universitätsbibliothek in der Vorrede zur zweiten Ausgabe (1767) von *An Essay on the Learning of Shakespeare*, zu einer Zeit, als sich bei Gelehrten zum erstenmal Zweifel und ein gewisses Unbehagen darüber zu regen begonnen hatten, ob man die Verfasserschaft dem Schauspieler und Theaterteilhaber aus Avon zuschreiben dürfe.)

Jene, die mit der Literatur über den Lord Oxford vertraut sind, werden festgestellt haben, wie sehr ich insbesondere drei Büchern verpflichtet bin: *Shakespeare Identified* (1920), *The Seventeenth Earl of Oxford* (1928) und *The Mysterious William Shakespeare* (1984). Auf diesen Büchern beruhen meine eigenen Nachforschungen, die vor allem an der Universität Cambridge, in der British Library und in der Colchester Public Library durchgeführt wurden. Wenngleich die *Geheimen Aufzeichnungen* natürlich nichts anderes sind als eine Geschichte, dürften verschiedene Leser ihren Wahrheitsgehalt gleichwohl verschieden einschätzen.

Ein letztes Wort sollte über die Chronologie gesagt werden. Ein Leser, der mit der herkömmlichen Datierung vertraut ist, muß über die Zahl der Werke, die erst nach de Veres Tod erschienen, die Stirn runzeln. Indes sind zahlreiche triftige Argumente gegen die Annahme vorgebracht worden, daß es zwischen der Niederschrift der Stücke und den Daten ihrer Erstveröffentlichung einen Zusammenhang geben müsse. Die einzigen einigermaßen zuverlässigen Anhaltspunkte, die wir besitzen (vergessen wir nicht, daß von keinem Stück eine Handschrift existiert!), sind interne Hinweise auf Ereignisse und Personen der Zeit, und alle diese Hinweise stützen die Annahme anderer und früherer Daten der Niederschrift. Wenn man daran glaubt, daß de Vere Shakespeare war, muß das nicht notwendigerweise jeden Zweifel ausschließen, weil nichts, was wir wissen, der Theorie wiederspricht, und alles, was wir wissen, diese stützt, selbst wenn wir einräumen, daß es vieles gibt, was wir nie wissen werden; dennoch bedarf es ein wenig historischer Zeitverschiebung, um zuzugestehen, daß die Stücke geschrieben und in einigen Fällen am Hof und an Privattheatern aufgeführt wurden und daß ein paar Jahre zuviel vergingen, ehe sie erstmals im Druck erschienen.

A. F.

Nachbemerkung des Übersetzers

Der historische Edward de Vere, der 17. Earl of Oxford (1550–1604), hat keine Autobiographie hinterlassen, bedauerlicherweise. Doch die *Geheimen Aufzeichnungen*, die Andrew Field den pestkranken Earl über Glanz und Elend seines abenteuerlichen Lebens machen läßt, könnten wirklich aus der Feder des Mannes stammen, den Königin Elizabeth zärtlich »Mein Türke« nannte. Dieser Earl gehört zu jenem goldenen, oft als Mythos verklärten Zeitalter genauso wie die »Jungfräuliche Königin«, wie der Abenteurer und Seeheld Francis Drake oder der Dichter William Shakespeare. Oxford, der einen ruhmreichen Stammbaum, auf den er mit Stolz zurückblickte, und ein gewaltiges Vermögen, das er verschleuderte, sein eigen nannte, war ein begabter und vielseitiger Mann: er bekleidete ein Amt bei Hofe, war Dichter, Diplomat, Reiseschriftsteller, Soldat und Gelehrter. Er war berühmt wegen seiner Talente auf dem Tanzboden und auf dem Turnierplatz, berüchtigt wegen seines scharfen Witzes, seines Hochmuts, seiner obskuren Launen und seiner Liebesaffären. Bevor er selbst eines Gönners bedurfte, war Oxford ein Förderer des Theaters und unterhielt wie viele seiner Standesgenossen eine eigene Theatergruppe, die »Oxford's Boys«, wo – nach Andrew Field – ein gewisser Will Shakspeare »auf die Kostüme achtgab, die Pferde anschirrte und die Rollen ohne Worte spielte«.

In dieser theaterverrückten Zeit gab es auf allen Ebenen der Gesellschaft dramatische Aufführungen durch professionelle Schauspieler, Kindertruppen und Laien: Maskenspiele und Schaugepränge am Hof und auf den Herrensitzen des Adels, burleskes Universitätstheater in Oxford und Cambridge, Gastspiele von Wandertruppen in Gasthäusern oder in den Sälen großer Gebäude (Inns). Die Truppe des

Earl of Oxford war eine von etwa 25 Truppen, zu denen sich Schauspieler zusammenschlossen, um sich der Schirmherrschaft eines Adligen, dessen Wappen sie trugen, zu versichern.

Ein Erlaß Königin Elizabeths aus dem Jahre 1572 brandmarkte alle Schauspieler als »Vagabunden«, die nicht einer solchen Truppe unter dem Patronat eines Aristokraten angehörten. Bis dahin hatte die Schauspielerei als ein unseriöses Geschäft gegolten, und auch der Stückeschreiber genoß nur geringes Ansehen. Wollte man in dieser Zeit als Dichter etwas gelten, tat man gut daran, nicht Schauspiele zu verfassen, sondern Sonette oder Feenmärchen. Für die Autoren war kaum Geld zu gewinnen, eher zu verlieren. Der Earl of Oxford, besessen von der Leidenschaft fürs Theater, wies es voller Hochmut von sich, zu denken und zu rechnen wie ein »Krämer«, und er büßte sein Vermögen ein. Immer drohten die Gläubiger oder die Zensoren mit dem Tower. Die angesehensten Truppen waren »Leicester's Men« und die »Lord Chamberlain's Men«, die nach der Thronbesteigung von Jakob I. in »The King's Men« umbenannt wurden. Das Theater, das Oxford als erstes mietete, Blackfriars, war das einzige Theater in der City of London und wurde seit 1576 bespielt. Die anderen Theater lagen außerhalb der Stadtgrenzen, wo sie dem Zugriff der Londoner Magistrate entzogen waren: »The Theatre« (1576 von James Burbage erbaut), »The Curtain« (1576), »The Rose« (1587), »The Swan« (1595), »The Globe« (1599), »The Fortune« (1600), »The Hope« (1613).

Wenn sich in Fields Buch der Vorhang zum ersten Akt im dramatischen Leben des Edward de Vere hebt, finden wir um seinen Tisch viele Männer versammelt, die im literarischen Leben der Zeit einen Namen hatten: John Lyly (ca. 1554–1606), den einige »Oxfords Geigenbogen« nannten, schrieb elegante Komödien und veröffentlichte 1578 seine Romanze *Euphues, the Anatomy of Wit*, ein Buch, das ihn berühmt machte und eine große Breitenwirkung hatte, denn sein gekünstelter, am kontinentaleuropäischen Manierismus orientierter Stil, der »Euphuismus«, wurde für einige Zeit am Hof und in der gebildeten Schicht zur Mode. Nach 1590 wurde er als übertrieben und lächerlich empfunden. Anthony Munday (1560–1633) war ein emsiger Schreiber, der Stücke für die öffentlichen Theater verfaßte und besonders für sein Talent bekannt war, eine vorgegebene Geschichte in dramatische Episoden umzuformen. Später wurde er offizieller Poet der Stadt London. Thomas Kyd (1558–1594) schrieb sich mit seiner Rachetragödie *The Spanish Tragedy*, die 1592 in »The Rose« uraufgeführt wurde, in die englische Theatergeschichte. Kyd, ebenso begabt wie unglücklich, lebte seit 1591 mit Christopher Marlowe (1564–1593) in einer Wohnung zusammen. Als Kyd der Aufwiegelung beschuldigt wurde, fand man bei einer Durchsuchung der Wohnräume lediglich »atheistische Schriften«. Der verhaftete Kyd versuchte sich unter der Folter dadurch zu entlasten, daß er Marlowe die Schuld gab, welcher kurz zuvor ermordet worden war. Marlowe, neben Shakespeare der bedeutendste Dramatiker der Zeit, Sohn eines Schuhmachers, wurde aus bis heute nicht geklärten Gründen bei einem Streit in einem Wirtshaus in Deptford erstochen. Gegen ihn war mehrfach wegen Homosexualität, Totschlags, Gotteslästerung und Landfriedensbruchs ermittelt worden. Robert Greene (1558–1592) schlug sich seit etwa 1588 in London als Schriftsteller durch, er war ein Vielschreiber, der das Publikum mit dem Lesestoff versorgte, den es wünschte. In seinem Lebensbericht *A Groatsworth of Wit* (1592) wird Shakespeare als Dramatiker und Schauspieler zum ersten Mal erwähnt. Auch Thomas Nashe (1567–1601) war ein Berufsliterat und scharfzüngiger Pamphletist. Seine 1597 zusammen mit Ben Jonson (1572–1637) verfaßte Satire *The Isle of Dogs* führte zu einem Skandal und zur vorübergehenden Schließung der Theater und brachte Jonson ins Gefängnis, während Nashe fliehen konnte. Seine Prosaromanze *The Unfortunate Traveller* (1594) gilt als erste englische pikareske Erzählung. Ambitionierter war George Chapman (ca. 1559–1634), den die Dramatiker seiner Zeit als philosophischen Kopf schätzten. Berühmt machten ihn jedoch seine Homer-Übersetzungen, denen Keats ein Sonett widmete. Die *Iliad* lag 1512 abgeschlossen vor, die *Odyssey* folgte 1615. Chapman arbeitete auch mit John Marston (ca. 1576–1634) zusammen, einem der schärfsten Satiriker. Negative Weltsicht und Publikumsbeschimpfung zeichneten seine Satirensammlung *The Scourge of Villainy* (1598) aus, die auf Anordnung des Bischofs von Canterbury verbrannt wurde. Vielleicht empfand er Ekel vor sich selber, denn er zog sich plötzlich von der Bühne zurück, ließ sich zum Priester weihen und widmete sich von 1616 bis 1631 einer Pfarrei in Hampshire. Thomas Dekker (ca. 1570–1632) schrieb verzweifelt gegen seine Schulden an, und je mehr Schulden er anhäufte, desto schlechter wurden seine Stücke: es sind über fünfzig, mit denen sein Name in Verbindung gebracht wird. Sein Meisterstück ist *The Shoemaker's Holiday* (1599), eine lebendige Schilderung Londoner Lebens. Auch George Peele (1556–1596) war ein überaus fruchtbarer Dramatiker von großer Sprachgewalt, der den gezierten Ton des Hofes ebenso beherrschte wie die derbe Sprache der ländlichen Welt. Nach seinem Tod sagte man von ihm, er sei ein lasterhafter Bohemien gewesen. Sicher ist nur, daß er wie viele seiner Kollegen, die in London von den Erträgen ihrer Feder zu leben suchten, in bitterer Armut starb. Diese zum Teil unerhört begabten Schreiber hatten nicht so viel zu verlieren wie der reiche Earl of Oxford, doch sie verloren auch noch dieses Wenige. Einer von ihnen war der »alte Churchyard«, für den der Earl noch die Wohnungsmiete bezahlte, als er es sich kaum noch leisten konnte. Thomas Churchyard (ca. 1520–1604) war von Hause aus Soldat und nahm an Feldzügen in Schottland, Irland und Frankreich teil. Edmund Spenser sagte von ihm angesichts seiner langen literarischen Karriere, er habe so lange gesungen, bis er ganz heiser geworden sei.

In dieser Welt tummelte sich Edward de Vere, wenn er nicht an den Hof zitiert wurde, um seine Tanzkünste zu zeigen, ein Maskenspiel zu arrangieren oder die Königin zu unterhalten. Er bewegte sich in der Sphäre der höfischen Welt, in den Kreisen der Höflinge und stand unerkannt bei den »Gründlingen« auf den billigen Plätzen der öffentlichen Theater, in denen es für seinesgleichen »Lord's boxes« gab. Sein Dilemma war, daß er sich weder vom Hof vereinnahmen noch mit dem »Pöbel« gemein machen wollte. Er wollte auf seine gesellschaftliche Stellung nicht verzichten und doch zugleich ein »freier« Schriftsteller sein. Um dieses bewegte Leben in der Form einer fiktiven Autobiographie zu schildern, bedient sich Andrew Field der Fakten aus de Veres Leben, historischen Personals und vor allem des literarischen und sprachlichen Fundus der Shakespeare-Zeit. Syntax, Wortwahl und Metaphorik seines Stils sind an der Sprache dieser Zeit orientiert, sind ihr nachempfunden, ohne sie zu parodieren, wenngleich Field deren Wucht und Pathos immer wieder ironisch bricht. Er nutzt den Reichtum und die Einfallskraft der Shakespeare-Sprache, für die eine diffizile Metaphorik, eine Neigung zum Wortspiel und zur mehrfachen Bedeutung charakteristisch sind. Die zahlreichen ausgewiesenen Shakespeare-Zitate im Roman folgen, wann immer sie sich bruchlos in den Duktus der vorliegenden Übersetzungen einfügten, der Schlegel-Tieckschen Übertragung. Wurden andere Übersetzungen verwendet (zum Beispiel bei den Sonetten), werden die Übersetzer in den Anmerkungen genannt.

Darüber hinaus gibt es im Text jedoch noch eine Vielzahl versteckter Shakespeare-Zitate, die es zu identifizieren galt. Hier nur einige Beispiele: Die »frischen Becher, Liebesworte und weichen Betten« entstammen *Cymbeline* (V,3), die »Zähn' der Zeit und des Vergessens Sichel«, in die der Held sich stürzen will, *Maß für Maß* (V,1), der »modesüchtige Don Ohnebart« *Viel Lärm um nichts* (V,1). Die »Klatschheldin« findet sich in *Liebes Leid und Lust* (V,1), die Augen, die lüstern glänzen wie ein »Nest von Aalen«, in *Perikles* (IV,4), der Mann, der ein Liebchen »auf sein Lager trinken will«, in *Antonius und Kleopatra* (II,5), oder das frivole »Tier mit den zwei Rücken« in *Othello* (I,1).

Schwieriger war die Wiedergabe von Wortspielen in der Manier Shakespeares, die Field im Text untergebracht hat und die zum Teil von »puns« (Wortspielen) bei Shakespeare ausgehen. Es würde zu weit führen, sie hier alle zu entschlüsseln. Vergleichsweise einfach war, zum Beispiel, die Wiedergabe des verächtlichen Beinamens »Fat-Fate« (»fettes Fatum«), mit dem de Vere seinen Schwiegervater belegt. Dagegen stellt der Anfangssatz von Kapitel 52 (»Death take my maddened head«) ein Wortspiel mit »Death take my Maidenhead« dar, das nach Andrew Field selbst wohl nicht wiederzugeben sei. Die letztlich gefundene Verdeutschung zu beurteilen, muß dem kritischen Leser überlassen bleiben. H. J. S.

Andrew Field hat eine Anzahl von Anmerkungen über den Romantext verstreut, die Begriffe und Redewendungen erläutern, die dem heutigen Leser nicht mehr ohne weiteres geläufig sind. Diese Anmerkungen (A. F.) sind aus dem Text gelöst und hier an den Schluß des Buches gesetzt worden, zusammen mit einigen Erläuterungen, die der Übersetzer für notwendig hielt.

S. 11
Robert Dudley, Earl of Leicester (1532–1588). Zu diesem Mann, der am Hof das Amt des Oberstallmeisters bekleidete, entwickelte die Königin ein enges Verhältnis, und sie erwog wohl auch ernsthaft, ihn zu heiraten. Daß Elizabeth mit ihm flirtete, obwohl Dudley verheiratet war, versorgte die europäischen Höfe mit reichlich Gesprächsstoff. Als Dudleys Frau Amy 1560 unter geheimnisvollen Umständen tot am Fuß einer Treppe in Cumnor Hall, Oxfordshire, gefunden wurde, gab es sogleich Gerüchte, Elizabeth und ihr Liebhaber hätten sie beseitigt, um heiraten zu können. Doch die Klatschmäuler sahen sich getäuscht. Dudley blieb einer ihrer engen Berater, geschätzt und gescholten (als Militär war er nicht sonderlich erfolgreich), doch von Heirat war nie die Rede. Leicester war ohne Zweifel ein selbstsüchtiger Ränkeschmied, der sich auf der einen Seite als Schirmherr der Puritaner gab, auf der anderen jedoch auch Philipp von Spanien die Wiedereinführung des Katholizismus in England angeboten hatte, wenn dieser ihm die

Hand Elizabeths verschaffe. Der Earl of Oxford war nicht der einzige in England, der diesen Mann haßte, und das nicht nur, weil Dudley im Kampf um die Gunst der Königin sein Rivale war. George Macauley Trevelyan schrieb: »Die königliche Hand mochte Leicesters Nacken streicheln, aber sein Rivale Cecil blieb der Vertraute in Sachen der hohen Politik.«

William Cecil, seit 1570 Lord Burghley (1520–1598), wurde 1558 bei der Thronbesteigung Elizabeths Ratgeber und diente ihr als Secretary of State und als Lord Treasurer. Er war der mächtigste Mann im Staat und ihre wichtigste Stütze in einer für England schwierigen Zeit. Er war auch ein einflußreicher Mann in der Sternenkammer, einem Raum des Palastes in Westminster, dessen blaue Decke mit goldenen Sternen geschmückt war, in dem der Staatsrat tagte und Verhöre und Gerichtsverhandlungen stattfanden. Burghley war ein nüchterner, klarblickender Realpolitiker; daß er sich im Amt kräftig bereicherte, war zu seiner Zeit nichts Ungewöhnliches. Er hatte ein geschätztes Jahreseinkommen von viertausend Pfund. Edward de Vere hatte guten Grund, diesen Mann zu hassen, denn Burghley zwang ihn in die unglückliche Ehe mit seiner Tochter und »stahl« dem leichtgläubigen Earl sein Vermögen. Oxford konnte sich aus dem Bannkreis seines Vormundes und Schwiegervaters, den er nach Andrew Field als Polonius und Pondus karikierte, nie lösen und begriff nicht, daß Burghley nur seiner Königin gegenüber loyal war.

S. 15
Baldassare Castiglione (1448–1529). Dieser italienische Diplomat entwarf in seinem Buch *Il libro del cortegiano* (1528) das Bild des idealen Hofmannes, der von hoher Geburt, körperlich gewandt, mehrerer Sprachen mächtig, belesen und über Literatur und bildende Kunst wohlunterrichtet sein sollte. Er sollte gegen seinen Fürsten loyal, maßvoll, bescheiden und auf seinen guten Ruf bedacht sein. Castigliones Buch übte auf junge europäische Adlige bis ins

18. Jahrhundert großen Einfluß aus. Der Earl of Oxford hatte zwar einige dieser vorbildlichen Eigenschaften, verfügte aber kaum über die Tugenden der Mäßigung und Bescheidenheit.

Niccoló Machiavelli (1469–1527). Das berühmte Buch des Florentiners, *Il Principe* (1513), pries einen Herrschertyp, dem jedes Mittel recht war, seine Stellung zu erreichen und zu erhalten, Heuchelei, Betrug und Mord eingeschlossen. Edward de Vere, dem jeder Sinn für politische Macht abging, hatte, obwohl von so vielen kleinen Machiavellis umgeben, für diese realitätsnahen Thesen dennoch nicht viel übrig.

S. 16
Francis Walsingham (1530–1590). Er war Erster Staatssekretär, einer der einflußreichsten Männer im Staatsrat und Chef des Geheimdienstes, der in jeder europäischen Haupt- und Hafenstadt seine Agenten hatte. Walsingham war aus Überzeugung Puritaner und ein erklärter Gegner der katholischen Reaktion. Seine Organisation rettete zu wiederholten Malen der Königin das Leben vor den Mördern, die auf sie gehetzt wurden.

S. 32
Oxhoftfässer: 1 Oxhoft = ca. 286 Liter.

S. 52
Die Strophen 38 und 39 aus *Venus und Adonis* stehen hier in der Übersetzung von Ferdinand von Freiligrath.

S. 55
Nym: eine Figur, die in *Heinrich V.* und *Die Lustigen Weiber von Windsor* auftritt.

S. 58
Der Prolog zu *Troilus und Cressida* wurde von A. F. verändert.

S. 79
Hollenshed: Raphael Holinshed (gestorben 1580?). Dieser Historiker, eher ein geschickter Verarbeiter von Chroniken, Episoden und Anekdoten denn ein eigenständiger Geschichtsschreiber, übernahm seine nationale Geschichtsdeutung, den sogenannten »Tudormythos«, von seinem Vorgänger Edward Hall (gestorben 1547), einem fanatischen Patrioten und Parteigänger von Heinrich VIII. (*The Union of the Noble and Illustre Families of Lancastre and York*, 1548). Holinsheds erfolgreiche *Chronicles of England, Scotland and Ireland* (1577) wurden in der zweiten Auflage von 1578 neben Halls Werk zur wichtigsten Quelle Shakespeares für seine Historien, für *Macbeth* und *König Lear.*

S. 96
Thomas Radcliffe, Earl of Sussex (1526–1583). Ein tatkräftiger und scharfsichtiger »Ritter ohne Furcht und Tadel«, der, obwohl ein erfolgreicher Heerführer, als Gegner Leicesters am Hof nie Fuß fassen, geschweige denn ein Amt erringen konnte.

S. 126
Sturmius: Johann Sturm (1507–1589). Dieser Reformator und Humanist war an der Straßburger Universität seit 1537 Professor für Eloquenz. In der Schilderung des Earl of Oxford hier erscheint er als Schwätzer und Langweiler.

S. 157
Die Verse aus *Ein Sommernachtstraum* übersetzte Erich Fried.

S. 178
Thomas Howard, Herzog von Norfolk (1536–1572). Dieser ambitionierte Höfling machte Maria Stuart einen Heiratsantrag und wurde dafür von Elizabeth in den Tower gesperrt. 1571 war er am sogenannten Ridolfi-Komplott beteiligt. Er hatte mit den Agenten Philipps und des Papstes den

Plan gefaßt, Elizabeth zu beseitigen und Maria Stuart auf den Thron zu setzen. Maria sollte Norfolk heiraten, nachdem der Papst ihre Ehe mit Bothwell getrennt haben würde. Norfolk wurde verhaftet. Elizabeth zögerte lange, ehe sie dem Drängen des Parlaments nachgab: im September 1572 ließ sie den mächtigsten Adligen Englands hinrichten.

S. 201
Geronimo Cardano (1501–1576). Dieser Arzt und Naturforscher wurde vor allem durch seine Autobiographie, die er im hohen Alter verfaßte, berühmt, von der Jacob Burckhardt sagte, darin fühle sich der Autor »als Arzt selber den Puls und schildert seine physische, intellektuelle und sittliche Persönlichkeit samt den Bedingungen, unter welchen sich dieselbe entwickelt hatte, und zwar aufrichtig und objektiv, soweit ihm dies möglich war«.

S. 206
Serpigo: dieses lateinische Wort ist in *Troilus und Cressida* mit »Aussatz« übersetzt.

S. 218
»Lipsbury-Tuch«: Feiner Stoff mit ländlichen Motiven. (A. F.)

S. 220
»Ich will der Wahrheit ins Gesicht nicht lügen«: Sonett 152. (A. F.) Hier in der Übersetzung von Richard Flatter.

S. 221
Gewonnene Liebesmüh: Love's Labour's Won: das verlorene Stück. (A. F.)

S. 222
»karnalisch«: im Original heißt es »cardinally«: ein Wortspiel mit carnally. (A. F.) Gemeint sind die fleischlichen (karnalischen) Ausschweifungen der Kardinäle.

S. 226
Eine Geschichte von den Grausamkeiten einer Stiefmutter stellt eine frühe Fassung von *Cymbeline* dar. (A. F.)

»in jenem Jahr«: 1579? (A. F.)

S. 227
»ein grobes und gewöhnliches Stück«: Marlowes *Jude von Malta?* (A. F.)

S. 231
»unser lustiger Willy«: Name, mit dem Edmund Spenser den Earl of Oxford 1591 in einem Gedicht belegte. (A. F.)

S. 234
Ein von F. Banks dressiertes Pferd, das bei Aufführungen mitwirkte. (A. F.)

S. 235
»im nämlichen Jahr«: 1584. (A. F.)

S. 254
»Wahrer als die Wahrheit«: eine Anspielung auf das Familienmotto der de Vere (A. F.), das lautete »Vero nihil verius« = Nichts ist wahrer als die Wahrheit.

S. 255
Die Ruhmreichen Siege: frühe Fassungen von *König Heinrich IV.*, Teil 1 und 2, und *König Heinrich V.* (A. F.)

Herzog von Alençon: Der Bruder König Heinrichs III. von Frankreich und Anfang 1570 für einige Monate der offizielle Verlobte von Elizabeth I.; de Vere könnte hier auf *Cymbeline* anspielen. (A. F.)

S. 256
»Ziehst du dich einsam«: Die Verse aus dem Sonett 4 hier in der Übersetzung von M. J. Wolff.

»Wie du ein Spiegel«: Die Verse aus Sonett 3 übersetzte Otto Gildemeister.

S. 267
Die beiden Stücke, welche die klassische Einheit von Ort und Zeit einhalten, sind *Die Komödie der Irrungen* und *Der Sturm*. (A. F.)

S. 268
»dreitausend Dukaten«: Eine Anspielung auf den *Kaufmann von Venedig*. (A. F.)

S. 270
»als Feste den Narren spielte«: *Was ihr wollt*. (A. F.)

»Clink«: Kittchen

»Borough«: Southwark. (A. F.) Southwark, der der City gegenüberliegende Stadtteil von der London Bridge bis Charing Cross, hieß seit dem 14. Jahrhundert The Borough.

S. 274
Marprelate-Fehde: Marprelate = »Pfaffenverderber«. In dieser literarischen Fehde wandten sich 1589 die Puritaner mit einer Reihe von Kampf- und Spottschriften gegen das Hochkirchentum. Sie nahmen vor allem hohe Kleriker aufs Korn. Nashe, Greene, Lyly und andere waren daran beteiligt.

S. 275
Henry Wriothesley: Gemeint ist der Earl of Southampton. (A. F.) Dieser Adlige war für seine literarischen Interessen bekannt. Shakespeare widmete ihm 1593 *Venus und Adonis* und 1594 *Der Raub der Lukrezia*. Über die Höhe des Geldgeschenkes, das er daraufhin von dem reichen Adligen erhielt, ist die Forschung sich nicht einig.

S. 281
Gabriel Harvey (1550–1631) war Gelehrter, Kritiker und Pamphletist, der über großen Einfluß verfügte. Er war anfänglich ein Anhänger Spensers und polemisierte gegen Nashe und Greene. Er versuchte, die klassischen Versmaße in England einzuführen, und nahm für sich in Anspruch, der Vater des englischen Hexameters zu sein. Für Fields de Vere war er ein aufgeblasener akademischer Narr und seine Hexameter-Manie ein Unfug, weil sich die englische Sprache dieser Form widersetzte. Zumindest dieser These kann man zustimmen.

Philip Sidney (1554–1586). Er war Soldat, Diplomat, Dichter und Kritiker, der sich freilich trotz großen staatsmännischen Ehrgeizes stets mit Ehrenämtern am Hof begnügen mußte. Dennoch wurde er zum bewunderten Ideal seiner Zeit und als Dichter und Theoretiker zu einer der wichtigsten Gestalten der Literatur des 16. Jahrhunderts. Seine Prosaromanze *Arcadia* (1580–84), sein Sonettzyklus *Astrophel and Stella* (1581–83) und sein Essay *The defence of poesie* (1595) hatten bahnbrechende Bedeutung. Sidney wurde schon zu Lebzeiten als vollkommener Gentleman und Dichter bewundert und erfuhr nach seinem Tode auf dem Schlachtfeld eine wahre Apotheose. Edward de Vere beurteilt ihn in seinen *Geheimen Aufzeichnungen* recht gehässig und war vielleicht neidisch auf den Ruhm eines Mannes, der unvergleichlich elegante Sonette schrieb, mit denen sich seine eigenen Verse in keiner Hinsicht messen ließen.

»Immerito«: (Lat. »Unverdient«). Ein Schäfername, unter dem sich Edmund Spenser (1552–1599) in seinem *Shepheardes Calendar* (1579) verbarg. Charles Lamb gab ihm den ehrenden Beinamen eines »poet's poet«, und in der Tat haben viele Dichter nach ihm von Spensers Sprachkunst gelernt, und sie hat bis ins 19. Jahrhundert nachgewirkt. Sein Hauptwerk, *The Faerie Queene*, begonnen 1580, mit dem er England sein Nationalepos schreiben wollte, ist ein romantisches Ritterepos, das, historisch verkleidet, Elizabeth und Leicester feiert, ausgehend von der Erwartung, es werde zwischen beiden eine Verbindung geben. Doch als es dazu nicht kam, brach Spenser das Epos mit dem sechsten Buch ab. Die Königin, der das Werk gewidmet war, gewährte ihm zwar eine Pension, doch das Amt bei Hofe, auf das er gehofft hatte, bekam der Dichter nicht.

S. 288
»Der Eigenliebe Schuld«: Verse aus Sonett 62 in der Übersetzung von E. Saenger.

S. 298
»Derby«: Vermutlich William Derby, 6. Earl of Derby (1560/61–1642) Verfasser von Komödien. Einer der über fünfzig Kandidaten, dem man zutraute, die Werke Shakespeares geschrieben zu haben.

S. 319
»Warum ist mein Gesang«: Verse aus Sonett 76 übersetzt von G. Regis.

»Doch da er starb«: Verse aus Sonett 32 in der Übersetzung von G. Regis.

S. 330
Corambus: Die Burghley-Figur in *Ende gut, alles gut;* in der ersten Quarto-Ausgabe des *Hamlet* trug Polonius den Namen Corambis. (A. F.)

S. 334
John: Wahrscheinlich John Garrad (A. F.), der Gärtner des Earl of Leicester.

Eine letzte wissenschaftliche Anmerkung zu den lateinischen Zitaten ist vielleicht angebracht: die Zitate auf den Seiten 175 und 180 sind zwar falsches Latein aber echt, denn sie fanden sich in den de Vereschen Familienarchiven in der British Library und in Colchester. Sie demonstrieren den fehlerhaften Gebrauch des Lateinischen im England des 16. Jahrhunderts.

Der Ursprung der letzten lateinischen Zeilen, die de Vere vor seinem Tode im Delirium ausstößt, ist unsicher, doch sie haben den Klang Petronius', wenngleich einige Wissenschaftler Seneca, ja sogar Ovid für den Verfasser halten. Eines ist sicher: es gab in Camelodunum (Colchester) einen römischen Tempel; weit weniger sicher ist hingegen, daß dieser Tempel am Geburtsort de Veres der erste war, der inmitten der »englischen Barbaren« errichtet wurde. (A. F.)

Klett-Cotta
Die Originalausgabe erschien
unter dem Titel »The Lost Chronicle of Edward de Vere,
Lord Great Chamberlain, 17th Earl of Oxford,
Poet and Playwright William Shakespeare«
bei Viking, London

Printed in Germany
Schutzumschlag: Klett-Cotta-Design
Gesetzt aus der 10 Punkt Walbaum Standard
von Steffen Hahn GmbH, Kornwestheim
Auf säure- und holzfreiem Werkdruckpapier gedruckt
und gebunden von Ebner Ulm
Publication assisted by the Australia Council,
the Federal Government's arts funding and advisory body

Arts by
Australians
Australia Council

Die Deutsche Bibliothek – CIP-Einheitsaufnahme

Field, Andrew:
Die geheimen Aufzeichnungen des Edward de Vere,
Großkämmerer, Siebzehnter Earl of Oxford, Dichter und
Stückeschreiber, genannt Shakespeare: Roman / Andrew Field.
Aus dem Engl. übers. von Hans J. Schütz. – Stuttgart:
Klett-Cotta, 1994
Einheitssacht.: The lost chronicle of Edward de Vere, Lord Great
Chamberlain, 17th Earl of Oxford, poet and playwright William
Shakespeare <dt.>
ISBN 3-608-95850-9

T.J. Lustig
bei Klett-Cotta

Die Verschwörung
oder Mein Leben als Pferd
Roman. Aus dem Englischen von Hans J. Schütz.
557 Seiten, gebunden, ISBN 3-608-95846-0

Auf mysteriöse Weise kontrolliert eine Handelgesellschaft, die sich Siriso nennt, den Lebensweg Spellmans. Und erst ganz am Ende, nachdem er mit knapper Not einem Mordanschlag entgeht, wird die ganze Dimension der Verschwörung sichtbar. Lustigs Erstlingsroman ist eine sprachmächtige, anspielungsreiche Parodie auf die viktorianische Autobiographie, auf den Sensations- und Detektivroman.

„Der viktorianische Schauerroman ist reich an mysteriösen Ereignissen und bizarren Intrigen. Zwielichtige Ärzte, allerlei Zirkusvolk, Ganoven und Schattengestalten bevölkern sehr zum Amüsement des Lesers diesen Erstling. Den vertrackten Lebensweg des Jacek Adam Spellman kreuzt eine allmächtige Handelsgesellschaft namens Siriso, und so bleibt der wackere Held auch von einem hinterhältigen Attentat nicht verschont. Dieses vielschichtige Vexierspiel um eine raffinierte Verschwörung gleicht einem postmodernen Detektivroman in perfekter historischer Tarnung."
marie claire

„Huldigt dieser T.J. Lustig lediglich dem Zeitgeist, wenn er uns Viktorianisches präsentiert? Vielleicht. Aber er tut es auf eine so subtile Weise, daß man sein Buch liebgewinnen kann. Er nimmt mit Wonne die Welt des total Abstrusen in die Welt der ökonomischen Logik auf. Viktorianismus
- leicht verzerrt - geschaffen für unsere unanständigen Träume."
Süddeutsche Zeitung

Angela Carter bei Klett-Cotta

„Diese intelligente Autorin, die mit Phantasie und Sprachkraft einen magischen Realismus à l'anglaise zusammenbraut, sieht die Wirklichkeit am liebsten verfremdet. Angela Carter ist nicht zu klassifizieren. Ihre stilistische Klasse dient einem fortlaufenden Projekt: der Demontage der gesellschftlichen Leitbilder des zwanzigsten Jahrhunderts."

Frankfurter Allgemeine Zeitung

Das tätowierte Herz

Roman. Aus dem Englischen von Joachim Kalka.
156 Seiten, gebunden, ISBN 3-608-93192-9

Angela Carters Roman beschwört das Lebensgefühl der siebziger Jahre. Nicht die brillanten Kinder von Marx und Coca Cola, sondern die Generation von Nescafé und Wohlfahrtsstaat steht im Mittelpunkt der verzweifelten, zugleich banalen wie magischen Liebesgeschichte, die schlimm enden muß.

Wie's uns gefällt

Roman. Aus dem Englischen von Joachim Kalka.
334 Seiten, gebunden, ISBN 3-608-95845-2

„Salman Rushdie bescheinigte ihren Romanen und Erzählungen, daß sie schon 'immer diesen wilden Glanz hatten'. Das gelte ganz besonders für 'Wie's uns gefällt', es sei 'ein komisches, ein absolut komisches Buch'. Und tatsächlich, es ist ein Roman, der zuweilen im Narrenkleid der unverblümten Parodie auftritt, mit brillantem Witz und Kneipenjargon und einem Seidenfaden aus Melancholie. Ein Festmahl (mit haut goût) für Leser, die das Abgründige unter der Komik erkennen und mögen."

Die Welt

Das Haus des Puppenmachers

Roman. Aus dem Englischen von Joachim Kalka.
228 Seiten, gebunden, ISBN 3-608-95531-3

„Mit Lust und leisem Grauen ist Melanies Geschichte zu lesen."

Sonia Mikich / Emma

Helden und Schurken

Roman. Aus dem Englischen von Joachim Kalka.
230 Seiten, gebunden, ISBN 3-608-95628-X

„Die Geschichte der Professorentochter Marianne, die eines Tages die umzäunte Enklave der Vernunft verläßt, um zu den Barbaren zu gehen,ist eine Satire auf Rousseaus 'edlen Wilden' und auf jegliche Art von Ethno-Kitsch, eine Kritik an patriarchalischen Riten, ein farbiges, von keinem Realismus gebändigtes Stück Erzählliteratur."
Frankfurter Allgemeine Zeitung

Die infernalischen Traummaschinen des Doktor Hoffman

Roman. Aus dem Englischen von Joachim Kalka.
337 Seiten, gebunden, ISBN 3-608-95282-9

In einer Welt, die bedroht wird durch die Gewalt der gestohlenen Wünsche, begegnen wir: dem singenden Flußvolk, das zärtlich und unschuldig ist; dem entsetzlichen Grafen, der die Sonne verschlingen will; den Piraten, die sich Söldner des Todes nennen; den Kannibalen des afrikanischen Waldes; dem greisen Professor mit seiner geheimnisvollen Peepshow; dem Kentaurenstamm; den Akrobaten des Verlangens, die mit ihren Gliedern jonglieren und ihr Geschlecht nach Belieben wechseln - und schließlich betreten wir das Schloß des teuflischen und genialen Doktor Hoffman.
„ Angela Carter, die literarische Alchimistin, mischt Philosophie, Mythologie, Wissenschaft, Okkultismus, Psychologie zu einer Geschichte voller Paradoxien und Allegorien... Spannung zieht das Buch aus einem permanenten Gegensatz zwischen analytischer Kühle und übersprudelnder Fabulierfreude..."
Süddeutsche Zeitung

Nächte im Zirkus

Roman. Aus dem Englischen von Joachim Kalka.
434 Seiten, gebunden, ISBN 3-608-95359-0

„Ein Leckerbissen für Träumer und Fantasy-Freaks, für Feministinnen und sanfte Machos, für die Bewunderer von Fellini und die Liebhaber der Commedia dell'Arte."
Welt am Sonntag